U0466874

红沙发系列

生活不可告人

时代出版传媒股份有限公司
安徽文艺出版社

许春樵◎著　方维保◎点评

许春樵,中国作家协会全国委员会委员,安徽省作家协会副主席,专业作家。著有长篇小说《男人立正》《放下武器》《酒楼》《屋顶上空的爱情》等数十部、中短篇小说集《谜语》《一网无鱼》《城里的月光》等。其中《放下武器》《男人立正》《酒楼》《找人》《不许抢劫》5部中长篇小说被中央电视台、中国国际电视总公司、上海电影制片厂等购买版权,改编成电影和电视剧。作品曾获安徽文学奖、上海文学奖、《小说月报》百花奖等多个奖项。

方维保,安徽师范大学文学院教授,中国现代文学研究会理事,安徽省文艺评论家协会副主席。主要从事中国现当代文学与文化、比较文学与世界文学研究,在《文学评论》《文艺争鸣》等学术刊物上发表论文140余篇。主要作品有《红色意义的生成:20世纪中国左翼文学研究》《消费时代的情感印象——中国当代文学与批评的文化观照》《荆棘花冠:苏雪林》《中国当代文学思潮史论》《文明的鸡零狗碎》等。

红沙发系列

生活不可告人

——方维保点评许春樵中篇小说

许春樵 ◎ 著　方维保 ◎ 点评

时代出版传媒股份有限公司
安徽文艺出版社

图书在版编目（ＣＩＰ）数据

生活不可告人：方维保点评许春樵中篇小说/许春樵著；方维保点评. —合肥：安徽文艺出版社，2018.6
（红沙发系列）
ISBN 978-7-5396-6199-5

Ⅰ．①生… Ⅱ．①许… ②方… Ⅲ．①中篇小说—小说集—中国—当代 Ⅳ．①I247.5

中国版本图书馆CIP数据核字(2017)第255837号

出 版 人：朱寒冬
责任编辑：欧子布　　汪爱武　　　　　　装帧设计：张诚鑫
....
出版发行：时代出版传媒股份有限公司　www.press-mart.com
　　　　　安徽文艺出版社　www.awpub.com
地　　址：合肥市翡翠路1118号　邮政编码：230071
营 销 部：(0551)63533889
印　　制：安徽新华印刷股份有限公司　(0551)65859551
....
开本：880×1230　1/32　印张：13.375　字数：280千字
版次：2018年6月第1版　2018年6月第1次印刷
定价：39.80元(精装)
....

（如发现印装质量问题，影响阅读，请与出版社联系调换）

版权所有，侵权必究

目 录

知识分子 / 001

表姐刘玉芬 / 105

麦子熟了 / 200

生活不可告人 / 292

逃亡的脚步 / 359

知识分子

1

乡下木匠郑树是在一个天空飘着细雨的早晨被镇上执法队带走的,当时正在刷牙的儿子郑凡嘴里咬着一把牙刷,满嘴泡沫地冲过去阻挠,那位后脑勺有一绺刀疤的执法队队长一脚将郑凡踹倒在地,瘦如小鸡的郑凡跌坐在一摊鸡屎上。

乡下木匠郑树一开始不想去割那口棺材,可庄上人都说田老七是在开着拖拉机贩猪的路上被卡车撞死的,很惨,尸首都不全了,要是再拉到火葬场烧了,那就是惨上加惨。郑树心一软,去了。这一去就违反了严禁土葬、全民火化的政策,被罚了三百块。天黑放回来的郑树晚饭一口没吃,他坐在水缸边抽了一晚上烟,后来,他攥住儿子的手,说:"等你将来考上大学,成了知识分子,就没人敢欺负你了。"

郑凡大学毕业的时候,压根就没人承认大学生是

> 知识分子郑凡在父亲受屈辱中出场。

> 肯负着父亲的嘱托和父老乡亲的重托。

> 天降大任于斯人也。

> 理想很丰满，现实很骨感。郑凡生不逢时。

知识分子,大学生像蝗虫一样漫天飞舞,投简历、堆笑脸、装孙子,工作还是难找,计算机、金融、法律专业还好一点,中文、历史、哲学这些专业要想找一个好饭碗,除非李白、杜甫、司马迁、苏格拉底从坟墓里爬出来亲自招聘。所以中文系毕业的郑凡在别人找工作四处碰壁的时候考上了上海一所大学的古代文学研究生。当年私自割棺材被罚了三百块钱的父亲激动得逢人便吹:"我儿子考到大上海去了,还了得,马上就是大知识分子了,镇执法队算什么鸟东西。"庄上人沿着木匠郑树的情绪往下说:"等郑凡当上了大知识分子,回来让执法队的王八蛋们全都跪在你家门口。"

> 儿子已经跌落在尘埃中,但父亲还生活在过去的妄想中。

郑凡本以为三年研究生读完最起码能算个小知识分子,可不知从哪一天起,"知识分子"一词说起来有点拗口了,酸歪歪的,广告、宣传、推荐材料中只提及股票专家、经济学家、妇科专家、文化学者、策划大师、销售总监、营养导师、易经大师、职业 CEO 之类,没人介绍谁谁谁是知识分子,如今的世道,知识要是不能跟灯红酒绿挂上钩,不说是反动的,最起码是无用的。郑凡一开始有点不服气,师兄老豹将嘴里的烟头吐到地上:"你以为你是谁,干上一年,你能在上海买到一个香烟盒大的平方米吗?"说这话的时候,汤臣一品的房子还比较便宜,才卖到每平方米十二万。

> 房子出来了,离"房事"还会远吗?

毕业前一年,除了做论文,郑凡和千千万万自以为混成知识分子的研究生一道,苍蝇一样地叮住上海死死不放,他们盲目而自负地寻找任何可能的落脚点。然而,郑凡想留在上海,上海并不想留他。高校连博士生都难留下,名校和海归的博士还得看哪个庙里出来的,就算硕士郑凡能留在上海的中学当老师,按师兄老豹的话说,你这个外乡人要是能在上海买上房子,娶上老婆,那就相当于塔利班攻克了华盛顿并躺在白宫草坪上喝起了嘉士伯啤酒,简直就是痴心妄想。

> 师兄的比喻不太恰当,但说的却是事实。

一家营销策划公司的老总从相貌上看基本上就可以断定是一个江湖骗子,他很轻浮地翻看着郑凡的求职简历,漫不经心地感慨着:"谁想出的馊主意?弄这么个古代文学专业,不研究活人,专研究死人,你来,会坏了我们风水的。"郑凡本想回一句"你门口的牌子应该换成算命公司",话到嘴边还是忍住了。真正让郑凡绝望的是一家房地产公司的人事部经理,那个化妆很不得体、牙齿却很好的女人,有意无意地流露出过女明星的气质,"很抱歉,我们老总只喜欢古代瓷器,不喜欢古代文学。"

> 研究光辉灿烂的中国古代文学,却要去找骗子公司混饭吃,真是斯文扫地啊!

上海是一座对外国人和有钱人开放的城市,港台明星、外商巨贾、大款小秘们都来了,他们在"汤臣一品"买均价三千万一套的房子,居然轻松得就像买均价

> 典型的酸葡萄心理。

知识分子 / 003

> 典型的合肥一带的当代俗语,极言假的程度。

三毛钱一根的黄瓜。那些钱多得成了累赘的富豪往黄浦江两岸一站,博士生都别想凑在他们身边喘气,像郑凡这类冷门专业的硕士生要是赖在上海再不走的话,要么是准备打一辈子光棍,要么就是准备进精神病院,他觉得自己是上海这座大都市里的一颗假牙。这种毁灭性的感觉相当糟糕,于是,在上海的最后一段日子里,郑凡不再去找工作,而是一头钻进了网吧。他把一腔怒火全都发泄到了虚拟的网络上,

> 在网络游戏中抚平现实中挫折感。

他在网络游戏中杀人放火、偷盗抢劫、包养女明星,一种报复式的快感犹如死里逃生。可到后半夜的时候,郑凡突然又陷入巨大的空虚和恐惧之中,他觉得这种颓废和没落的情绪只能让下一个夜晚更加黑暗,可天亮后还得吃早饭。于是郑凡在网上搜索上海之外的城市,一个月之后,他的工作和女友居然都在网吧里落实了。

网名"流落街头"的郑凡在网上邂逅了K城的"难民收容所",他发觉这两个网名怎么看都像是一家人,一搭讪,两人都用赵本山小品《卖拐》中的台词在屏幕上说"缘分呀",

> 暗号对上了。两个网名对接得天衣无缝。也是缘分。

郑凡压根没想到"难民收容所"居然还是个女网友,问她为什么起这个网名,"难民收容所"在屏幕上敲了一个调皮的笑脸:"因为你流落街头了。"郑凡说:"我真想娶你。"女网友又给了一个笑脸:"放弃大上海,你今天来K城,我明天就嫁给你!"郑凡做出了

一个严肃的表情:"我们打赌!"女网友回了一个同样的表情:"谁不赌谁是小猪。"

郑凡打赌后在网上看到了K城文化局艺术研究所正在公开招聘的启示,于是连夜爬上火车直奔K城,笔试、面试一路过关斩将。艺术研究所那位头发很少的所长有些担心地对郑凡说:"事业编制,研究戏剧,工资不高,也没啥待遇,跟上海不能比……"被网络爱情煽动得失去理智的郑凡脱口而出:"只要不被饿死,没问题,何况还有'难民收容所'。"

所长一头雾水。

> 要是碰到一个假的女网友就更好玩了。

> 所长为何满脑子雾水呢?可能是个预警。

2

郑凡是扛着一个蛇皮口袋来K城报到的,蛇皮口袋里塞满了古代文学和现代梦想。

K城的大学同学舒怀和黄杉晚上为郑凡接风,这两个哥们似乎混得并不如意,舒怀在一家经常被银行上门逼债的民办中学教书,每月工资扣除房贷,两块多钱一包的劣质香烟都抽不起;黄杉在一家发行量极其糟糕的行业小报当记者,平时靠写一点吹捧报道能捞到一些茶叶烟酒之类的小外快。

舒怀能在三环边住上两室一厅的房子,全仗着他

> 现代主义文学话语,物质被精神化了。

> 做教书匠同学的出现,映出了郑凡的未来。

知识分子 / 005

父亲在乡下一个废弃的窑洞里违规生产鞭炮交了首付,而黄杉连房子都没有,所以为郑凡接风只能窝在舒怀家的小客厅里,舒怀买了一大堆卤菜,黄杉拎了两瓶别人送的酒,舒怀女朋友悦悦下班还抱回来一个西瓜。应该说,一开始接风的气氛还是相当轻松愉快的,可一瓶烈酒下肚,说起眼下尴尬的境遇和看不到希望的未来,这几个下不起馆子的同窗说着说着就不靠谱了。

> 哪里是接风呀,分明是找个机会集体倾诉一下。

舒怀红着眼对郑凡说:"信不信?我揣着氰化钾,去滇缅边境,狠狠地干上一票,干成了一辈子花天酒地;逮到,当场咽下氰化钾,省得审来审去的还得被枪崩了。"郑凡说:"那我就去当缉毒警,逮到你,悄悄地把你给放了。"黄杉给每人杯里倒满酒,摇摇晃晃地从一堆鸡鸭骨头中站起来:"你们说的都是醉话,干不成的。不瞒你们说,我已经在网上,在网上漂了好长时间,我想找一个富婆,把自己的身体和青春搭一起卖了。"悦悦看着三个神志不清的男人,一个比一个胡说八道,气得一下子掀翻了桌子:"无耻,你们都给我滚出去!"

> 犯罪也是要犯得勇敢。假使有这样的行动能力,他们就不是知识分子了。

> 击中朋友的敏感点。掀桌子以示坚贞。

满地摔碎的酒杯、碗碟还有鸡鸭的残骸与酱油的汤汁一片狼藉。屋内突然安静了下来,迷你小音箱里流淌出《地中海月光》曲子,窗外一轮圆满的月亮悬挂在空旷的天上,一动不动。

郑凡上班的头一个星期睡在办公室里,口袋里没钱了,他不能天天晚上去网吧,不去网吧就没法找到"难民收容所"。从应聘到来K城上班,郑凡一直不敢跟女网友见面,凭感觉,那是一个单纯得可以被拐卖掉的女孩子。拿不定主意的郑凡那天在网上跟女孩试探着聊了起来。郑凡:"我在K城,就在你楼下。"女孩:"那你就上楼吧,明天一早我们去登记。"郑凡:"你就不怕我是骗子?"女孩:"只要你来K城工作,你是骗子我也认了。"

> 好单纯的女子,真是值得好好珍惜。郑凡这小子真撞了桃花运了。哥!

上网吧太费钱,郑凡很小心地问所长:"办公室里什么时候能上宽带?"所长说:"所里经费紧张,再说搞戏剧研究又不是搞市场研究,不需要上网。"所长看着放在办公桌上的茶杯、洗脸盆,皱了一下眉头,"房子还没租好?"

郑凡立即跟黄杉借了二百块钱,当天就在三环附近的城中村租了一间平房。这儿离上班的地方远,要倒三次车,可离舒怀近,隔两条马路,离黄杉也只有一站路。刚修好的三环将城中村一劈为二,这里地处偏远,环境恶劣,所以租住在这里都是些收破烂的、做卤菜的、磨豆腐的、炼地沟油的、逃避计划生育的、偷情私奔的,还有一些下等妓女、无良小偷、打手、民工等各色社会闲杂人员。房东拖着一条残废的腿说:"要不是这

> 这让我想起了曹禺剧作《日出》中的"宝和下处"。吟诵唐诗宋词的知识分子竟落到如此境地!

知识分子 / 007

> 人到弯弯树，
> 就得弯弯腰。

屋里死了孩子，一百二十八我绝不出手。"两个月前，一对做裁缝的乡下夫妻唯一的儿子喝了三聚氰胺奶粉后死了，夫妻俩哭得死去活来，不久就挑着缝纫机回乡下去了。郑凡管不了许多，不要说是死过孩子的屋子，就是死过几万人的奥斯维辛毒气室，只要省钱，他就住。

郑凡搬进来后的第二天晚上，舒怀、悦悦还有黄杉都来了，这次悦悦花钱买来了几包卤菜，还有一袋花生米，黄杉在城中村杂货铺里拎了一捆啤酒。昏黄的灯光下大家一人抓着一瓶啤酒你来我往地喝上了，悦悦对郑凡和黄杉说："上次我很失礼，不该掀翻桌子，还望两位哥哥宽恕！"悦悦在K城一家代理美国生物保健品的公司里做业务推销员，她说那天在一个客户办公室推销深海鱼油的时候，那位腕上套着金链的客户居然提出要包养悦悦，悦悦气得当场想掀翻客户的办公桌，所以听到黄杉说想被富婆包养时，被激怒的悦悦就掀翻了自己屋里的餐桌。

> 好女孩总是通
> 情达理，超越世俗。

黄杉举重若轻地说："你掀得对，都怪我们酒喝多了，胡言乱语。不过，我这个当年中文系的最后一个贵族怎么会傍富婆呢？"舒怀也趁机标榜自己："我堂堂的人民教师，更不会去贩毒。"郑凡抹一把嘴角的残酒，反击道："被生计压得喘不过气来的时候，贩毒、傍富婆，脑子里闪一下这些念头，很正常。白日做梦是缓解压

> 反思检讨，抑
> 或是过嘴瘾和做白
> 日梦。

力的最好药方。"黄杉反驳说:"我们受党教育这么多年,这些念头闪都不该闪一下。"舒怀趁热打铁说:"你读了研究生,不能知识比我们多了,境界却比我们低了。"郑凡放下手中的酒瓶:"真是奇了怪了,贩毒、傍富婆,明明是你俩说的,反倒教育起我来了!"同学之间不着边际的争论总是不了了之。

> 反讽的语调。

这天夜里,郑凡肚子疼得死去活来,一夜跑了六趟早厕,第二天到办公室打电话问舒怀和黄杉,都说拉得一塌糊涂,不知是卤菜变质了,还是啤酒过期了。郑凡问悦悦怎么样,舒怀说悦悦正在医院里吊水呢。

> 煖煖!女孩子可能给几个知识分子先洗胃,再洗脑。

3

郑凡第一个月工资扣除杂七杂八后,还有两千一百六,比舒怀、黄杉都高,哪怕多一块钱,他觉得研究生就没白念。这座二线城市里,人均工资只有一千三百多块钱,所长对他说:"你在我们所里也算高工资了,不过要是想结婚、买房子的话,你娘老子要是不愿倾家荡产花光一辈子积蓄,没戏。"郑凡说:"娘老子乡下的,我就是他们一辈子的积蓄,怎么花?"

> 所长是可爱的过来人,他什么都明白。

第一次拥有这么多钱财的郑凡根本不理睬所长的危言耸听,下班回到出租屋关起门来,激动地掏出钱反

> 反语！
>
> 捎带讽刺一下当下的社会现实。

复数了好几遍，一分不少。于是他钻进城中村一个苍蝇很多的小吃店很奢侈地点了一碗面条和一个卤猪蹄，匆匆吃完，然后直奔路边一个未成年人严禁入内的网吧，尽管网吧里百分之九十五以上都是未成年人。郑凡管不了这些，他在一台电脑前坐定，紧急寻找"难民收容所"，不在线上，一看时间，七点四十，郑凡这才想起女网友要到晚上九点才下班。

女网友有一个好听的名字，叫韦丽，在家乐福超市做收银员。郑凡曾向韦丽要过手机号，韦丽没给，她说如果你不来K城，告诉你手机号也没有意义，如果你来了K城，没有手机号你也能找到我。郑凡要跟韦丽视频，韦丽也不同意，她说："我把真名都告诉你了，这已经很过分了，既然我们俩是在打赌，你要是愿意赌的话，哪怕我少一只胳膊缺两颗门牙你也得认账。"郑凡问："那我要是长一脸麻子少一只眼睛，你也认账吗？"韦丽说："当然！愿赌服输。"郑凡虽然对韦丽的单纯与激情充满了毒品般的迷恋，但总觉得在网上拿青春做赌注，很可能会输得鼻青脸肿，这是没有理性的冲动，冲动就是魔鬼。转念一想，自己要是不冲着跟韦丽打赌，中国那么大，为什么非得要来K城呢，他本身就是来赌博的。老豹在临分手前说过，日子不是用来过的，而是用来赌的，如今黄河上下大江南北整个就是一个

> 网络时代的浪漫冲动确实要比农耕时代危险得多。
>
> 作者也是慈悲心肠。

大赌场。矛盾和困惑中的郑凡在拿到了第一个月工资后终于决定跟韦丽摊牌。

九点半的时候,韦丽上线了。韦丽问郑凡为什么好多天不在线,郑凡说自己要熟悉新的工作岗位,很忙,工资没发,也没钱上网。

> 实话实说!郑凡是个实诚的男人。

韦丽:"新工作岗位在上海什么地方?"

郑凡:"在K城文化局艺术研究所。"

韦丽:"你是不是因为我少了一只胳膊,就用这种温暖的谎言来安慰我?"

郑凡:"不是,两个星期前,我就告诉你我在K城。"

韦丽:"那我叫你上楼,你为什么不见我?"

郑凡不说自己对不曾谋面的韦丽充满了戒备,而是说自己居无定所,口袋里没钱,见面连吃一碗面条的钱都付不起,过于寒碜会使韦丽一脚将他踢开。韦丽说:"我就是你的难民收容所,哪有把你踢开的理由?"

> 终于揭开了网名"难民收容所"的真义。

郑凡:"如果我现在在K城,你明天就嫁给我,这话还算数吗?"

韦丽:"当然!说出你单位的地址。"

郑凡:"北城路148号大院,艺研所在一幢三层红楼的第二层,我在左首第三间黄梅戏研究室上班,办公室里没有空调,有吊扇。"

韦丽:"(一个惊讶的脸)太阳真的从西边出来了?你住哪儿?"

郑凡:"三环南路城中村刘里巷27号大杂院内。"

韦丽:"我现在就过去!"

郑凡准备敲上"你能不能冷静地再考虑一下",韦丽已经下线了。

巷子里的路灯大多数坏了,少数亮着的灯在蚊蝇飞舞的夜空里割出一小块有限的光亮,大部分道路和房屋都沦陷于黑暗中。郑凡匆忙赶回出租屋,一开门,身后尾随着的几只蚊子一起进了屋子。郑凡点起蚊香,刺鼻的烟雾缭绕在狭隘的空间里,很快蚊子就下落不明了。郑凡正在担心韦丽真的会来,腐朽的木门敲响了。

站在面前的韦丽是一个简单而秀气的女孩,像香港女星梁咏琪,只是年龄好像比梁咏琪要小不少。他们几近荒诞的第一次见面居然没有一点陌生感,轻松得像是青梅竹马的幼儿园同学。韦丽见面第一句话是,"我们好像在哪儿见过"。

郑凡被韦丽冒失的问话逗乐了:"《红楼梦》里贾宝玉第一次见到黛玉时也是这么说的。不过,我们确实在网上见过。"

韦丽是个单纯的透明的女孩子。这样的女子只应天上有,或网上有。

很老套的见面语,但凡套词都这么说。

有危险吗?

012 / 生活不可告人

韦丽挤了一个小时公交车才赶过来,虽然立过秋了,天还是有些热,喝下一茶缸凉白开,韦丽用一张旧报纸扇着风:"小雯跟我打了两盒冰淇淋的赌,她说在网上赌咒发誓的人都是骗子,我不是骗子,你当然就不会是骗子。"

> 好天真的女孩子!不过好像还是心有余悸啊!

郑凡将一把折叠纸扇递给韦丽:"你怎么知道我不是骗子?"

韦丽将手中的纸扇猛扇一气:"你人都来 K 城了,怎么会是骗子呢?"

> 逻辑虽然简单,但也是逻辑。

时间已经过了夜里十二点,水瓶里的水早喝光了,出租屋里的话题好像才刚刚开始,除了神交已久,他们不仅没有"见光死"的挫败感,而且都感觉到对方比想象的还要好。郑凡知道韦丽来自一个小县城,父母下岗后在县城里摆地摊卖水果,自己商校毕业后因相貌出众被家乐福录用为收银员,由于学历低,工资只有八百块钱一个月,说到收入,韦丽慷慨陈词:"资本家残酷剥削我们无产阶级,总有一天无产阶级会团结起来,反抗并推翻资产阶级反动统治。"韦丽在自考大专,她说这是《社会发展史》中说的。郑凡说自己的父母是农民,父亲是乡下一个失业的木匠,母亲和父亲一起守着几亩薄地和十几只鸡鸭,一年的收入不够进县城医院看几次感冒打几次吊针,父母得了病一般都硬扛着,在

> 共同的出身铸就了共同的话语。身份话语。

> 所有的恋爱都是从"谈"开始的。

知识分子 / 013

乡下不倒下就不算生病。郑凡以韦丽的表述方式自嘲着:"你看,我们都是被剥削阶级家庭出身的,同病相怜呢。"韦丽在翻看郑凡的硕士学位证书的时候,突然惊讶地叫了起来:"你怎么都二十七啦!太可怕了。"郑凡说自己上小学三年级的时候,将学校里的一个汽油灯打碎了,吓得有两年时间死活不愿上学,耽误了,大学毕业又读了三年研究生,这才把自己熬成小老头子。

> 果然是个"小"女孩,对年龄特别地敏感,一惊一乍的。

窗外的天渐渐亮了起来,拖着一条残腿的房东一清早在院子里转悠,看到郑凡出租屋里亮着灯,就将脑袋凑到窗子跟前向里看,屋里的郑凡看到窗外毛玻璃上贴着一个含糊的脑袋,起身开了门,房东捧着一把茶壶,一伸脑袋,见里边坐着一个年轻女孩,意味深长地说了一句:"小郑呀,只要公安不过来找麻烦,我才不管你闲事呢。"郑凡有些恼火地反击房东:"他是我老婆,公安找什么麻烦呀!"

> 凡是情爱的事,总有一个听窗的。

这句话被屋里的韦丽准确无误地听到了。

郑凡进屋后,韦丽从那张腿脚松懈的木椅上站起身:"你怎么说我是你老婆?"

> 男主角迅速进入角色,兑现承诺的时刻到了。

郑凡说:"你不是说,只要我来K城工作,第二天你就嫁给我的嘛!"

韦丽说:"可至少到现在为止,我还没有跟你登记呀!"

郑凡说："那我们现在就去登记！"

韦丽说："时间还早,先吃早饭,吃完早饭再去,我请客！"

郑凡说："你到我这来,当然是我请客。"

韦丽说："什么你这我这的,登完记,我们就是一家子了。"

郑凡看韦丽不像是开玩笑的,措手不及中,有些自乱阵脚:"见面还没到二十四小时,我们真的就登记了,就这么结婚了？没钱,没房,也没征得家长同意。"

韦丽愣住了："怎么,你反悔了？"

郑凡说："没有呀,我是怕你以后跟着我受罪。"

韦丽说："你怕我不怕。你要是现在反悔还来得及,我马上就去超市上班,QQ上名单一拉黑,从此一刀两断。"

韦丽说着转身就走。郑凡一把拽住韦丽的手："我人都到K城来了,还有什么反悔的,走,先去登记,拿了证再吃早饭！"

灿烂的爱情就在心有灵犀的一刹那。

浓缩了的恋爱前奏,但也要有个一波三折。不管怎样,男主人公,女主人公都是一诺千金的人。

4

在一个"娱乐至死"的年代,严肃和神圣的事情是不存在的,也是不必要的,郑凡记得一位讲后现代主义

严肃和神圣不存在,圣人才可贵。

> 郑凡其实是很郑重的。面对网上掉下个"丽妹妹",心理波澜也很正常。

的教授在课堂上慷慨陈词,唾沫星在粉笔灰中乱溅。

结婚不需要父母之命,不需要媒妁之言,不需要开介绍信,也不需要亲朋好友参谋把关,只需要两个人怀里揣着身份证就行了,到婚姻登记处现场照相、现场拿证,半支烟工夫就可把一生的大事搞定。然而,农民后代郑凡内心深处远没有他在网上表现得那么潇洒和前卫,他觉得如此草率的行动就像在电脑上打游戏,太随意了,站在婚姻登记处门口时,与郑凡手指紧扣的韦丽问郑凡:"你怎么手心里都是汗?"

> 男主人公和女主人公就如同明暗两种光线,相互映照。

韦丽去马路对面的打字社复印身份证,郑凡给黄杉打了一个电话,电话里黄杉笑得有些失控:"一大早给我玩幽默,想改行当赵本山?"

郑凡说:"这是真的,没骗你。"黄杉说:"不是骗的,就是编的,二十二岁,长得还像梁咏琪,一下线就跟你去登记,你以为你是刘德华、谢霆锋呀!"郑凡说:"你要是不相信就当我没说好了。"黄杉说:"我要看报纸清样,没空陪你白日做梦,晚上把新婚妻子带过来,凭两人结婚证,请你们下馆子吃火锅。"

> 用几个没心没肺的同学来反衬郑凡的郑重其事。

郑凡又给舒怀打了一个电话,舒怀在电话里相当冷静:"新新人类玩裸婚也是有的,那是出于好奇,而不是因为爱情。你最好先去调查一下,看看身体有没有疾病,比如先天性心脏病、脑血管畸形之类的,那可是随时要出人命的。狐臭问题不大,可以看好的。"

郑凡说这都已经站到结婚登记大厅门口了,一切都来不及了,舒怀安慰他说:"不要紧,把证拿了,晚上我们先把黄杉的火锅吃到嘴,真要是同床异梦,把证吊销掉就是了。说老实话,驾驶证、厨师证、健康证、残疾证、学生证,所有证中,最不靠谱的就是结婚证,吊销得最多的也是结婚证,你也别太当一回事。"

韦丽手里攥着身份证复印件过来了,她问手里抓着电话的郑凡:"给你父母打电话了?"郑凡说:"我父母在乡下,没电话。你呢?"韦丽拉着郑凡的手往结婚登记大厅走:"我不告诉他们。"

为了等韦丽下班,郑凡、黄杉、舒怀、悦悦一直等到晚上九点多才吃上火锅,韦丽没到前,黄杉、舒怀、悦悦把郑凡的结婚证像验证假币一样反复推敲了许多遍,悦悦有些惊讶地说:"现在的女孩子胆子太大了,有个性!"黄杉将结婚证扔到郑凡怀里:"假的!假证贩子那里买的。"郑凡急得涨红了脸:"你不想请客就直说,凭什么说结婚证是假的?"

正在争得兴起的时候,韦丽来了,跟大家一见面,所有人都傻了,一个清秀而纯朴的女孩,看不出半点前卫,也看不出身上有多少人间烟火的气息,郑凡从大家

几个同学的话语却俏皮,也反映了一种社会风气。婚姻就是儿戏,女主人公的行为就是明证。

欲扬之先抑之。

确实传奇,真让人难以置信。

为什么都傻了,因为他们都是泥做的凡胎。

知识分子 / 017

> 郑凡强调了"钱",而韦丽则强调那是"别人的钱"。

惊诧的眼神中收获了一份自信和得意,他拉着韦丽的手向各位介绍说:"韦丽,法国家乐福超市收银员,从毕业到现在天天数钱,经她手数的钱,可以买下一座城市。"韦丽笑着跟大家打招呼:"大家好!我叫韦丽,很抱歉,我因为数别人的钱来得太晚了。"大家都被韦丽轻松的情绪感染了,相互寒暄几句,各就各位。

菜早就点好,麻辣火锅里已经咕咕噜噜地沸腾了。韦丽落座前从人造革坤包里掏出结婚证:"郑凡说凭结婚证吃火锅,我带来了!"

> 叙述者又用另一个女子来反衬韦丽的"轻率",来垫高郑凡的男子汉气质。

黄杉有些尴尬,他要凭借自己的如簧巧舌迅速改变这顿火锅的性质:"没证吃火锅,这顿饭是同学聚会;有证,那就是给你们摆婚宴,意义完全不一样。"这么一说,大家都说言之有理,于是共同举杯,热烈庆祝,吃火锅的气氛好极了。悦悦挨着韦丽,将一块黄喉夹到韦丽的油碟里,两人一见如故,亲热得有些过头,说话就无所顾忌了:"你年龄比我小,胆子比我大,舒怀有房子我都不敢拿证。"韦丽说:"悦悦姐是不是还想要一部车?"悦悦摇摇头:"总觉得心里没底。"黄杉插话问:"是你对舒怀没底,还是舒怀对你没底。怎么个没底?"悦悦被问住了,想了一会,她说:"没底是一种感觉,而不是一个结论,具体的不好说。"她将头转向韦丽:"小妹,你说是吧?"韦丽说:"我对郑凡有底,他说话算数,

> 女人找的是踏实的感觉。

018 / 生活不可告人

放弃大上海,说来就来了。我也说话算数,昨天见面,今天我就跟他拿证了。"

黄杉感慨万千地喝了一杯闷酒:"怎么好女人我们就遇不到呢?玲玲跟我好了三年多,要是不采取措施的话,孩子都会叫我爸爸了,可她走的时候连招呼都没打一声,人和洗脸池边的半瓶资生堂润肤水一同消失了。"说起玲玲跟一位东北的五十多岁皮货商结婚的事,酒喝多了的黄杉痛苦得哭了起来:"找一个五官健全的人不好吗?非要找一个门牙少了三颗的老头来腌臜我。我他妈宁要三颗门牙,也不要三套房子三辆车子。"

> 超凡脱俗的女孩子,就只有韦丽这一个。继续垫高女主人公的形象。

韦丽拿起一张餐巾纸递给黄杉,一脸的迷惘,灯光和火锅的雾气笼罩着错综复杂的情绪,话题由轻松而变得沉重起来,舒怀问韦丽:"你爸妈也不介意郑凡租住在城中村,而且隔壁还住着一个卖老鼠药的小贩?"

> 这哥们好像要成心拆散别人的婚姻。

韦丽喝了一口火锅汤,太辣,她伸出了舌头,说话的声音也是火辣辣的:"城中村挺好的呀!隔壁有老鼠药卖,屋里就不会有老鼠。这事跟我爸妈没关系,郑凡,你说呢?"

> 女主人公根本不吃那一套。

郑凡得意地说:"当然。"看到被玲玲抛弃的黄杉和被悦悦悬挂在半空中的舒怀,一种肤浅的成就感和幸福感在郑凡心里很盲目地弥漫着。

> 是个男人这时候都会有成就感和幸福感。

知识分子 / 019

散伙的时候已是夜里十一点多了,火锅店门口,闪烁的霓虹灯下,他们正准备一同挤公交车回去,韦丽接到了一个电话,韦丽听着听着脸色就变了,她对着话筒说:"我在新城火锅店门口。"

一行几人很诧异地看着紧张而焦虑的韦丽。郑凡问:"怎么了?"

> 都是黄杉的破嘴招来的祸。

这时,一辆黑色的帕萨特小轿车停在他们面前,车上下来一个中年男人,他拉起韦丽就走:"快,快上车!"

韦丽对郑凡仓促地说了一句:"我有急事!"话还没说完,车子拖着一串黑烟疾驰而去。

> 都有点幸灾乐祸的味道。

黄杉满嘴麻辣的气息,他吐掉嘴里的烟头:"这叫什么话,新婚之夜新娘被人家塞进小轿车拉跑了!"

喝了不少啤酒的舒怀也跟着起哄:"吊销执照,证件作废!"

> 郑凡虽然嘴硬,估计心里也是七上八下的。

郑凡将脸凑到黄杉和舒怀的面前,一字一句告诉两位同学:"你们知道吗?如果这个世界上只有一个人信任韦丽,这个人就是我!"

> 诗意的暗示。

秋天的夜晚讳莫如深,街灯在固定的位置上按部就班地亮着,一缕尖细的风划过街市,郑凡看到灯光简单地晃了一下,夜空纹丝不动。

5

一同在家乐福打工的小雯被一个四十多岁的网络骗子骗去了三千块钱,还骗去了身子,听说小雯怀孕后,镶着一颗烤瓷牙的骗子彻底消失了。小雯姑娘在韦丽拿证的这天晚上,一时想不开,爬上六楼楼顶准备一跳了之,小姐妹哭成一团,中方经理苦口婆心,都没用。小雯跳楼前荒唐无理地非要见韦丽一面,她要责问韦丽凭什么自己在网上遇到了骗子,韦丽遇到的就不是骗子。

> 上文的谜底到此得到了解释。原来虚惊一场。

跟着经理的车赶到现场后,韦丽对小雯说:"你先下来,我正在调查'流落街头'是不是一个骗子,落实了之后,我陪你一起跳!"

> 其实韦丽还是心里没有底的。

第二天早上,一夜未睡的韦丽在电话里跟郑凡说了一下事情的大概,并强调小雯情绪很不稳定,领导让她看住小雯,她要陪小雯几天,真的很对不起。郑凡很轻松地说:"只要小雯不跳楼,没问题!"拿了结婚证的郑凡很恍惚,他没觉得自己已经走进了一桩婚姻,只是觉得打赌赢了。这突如其来的变化让他对下一步生活一点思想准备都没有,韦丽不过来,可以让他冷静地把有些问题想清楚。他想去找黄杉聊聊。

> 住房的房事和婚姻的"房事"是相通的。
>
> 婚姻的房事定下来了,眼看就要进入下一步的程序了。

> 没有房子的"房事"再甜蜜也还是镜花水月。

> 嘴上虽是这么说,但男主人公所走的就是兑现承诺这一条路。

> 幻觉中隐含的是郑凡关于未来的担忧。

黄杉租住在带厨卫的一居室筒子楼里,他指着屋里的大床,对有些迷惘的郑凡说:"这张床上,你知道重复过多少甜言蜜语吗?做成录音带够你二十四小时连轴转听上好几个月,现在没了,连一个标点符号都没留下。如今我们要是还扯什么爱情,那就太幼稚了!我为什么看好你跟小韦?因为你们没有爱情,却有信用,网上打的赌都能兑现,太伟大了!两个讲信用的人比两个讲爱情的人要可靠得多,你看人家小韦一不要房子,二不要车子,如今有几个女孩子能做到?"郑凡觉得黄杉言之有理,但把他们归类为与爱情毫不相干的两个赌徒在兑现赌注,郑凡面子上过不去,于是他反驳说:"没有爱情,信用是不需要兑现的,兑现的信用也是没有意义的,又不是做生意。"黄杉似乎不想跟他讨论这些话题,他说要出门去相亲,报社一个拉广告的同事给他介绍了一个野模特。

他们一起出门,摸索着走进黑暗的楼道里,分手前黄杉对郑凡说:"你跟小韦先把夫妻之间的事办了,然后再去考虑婚礼、买房的事,听我的没错。"

郑凡对眼下身无分文、居无定所的现状无能为力,出租屋里腿脚乱晃的床上死过一个无辜的孩子,霉迹斑斑的墙上终日晃动着一家三口绝望的表情。他想买一点石灰水将旧生活的阴影刷白,还想买一个煤炉,再买些锅碗瓢盆之类的,床单、枕头要换新的,他想即使寒酸,但屋里要收拾干净。韦丽进门前,最大的一笔投入是电视机。新的要一两千,口袋里钱不够了,郑凡准备去二手市场买一台旧的。

小雯被父母接回老家去了。已是拿证的第四天,一清早,韦丽给郑凡发来了一条短信:"小雯不想死了,可这会儿我想死。"郑凡很吃惊,打电话过去问为什么,韦丽说:"我想你想死了。"郑凡说:"屋里还没收拾好,你要能忍受我这阿富汗难民收容所,今晚下班就过来。"

乡下表舅是午饭后摸到市艺术研究所的,他一见到郑凡就号啕大哭起来,眼泪鼻涕一把地说:"大外甥呀,四大门亲中就数你官最大,最有本事了!你可得给我做主呀!"

郑凡给表舅倒了一杯水,让他坐下慢慢说。表舅稳定了情绪后掏出了自己带来的烧饼,他只咬了一口,就没再吃了,他说:"乡下表弟在县城卖梨跟城管干起了仗,因为一位省里的大领导要来县里视察,所有主干道两边都不许摆摊,沿街卖梨的表弟刚摆好摊子还没开卖,城管上来就对着筐子狠狠地踢了两脚,态度也很凶。"表弟说,"你不让卖就不让卖,干吗要踢我梨筐?

被延宕的爱情似乎更加甜蜜了。

正要进入的圆房程序再次被中断。

作者很残忍!

> 借表舅之口，引入一幅社会现实图景的叙述。

> 表弟也是够凶残的，表舅也是至亲。

> 学而优则仕的时代已经过去，但乡下人还生活在妄想中。小知识分子自己也生活在这种妄想之中。所有的重担都加到了他的肩上。

那位戴着大盖帽、眉毛粗黑的城管捋起袖子，说踢算便宜你的了，我他妈还想打你！说着下面一脚踹翻梨筐，上面一拳砸在表弟的鼻子上，表弟当场血流满面，梨子滚落一地。当年曾想到少林寺当和尚的表弟和尚没当成，武功却练就了七八分，虽荒废多年，基本功还在，于是一个连环腿横扫过去，城管捂着裤裆倒在了地上，头磕在路牙子上，后脑勺破了，送进医院缝了八针。表弟被一群扑上来的城管将腿打成粉碎性骨折，眼下正打着石膏躺在医院的床上。第一次手术已经花掉了六千多，第二次手术还得三千多，听说腿伤好了后，还要抓进去坐牢。表舅说到这又抹起了眼泪："明明是城管先动的手，你表弟腿都被打断了，还要坐牢，这还讲不讲理！"

郑凡问表舅是怎么找过来的，表舅说，是你父亲对他讲郑凡从大上海到K城，是受到了党和政府的重用才过来的，堂堂大知识分子，找他准行。郑凡苦笑了笑，安慰了表舅几句，就给报社的黄杉打电话，黄杉说他们是一个行业小报，谁都监督不了。郑凡说："你一定要给我想办法把这事给摆平了，不然我不好向我父亲交代。"于是黄杉答应带郑凡去找一个在信访办当差的师兄老蒋，郑凡请了假跟黄杉一起陪表舅到了信访办，信访办的师兄老蒋很热情，并当场打电话要求老家的县委督办此事。表舅非常高兴,将手里的劣质香烟掏出来,逢人便递。

天色将晚,表舅赶不回去了,郑凡咬着牙在一家小酒馆里点了一份红烧鸡、一盘梅菜扣肉,外加几个素菜和一瓶柳阳大曲,黄杉忙着跟野模约会,连饭都没吃就走了,郑凡觉得菜点多了,想退,小酒馆说点好的菜不许退。席间,表舅喝得一时兴起,说话也就刹不住车了:"当年你爸给田老七割棺材罚了三百,那时的钱多值钱呀,要是换到如今,你当了大知识分子,执法队三分也不敢罚。"闭塞的老家乡下总是把知识分子看成是知书达礼、一手遮天的大人物,好多人家中堂里至今还挂着"天地君亲师"的古训。

酒足饭饱时,郑凡这才想起,晚上韦丽下班后要过来,他决定再咬咬牙将表舅安排到小旅馆里住,买好明天一早的车票让他回去。可表舅说:"不行,我到你宿舍住,睡旅馆太浪费钱了!"郑凡急得头上直冒冷汗:"表舅,我刚工作,租的小屋里,只有一张小床。"表舅说:"铺一张席子,我睡地上。"

郑凡给韦丽打电话,叫她不要过来。可电话打不通,韦丽晚上九点下班前是不许开机的,九点过后,电话通了,但没人接,估计韦丽正在挤公交往这赶。

酒喝多了的表舅在郑凡的出租屋里上下左右看了

乡下表舅不断加码。

这个表舅还在摆架子,孰不知男主人公已经是火烧房子了。

有点希区柯克式的手法。

知识分子 / 025

> 这个表舅可爱到令人愤怒。

又看,他抹着一嘴的油水,说话也语无伦次:"临时住的,不错了,还有煤炉,被单全是新的,不错,到底是大知识分子,这塑料盆也是新的。政府啥时候给你分楼房呀?"郑凡心神不宁地攥住手机,不停地拨着,嘴里嗯嗯哈哈地应付着:"政府不分房子了。"表舅不高兴了:"不分给任何人,也得分给你,能把县里书记拿捏住的人,还了得。"郑凡看表舅酒喝多了,随口应付着:"政府年底就给我分了。"

> 新婚夫妇的初夜就这样被搅黄了。

这时,韦丽兴冲冲地赶来了,推开门,她愣了一下,看到一个乡下老农正坐在床沿上抽着烟,她以为是大杂院里租住的收破烂的邻居,于是很客气地跟郑凡表舅打招呼:"你好,收工了?"表舅没听明白,趁着酒兴,继续发飙:"小罐子,年底等你住上楼房,我跟你爸一起过来玩几天。"小罐子是郑凡的小名。

> 韦丽真是通情达理的好女人。

郑凡连忙将韦丽拉到外面,连连道歉:"韦丽,真对不起,我表舅从乡下来了,死活要住这儿。我一直在给你打电话。"韦丽平静中难以掩饰沮丧的情绪:"我以为是你在催我快点过来,就没接电话,还想着为你省三毛钱话费呢。那我回宿舍去了。"郑凡攥住韦丽的手,他感觉到韦丽的手滚烫:"韦丽,真对不起!"黑暗中看不到韦丽的表情,可声音却已平静,她举重若轻地说:"别把我想成千金小姐,我没那么金贵。好了,你赶紧进屋陪表舅去吧,我走了!"她将一包糖炒板栗塞到郑凡手里,"在巷口刚买的,很香的!"

韦丽轻轻地走进幽暗而狭长的巷子里,郑凡望着韦丽在忽明忽暗的灯光中渐渐远去的背影,鼻子有点酸。

> 贫贱夫妻百事哀。郑凡很内疚。

6

闪婚男女如果超过三个月还不散伙,基本上就可以过三十年。舒怀在酒桌上发表这一看法的时候,郑凡和韦丽已经在一起过了六个月,郑凡说:"你跟悦悦在一起都超过一年了,换算一下,你们在一起就过一百年了。"舒怀谦虚地说:"我们跟你不一样,没拿证,不保险。"

韦丽百思不得其解,扭头问悦悦:"悦悦姐,为什么不跟舒哥拿证呢?"

悦悦说:"舒怀拿着一千来块工资,对将来什么规划都没有,民办中学,说垮就垮了,我心里总是没底。"

黄杉反击说:"你有房子住了都没底,人家小韦跟郑凡租住在大杂院里,不就更没底了,你见的有钱男人太多了,我真担心你推销美国鱼油把自己也推销出去!"

> 悦悦把结婚证也看得很重。因为她没找到踏实的感觉,所以拒领证。

> 继续发挥悦悦的"灯泡"作用。

知识分子 / 027

> 关键不在于房子，而在于责任感。

> 此话严重伤害了舒怀的面子。

> 现代派小说的句法、抽象观念、心理感觉化、身体直觉化。

> 多可怜的一对恋人。

悦悦说："那倒不会。我只是觉得一个男人要对自己的女人负责任，郑凡每个月存一千二百块，准备买房子，这就是负责任的男人。"

舒怀辩护说自己的工资每个月也都在还房贷，悦悦指着桌上的卤菜和酒水说："是呀，你是在还贷，还了贷后连抽烟的钱都没有，为什么不去兼职、找零活做，双休日全都泡网吧！今天的卤菜还是我买的。"

屋里的气氛顿时变得压抑了起来，天花板上的节能灯泛出苍白的光，如同舒怀苍白的人生，他将烟头按灭在桌上鸡鸭骨头的残骸间，摇了摇头："没劲，活着真没劲！"

已是西北风呼啸的隆冬，持久的沉寂反衬出屋外的风声像刀子一样切割着这个夜晚，郑凡听到了城市结冰的声音。

晚上回来后，出租屋的门窗已经腐朽，四处漏风，塑料盆里已经结冰，这座不南不北的城市里，暖气只装在新建的高档住宅里，潜伏在城中村里的郑凡和韦丽蜷缩在被窝里冻得瑟瑟发抖，韦丽抱紧郑凡："我们租一间不漏风的房子，好吗？我有钱。"

郑凡对韦丽说："你把羊毛衫穿上睡，就不冷了。钱要省下来买房。"

韦丽说："房价那么高，干吗要买房？我不稀罕，租房子多好,我们把节余下来的钱,拿出来旅游,我想去伊拉克,还想去看看阿富汗巴米扬大佛遗址。"

郑凡用手堵住韦丽的嘴:"好了,不讨论了,我早就说过,买不上房子,没有自己的家,绝不举行婚礼。"

郑凡在韦丽住进城中村的当天就声明,只有买到了房子,有了自己的家,才向双方父母宣布两人拿过证,如果自己的女人跟着自己连个窝都没有,他夜里睡不踏实。韦丽没有郑凡那么严肃,她说没房子挺好,想住哪就往哪搬。郑凡说:"你就不怕你父母说我拐骗少女?"

从二手市场花二百块钱买来的旧彩电里费翔正在屏幕上又蹦又跳地唱着一首怀旧的老歌《冬天里的一把火》,韦丽自言自语着:"冬天有火真好,我好像身上真的暖和了。"郑凡希望这首歌能一直唱到天亮,可电视图像突然乱晃了起来,郑凡哆嗦着下床用手拍了拍电视机外壳,越拍图像越晃了。韦丽说关了算了,郑凡关了电视上床后搂着韦丽说:"等到我有钱了,我会把电视里的生活搬到你面前来。"韦丽是那种没心没肺的女孩子,她像一只小猫一样蜷在郑凡的怀里:"电视里的生活都是假的,我不要,我只要你。"说着说着就睡着了。屋外的风声像哨子一样尖啸,这一年冬天特别冷。

快过年了,艺研所每个员工发了一桶色拉油、两斤

两人似乎产生了分歧。为以后的分手游戏埋下了伏笔。

郑凡的有关房子的责任中,始终与父母、故乡相关。

冬天是冷的,但心是温暖的。

> 郑凡只考虑自己的面子，咋不分一部分让韦丽带回家呢？

瓜子、一斤糖果、半斤茶叶，郑凡独自一人背着这些年货回到乡下过年，韦丽要到年三十才能回到卖水果的小县城父母身边，他们约好了的统一口径是，只要家里人不问，拿证的事一个字不说。

乡下木匠郑树见郑凡背了这么多年货回来了，激动得抱着一桶色拉油久久不愿放下："瞧这油，清亮亮的，哪像我们乡下榨的菜籽油，浑浊浊、黑乎乎的。听你表舅说，年底国家给你分楼房了，开了春我跟你妈去看看，老婆要赶紧找了，过了年都二十八了。"郑凡给父亲递了一支烟，又恭恭敬敬地点上火："爸，国家不分房子了！要住楼房都得靠自己买。"郑树先是一愣，沉思了一会，似乎想明白了："你们薪水高，所以才要你们自己买。要不是给你高工资，你怎么会从大上海到K城来呢？对不对？"郑凡觉得自己解释不清，只好点点头，表示承认。

> 乡愚的父亲总是找理由维护那在漏风的知识分子的幻想。

> 父亲对儿子的期望终于在儿子的默认中膨胀成了野心。

父亲的心情好极了，家里唯一的一头猪，郑凡夏天毕业时被父亲杀掉请人喝酒吃了，乡下过年不杀一头猪不算过年，而且会在庄上丢尽面子，对于一个家里都吃上色拉油的郑树来说，他要考虑的不是杀不杀猪，而是到哪家去买猪，现在乡下猪难养，每家顶多养一头，过年自家吃。有人介绍说镇上养猪场胡标那里有猪。

胡标就是当年抓走郑树的镇执法队队长，因平时积怨太多,几年前在县城嫖娼时遭人举报,和一妓女在宾馆的浴缸里被当场活捉,那情景就像是从水缸里捞出了两条活鱼。胡标被双开后办了一个养猪场,生意一直不错。他对郑树说跟猪在一起心里蛮踏实的,郑树说人比猪还是要好得多,不然就不是人杀猪,而是猪杀人了,胡标嘴里打着哈哈,看郑树身边站着一位文质彬彬的小伙子,就问是谁,郑树故作平静地说:"就是那天早上被你踹翻在地的我儿子,叫郑凡,研究生毕业,在 K 城党和政府里上班,我表侄在县城挨打,县委书记到医院道歉,我儿子摆平的。"胡标很尴尬,连忙给郑凡递烟:"大侄子,兄弟我当年有眼不识泰山,还请多多包涵。"

郑凡被胡标的胡言乱语逗乐了:"这事我都忘了,你也是例行公事嘛。"

猪过秤后,总共是八百二十六块钱,胡标说只要给八百就行了。郑凡的钱全都存到银行准备买房了,艺研所本来就穷,除了工资,分文奖金没有,这次总共带回来一千块钱过年,他没想过自己付买猪的钱,可磅完秤后,父亲很轻松潇洒地对郑凡挥挥手说:"交钱呀!"郑凡心里暗暗叫苦,这个好面子的父亲把儿子当成大款了。郑凡从皮夹里动作麻利地抽出八百块交给胡标,然后又迅速地将皮夹塞进棉袄里面的口袋里,他怕

> 父亲当场验证了一下当官儿子的威力。
>
> 果然!

> 父亲的面子等于抽掉了儿子房子的一根梁。

> 死要脸，活受罪。

> 中国乡民切合实际的和不切实际的幻想都加在了他们子弟的身上了。

> 这个多事的父亲真的有点儿愣。

父亲看到自己的皮夹空了。

郑凡知道父亲在自己身上寄予了太多的希望，而那些希望完全是父亲躺在床上不切实际地虚构出来的，郑凡无法与大字不识几筐的父亲进行沟通，他不忍心大过年的把父亲的梦粉碎掉，所以，春节期间，他不得不配合父亲，把根本不存在的荣耀和富贵表演得异常逼真。郑凡在亲朋好友面前很无奈地被父亲一次次地神化。神化带来的轰动效应是，年初三，表叔拎了一桶米酒要郑凡跟县委书记下一道命令，让其在乡政府食堂烧饭的儿子转成国家干部，要是能当上副乡长更好。年初四，庄邻周天保拎着两只腌得金黄的咸鸭子来找郑凡，他女儿被拐骗到广东卖淫去了，请他跟省里、中央的领导说，把他女儿尽快救回来。郑凡哭笑不得，他应付着说："我回去后，帮你了解一下！"

晚上，郑凡对父亲说："爸，你以后不要在外面说我手眼通天，我没那么大本事。"

父亲不高兴了："你不要忘本，能帮助乡里乡亲的，一定要帮。现在全乡的人都知道，你从大上海回到K城，风光得很，一出手，把县委书记训了一通，你表弟不但没坐牢，政府还赔了一万多。"

郑凡说："爸，我只是在上海当学生，不是在上海当市长，到K城也只是普通工作人员，你就不要给我添乱了。"

父亲生气了,他将酒杯里的酒一口喝干,站起身默默地向房里走去,郑凡小心地跟了进去,他小心地说:"爸,你不要生气。今后凡是我能办的事,我一定办!"

他觉得为了父亲,他得把不能办的事办了,不该说的话说了。乡里乡亲的上访告状,求医问药,还有自己买房、结婚、办体面的婚礼,他一件都不能怠慢。

这个年过得并不轻松,为了节省话费,郑凡跟韦丽每天互发信息,诉说没有对方的寂寞与别扭。大年初一,郑凡给韦丽打了一个电话,韦丽在电话里说的第一句话就是:"我把你给卖了!"

郑凡大年初一听这话,莫名其妙地说:"把我给卖了,卖给谁?"

韦丽好像嘴里啃着水果,边嚼边说:"卖给我妈。"

郑凡觉得韦丽越说越不靠谱:"你喝酒了?净说醉话。"

韦丽轻松地说:"没喝酒。我妈逼我跟县里一个倒煤炭的贩子见面,那贩子在县城有一幢别墅、两部小汽车,K城还有三套公寓,你说我怎么办?"

玩花船的来了,外面响起了剧烈的鞭炮声,突如其来的鞭炮声淹没了郑凡和韦丽遥相呼应的通话。

父亲做得过了头。

回应前文的约定。

新情况的出现,推动着郑凡加快买房的步伐。

知识分子 / 033

7

韦丽跟母亲说自己已经拿过结婚证了,卖水果的母亲根本不相信,韦丽当场从包里掏出了结婚证,母亲看了后被女儿的胆大妄为和忤逆不孝气疯了,她号啕大哭地要去跳河,韦丽从地上拉起母亲,说:"妈,我陪你一起去跳!"

郑凡问,那后来呢?韦丽说后来母亲突然就不哭了,再也不提跳河了。

过年回来后,韦丽在出租屋里说起那些惊心动魄的事情就像说别人的事情一样,很轻松。卖水果的母亲活得很实际,一家风里来雨里去地做小买卖吃苦受累只能不让一家人饿死,所以倒煤炭的贩子把房子车子亮出来的时候,母亲不可能无动于衷,她对郑凡是硕士还是博士没有丝毫的概念,过年期间问的唯一的一句话:"你们住哪儿?房子呢?"韦丽说:"要房子干吗?反正没睡在桥洞里。你要是逼我嫁给煤贩子做二奶,我进门的第一件事就放火把他的房子全烧了,再多的房子也等于没房。"母亲一点办法都没有,其实韦丽有点冤枉了煤贩子,人家是死了老婆才托人来提亲的,顶多算填房,不是做二奶。

> 这个姑娘真的有其过人之处。

> 纯粹的姑娘无意中把其母亲的物质关怀传达给了郑凡。

> 继续施加压力。

艺研所工资低、待遇差，所里上班就很松，一般上午去半天就行了，每个人领一个项目或做一个课题，在家研究也行。但一个课题或项目是两年还是三年完成，没个准数，也没人来较真，政府现在一门心思抓经济建设，至于研究黄梅戏之类的文化工作，相当于一个人化妆的时候多搽点粉，可有可无，无关大局。郑凡研究的是《黄梅戏民间艺术的都市化流变》，所长说，最好五年内弄一本书出来，到时候争取市里的文化专项基金出版，郑凡三个月就拉出了提纲，搭好了架子，反正写出来的书也没人看，也要不了那么长时间，一心想着挣钱买房的郑凡四处找兼职的活干。

在郑凡的内心深处，他自己在跟自己打赌，三年内无论如何得买一套房子，办一个体面的婚礼，把韦丽体面地娶进门，他算了一下，赌赢了的时候，他正好三十岁。上海求职失败后，郑凡三十而立的定位跟韦丽母亲一样实际，老婆孩子热炕头。这是人生的最低目标，也是最高目标。当年大学时代的宿舍里，宏伟的理想每天都在煽动着每个人狂妄而自负的情绪，情绪在相互传染后，一个比一个牛，郑凡想当一个讲授屈原和楚辞的教授，黄杉想当作家，舒怀想办一所自任校长的私立中学，坚决把老家的县一中压趴下，秦天的理想居然是当国务院副总理。可大学毕业几年后，一切都已物

> 在利欲熏心的经济大潮中，文化轻如鸿毛，连装饰都不是。

> 主人公已经被房子拉扯得离开了他的文化人的责任了。

> 实际的生活哲学都是在实际的生活中炼出来的。

知识分子 / 035

> 下落不明的是当年的理想和雄心壮志。

> 卖身于充满铜臭味的所谓文化产业，也是不得已而为之。

> 这种酒能振奋起男人的阳刚吗？

是人非，黄杉发表过十几行诗歌后，文学从此不见长进，如今落到靠栖身小报写表扬稿混点烟酒的地步，作家是彻底没戏了；舒怀私立中学校长没当成，自己落草到一个私立中学打工；郑凡当古代文学教授的美梦早已灰飞烟灭，他现在只想当一个好丈夫；秦天去了北京，具体下落不明，可以肯定的是，当副总理如今连他自己在梦里都不会相信。

黄杉把手头的一家叫"维也纳森林"的地产会刊转给郑凡去办，每两个月出一期铜版纸印刷的会刊，编、校、组稿三位一体，做一期八百块，郑凡觉得这报酬已经相当高了，问黄杉怎么舍得转给他，黄杉说："如果哪一天你看到我暴富了，千万不要奇怪，因为我看不上这种鸡零狗碎的小钱！"同事老郭平时对郑凡一直很关心，郑凡过年回来后，给老郭送了一条从家里带来的咸狗腿，聊天时老郭发现郑凡这小伙子像个男人，心存感动，于是将郑凡介绍给了江淮文化传播公司，公司经理赵恒跟郑凡差不多年龄，他对郑凡表现出了过度的兴趣："你是我们公司第一个兼职的研究生，中午我请你喝酒，好好聊聊！"中午的酒桌上赵恒将"天龙虎骨酒"的广告传单的撰稿任务交给郑凡，时间三天，报酬一百六十块钱。好事一个接一个，郑凡贴在电线杆上的家教广告也起到了作用，没几天，郑凡就落实了四份双休日家教,每个学生每次辅导三小时,报酬三十块钱,双休日两天可挣一百二十块钱。

这样一来,过年后郑凡每个月固定兼职和打零工加起来居然挣到了一千二百块钱。郑凡将这些钱全都存进了银行。

在收下这些钱的时候,郑凡时常有一种咽下苍蝇似的痛苦,他有时候真想不干了,可想到韦丽在被窝里冻得瑟瑟发抖的情景,他必须忍受别人难以忍受的付出。做完第一票"天龙虎骨酒"广告传单,已是第二天夜里两点多,韦丽冻醒了,她从被窝里探出头看了一眼郑凡,只说了两个字:"我冷!"倒春寒在细雪的强化下冰冷刺骨,郑凡换了一个热水袋,冲好热水塞进被窝里。屋里放着蜂窝煤炉,窗子不能关死,郑凡透过缝隙望着深不可测的雪夜,心里弥漫起一股浓浓的悲凉,他很后悔跟韦丽拿证,一个无辜的小女孩因为打赌而输掉了整个青春,更让他难以忍受的是,他在夜深人静的晚上绞尽脑汁为"天龙虎骨酒"广告传单捏造了一个个传奇和神话,"天龙虎骨酒"能舒筋活血、防止脑血栓、动脉硬化、腰肌劳损、半身不遂、阳痿早泄、痛经闭经等等,厂家要求根据这些功效,相应地要编出一个个见到奇效的故事,王大爷、张大妈、李先生、钱小姐这些根本不存在的人物全都在广告传单上言之凿凿地说"天龙

> 心有不甘啊!

> 女主人公的"我冷"可是大有深意的,一是天气真的很冷,二是她想要爱人的温暖。

> 良知都被吞噬了。

知识分子 / 037

> 所有的恶，只是在形式上有差异，在精神上永远同构。

虎骨酒"一杯见效，一瓶极效，功德无量，盖世无双。他觉得自己跟城中村那些造假酱油、炼地沟油的是一路货色，他所捏造的这些事实，跟革命时代的叛徒和"文革"时期的告密者简直就是一丘之貉。窗外的天刚麻麻亮，韦丽醒了，见郑凡还坐在昏黄的灯光下看着桌上的一堆稿纸发呆，她气得将枕头扔向郑凡："你再这样要钱不要命，我就搬回宿舍去住！"郑凡很小心地走过来，抚摸着韦丽一夜都没焐热的脸："你再睡一会，我来熬稀饭！"

> 冠冕堂皇的谬论，掌握在权力者的手里，就成了可以教训人的真理。

郑凡到江淮文化传播公司交稿时，他对总经理赵恒说起了心中的困惑，赵恒比初次见面更好奇地看着他，然后很不客气地教训起了郑凡："知识不跟生产劳动相结合，等于一纸空文，研究生算什么？书袋子，纸篓子，你只有把这广告传单做出来了，你才算是有知识的人；做不出来，等于文盲。"赵恒翻看着广告传单草稿，态度突然来了个一百八十度大转弯："你编故事的功夫不错，很好！"郑凡不无惶惑地说："赵总，我不想再编这些假故事了。刚进门我就跟你说了，最好不要印出来，钱我也不要了！"赵恒把草稿迅速放进抽屉里：

> 赵总是个精神麻醉师。

"我说郑兄，我们能不能冷静一些？"他将郑凡按坐在沙发上，又给他递过来一支中华烟，并亲自给他点上火："郑兄，你没有作假，这些功效都是专家权威论证过的，有国家批准文号的,你所做的只是把那些没有到场的受益者的感受和心里话写了出来,你代表他们说心里话,而不是代表他们做假。"郑凡在赵恒润物细无声的启迪下,沉默不语了,他觉得赵恒说得也在理。赵恒看郑凡心理有所松动,拍了拍他肩:"继续合作,中午我请你喝酒!"

> 精神麻醉师的效果立竿见影。

维也纳森林是 K 城的高档住宅小区,一期开盘的口号是"不出国门半步,尽享欧陆风情",其实这个假冒的维也纳森林地产项目与奥地利和蓝色多瑙河毫无关系,只是大门和楼顶做了一些欧式圆柱造型,加上小区里原先有一些杂乱无章的树木和一口毫无生气的鱼塘,开发商郝总就说一不二地对郑凡说:"你在大上海待过,见过的欧式建筑也不少,你要想办法在会刊中用我们的维也纳森林把外滩给比下去!"郑凡听了老总标语口号式的宣言,很为难:"郝总,我只能尽力而为,毕竟外滩是一个多世纪的杰作。"郝总将他的雪茄从嘴角边挪开:"你要是想不通,很简单,不换脑子就换人。会刊是要寄赠给各界成功人士的,办好了,你买房子我给你打九五折,市长只给九六折。我是一个重视知识、重视人才的人。"郑凡小心地问了一句:"郝总,多少钱一平米?"郝总说:"六千八,九五折是六千一百六。"郑凡试探着追加一句:"全市均价只有四千二。"郝总斜了他

> 搞得太狠了,但过瘾。

> 掌握了金钱,就掌握了支配知识分子的权力。

一眼:"维也纳森林不是为穷人建的。"郝总女秘书小莹进来拎起郝总的公文包:"郝总,您约的周行长来了,在二号会客厅。"

情绪沮丧的郑凡晚上拖着比情绪更加沮丧的身体回到城中村,巷子里路灯好像又坏了几盏,弯弯的街巷已经沦陷于深深的黑暗中,郑凡踢翻了一个塑料罐子,响声惊动了院子里的狗,好管闲事的狗神经过敏地叫了几声。郑凡一进门就跟韦丽说了维也纳森林的房价:"打了折还要六千一百六,简直不想让人买房子了。"

韦丽将郑凡轻轻一推,郑凡就跌倒在床上:"都晚上十点半了,一进门就说房子,谁要你买房子了?我不稀罕!这是你一个多月来回来最早的一次,上床睡觉!"

二手电视机屏幕上的图像乱晃,腿脚松懈的旧床也遥相呼应地晃了起来。屋外的天空,一动不动。

8

秋天是收获的季节,黄杉在这个收获的季节破产。

自作聪明的黄杉跟野模好上后,怕长得容易出轨的野模小看他,就租了一套豪华公寓冒充自己买的,野

在天价房子面前,郑凡的辛苦劳动瞬间化为乌有。

写得太美妙了!暗示性的语言。夫妻间的鱼水之欢也不能改变他们间的分歧。

郑凡是回执的。

模激动得躺在客厅松软的沙发上一边看着韩剧,一边跟黄杉调情,他们在沙发上爱得你死我活。没多久,黄杉未来的丈母娘,一个偏远小城倒闭剧团的过气花旦看了公寓后非常激动,当场就默认女儿未婚先同居的危险生活,还提醒黄杉说房间里不要开空调睡觉,那样会影响女儿皮肤的水分,拍平面照的效果会受影响。黄杉连连说是,晚上吃饭的时候,过气花旦旗帜鲜明地表达了自己的意志,房产证上一定要有女儿的名字。走投无路的黄杉只好花钱弄了一张写有两人姓名的假房产证,这张假房产证是在野模母女要去做婚前共同财产公证的时候穿帮的,野模和她的母亲指着黄杉的鼻子异口同声地骂了一句"骗子"后,拂袖而去。黄杉给郑凡打电话的时候,他已经从小报辞职,第二天就要离开K城,临走前,他约郑凡和舒怀聚一下,地点定在"老榆树地锅庄"。"你跟舒怀都不要带女人过来,我一见女人就会神经崩溃!"黄杉最后强调了一句。

最后的晚餐充满了伤感,郑凡本来想猛烈抨击一下黄杉的自作聪明,最后弄巧成拙,可看到黄杉一脸失败和绝望,他也没忍心说什么,舒怀将一大杯白酒倒进喉咙里,眼睛通红:"黄杉,你真蠢呀!你以为有一套房子,你就可以理直气壮地把女人搂到怀里了。"舒怀情绪一激动,夹着的一块骨头从筷子间掉了下来:"错了,

作者顺带调弄了一下县城的剧团,还有它的俗气的过气花旦。

韦丽是可遇不可求的。

没有房子,有了"房事"也是白搭。

知识分子 / 041

有了一套房子,你还是穷人,揣着一张狗屁钱不值的大学文凭,光靠拿死工资过日子,一辈子穷人。"

黄杉借酒浇愁后是心如死灰:"我一出校门就看出来了,像郑凡这样玩命地打短工,挣点零花钱可以,要想脱贫是根本做不到的,你像摸彩票中奖一样,撞到了一个好女人,我跟舒怀没你这个福分。"

舒怀有些不服气了:"也不能说悦悦不是一个好女人,她不跟我拿证是逼我出去多挣些钱,可我现在都沦为一个教书匠了,到哪儿去挣钱?双休日带家教,我想过,可挣不了几个钱,再说我每周十六节课,人累得要死,下班回来倒在床上就不想动了。"

郑凡觉得自己跟他们的想法不一样,他觉得自己就像一个城市农民,辛勤耕种,不辞劳苦,然后换回点收成,他一点都不想讨巧,想讨巧也讨不到,这种农民式的生活逻辑让他不断爆发出搏杀的斗志,而少了许多的抱怨和消沉,他对黄杉说:"你要是在外面混得不如意的话,就回到 K 城来,毕竟还有我和舒怀在。"

黄杉端起杯子仰头猛喝一口,杯子是空的,酒已经喝光了,他放下空杯:"郑凡,我会回来的。不过,那是混好了的时候!"

黄杉走了,如同秋天的路边飘落下一片树叶,这个城市不会有人在意。

> 遇到一个好女人难,遇到一个不爱钱的好女人就难上加难了。

> 郑凡是一个实实在在的男人,至少比黄杉实在多了。

> 悬念或埋伏。谁知道还能不能回来。

郑凡骑的是一辆花三十块钱买的二手自行车,在黄杉走后一个多月的那天晚上,郑凡从江淮文化传播公司送裕安电器平面文案骑车回来的路上,头上落下一片梧桐树叶,一阵秋凉的风吹过,他打了一个寒噤,落叶让他想起了下落不明的黄杉。

如今的城市,你在劫难逃,房子就是活人的坟墓。郑凡是在计算过买房代价后得出的极端结论,如果买九十平方米维也纳森林的房子,以他目前的工资,不吃不喝三十年才够买一套,三十年后,他都快六十岁了,该退休了。如果要是按揭贷款的话,二十年还完贷款,每个月要付两千七百多月供,每月工资全都用来还房贷都不够,而且光利息就得被银行剥去十八万多,这几乎就是一个不让人活的方案。学古代文学的郑凡当年读白居易"安得广厦千万间,大庇天下寒士俱欢颜"时,觉得老白有点矫情,人活着怎么能没有自己的窝呢?这在乡下也是不存在的。现在他终于明白了,城市的诱惑力就在于有房子的人能看到千千万万的无房子的人像苍蝇一样不断地撞向透明的玻璃,看起来前途光明,撞上去无一不是头破血流。

那片秋天的落叶提醒郑凡,要是弄假房产证糊弄丈母娘,就会像黄杉一样鸡飞蛋打。他算了一下,到年底,他工资可存下一万五千块钱,再加把劲,兼职打零

> 房子就是乡下捕鱼的倒刺笼,只要进入就永无回头之日。

> 但身在城里的乡下子弟陷入其中就是宿命。

> 在郑凡买房的函数方程中,不管怎么算都是死路一条。

> 乡下来的小知识分子郑凡就掉在这看起来透明玻璃的透明里了。

> 郑凡的知识分子的清誉再次受到强暴。精神的痛苦。

> 特殊时代里的闹剧，不知道是该悲哀还是喜悦。

工能挣到两万，文化公司赵恒接了一个民营企业家传记的活，他希望郑凡来写，书写出来后，付给郑凡两万块钱，这些任务都能完成的话，年底，他手头就有五万五千块钱了。

郑凡深得赵恒的信赖，是因为郑凡从来不跟赵恒讨价还价，给多少拿多少，所以他经常请郑凡喝酒，酒喝多了，无意中就泄露了真相："妈的，这个王八蛋企业家，以前是强奸犯，现在有钱了，急于想往自己脸上贴金，本来我想在书号费、印刷费之外宰他八万，龟孙子只愿出五万。"郑凡明白了，这单主要由他操刀的活，五分之三被赵恒赚走了。而他的想法是，如果赵恒不信任他，他还接不到这活呢，只是写一个强奸犯，心里总有些别扭，似乎他自己也陪着一起强奸了似的，他没敢把心中的苦恼对韦丽说，他跑去跟舒怀说了，舒怀说："人家强奸犯如今都已经是区商会会长了，弃恶从善了，为国家经济建设做了这么大贡献，省报都宣传了，你有什么顾忌的，我没你那个水平，想写人家都不让写，不能吃了鱼还说鱼腥。"悦悦半开玩笑地说了一句："早三年遇见郑凡，舒怀你到一边歇着去！"舒怀有些无奈地摇摇头说："真没劲！"

有了舒怀的鼓励，郑凡试探着问韦丽能不能为已经弃恶从善的企业家写传记，他没提企业家曾经强奸过一个无辜的少女:"是坐过牢。可现在是全市民营十佳,每年给国家纳税三百多万,还认养了贵州山区三十多名失学儿童,都当上区商会会长了。"韦丽说:"做点善事就想着扬名,你不是说'至人无己,神人无功,圣人无名'吗?"郑凡说:"那不是我说的,是庄子说的。你还没回答我的话呢。"韦丽说:"我倒是觉得一个劳改犯成了名人,挺好玩的。那个企业家叫什么名字?办的什么企业?"郑凡说:"赵恒没具体跟我讲!"

韦丽觉得好玩,郑凡觉得能挣到两万块钱,于是他决定跟赵恒敲定这笔买卖,心情不错的郑凡操之过急地要韦丽陪着他去百安居楼盘看房子,虽说楼盘在三环外,每平方米只有四千二。韦丽说:"我不去,好不容易才有一个休息日,我想睡觉!"郑凡一个人骑着自行车去了百安居,售楼小姐像是考电影学院落选的,长得很好看,声音也好听,只是声音背后的内心非常冷酷:"对不起,先生,您说的四千二是开盘价,现在已经涨到四千六了。"郑凡有些恼火,他扬起手中的晚报:"这才三天,你们就涨了四百,还有一点诚信吗?"售楼小姐依然用她那训练有素的声音安慰郑凡:"先生,一看您就是有学问的人,您肯定懂得的比我多,市场经济的价格是市场选择的结果,而不是人为操作的结果,水涨船不涨,那是要沉船的。"郑凡扔掉手中的晚报:"我不买

> 韦丽都会说这样的话,一定是被郑凡熏陶久了。只可惜韦丽记得,而郑凡可能都忘了。

> 对于穷人来说,市场经济学就是一场冷酷的欺骗,因为它仅三天时间就可以名正言顺地将他们的劳动果实化为乌有。

知识分子 / 045

> 看上去义无反顾的告别，一点底气都没有。

> 骑着破烂的自行车去追梦，梦也会破碎的。

> 如此兴奋！说明"好事"又来了。

了！"他把那位美丽的售楼小姐和一堆虚假的楼盘模型一起扔到了身后。

维也纳森林里的郑凡只能是一个游客，百安居也只是让郑凡感受一下他离自己的房子究竟还有多远，因为即使四千二一平方米，郑凡也是买不起的，九十平方米基本户型办齐了将近四十万，按百分之二十首付，也得准备八万，而到年底最多只能有五万五，况且那本传记的合同还没签到手。美梦最好留在梦里，不能用现实去碰，一碰就碎了。郑凡在骑车回来的路上意识到这一点的时候，天已经暗了下来，车闸失灵的二手自行车在城郊接合部混乱的路上跟一个卖大馍的三轮车撞到了一起，车后面篾匾里三个大馍掉到了泥泞的路上，郑凡连连说着"对不起"，卖大馍的老头拽住郑凡的车龙头："对不起有什么用？三个大馍，九毛钱，你得赔！"郑凡从口袋里掏出一块钱赔给老头："一毛钱不用找了！"

郑凡觉得今天真是倒霉透了，被百安居腌臜了一下午，又被卖大馍的教训了一通。情绪受挫的郑凡很小心地往回赶，不能再撞了。手机就在这个时候响起来了，他接了电话后，拎起车龙头往相反的方向骑去。

龙小定的爸爸龙飞激动得又给郑凡倒了满满一玻

璃杯白酒,维多利亚大饭店包厢里铺着厚厚的地毯,郑凡头有些晕,他老是担心油滴下来弄脏了地毯,他想不明白吃饭的地方为什么要铺地毯,所以第一次进入豪华酒店的郑凡,注意力不在桌上,而在桌下:"来,满杯干了!"龙飞举起杯子伸了过来。郑凡谨慎地端起足有三两白酒的玻璃杯,轻轻一碰,一干而尽。

> 刘姥姥进大观园的感觉,陪着一百二十个小心。

龙飞推着平头,手指上戴着钻戒,开的是一辆丰田越野车,他的声音和姿势同样充满了野性:"兄弟,还是你厉害,到底是大上海的研究生。小定从小学到现在,从来就没考过全班前四十名,你辅导还没两个月,一下子就考了个二十八名,真他妈的祖坟冒烟了。"他一激动又跟郑凡干了一杯。

> 土豪、暴发户,从里到外。

龙飞今天请郑凡吃饭是为了庆祝儿子期中考试获得全班第二十八名。龙飞是K城最大的南海浪涛浴场的老板,浴场吃喝玩乐一条龙,他的老婆身上缠满了叮叮当当的金项链、金耳环、金手镯之类的,涂得猩红的嘴唇和深紫色的指甲油极不恰当地反衬着一身毫无节制的肥肉,但她的庸俗很坦荡:"小郑老师,你要是能把小定辅导上重点高中,我奖励你两万,普通高中,奖励一万,还有,就是你去南海浪涛洗桑拿全部免费,找小姐的钱你自己付……"龙飞打断老婆的话:"你他妈女人家就是小气,郑老师去南海浪涛,全免!要不马上吃

> 看上去很豪气,其实很抠门。

知识分子 / 047

了饭就跟我一起去,先去体验体验!俄罗斯的也有。"

郑凡表示小定的辅导他会全力以赴,城中村澡堂子洗澡只要三块钱,挺好的。吃完饭,龙飞执意要郑凡上车去南海浪涛潇洒,郑凡拒绝得很彻底:"龙老板,我是一个居无定所,一贫如洗的穷书生,我没有资格去你的浴场泡澡。"

龙飞老婆打圆场说:"那就不要为难小郑老师了,等他有资格了再去浴场享受也不迟,他还年轻着呢。"

龙飞不再坚持,他从车里拿出一包东西塞给郑凡:"这是我从香港五星级宾馆带回来,牙刷比街上买的要好得多,香皂也很好,刮胡刀相当好用。"郑凡说:"我有牙刷,香皂昨天刚买的。"龙飞说这些东西我太多了,你要是嫌弃就顺手把他扔到垃圾桶里去。

郑凡是带着一包香港宾馆的一次性牙刷、小香皂还有刮胡刀回到城中村出租屋的:"我是觉得这些东西扔掉了太可惜,不是我喜欢占小便宜。"郑凡对韦丽解释着。韦丽拿出一把牙刷拆开了仔细地看着,感慨万千:"这些当老板的,有几个臭钱,自以为是,目空一切,小人得志,不得好死。这么好的牙刷,为什么要扔掉?"

这顿饭郑凡第一次感受到了什么叫作有钱人的生活,晚上的酒桌上,每人一盅干捞鱼翅,四百八十块,还是打过折的。他得苦口婆心地辅导十六个晚上才能换

拒绝的托辞。郑凡再穷也还是有底线的。

龙飞这货色吝啬得出奇。

诅咒得有理!阶级的鸿沟吗?

到这一小盅粉丝一样的鱼翅。韦丽问郑凡什么时候睡觉，郑凡打了一个哈欠："站了一天收银台，够累的，你先睡吧！宏达种子公司的平面广告文案明天一早就要交过去，我得连夜赶出来！"

韦丽看着喝得有些摇晃的郑凡，有些生气："你喝多了，开夜车能行吗？我也不睡，陪你一起熬夜，熬死了拉倒！"

> 气话里包含着怜爱。

郑凡用冷毛巾擦了擦发烫的额头，人也清醒了许多，他轻轻地将韦丽揽在怀里，若有所思地说："韦丽，我跟别人不一样，舒怀爸爸能给他首付，谁给我首付？黄杉家里有钱，他不想要，我想要又到哪儿去要？我爸是乡下农民，地里刨不出钱来，我只有靠自己才能住上房子。你越不要房子，我就必须要给你房子，不然我就是一个骗子；老家乡下再穷，孬好有房子住，不能进了城后，连五尺身子都没地方放，那样我不好交差，我爸会伤心的。趁着年轻，现在还能干得动，咬咬牙，会挺过去的！"

> 郑凡的苦斗就是为了兑现爱情的承诺，满足父母乡亲的期待。儒家知识分子的责任意识。

> 一个"挺"字道出了辛苦。

韦丽抚摸着郑凡冒着虚汗的额头，望着这个网上赌来的男人，喃喃地说着："没有我，你不会过得这么累，不会这么累。"说着说着，韦丽的眼泪流了出来，郑凡轻轻地拭去韦丽的眼泪："我们这些农村考出来的，不脱掉三层皮，这个城市就不会让你每天夜里睡得

> 连韦丽这没心没肺的姑娘都流泪了。

知识分子 / 049

安稳!"

后半夜,韦丽醒来的时候,她看见郑凡趴在桌上睡着了,她轻手轻脚地下床,轻轻抹去郑凡嘴角流出的一绺口水,郑凡醒了,他对着韦丽笑了笑:"做完了,想缓缓劲再上床,人一松懈,不小心就睡着了。"韦丽将郑凡拉起来,扶到床边:"睡吧!"

郑凡往床上一倒,衣服没脱,头一挨着枕头,触电一样,昏睡了过去。韦丽给郑凡盖上被子,她用手指梳理着郑凡乱如稻草一般的头发,听着郑凡鼻子里发出的贪婪的鼾声,她再也睡不着了,她望着郑凡像望着一条忠于职守的狗。

> 韦丽开始反思自己的爱情。温柔中埋藏着危险的信号。

9

寒潮在夜深人静的时候涌进 K 城。郑凡一早推开门,发觉大杂院里的老柿子树突然间就光秃秃地裸露出干枯的树杈,树上残存的一两片叶子摇曳在清晨的风中并被稀薄的阳光穿透,似乎是在提示这棵树是活着的。

> 树犹如此,人何以堪!

有那么一个瞬间,郑凡忽然觉得自己就是树上那片挣扎的叶子。

> 还能坚持多久? 挣扎的叶子总是要落的。

父亲打电话来说,胡标养猪场的一百二十头猪被人毒死了,公安说胡标当镇执法队长得罪人太多,调查难度太大,几个月过去了,案子一点头绪都没有。胡标找到乡下木匠郑树时拎了四条红塔山香烟和两瓶柳阳特曲,价格远远超过了当年罚去的三百块,他哭丧着脸,一是求郑树宽恕他当年的粗暴执法;二是求郑树带他到K城来找郑凡,请郑凡跟老家的县委书记说说,催促县公安局尽快破案,最好把公安局长给撤了。乡下木匠郑树在电话里说:"胡标虽说当年得罪过我,可人家都上门低头认罪了,不能得理不饶人,是吧?能帮就帮一下,我打算带他一起去找你,顺便到K城玩几天,房子是政府给分的,还是买的?"

> 这个父亲真会揽事!他可能是压垮郑凡的最后那根稻草吗?

郑凡心里叫苦不迭,他惊慌失措地对着电话叫了起来:"我在外地出差,一两个月都回不去,你们千万不要来!"郑树并没有从电话里听出儿子的推托和无奈,却很生气地吼着:"你在外地出差,给县委书记打个电话,有那么难吗?"

> 终于学会了拒绝。

郑凡在电话里拖着哭腔,委屈地说着:"爸,你不要逼我好不好?表弟被打断腿赔钱的事,是信访办师兄同学给县里打的电话,我哪有这个本事?我没有房子,我租住的一间房子,连乡下的猪圈都不如。"

> 当虚伪的义务难以为继的时候,刺穿它反而获得了轻松。

电话那头的郑树沉默着,后来电话就断了。一个乡下木匠连棺材都能割好,亲生儿子急得要上吊的声音,不会听不明白。

韦丽在西北风呼啸的晚上对郑凡说:"反正丑媳妇迟早要见公婆,让你爸妈和我爸妈都来 K 城见个面,没偷没抢,光明正大,有什么了不起的!"

> 都到了这一步还死要面子。

郑凡在换电灯泡,灯泡拧下后,屋里一片黑暗,韦丽划着火柴,郑凡将一盏节能灯拧上,屋内顿时泛出白布一样的光:"我爸妈要是看我住在这地方,肯定会伤心的,真的,不如乡下的猪圈。"

韦丽看着白色灯光发愣:"节能灯光没有电灯泡好,苍白的,没有一点温暖的气息。"

> 韦丽的爱情正在黯淡下去。

郑凡说:"省电,顾不了太多。维也纳森林的会刊过几天就要付印,到哪儿能找出它与巴洛克和哥特式风格的蛛丝马迹来。你先睡吧,我得熬过这个无中生有牵强附会的晚上。"

韦丽从身后搂住郑凡的脖子:"我不希望你过得太累。"

郑凡扭过脖子,蜻蜓点水地在韦丽脸上亲了一口:"年轻时累,是为了年老时不累。没关系!"他指着墙上那幅彩色打印纸上的标语,"这可是经过你批准贴上去的。"

> 再做一次努力,企图把深陷的爱人拉回来。

标语上写着:"面包会有的,房子会有的,一切都会有的!"

韦丽卖水果的母亲是拎着一袋子有伤疤的水果来到K城的，既没事先约定，也没打电话，突然袭击。韦丽在收银台前见到母亲时，并不感到惊讶，她笑嘻嘻地说："妈，你先到超市里转转，挑些贵一点东西，等我下班一起过去！给你女婿就带这么几斤烂水果，太不拿我当回事了。"

这天，韦丽是上午班，下午三点下班，韦丽看了一眼母亲买的一包饼干和一袋花生糖说："把我们当小孩糊弄，是吧？"母亲风吹日晒的脸像一个颜色极不正宗的苹果，母亲说："不是懵懂小孩子，就不会这么糊里糊涂拿证了。"

郑凡正在屋里备课，晚上他要去给龙小定辅导功课，语文、外语、政治、历史四门课的量很大，丈母娘突然出现不是给他一个意外惊喜，而是一个意外的打击，猝不及防的郑凡不安地搓着双手，他都不知道让丈母娘坐在哪儿，韦丽母亲看着这间床边摆着煤炉和墙上贴着标语口号的房子，她说的第一句话就是："把煤炉放在屋里，中毒了怎么办？去年腊月二十三，县城西门张老四一家三口，没一个活过来。"郑凡像犯了罪一样解释着："妈，我们屋里窗子都留着一道缝呢！没关严，门下面也有缝。不会中毒的。"

※ 来自另一方面的压力。压力的加码。

※ 可能是故作轻松，掩饰自己的紧张。

※ 掩饰被揭穿，陷入绝望的窘境

　又一次重击。

> 从夏天到冬天，时间在流淌、在加速，紧迫感在加重。丈母娘的最后通牒。退让的底线敲定。

郑凡倒了一杯水递给丈母娘，丈母娘接过温暾水，放到开裂的小桌上，没喝。她以卖水果讨价还价的方式对郑凡说："嫁汉嫁汉，穿衣吃饭。我女儿有工作，穿衣吃饭自己挣，但城市里房子得你买，你是男人，不能让我家女儿住这么个垃圾站一样的屋里，我家女儿学历没你高，可好歹也是中专毕业，人长得模样在这呢，嫁个有房有车的，不费吹灰之力。"郑凡声音软弱地说着："是，是，韦丽嫁给我吃亏了，受罪了！"他安慰丈母娘的最好方式就是承认自己不配。丈母娘说："知道就好。我这次来，代价也不小，每天少挣二三十，来回还得花八十多块钱车费。我想问问小郑，你打算让我家女儿在这垃圾站里住几年呢，还是住几十年？"郑凡只说了两个字："三年！"

> 活泼的人物，缓解紧张和压抑，调节情节的节奏。

韦丽对两个人复杂的表情和内心感受无动于衷，或者说不愿意面对这种卖水果的对话方式，她以毫无设计的插入使母亲与郑凡说话的严肃性土崩瓦解："我喜欢租房子住，想住哪儿，就住哪儿。年底我打算跟郑凡去阿富汗转转。"母亲愣愣地看着女儿，像看着一个陌生人。

晚上，郑凡花了八十多块钱，在城中村小饭店里很奢侈地摆了一桌，还请来了舒怀和悦悦一起陪韦丽母亲吃饭，饭桌上听说舒怀和悦悦都买上房子了，韦丽母亲旁敲侧击地暗示郑凡："这才像个过日子的样子！"舒怀和悦悦离开后，韦丽对母亲说："他们连证都没拿，就住在一起，这根本就不像过日子的样子！"

> 韦丽及时反驳了母亲，给郑凡解压。

吃完饭郑凡将韦丽母亲安排到了二十八块钱一晚的城中村小旅店，房间里有两个不保温的热水瓶和一台能收到五六个频道的电视机，吃饱喝足的丈母娘触景生情，在房间里拉着郑凡的手突然哭了起来："小郑呀，不是我刻薄，实在没办法呀！小丽他爸是个窝囊废，你知道我这辈子受了多少苦呀！女人活一辈子，图个什么？少受点罪就行了。你能理解吗？"郑凡说："我理解，您先歇着，我得去上辅导课了！"

> 韦丽母亲现身说法。

郑凡蹬着二手自行车的声音消失在巷子里，韦丽母亲问道："小舒他爸开鞭炮厂给儿子买房子，小郑他爸开没开厂子？"

> 丈母娘还是不甘心。

这是一个有风的中午，赵恒拍着郑凡的肩，相当激动，他有点不厚道地恭维着郑凡："说老实话，我公司里几个小弟兄，给你拎草鞋都不配，拿不下来，所以得请你这个大手笔出山。"

> 说得很动听，花言巧语的后面，肯定有不可告人的目的。

郑凡是来签传记合同的，两万块钱意味着年底的时候他离自己的房子又近了一步，这种诱惑使他无法拒绝一个改邪归正的企业家走进他的稿纸，对于受过

知识分子 / 055

> 两个我，也就是两种价值观，相互辩论。

良好教育的郑凡来说，他可以旁征博引古今中外无数个相同的个案来证明这次写作并非"见利忘义"，心理上的问题解决后，签合同的心情就异常迫切："赵总，签了合同再吃饭！"

赵恒说："这是一个三方合同，企业家钱不到位，我就不能跟你签。人已经在路上了，算上堵车的话，一个半小时足够了。我们到凯旋酒楼去等！"

凯旋酒楼的包厢里有一种经年不息的酒味，在掺杂了香水的味道后，里面压抑着浑浊而难堪的气息。赵恒说这个酒楼最大的问题就是窗子都是密封的，郑凡说密封的空间里适合密谋。只是这场密谋还没开始的时候，出岔子了。

> 密谋把自己卖出去，心里总是很别扭。

郑凡和赵恒边喝茶，边等传主，郑凡问："老是纠缠人家曾经是强奸犯，马上都见面了，什么名字我还不知道。"

赵恒说："南海浪涛老板，龙飞。"

郑凡脑子里突然血往上涌，眼前的灯光有些晕眩，郑凡稳定了一下情绪，说："赵总，你还是另请高明吧！"

赵恒惊讶得张着嘴，一时难以合上："你开什么玩笑！人都进洞房了，还想悔婚，三皇五帝到如今，没人这么干过！"

> 一场以婚姻为名的强奸演砸了。

郑凡只得将底牌亮出："这个人我认识，我给他儿子带家教。我可以接受他强奸犯弃恶从善,但我不能容忍他的南海浪涛还有俄罗斯小姐,还说要请我去潇洒潇洒。鲜廉寡耻,斯文扫地。早知道是龙飞,给我两千万,我也不干。"

> 因为宴会上被侮辱,以愤怒宣泄情绪。

赵恒很奇怪地看着郑凡:"你不会是从外星球来的吧?让你写他改邪归正、重新做人、服务社会、贡献税收的传奇人生,不是让你写南海浪涛里藏了多少俄罗斯小姐的。你不正在帮他儿子辅导功课吗?这又怎么解释?"

郑凡说:"我要把他儿子辅导成与他老子完全不一样的人。"

> 把握好界限,就是站稳了立场。

这时赵恒的手机响了,龙飞说他已经到楼下了,赵恒说:"郑兄,你不能涮我!"

龙飞跟郑凡在包厢门口见面的一刹那,他们并没有太多的吃惊,龙飞握着郑凡的手:"能把我儿子辅导得进步飞快,传记一定会写得辉煌灿烂。"

郑凡握着龙飞强硬的手,说道:"龙总过奖了,我只是候选人之一,赵总约我来谈了一会,他觉得我不合适,我当老师还行,写传记才华不够。我想把小定辅导上高中。"

> 婉拒,一种人际线。

龙飞有些困惑地看着两人,走投无路的赵恒急中生智:"龙总,我跟郑兄交换了一下意见,他觉得您是一

知识分子 / 057

> 插科打诨，反讽空洞的政治话语，绝妙的商业逻辑。

位值得大书特书的企业家，写不好，既对不起传主，也对不起历史，他手里的活太多，一时应付不过来，所以我打算请一个作家来给你做传。"

龙飞头脑有些简单，竟然很爽快地说："也行，你集中精力把我儿子辅导上高中，我老婆讲的奖金是算数的。"

酒桌上的气氛很好，一瓶白酒，一瓶干红，三个人掀了个底朝天，这个瞒天过海的悔约被酒精掩盖得天衣无缝，赵恒说龙飞未来五年内定会成为K城服务业龙头老大，龙飞毫不谦虚地说："你去调查一下，看看除了我之外，难道现在的K城还会有第二个老大！"酒喝多了的郑凡端起酒杯对龙飞说："龙总，钱再多，为富不仁不能算老大，见利忘义也不能算老大，对不对？"

> 几乎是当面指责了。连这样的话龙飞都能安然享用，说明其寡廉鲜耻。

龙飞跟郑凡碰了一下酒杯："对,对,对,大上海来的知识分子，水平就是高。"

喝完酒分手前，龙飞跟赵恒一起去厕所方便，龙飞问赵恒："我已经答应了你的报价，你怎么给我找个预备队员来，什么意思嘛！"

同样被酒精冲昏了头脑的赵恒硬着舌头搂着龙飞的肩说："他说你的南海浴场有俄罗斯小姐。"

龙飞横着眼盯着赵恒："他看不起我？"

有所警醒的赵恒打着哈哈："不是,是他水平不够。"

后来,龙飞的传记由赵恒请了一个三流作家主笔,三流作家在南海浴场体验了龙飞飞黄腾达和飞扬跋扈的全部历史,他用极不公正的文笔为龙飞写了一本十二万字的传记,赵恒为此付了三万块钱稿酬。一次,赵恒心理极不平衡地对郑凡说:"你少挣了两万,我多花了一万。两败俱伤。"

郑凡看看窗外的阳光,是一种不可思议的紫灰色,好像是沙尘暴来了。

揭密社会现象。

诗性的象征和隐喻,总是关涉心灵、预言未来。

10

艺研所头发很少的所长已经提醒过郑凡好几次了,市里正在抓效能建设,效能督察组最近经常拎着摄像机到市直各单位暗访,遇到办公室玩电脑游戏、上网炒股、嗑瓜子、聊天和无故不来上班的,逮到最轻的是通报批评和做检查,重则行政记过处分、降职、撤职、待岗:"做和尚就得撞钟,这段日子,每天上午你一定要到办公室来,外边的活暂时放一放,等这阵风过去了再说。"

郑凡的研究课题已经获得通过,书稿提纲还得到了所长的高度评价,然而这并不意味着郑凡在市里狠

损失接踵而至。

> 春秋式的修辞。他总是在貌似庄严的叙述中,将价值矛盾、色彩不明的词汇和名头以说漏嘴的方式,无可挽回地倒出来,于是真相呈现,意义颠覆。

抓机关效能建设的时候就能享受特殊化。所长跟郑凡谈后的一个多月里,郑凡每天一大早跟韦丽一起出门上班,早上七点半就到办公室了,扫地打水抹桌子,同事们说郑凡都可以评全市劳模了。

问题出在郑凡在江淮文化传播公司接了一个修家谱的活。K城少林武校校长曹诚在培养了成千上万的武术运动员、健身教练、保安、江湖打手后,身家过亿,于是他想起了修曹氏宗谱,修谱的主要任务就是把他修成魏武帝曹操的后人,"一千两百块,怎么样?这个活一般人做不了,蒋介石的家谱是找戴季陶修的,曹校长的家谱非你郑凡莫属。"被戴了高帽的郑凡一口就答应了下来,曹校长在看了郑凡做的"东临碣石,魏武挥鞭,纵横经纬,天下一统"的序言后,嘴上一圈胡子兴奋得乱颤一气,他当即拉着郑凡去曹操老家亳州去寻根,并要补充材料以证明他是曹孟德的第七十六代孙,郑凡从曹诚校长那里看到了一份民国年间流传下来手抄的"曹氏宗谱略考",里面提及曹氏东晋时由山东迁徙到K城,与安徽亳州曹操并无确凿联系,曹校长对郑凡说,安徽、河南、山东的曹氏都是曹操的后代,五百年前是一家算什么,我们两千年前就是一家了。郑凡想,宗族修谱如同房屋修葺,只能越修越好,所以就跟着上路了,本来说好了,星期天下午赶回来的,谁知星期天晚

> 顺带讽刺了一下当代的那些胡编乱造的家谱。

上车坏在前不巴村后不着店的半路上,折腾了一夜,星期一修好车赶回来时已是中午十一点半了,他匆匆上楼的时候,跟市效能督察组拎着摄像机的人迎面相撞。

路上车坏了,耽误了行程的郑凡一早给所长打电话请假,所长手机坏了,所以这次出事是在劫难逃,艺研所和郑凡被全市通报批评,郑凡写了一份深刻的检查,而且在艺研所效能建设学习会上进行了公开宣读。会后所长将他叫到办公室,并递给他一支劣质香烟:"市效能办第二个处理决定是没法执行了,扣除第四季度奖金,我们所从来就没奖金。"土头灰脸的郑凡被劣质烟呛得半死,他涨红着脸说:"所长,真对不起,我给所里抹黑了!"

做过检查的郑凡变得胆小了,每天上午寸步不离办公室,《黄梅戏民间艺术的都市化流变》需要补充资料,本来上午完全可以去两站路远的市图书馆跑一趟,可郑凡怕一出门督察组又上门了,他像憋尿一样忍住了,这是一种很难受的忍。直到元旦新年钟声敲响的时候,督察组再也没来过了,所里的其他同事都出去兼职干私活了,郑凡却把兼职的活都留在晚上和双休日来做,同事们都说郑凡的表现比许多党员都要好。

空荡荡的楼道里,所长和郑凡在上厕所的时候时常不期而遇。一个滴水成冰的早晨,所长和郑凡边撒

屋漏偏逢连阴雨。

恶搞效能建设。

变得乖了!

知识分子 / 061

> 幽默，就是在厕所里讨论严肃的政治话题。

尿边说着知心话，所长说："我想发展你入党，所里都快三年了都没发展新党员。"郑凡放水冲净小便池："谢谢所长关心，我离党员的标准相距太远了，我不配。所长，这段日子，我常常觉得自己活得很龌龊，很下贱，有时候半夜里惊醒，发现缩在被窝里的我就是一个唯利是图的小人。"所长拍了拍郑凡冻得有些僵硬的肩："也难怪，现在的文化传播公司，基本上都不传播文化。"

> 继续幽默，而且是黑色的。

韦丽一直不知道郑凡被市直机关通报批评和在单位做过公开检查，她是第二年春天在一个烤红薯的吊炉前知道这件事的。那天下班后韦丽肚子有点饿，就买了一个烤红薯，路边烤红薯的老汉顺手抓起一张废纸包起红薯递了过来，刚出炉的红薯太烫，手掌辗转红薯的过程中韦丽看到这张废纸是市效能办的公文，题头是通报批评鲜红的宋体字，下面一串批评名单中郑凡排在比较突出的第二位。韦丽回来后问郑凡为什么瞒着她，郑凡说："告诉你，等于让你也受一次处分！"

> 这些推销电话和推销员把正经的办公室搞得很不正经。

办公室适合群体办公，但并不适合个体搞研究，然而农民儿子郑凡必须天天到办公室耗着，刚想写书稿，收旧报纸的来了，还没写几行字，电话响了，问要不要炒股软件，还有上门推销化妆品和酒店协议号、歌星演唱会联票的，一个高档会所居然到办公室来推销小姐，说是安全可靠绝对保密。郑凡每天穷于应付,江淮文化传播公司大多数的活都被推掉了,赵恒在电话里对郑凡说:"报酬可以商量,以后我接下的活交给你做,三七分成,你七我三,怎么样?"郑凡知道以前的活赵恒都是以倒三七转包给他的,赵恒拿大头,自己拿零头。郑凡面对这种开价,就觉得赵恒还不是一个良心完全被狗吃了的饕餮之徒,于是就答应多接一些。然而赵恒的活大多是健身馆开业、宠物医院开张、新药隆重上市、购物中心商品促销、保健品宣传之类的传单和小广告,每次只能挣上一两百块钱报酬。

　　眼下郑凡的全部精力都用在辅导龙小定中考上,那个春风浩荡的春夜,郑凡推门进屋后的表情很夸张:"韦丽,你知道吗?小定这次考了全年级第二十八名,而不是全班二十八名。"韦丽有些吃惊地看着郑凡:"你是为小定进步高兴,还是为即将挣到高额奖金激动呢?"郑凡坦率地说:"兼而有之。"其实还有一点没说出来,那就是郑凡拒绝了为龙飞写传后,总觉得心里有些过意不去,所以他想用小定的进步来稀释他内心的歉疚。有一段日子,郑凡心里时常冒出些后悔,政府都承认龙飞是好人了,所以自己对龙飞一意孤行的道德判决就显得毫无意义,而两万块钱的报酬在赵恒那里兼职两年都挣不到手,这笔两万块钱巨款直接关系到

疲于奔命,以买房的名义。

研究生级别的广告文字。讽刺。

郑凡的道德律令已发生动摇。

知识分子 / 063

他买房交首付的日期,也关系到他在韦丽母亲面前的承诺能不能准时兑现。当龙小定考到全年级二十八名后,雄心变成野心的郑凡将辅导目标锁定在小定考上重点高中。

赵恒说手里有个五一节要散发的广告传单,务必请郑凡出手:"你七我三,就这么定了。赶紧过来拿资料!"郑凡在那个阳光很慵懒的午后骑车去了江淮文化传播公司,一进门见到了悦悦,原来是悦悦的公司准备在五一期间将美国的深海鱼油、维生素C粉、蒜精胶囊等保健品地毯式的在市场上轰炸一通,已升为营销部副经理的悦悦对郑凡说:"舒怀要是有你一半的努力,我就不会吃这么多苦。"郑凡不喜欢别人背后说自己同学的坏话,于是跟了一句:"舒怀有自己的两房一厅,我什么都没有。"悦悦将袋子里的资料交给他:"那是他爸爸的房子,不是他的。三天后交稿行吗?"

悦悦走后,赵恒对郑凡说:"你们好像说起了一个叫什么舒怀的,不对呀,悦悦跟维也纳森林的郝总整天泡在一起,你在帮他们做会刊,没见过悦悦?"郑凡想起K城接风的那天晚上,悦悦听说黄杉准备找富婆包养,当场掀翻了桌子。此刻郑凡心里像是被泼进了一盆辣椒油,火烧一样刺痛,他对赵恒说:"不可能,你肯定看错人了!"

> 要预算得到执行,就必须对收入和支出进行有效的控制。郑凡已经成为会计师。

> 世界太小,总是在不适当的场合遇见不想见的人。

> 同学舒怀的遭遇就是郑凡的未来。

郑凡回来后，让韦丽找一个休息日跟悦悦谈谈心，韦丽说："这几个月以来约过悦悦好多次，她总是没空，好像不太想见我，她说我是一个乌托邦女孩。"郑凡说："现在的人太实际了，缺的就是乌托邦，乌托邦多好，活在想象和虚构的世界里。"郑凡抬起头望着屋顶与墙角转折处的蜘蛛网，若有所思地说了一句，"悦悦有什么错？我跟她一样市侩！"韦丽捏住郑凡的鼻子："不许乱说！强奸犯的传记没写，上次还推掉了一个修复处女膜的假广告文案，你跟悦悦怎么会一样呢？你是凭劳动吃饭的知识分子。"

> 乌托邦女孩！能够给女人定义的只有女人自己。

郑凡一直在回避着某种猝不及防的尴尬和无奈，而这种回避的努力往往使尴尬和无奈加速抵达。初夏的一个黄昏，上早班提前回到城中村的韦丽在煤炉上烧了一条鱼，在电饭锅里蒸了一碗香肠，拆开一袋花生米，又摆上一瓶啤酒，她在等郑凡回来吃晚饭，这种乌托邦式的晚餐在他们的生活中并不常见，他们通常都是随便在地摊上买一点吃的，得过且过地糊日子。韦丽是在准备撬啤酒瓶的时候接到赵恒电话的，他说郑凡被工商局稽查大队抓走了。

> 郑凡的初心也是如此。如同老舍小说中的祥子。

> 简单的生活竟也成了乌托邦式晚餐。

是赵恒带着稽查大队在艺研所红楼里将郑凡抓走的。所长当时很生气，跟稽查队的人严正交涉，稽查队的大盖帽说，郑凡撰写的"古秘方心康宁"广告传单严

> 乐极生悲，这是小说家惯用的叙述伎俩。

知识分子 / 065

> 顶包的替死鬼。柿子捡软的捏的屁头心理。

重失实,那个古秘方是一个彻头彻尾的假药,在K城推出后,吃死了两个老年患者,卖假药的已经被批捕,负责宣传的报纸、电台、电视台、文化公司一个都别想跑,有省领导批示,《新闻调查》也扛着摄像机来了,事情闹大了。所长软了口气对大盖帽说:"我们艺研所的都是知识分子,社会上的坑蒙拐骗看不清,摸不透,上当受骗了,还请多多包涵!"这种无济于事的辩解当然是苍白的,大盖帽毫不留情面地反驳说:"现在很多坑蒙拐骗的事,就是你们这些读过书的知识分子干的,文盲能把假广告编出来吗?"郑凡并没有被铐上手铐,而是被两个大盖帽裹挟着塞进稽查车里的。

> 反智!

韦丽在电话里大骂赵恒:"你这个叛徒!害了郑凡,还带人去抓,流氓无赖!"韦丽骂着骂着哭了起来,赵恒在电话里安慰着韦丽:"我被审了一夜,也够惨的了!反正素材是厂家提供的,我跟郑凡也是受害者。不用怕!"他回避着带稽查队去抓郑凡的事,尽可能往轻里说:"郑凡是被带走的,不是被抓走的。"

> 小知识分子郑凡是时代的俘虏。

郑凡也被审了一夜,第二天一早被放回来后,人像是被剥去了一圈,嘴上的胡子也在一夜间疯长,整个人像是一个从战场上死里逃生的战俘。他一进屋就对韦丽说了一句:"我困。"直挺挺地倒在床上睡着了。韦丽跑到外面给艺研所打电话请假,她在电话里对所长说:

"无罪释放,一场误会,正在睡觉呢。"所长说:"当然无罪,连过错都没有。你是郑凡什么人?"韦丽说:"我是他妻子。"所长听到这句话比听到郑凡被抓还要震惊:"他连对象都没有,还冒出了个妻子,见鬼了!"

赵恒的江淮文化传播公司涉嫌策划虚假广告被重罚一万八千块,郑凡没损失钱财,但损失了内心的尊严。他被活活审查教训了一夜。那一夜,他连死的心都有,望着那些嘴里经常冒出错别字的审查者,郑凡还得不停地承认自己犯了错误,不该助纣为虐,不该充当帮凶。走出审讯室时,天已大亮,他觉得自己斯文扫地,脸面丢尽,他不敢抬头看头顶上的阳光。

> 郑凡只剩下尊严了。

> 斯文就是用来扫地的。

郑凡大病了一场,先是发高烧,然后迷迷糊糊地睡了一个星期,时好时坏,城中村的江湖游医给他吊了十天的水,郑凡才从床上坐起来,他脸色苍白地望着守在床前的韦丽,声音和手指也是苍白的:"韦丽,都快两年了,房子一点眉目都没有,我无能,我是骗子!"韦丽将郑凡平躺到床上,然后抚着郑凡凌乱的头发:"好好休养,不要跟我说房子。你今天买房子,我明天就去学悦悦。"郑凡声音软弱地说着:"我不贪婪,我只想给你一个窝,我不过分。"

> 关于房子,郑凡和韦丽的分歧越来越大,有渐行渐远之势。

这次大病,郑凡在非法行医的城中村诊所,花掉了两百六十多块。那位镶着烤瓷牙的江湖游医对郑凡

知识分子 / 067

> 江湖游医专治穷人的病，救穷人的命。

说："你要是到大医院去看，不花个千儿八百的，出不了院门。"

11

> 又是一年过去了。

天渐渐地热了起来，大病初愈的郑凡像一根稻草，出门的时候轻飘飘的，似乎一阵风都能把他吹倒。确实，他骑自行车去龙小定家辅导的路上好几次差点摔倒在地。韦丽劝他不要去了，他说已到最后冲刺了，必须得去。

> 暴发户也有说话算数的时候。

人不会总是倒霉，否极泰来说的就是这个意思。龙小定中考分数下来了，这个班级垫底的烂秧子真就考上了重点高中，小定妈把两万块钱现金塞到郑凡的手里时，郑凡血压骤升，心脏乱跳，他从来没见过这么多钱，面对着厚厚两叠百元大钞，如同面对两颗随时都要爆炸的地雷，郑凡心里发虚，不敢接："大嫂，太多了，您是不是要跟龙总说一声！"小定妈顺势将钱塞进郑凡的人造革公文包里："嫌少呀？"

郑凡揣着钱蹬着车飞奔到银行，他站在柜台前正准备存钱时，突然又转身离去，那一刻他突然觉得存折上的数字太虚，像是假的，不真实，在存入银行前，他要让韦丽看到真实的钱。回到出租屋天色已晚，郑凡没吃饭,进屋后关了门坐在床上数钱,数第一遍的时候,多出一百块,数第二遍多出两百块,再数,又少了一百块,他头上冒汗了,怎么连个钱都数不准呢?于是接着数,数到晚上九点半的时候,连续三次,都是两万。这时候,韦丽下班回来了,进屋的韦丽见床上铺满了百元大钞,像铺着一床钞票织成的毯子,没回过神来的韦丽大惊失色:"哪来的钱?你贩假钞了?"郑凡装得很平静地说:"跟你说过的,小定考上重点高中,他家里给两万块钱奖金。"韦丽拍了拍脑袋:"我都忘了,那个强奸犯还当真了?"郑凡拿起一张钞票,塞到韦丽手里:"龙家的承诺是真的。你看,这钱也是真的。不要再说强奸犯了,人家已是讲信誉的企业家。走,我请你去吃牛肉面!"韦丽说:"不,我要吃肯德基!"

　　郑凡终于有了六万块钱存款,这是勒紧裤带省来的,是豁出性命挣来的。拿证两年来,郑凡没给韦丽买过一件衣服,也没跟她单独下过一回馆子,这天吃肯德基是他们两年来最奢侈的一次浪漫。然而,他们第一次争吵恰恰发生在第一次浪漫的肯德基店里。被两万块飞来横财弄得热情澎湃的郑凡说年内必须买房,哪怕是期房,也得定下一套,韦丽说:"没必要。"郑凡说:"男子汉大丈夫说话要算数。"韦丽说:"房价又涨了,你的钱都不够首付。"郑凡说:"买小一点的,七十平方

> 只有穷人才会如此贪恋地数钱。

> 饮食习惯总是能体现人的精神追求。

> 精神分歧,终于演变为直接的对立了。

> 韦丽虽然年轻,但目光如炬,一语道破实质。

米也行,下半年多接一些活,赵恒正在为东南亚华侨富商做一套传记丛书,我准备接一本,报酬不少于三万。"韦丽说:"赵恒是个叛徒,不讲信用,背信弃义,你已经被他剥削得体无完肤了,还带人去抓你。"韦丽越说越气,"你要是再接那个破公司的活,我就回单位职工宿舍住,再也不回城中村。"郑凡反驳说:"不接活,哪有钱买房子?我这不都是为了你。"韦丽反唇相讥:"你不是为我,而是为你。你以为我不知道,你是想证明你一个知识分子的实力和体面,虚荣!"

郑凡有一种被撕光了的难堪和被戳穿了的痛苦,而这难堪和痛苦中还有许多委屈,即使他有着难以抗拒的知识分子的自尊心和虚荣心,可在拿证后,他更多的是想给韦丽一个遮风避雨的栖身之地,给她一份生活的安全感。郑凡望着肯德基里温暖而庸俗的物质光辉,他闻到了空气中弥漫着鸡腿被油炸后的焦煳的味道。

> 爱情已被房子焦虑烤煳,还有郑凡的知识分子的自尊。

维也纳森林二期热销,郑凡编辑策划的维也纳地产会刊已出到第八期,郑凡将会刊清样送给郝总审查时,郝总正在往嘴里塞美国的深海鱼油,他抚摸着圆滚滚的肚子,自嘲地说了一句:"降血脂,防止动脉硬化的。"已是黄昏快下班的时间,电话响了,郝总无心翻看会刊清样:"小郑,市长视察维也纳森林的照片做封面,就这样了!"他匆忙抓起电话,声音很暧昧地说着:"天还没黑呢!好了,我马上下楼!"

郝总扔下郑凡,仓促地奔下楼去,郑凡站在窗口看到楼下的郝总搂着悦悦的腰钻进了奔驰车,郑凡的眼睛像是被有毒的黄蜂蜇了一下,钻心地刺痛。汽车绝尘而去,郑凡回过头仔细推敲着郝总这间豪华的办公室,目光在宽阔的老板桌上停住,他走过去,用力地掀着桌子,紫檀木的,太沉,桌子纹丝不动。郑凡觉得这应该就是悦悦那天想掀翻的老板桌,屋外的黑暗涌进屋内,屋内的一切都变得似是而非。

郑凡想应该跟舒怀谈谈,可他不知道该如何谈。

郑凡没有回城中村,而是架起破自行车,敲开了舒怀的门,进门后,郑凡看到舒怀正在空荡的客厅里抱着一瓶啤酒独自喝着,郑凡问:"悦悦呢?"舒怀从纸箱里摸出一瓶啤酒递给郑凡,红着眼说:"说我没本事,我堂堂的人民教师,不为三斗米折腰,怎么了?难道他妈的巧取豪夺、为富不仁就算有本事了?"郑凡又问了一句:"悦悦呢?"舒怀又撬了一瓶,咕嘟咕嘟喝了一气:"在大款怀里躺着呢。"郑凡小心地说:"不会吧!我觉得,你们应该好好沟通沟通!"舒怀在惨白的灯光下苦笑着:"沟通是在人和人之间进行的。"

> 用政客装饰门面是富豪们惯用的伎俩。

> 似是而非的是郑凡的心情。

> 不为五斗米折腰的人是因为他没有腰。

知识分子 / 071

> 子弹很像花生米，所以枪毙人又叫"吃花生米"。

> 佳人之所以要配才子，那是因为才子都是文化人。

> 韦丽的主动买房也是一种打击。因为她抢夺了本属于男人的义务。

郑凡似乎意识到了什么，他没再往下说。他喝光了瓶里的最后一口啤酒站起身，出门前，拈了盘子里一颗花生米扔到嘴里，感觉像是往胃里扔进了一粒子弹。

郑凡跟韦丽的沟通在这个夏天也变得越来越困难，郑凡一直没敢去接赵恒的活，韦丽说除了编维也纳森林的会刊、带家教，其他乱七八糟的活一律不准接。郑凡问："为什么？"韦丽说："文化传播公司都是没文化的人干的，你是有文化的人。"

郑凡犟着脑袋说："首付款还不够。不管你同意不同意，房子一定要买。买房子是我的事，不是你的事。"

韦丽静如止水地接了话："也是我的事，我已经想好了，房子要买，马上就买。首付款不够，我想办法。"

正在喝水的郑凡差点被喉咙里半途而废的一口水呛死，他木木地望着韦丽："是我听错了，还是你说错了？"

屋外的夏夜无比闷热，大杂院里的黄狗在窒息的夜空里很压抑地叫了一声，声音像是戴着口罩发出来的。

12

韦丽回了一趟老家，她向卖水果的母亲借了两万块钱,加上自己这几年积攒的一万多块钱,全都交给了郑凡。郑凡接钱的手抽筋似的乱抖:"我一定会还的!"

韦丽轻松地说:"我妈的两万一定要还,卖水果要风吹日晒三四年才能挣上,我的钱就是你的钱,还什么还的?"

韦丽母亲一开始死活不愿借钱,韦丽说:"如果再不买房子的话,不是郑凡去坐牢,就是我去守活寡。"母亲问:"为什么?"韦丽说:"郑凡被你逼着表态三年买房后,梦里都在忙着挣钱买房,整个人疯疯癫癫的,没有大礼拜,没有节假日,平时把我一个人扔在屋里。本来我坚决反对买房,可看他什么钱都挣,太危险了,真要是出了什么事,你女儿竹篮打水不说,还要背上个不闻不问的骂名。"母亲拿出两万块钱的时候,哭了,她说:"养女儿享不到福,还倒舀走了一瓢。"韦丽说:"舀走一瓢,还你一缸!"

这次郑凡和韦丽是一道去看房的,百安居离城中村近,是全市房价最低的楼盘,价格低的原因是百安居建在老火葬场的旧址上,老市民一走近百安居就像是走近遗体告别大厅,心里发毛。郑凡、韦丽这些新市民因缺少火葬场的记忆而忽略了这里的风水好坏,他们心情良好地站在楼盘模型前挑剔着房型、朝向和采光。当他们终于对一套两房一厅都很满意时,一问价格,每

> 极度的夸张。话语很空洞,力不从心。

> 挣钱的结果是人成了钱的奴隶;而买房的结果,人成了房奴。人性的异化。

> 风水再不好的房子也是房子!

> 隐喻房子就是人生的火葬场。

知识分子 / 073

> 上涨的房价把郑凡一年的辛劳都归了零。

> 郑凡有点像推石头的西西弗斯，一直做着没有意义的徒劳的努力。

平方米五千八，郑凡傻了，去年给他介绍的售楼小姐没变，房价却变了："去年我来问的时候，才四千六，不到一年，就涨了一千二。"售楼小姐很耐心地解释说："你去问，百安居是全市涨幅最小的一个楼盘，你要是不买，明年还会涨。"

郑凡和韦丽站在楼盘模型前，一时像丢了魂一样，郑凡嘴里喃喃地说着："我辅导一晚上只能挣四十块钱，他们打一个饱嗝，就涨了一千二。"

韦丽来时高涨的热情被当头一盆冷水泼了个透心凉，收银员对数字的敏感与熟练让她很快算出了他们买房的前景："按百分之二十首付，我们九万块钱去年在这里能买九十多平方米，现在只能买七十多平方米了。赶紧买吧！"

郑凡犹豫着，他掏出手机，给上次同学会上重新联系上的秦天打了一个电话："我整天忙着兼职打短工，不瞒你说，这一年半来，我一次网没上过，报纸也没看过几份，你在北京，消息应该比较可靠，电视上说这次国家宏观调控要打压过热的房地产，房价会不会降呢？"秦天好像在开会，他声音很低地说："这次国家调控力度很大，肯定会降。"

> 信鬼才会被鬼糊弄。

郑凡放下电话，拉起韦丽的手说："走，不买了！秦天说了，房价肯定会降，我就不相信，彩电、冰箱、空调天天都在降价,房子能不降?"

韦丽忧心忡忡地说:"假如不降呢?"

郑凡说:"假如降了呢?"

韦丽说:"降就降,我们先买下再说,折腾不起了!"

郑凡痛心疾首地说:"你知道我们的钱多难挣,他房地产商打一个饱嗝就涨一千二,我一晚上只能挣四十块钱。"郑凡像祥林嫂一样,这句话重复了好几次。

郑凡和韦丽高兴而来,扫兴而归,郑凡望着失落的韦丽,说:"中午,我请你吃肯德基,好不好?"

韦丽看了郑凡一眼,摇了摇头:"不吃!"

郑凡问:"为什么?"

韦丽说:"省下钱来买房子吧,因为房价还要涨!"

郑凡说:"不会涨,我们打赌!"

韦丽说:"我再也不跟你赌了,无论是涨还是不涨,我都是输家。"

郑凡说:"此话怎讲?"

韦丽说:"因为我同意了你买房子。"

维也纳森林会刊的封面上是市长戴着安全帽在工地上视察,郝总拿到样刊后非常满意,他当面表扬了郑凡:"楼房卖得好,会刊也有功劳,维也纳森林每平方米终于涨到了一万,成了 K 市顶级豪华公寓,所以,小郑

> 房子已经导致了社会集体癔症的发作。

> 为了爱情而被拖入了房子的陷阱。

> 还保持着一份难得的清醒。

> 果然如韦丽所预言。

> 迂腐！

> 古巴雪茄与香肠等物不但形似而且神似！

> 老板桌、古巴雪茄、香肠以及浮动的暗香都基于同一的利比多的驱力。

每期编会刊涨到一千，悦悦，从这一期执行。"

悦悦已经加盟维也纳森林，取代小莹成了郝总的秘书，身份一确认，他们就可以公然地出入各种见得人和见不得的人场所了。郑凡问郝总："您说，房价究竟会不会降呢？这次国家宏观调控的力度很大。"

郝总将手里粗如香肠的古巴雪茄烟搁到烟灰缸上："小郑，你年轻，见识也少。这么跟你说吧，以我这么多年从事房地产的经验，国家打压一次，房价上涨一次。"

郑凡听得头皮发麻。在跟悦悦去财务部领编务费的楼道里，郑凡问："你跟舒怀真的分手了？"

悦悦身上暗香浮动，声音里充满了往事如烟的情绪："那都是解放前的事了。"

郑凡问："你究竟想找一个什么样的男孩呢？"

悦悦说："像你这样的，从不放弃努力和挣扎！"

郑凡问："悦悦，当初你说想掀翻的那张老板桌，是郝总的这张桌子吗？"

悦悦吃惊地看着郑凡，没有答话。楼道里留下的是杂乱无章的皮鞋的声音。

黄杉回到K城的时候住在希尔顿大酒店，他在一个没落的黄昏时分携带着一位全身披金挂银的温州女子入住酒店。他宴请同学的晚餐也是希尔顿大酒店的西餐厅，舒怀、郑凡、韦丽还有信访办的师兄老蒋，大家在外国音乐的背景中入座后，首先对黄杉身边的那位珠光宝气却年龄偏大的女子产生了怀疑，黄杉穿着一身休闲西服，头上喷了定型胶，完全是一副成功人士的派头，他指着身边的女人对同学介绍说："这位是方圆投资集团和董事长莉莉，我的女朋友，美国西太平洋大学的经济学博士。"莉莉很有修养也很含蓄地向各位点点头，黄杉从莉莉手里接过一把名片，散发了起来。然后他又掏出自己的名片散了一遍，韦丽接了名片，念了起来："方圆投资集团总经理黄杉，真了不起！"舒怀深有感触地说："黄杉，你混大了，把我也带去吧，K城让我备受羞辱。"黄杉轻轻地转动手中的高脚葡萄酒杯，说："舒怀，你连个悦悦都拿不住，我怎么敢带你走南闯北？"舒怀想说"野模不也离你而去了吗？"但看到他身边的莉莉，也就不说了。

几杯啤酒下肚，黄杉借着酒性泄露了方圆投资集团的投资战略，他说方圆集团目前主要在海外投资，说白了也就是在海外炒房："日本的东京、韩国的济州岛、阿联酋的迪拜塔，我们投进去了近两个亿。我的判断是，中国的房价升值空间已经不大了，所以我们在莉莉董事长的英明领导下，进军海外市场。"郑凡问："那K

> 知识分子男人和女人都难免被包养，这是资本社会的铁律。

> 这让想起了钱锺书笔下的克莱顿大学，一所美国的野鸡大学。

> 士别三日当刮目相看。

城的房价肯定要降了?"黄杉说:"不会降,而是升值空间不大。不过,K城属二线城市,上涨空间不会小,我们集团对这里不感兴趣。"

晚餐吃得简单而马虎,大家全部的兴奋点都集中在黄杉的高谈阔论和指点江山上,大家对他身边的女人充满了疑问,比如年龄几何,那么多钱从哪来的,怎么又成了黄杉的女朋友,美国的博士怎么穿戴得那么物质而庸俗,看上去的矜持与无知又是那么接近,但没有一个人说出这些疑惑,然而有一点是肯定的,这个女人应该在三十七八岁左右,比黄杉大十岁是没问题的,黄杉钻进这个显然曾经沧海的女人怀抱,让各位同学吞进肚里的西餐和啤酒很不是滋味,他们在五星级的酒店里丢失了面子。

回到出租屋后,韦丽有些泄气地对郑凡说:"黄杉说医改让人看不起病,教改让人上不起学,房改让人住不起房,简直太可怕了。我觉得,房子还是应该现在就买上。"

郑凡说:"你别听他乱说,他整天往资本主义国家乱跑,总是看不惯我们社会主义。天知道他身边的那个女人是什么货色。"

郑凡他们当然不知道,黄杉身边的莉莉是温州一个珠宝商的遗孀,珠宝商在跟他小情妇去马尔代夫度

补叙的意图就在于兜底。其实每个人都心知肚明。

高谈阔论貌似自信,实则是为了掩饰空虚。

韦丽的判断是准确的。

郑凡被杜甫逃难骑的那头毛驴踢了脑袋。

假时,飞机失事一头栽进了大海,温州珠宝商留下几个亿的家产给了莉莉,而三十七岁的莉莉以前是温州夜总会的一位吧女,她继承了珠宝商的遗产和风流品质,与黄杉在网上一见钟情。

> 富孀,男人的偏见。也是在网上相遇,但浪漫全无。

13

暑期里的郑凡在一家外语培训学校、一家中学生精英培训学校和一家公务员考前培训班代课,每晚都有课,双休日是全天上课,每周二十六节课的工作量,是中学正式老师的两倍。想到拼一周能拼来三百多块钱,郑凡心中的那种以苦为乐、以累为荣的豪情油然而生。只是晚上回到出租屋往床上一躺时,他才发觉自己的身子像是被拆散了的一堆零件,根本拼不出一个活人来。韦丽等到了半夜才等回了郑凡,睡觉的时候就暗示性地扳了扳他的肩。可郑凡生硬地说了一句:"我太累了!"话音未落,人竟睡着了。韦丽叹了一口气,然后看着图像乱晃的电视上正在播放一部爱情电视剧,剧中男女主人公恩爱得在草地上毫无顾忌地嘴对嘴地啃了起来,韦丽一按遥控器,屏幕上那对快活男女就不见了。

> 代课符合郑凡的口味。

> 代课老师郑凡累到忘记了男人的义务。面对电视剧里的画面,女主人公也是心乱如麻。

第二天早上,韦丽在蜂窝煤炉上熬好了稀饭,吃饭

> 韦丽是个社会学家，用数字说明一切。网吧是恋爱的纪念地。

的时候，韦丽不无嘲讽地奚落着郑凡："你现在一个月兼职挣一千多，刚好够百安居去年到今年涨一平方米的钱，假如我们要买一个七十多平方米的房子，你得拼死拼活地白干上七年。郑凡，你知道吗？自从我们拿证后，我就没进过一次网吧，也没看过一次电影。"郑凡将碗里的稀饭一口气喝了个精光："我也一样。"他竭力掩饰着内心的重创，"韦丽，我是没本事，可我一直在努力，等买了房子，办了体面的婚礼，我会给你买一部电脑，让你坐在家里上网，房间里还要装上空调，上网累了，我就陪你去看电影。这一天总会到来的！"

> 到了这一步还在给韦丽画饼充饥。

然而，这一天似乎离他们越来越远了，到年底的时候，百安居三期的房价又涨了，六千四一平方米，降价的传言最终破灭。郑凡和韦丽的九万多块钱，眼下只够六十多平方米的首付了。韦丽说："我们再借一些钱，赶紧买一套七十平米的房子，不然到明年，只能买五十平方米了。"

> 不能洞察社会，却要与整个社会对抗，悲剧是必然的。

神经钻入死胡同的郑凡顽固地做出自己最愚蠢的判断："不买。我就不信，房价能不降！这么低的收入，偷也偷不到那么多钱。"韦丽急了："你凭什么说房价一定要降？上次要是买了，这会儿都赚了。"

为了坚定自己毫无道理的降价判断，后来郑凡悄悄地给黄杉打了一个电话："你说中国的房价已经没有上涨的空间,可为什么又涨了呢?"黄杉在电话里说:"中国特色就是房价看起来不会涨了,但它偏偏还要涨。我在阿联酋呢,回国我们再聊这事吧!"挂了。郑凡一时没了主意,他交会刊的时候问悦悦,房价会不会下跌,悦悦说:"我是卖房子的,房价即使要跌,我也得说要涨。这不,维也纳森林已经涨到一万三了。"

坐飞机的人都知道,明知飞机不会掉下去,但每次起飞前空姐都要演示怎么戴氧气罩、怎么从紧急出口逃生。郑凡买房跟坐飞机有点类似,郑凡在四处咨询和跑遍了K城新建楼盘后,他内心已经觉得降价很渺茫,可他还是抱着一丝飞机失事般的概率妄想,期待着降价。他决定不买的理由居然是,为什么我能买九十平方米房子的钱,不到两年就只能买六十几平方米了?他不甘心。

可韦丽已经失去了耐心:"你以后不要再喊我去看房子了,我不想去售楼中心做一名游客,那里不是旅游目的地。"

郑凡无言以对,他望着屋内的墙壁发呆。墙上那幅"面包会有的,房子会有的,一切都会有的"标语已经陈旧,且落满了灰尘。

这一年年底的时候,郑凡在冬天的风里出没,破旧

> 悦悦说出了一部分真相。

> 这个比喻很新鲜。飞机坠落的概率太小了。

> 叙述者也加入到劝说的行列了。

> 不撞南墙不回头,郑凡是撞了南墙也不回头。

> 奋斗却远离目标。

知识分子 / 081

> 孤独的奋斗者。当过腐变成了愚蠢，她就没有一个朋友了。

的自行车总是在半路上掉链子，没心思上链条时，他就推着车一个人在寒夜里踽踽独行，他觉得自己渺小得就像夜色里的一粒灰尘，存在与消失对这个夜晚来说毫无意义。郑凡想到这，一股悲凉的感觉袭上心头。他想去找舒怀聊聊，可舒怀自从和悦悦分手后，人变得更加颓废和没落，经常抱着酒瓶进入梦乡。正如韦丽所说的那样，舒怀是有房子，那不过是一口活棺材而已。

> 公然违背妻子划定的道德底线。当初清高的道德品行已近瓦解。

郑凡想不通的时候，就通过拼命干活来转移心里的不安和惶恐，赵恒请郑凡喝过两次酒，就又接下了江淮文化传播公司的活，赵恒让他参与江淮小姐选美大赛的组织策划工作，还有明年夏天全省青年歌手大奖赛筹备工作。赵恒说："韦丽要是再反对你过来兼职，干脆就把她休掉，今明两年我们都泡在美女堆里，随便挑一个也比收银员强。"郑凡说："韦丽跟我受了那么多苦，哪能随随便便说换就换了？"

> 只值一毛钱的信念，自然会被看不起。

郑凡回来后跟韦丽说现在帮江淮传播公司干策划，再也不用编写小广告传单了，他说，自己想多挣一些钱，哪怕房价只降一毛，马上就买。韦丽对郑凡提房子的事已不再感兴趣，她觉得这是一个唯利是图、目光短浅、好占小便宜、缺少大局观的男人，简直就是一个读过书的农民。虽然韦丽对郑凡很失望，但她还是不愿过度伤害郑凡,于是就不冷不热地说:"你是家里的男人,你怎么想就怎么做。"晚上,郑凡想讨好韦丽,就在被窝里轻轻地扳韦丽的腰。韦丽脊梁对着郑凡,轻轻地说:"冷,被窝里漏风。"扫兴的郑凡看着屋里永远也关不严的窗子,凛冽的寒风正乘虚而入,钉在窗子上的塑料布哗哗作响。

爱情的温暖已经冷却。真的严寒到来了。

郑凡给父亲打电话说春节回不去了,单位里要加班,其实是赵恒的公司里要加班,春节期间要在几个社区搞"汽车进万家"促销宣传活动,赵恒说春节六天加班费给郑凡一千二,郑凡想着回家过年最少要花一千二,这样一反一复就是两千四,郑凡满口答应。

已经落入钱眼里了。郑凡已经人性异化。

腊月初十那天,邻庄周天保和儿子来K城找到郑凡,周天保说女儿到广东卖淫后,气得肝疼,最近扛不住了,想请郑凡帮他找一家医院看病。郑凡毫不犹豫地就带着周天保父子去了市第一人民医院,他想自己没能帮人家在省里和中央打上招呼救出女儿,帮着找医院看病还是能做到的。赵恒很仗义,说他小舅子在市一院,一个电话过去,郑凡没费周折就把周天保安排住进了医院。三天后,周天保儿子哭着给郑凡打来电话:"郑哥,不好了,我爸要死了!"

叙述到这里又来了一次流程的回转。再给郑凡充一些人气。

同时,向郑凡的理想补一枪。

郑凡赶到医院,赵恒小舅子告诉郑凡,周天保查出来是肝癌,必须立即动手术,时间一点不能拖了。郑凡

知识分子 / 083

> 毕竟是父老乡亲，郑凡身上的义气又复活了。

问："要多少钱？"赵恒小舅子说："先交两万五千块钱做手术。"郑凡问周天保带了多少钱过来，周天保说："总共带了五千块钱，我不想开刀，死掉算了。"周天保说自己死掉就像说日本鬼子死掉一样，说这话时，周天保异常平静。郑凡却急了："四叔，你怎么能这样说话？生命只有一次，哪能轻易放弃？"周天保说："家里没钱了，家里的猪和鸡都卖了，这些年找二丫，积蓄全花光了。"郑凡对赵恒小舅子说："你赶紧安排手术，我回去拿钱！"说着转身就跑了。

等到郑凡从银行取出两万块钱交到医院后，郑凡这才想起没跟韦丽打一声招呼，他有些后悔自己操之过急，因为周天保家是无论如何也还不起这笔钱的，可一切都来不及了，周天保已经被推进了手术室，手术室外的走廊里飘满了药味，窗外的阳光也像被药水浸泡过一样，冷而灰。

> 收获了感恩和另一个男人的承诺。另一个注定无法兑现的承诺。

周天保手术很成功，恢复也很好，腊月二十八父子俩出院回家过年，赵恒小舅子说年后再做几个疗程的化疗，前景应该不错。临行前，周天保带着儿子来向郑凡辞行。周天保和儿子看着郑凡还住在一间破房子里，很是诧异。周天保儿子泪流满面地拉着郑凡的手说："郑哥，我过了年就去浙江打工，一年还你五千，四年全部还清，争取三年还清。郑哥你是我爸的救命恩人。"周天保尽量控制着自己的情绪,他声音平静地说了一句:"大侄子呀,好人会有好报的!"

韦丽回老家过年了,郑凡一个人的春节有些凄凉,也有些壮烈,郑凡觉得是男人就应该有勇气接受这种残缺的生活。年三十晚上在赵恒的公司喝了点酒后,他没想得太多,回到出租屋倒头就睡。大年初一一早,他就跟公司的人一起开着几辆国产新车驶进了鞭炮声不绝于耳的社区。韦丽年三十晚上给郑凡打了一个电话,郑凡没听到,年初一看到未接电话后立即回拨了过去:"真对不起,昨晚喝了酒,睡着了,爸妈都还好吧?"韦丽有气无力地说:"都还好,爸妈说过年后他们一起去K城,想看看我们新买的房子。"郑凡迟疑了一会:"就说新房子还没装修好,让他们过一段时间再来。"韦丽在电话里生气了:"哪有新房子?大过年的,你让我当骗子,而且是骗我爸妈。"

春节后,韦丽的爸妈没来,郑凡的爸妈来了。

郑树只知道儿子没回来过年是因为工作忙,听周天保说儿子很仗义,比雷锋做得都好,一出手就拿了两万块钱手术费,可人却住在猪圈一样的房子里,而且桌上有一个镶了女孩子照片的镜框,门后面还挂了一件红色羽绒服。父亲郑树听得脑袋嗡嗡作响,他想了好几晚,都没能想明白,他觉得儿子有什么事瞒着自己,

> 凄凉到壮烈吗?想哭都没有了眼泪。

> 错过的不仅是一个电话,而是终身不渝的爱情。

> 暗示吗?

> 韦丽的爸妈为什么没有来?又一个悬念。

知识分子 / 085

于是对老伴说:"走,我们去 K 城,看看郑凡到底是怎么混的。"

父母的到来让郑凡和韦丽都慌了手脚,郑凡只得如实向父母交代了事实真相。父亲郑树再也没有乡下时的神气与自豪了。在城中村一家小酒馆里,郑树喝着闷酒,声音很苍凉地说道:"韦丽这孩子这么好,配你绰绰有余,我没想到你没房子住,也没想到城里房子这么贵,你都拿证两年多了,不该瞒着父母。"郑凡给父亲倒满酒,他满脸愧疚地说:"爸,我对不起你,也对不起韦丽。不是我想瞒你们,我是想买好了房子,筹够了钱能办个不寒碜的婚礼了,再跟你们说。可我没做到。"一旁的韦丽悄悄地抹起了眼泪,这个以前喜欢在网上冲浪且少年不识愁滋味的女孩注定了要在眼泪中长大和成熟,对她来说,这是人生必修课,而不是选修课。郑凡母亲一时不知该说什么,她从塑料袋里掏出一块从家里带来的熟猪头肉,很不恰当地往韦丽嘴里塞,像哄孩子一样:"姑娘,吃一块吧!家里腌的,很香!"

韦丽第二天以儿媳妇的身份,给二老一人买了一双皮棉鞋,郑凡母亲给韦丽送了一副银锁挂件,说是祖上传下来的。银锁上勾勒着"多子多福"四个字。郑凡和韦丽将父母送往长途汽车站后,临上车前父亲对郑凡说:"周天保那钱我得催他还……"郑凡连忙打断父亲的话："爸，你以后不要再把你儿子说得神通广大了，你已经看到了，你儿子就这么大本事，不要说省里、中央里的事，就是城中村出租屋的小事都搞不定。"

回来的路上，郑凡卖力地蹬着自行车，他对车后架上的韦丽说："我爸妈对你很满意，他们说你长得好看。"韦丽不咸不淡地说一句："好看不能当饭吃，也不能当房子住。"

> 长大了的韦丽，变得实在了，实在得让人吃惊。

冬天的阳光软弱无力，郑凡骑着一辆老爷车，负重前行。路上的行人对一头大汗的郑凡麻木不仁。

> 郑凡就是那辆老爷车。

14

舒怀精神上早就出现了问题，郑凡隐约能感觉到一些，但他连自己都关心不了，所以也就没多问，直到舒怀把人捅死了，他才后悔自己的粗心和自私。在K城，黄杉跟温州富婆远走高飞了，信访办师兄老蒋不是一届的，举目无亲的舒怀真正的同学只有郑凡。

> 这部小说讲的不只是郑凡一个人的故事，而是一批进城的乡下人的故事。

舒怀父亲在乡下废砖窑偷偷生产鞭炮有些年头了，正是靠这种冒险才挣了钱给舒怀买房，然而春节期间鞭炮作坊爆炸，当场炸死两个雇工，舒怀父亲被抓了进去，倾家荡产不说，还被判了八年徒刑。舒怀总觉得父亲是为给他买房子而身陷牢狱之灾的，所以他的酒

> 给郑凡同学圈的每一个人都找一个生命的归宿。

喝得更凶了,越喝痛苦越加剧,无处诉说的舒怀春节后曾给郑凡打过一次电话,在电话里欲言又止。当时郑凡正在印刷厂忙着校对维也纳森林的会刊,应付了两句,匆匆挂了。父亲入狱,女友背叛,工作不如意,这些人生的毒药在长期蒸煮发酵后终于恶性发作了。一个周末的午后,平时根本不吃水果的舒怀鬼使神差一样,突然想吃水果,于是下楼了。那位眼睛不好的水果摊主称了舒怀挑的四个苹果,说是一斤四两,回来后舒怀用弹簧秤一称,少了二两,气冲冲直奔楼下。春末夏初,天热,舒怀跟眼睛不好的水果摊主火气都很大,由争吵到推搡,越闹越凶。中午刚喝过两瓶啤酒的舒怀从口袋里掏出本来准备削水果的刀子,往前一捅,人死了。

> 舒怀戏剧性的犯罪经过。他已经疯了。

舒怀是以故意杀人罪被逮捕的,他是揣着刀子下楼的,也就是说杀人是有预谋的。更为糟糕的是,卖水果的摊主并没有扣秤,警方重新过磅,四个苹果足足一斤四两,是舒怀的弹簧秤不准,才少二两。

郑凡要韦丽陪他一起去看守所看望舒怀,韦丽说:"你整天忙着挣钱,平时对舒怀那么冷漠,现在去看望有什么用?"

> 韦丽的批评总能切中要害。

郑凡没有争辩,他约悦悦一起去看舒怀,悦悦说她已经去过了,她正在帮舒怀找律师,说想改判为故意伤害过失致人死亡罪:"要判死刑的话,就太重了,郝总也在帮忙想办法。"悦悦在电话里这样说着。郑凡说了声"谢谢",就独自一人拎着水果去了看守所,想起刚到K城时舒怀为他接风的那个晚上,郑凡鼻子酸酸的。看守所里,剃了光头的舒怀表情很麻木,他手里攥着一个苹果,木木地说:"我不吃苹果,苹果会爆炸的,像我爸造的炸药。"整个人都不对劲。

三年过去了,郑凡买房子的希望终于落空了,百安居的房子早卖完了,里面的二手房已经涨到七千二,三环以内的房子早就超过了每平方米一万,高档公寓直逼两万,网上有些不负责的段子说:刘翔速度是跑不过房价的。时至今日,郑凡再也不敢提买房的事了,韦丽的变化在于不提买房,也不提不买房,房子成了她和郑凡两人生活中的一道伤口,谁都不愿提及。这事到年底的时候,韦丽一天突然对郑凡说,她的一个小姐妹告诉她法院正在拍卖一批没收的房子,均价只有六千五:"有一套七十平方米的房子我们完全可以买下,再凑一凑,首付应该差不多。"郑凡首先想到的是周天保那两万没还过来,一旦韦丽知道了真不好交差。他好几次想对韦丽说,但没勇气,没买房子已经犯了错,而把买房子的钱借给了乡下邻居,则是错上加错。他倒不是担心韦丽不通情理,而是担心韦丽把他坐失买房良机

果然!
最后如何判断已经无关紧要了?

一对相爱的人,一旦变成相互撕咬的兽,留下的伤口将永远无法愈合。

新的危机也不知道在什么时候到来。

的事拿出来再讲一遍,那是一种近乎凌迟的痛苦。郑凡说:"法院拍卖的房子是一次性付款,不存在首付和贷款的事。"韦丽抱着一丝侥幸心理:"我们去看看吧!"

郑凡只好陪韦丽去了法院拍卖现场,郑凡问拍卖师可不可以分期付款,拍卖师很吃惊地看着郑凡:"跟法院打交道最好不要玩幽默。这些房子是罚没的赃物,必须一次性处理,法院不是房地产商。"韦丽问七十平方米的房子从哪没收来的,那位戴眼镜的拍卖师看韦丽长得很清秀,声音也就多了几分亲切:"你最好不要买,杀人犯住的凶宅,就为了二两苹果无辜地送了一条人命。你干脆买没收来的腐败分子的房子,不过那些房子没有小户型的,最小的也得一百多平方米。"郑凡和韦丽面面相觑,他们俩谁也没说话,拍卖会还没开始,他们就默默地转身走了。

回来的路上已是中午时分,郑凡试探着对韦丽说:"反正房子也买不起了,我请你去吃肯德基吧!"韦丽说:"你要是同意今年春节我们去新马泰旅游,中午我就同意去吃肯德基。"

郑凡又问了一句:"舒怀的房子为什么拿来拍卖?难道他回不来了?"

韦丽说:"他把人杀死了,除了要负刑事责任,还得民事赔偿。今天我是下午班,得马上赶回去。你回城中村把电饭锅里的剩饭热一热,辣酱在床底下的纸板箱里。"

望着韦丽远去的背影,郑凡能感受到韦丽对他的失望、无奈和冷淡。郑凡没有回城中村,他拎起自行车龙头,掉转头向江淮文化传播公司骑去——江淮小姐选美大赛决赛在即,决赛现场主持人串词第六稿下午要集体讨论。总撰稿郑凡心烦意乱,由于跟电视台合作,电视台那些穿着口袋很多的衣服的导演对郑凡撰的稿横挑鼻子竖挑眼,一会赞助单位台词介绍不到位,一会又是选手介绍没有个性。郑凡有时觉得真不如像舒怀那样往牢里一待,一了百了。可这种消极心理只是片刻的情绪缓冲,调整好了后,又得一头扎进工作现场。虽然他离买房目标越来越远,但是只要这世界的房子还在建,他就必须为买房去玩命。

眼看又到了年底,借出去的两万块钱周天保儿子并没有送来,郑凡又不好去要。一件盗窃案让两万块钱在韦丽那里穿了帮。圣诞节那天晚上郑凡在江淮小姐决赛现场忙到夜里十二点多才回家,韦丽下了夜班后跟几个小姐妹又上街去起哄赶热闹,回来时大约是夜里十二点,他们前后脚回家发现出租屋窗子被撬了,屋里现金只有抽屉里的三十多块钱,要命的是床底下人造革箱子里的一个塑料袋也被偷走了,袋子里有

郑凡未能真正理解这失望、无奈和冷淡的缘由。

除了为买房而去玩命外,郑凡已经完全没有其他出路了。

小偷来得真是时候!

由小偷而暴露的故事太多了。

知识分子 / 091

> 郑凡的分析很有道理。但为什么只丢失了结婚证呢?
>
> 婚姻危机的最后预警吧!

他们的结婚证书和用来买房的几张存折,还有郑凡的学历、学位证书。韦丽在隆冬的深夜里边哭边跺着脚:"郑凡,还不赶紧去银行挂失,买房子的钱都被偷了,叫你买房你不买,这下全完了。"郑凡在韦丽的焦急中反而平静了下来,他对韦丽说:"小偷不知道密码,银行存折取不了钱的,只是结婚证被偷了,很麻烦。结婚证跟驾驶证、学生证不一样,遗失不补,学历证、学位证要了也没用。"

第二天一早,本来说好了郑凡独自一人去银行挂失,可韦丽非要陪郑凡一起去:"要是再有个什么闪失,钱没了倒也罢,人没了可就惨了。"郑凡说:"我全取出来办到一张卡上,就在柜台里集中一下资金账户,不需要现金出柜台,没事的。"韦丽说:"我已经跟单位请过假了。"

> 戏剧性的"巧合"使秘密彻底泄露,于是不可遏制的最后爆发到来了。

郑凡走向银行跟走向刑场是一样的心情,当他站在柜台前准备办理时,他无比绝望地对韦丽说:"对不起,我不是存心隐瞒,我是怕你担心。"

知道真相的韦丽终于爆发了,她挣开郑凡乞求宽恕的手,使劲地抹着不争气的眼泪:"你骗你父母,骗我父母,还骗我,你就是一个骗子!"

> 一切的修补努力都将徒劳。

冲出银行大门的韦丽跑回城中村,收拾了几件衣裳,回单位宿舍去住了。郑凡给韦丽打了一天的电话,不是关机,就是不接。郑凡给她发了三十多条信息解释,韦丽只回了一条信息:"结婚证已经被偷走了,我也该安静地走了!"

> 婚姻的承诺被偷走了,兑现的努力也就完全没有必要了。

夜已经深了,电话突然响了起来。郑凡以为是韦丽打来的,他从床上一个反弹坐了起来,接过电话,是悦悦打来的:"刚才郝总看了这期维也纳会刊的大样,发火了,你把郝总和王副省长握手的照片处理得太小了,郝总说用两个对开页打通发表,郝总让你马上过来。"

> 及时地再补一枪!看能否将其击倒。

郑凡翻身下床,连夜骑着自行车赶往十二公里外的维也纳森林总部。

15

郑凡跟拖着一条残腿的房东为装防盗门窗争了起来。郑凡说住在没有防盗门窗的屋子里太不安全,房东收房租就应该保证安全,房东说要装防盗门窗你自己掏钱装,郑凡说,这又不是我家的房子。争到最后房东和郑凡各让一步,房东花四百块钱焊一个防盗门,郑凡花两百八十块钱安装前后两个防盗窗。谈好了,大家情绪就有些放松了,房东问:"你家小韦呢?"郑凡说:"不安全,吓得回单位宿舍住了。"

> 损失接踵而至。

> 套用张爱玲的那句话，知识分子的人生就是一袭华美的袍子，里面不仅爬满了虱子，还塞进了许多破烂棉絮和蟑螂。

> 百口莫辩，辩有何用？

> 小的惊喜能激活正在死去的人生激情吗？

安装防盗窗的小伙子是乡下来的打工仔，他对郑凡跟残疾人房东争执很是不理解。打工仔对郑凡说："人家残疾人跟我们乡下人差不多，社会弱势群体，听说你还是一个大知识分子，你跟他计较几百块钱，小气了。"

郑凡对嘴上刚长了一圈胡子的乡下打工仔说："兄弟，我也是乡下来的，当年我是抱着知识改变命运的念头闯出来的。可事实上呢，你当一天焊工挣一百块钱，我上一晚上课只挣四十块钱，我写一宿广告传单也就百把块钱。我要是有钱，要是能买得起房，我还住这地方吗？如今的读书人就是社会弱势群体。兄弟，我都三十了，可我拼死拼活就是挣不来一套房子的首付。"郑凡也不知怎么了，说着说着就觉得自己想哭。

乡下打工仔摇了摇头，又笑了起来："大哥，你不要在我面前装穷，我不会跟你借钱的。这城里本来就不是我们乡下人待的地方，我在乡下楼房都盖好了。"

郑凡的《黄梅戏民间艺术的都市化流变》一书已经通过了市社科基金评审，明年就可以公费出书了，而且所里准备让这本书冲击省社科成果奖，所长说要是能在省里获奖，所里最少也得要奖励五百块钱。郑凡在办公室听到这个消息很高兴，他给韦丽发了一个信息，告诉了她这件喜事，并说城中村的防盗窗也装好了。

韦丽白天上班，不开机，晚上下班后也没回。郑凡急了，他骑着自行车赶到家乐福员工集体宿舍找韦丽，同宿舍员工说韦丽去网吧了，郑凡又找了附近的几个网吧，没找到。郑凡给韦丽又发了一条信息："网上谨防上当受骗！"这既像是提醒，也像是吃醋，当然也可看作是调侃。后半夜的时候，韦丽回过来一条信息："在网上受过骗的人，不会重复同样的错误。"郑凡看了这条信息，很灰心，他觉得，再怎么说，韦丽不该把他看成是骗子。这一晚，郑凡彻夜不眠，天亮时，他发过去一条信息："如果你执意要把我判决成一个骗子，我同意离婚。"

韦丽又到网上去寻找她的乌托邦男人去了吗？悬念！

一连几天，韦丽没有回复这条短信。

六十多岁的父亲是怀揣着三千块钱来K城的，他说这钱是今年在县城打工挣来的："像我这么大年纪，没有木匠手艺，根本找不到活，在建筑工地当木模工，累是累一点，好歹能帮你挣些钱，凑凑买房子。"郑凡看着风吹日晒的父亲的脸像一张枯树皮，粗糙的手像蛇皮一样开裂，郑凡一句话都没说，他走过去，将墙上的那幅"面包会有的，房子会有的，一切都会有的"标语撕了下来。父亲怔怔地说："你这是干吗？"郑凡说："时间太长了，又脏又旧。"

清醒以后的父亲也加入了买房游戏。理想主义终究是要回归现实主义的。

父亲说周天保家的钱今年是还不上了，老周又去住院了，估计熬不过明年，后年差不多能还钱了。郑凡

豪言已破败不堪，也就无所谓豪言壮语了。

> 誓言是有对象的，当对象不在了，誓言也就空掉了。

> 何止是砸在脸上，简直是砸在心上。砸得太重了，心已经碎了，变成灰了。

> 小偷总是偷穷人。要不上次那个小偷，韦丽也不会离开。

说："还不还都没意义，反正也买不了房子。"父亲说："今年过年把韦丽带回老家，摆几桌，请乡亲乡邻们庆贺一下，算是办个婚礼。你都三十了。韦丽呢？怎么没见她回来？"说这话时，已是晚上十点多了。郑凡说："她单位加班，今晚不回来了。"

父亲第二天回老家前，问郑凡哪一天回去过年，郑凡说："现在说不准，全省青年歌手大赛很忙，也许回不去。"汽车发动了，他把三千块钱从车窗里塞进父亲的怀里："我有钱，你带回去花，不要再去县城工地打工了。"父亲没说话，他从车里将塑料袋包着的三千块钱，用力砸回来，砸在郑凡的脸上。郑凡觉得像是父亲狠狠地扇了自己一个耳光。

年关将近，过不了年的小偷、强盗、乞丐、破产者、流浪汉都急了，进入腊月，倾巢出动。出租屋虽然装了防盗门窗，郑凡还是有些不放心，父亲送给他买房子的三千块钱要是被偷了，等于偷去了六十多岁父亲大半年的辛苦和血汗。郑凡好不容易抽了空，决定将钱存到银行去。年底，街上人很多，好像买年货不要钱似的，郑凡是在路口等红绿灯的时候被小偷的手伸进了棉袄的口袋里。当时他双手扶着自行车龙头，眼睛盯住红绿灯，看到小偷攥着塑料袋拔腿就跑时，他才意识到被偷了："抓小偷！"郑凡声嘶力竭地喊着。可没有人多管闲事,小偷从一堆人群中仓皇逃走。

郑凡骑着自行车穷追不舍,路上的行人很好奇地看着,连打110的人都没有。驻足观看的人说:"估计这两个小年轻为争女网友而飙上了!"

在转过两条大马路后两人钻进了一条堆着沙石小巷里,小巷里正在改造下水道,再往前,就是死胡同。小偷已经累得跑不动了,郑凡扔了自行车扑了上去,小偷将手中的塑料袋扔向郑凡,想郑凡放他一马。郑凡没有捡钱,而是发了疯似的直扑过去,他飞起一脚,小偷弱不禁风地一个跟跄,跌倒在堆着碎石的路牙子上,后脑勺鲜血直流,手上也被石块撕得血肉模糊。小偷喘着气,声音微弱地说:"大哥,我三天没吃饭了,我要死了,求求你把我送到医院去。"

本来气得发抖的郑凡看着年轻的小偷,眉清目秀,身材单薄,年龄也只有二十出头的样子,不像一个经验丰富的惯偷。郑凡看着这血淋淋的场面,也没多想,立即上前拉起小偷,扶到车后架上:"坐好,抓牢车座,市一院就在前面,咬着牙坚持一会!"

送医院急救室时,遇到了赵恒小舅子,问郑凡怎么来了,郑凡说了原委,赵恒小舅子很吃惊:"送医院干吗?还不赶紧报警!"郑凡说:"他跑不了的,伤得很重,后脑勺开花了。"

> 连个闲人也拿刀子往郑凡的心里捅。

> 郑凡并不在意钱,主要是要报仇。

> 戏剧性反转。同是天涯沦落人!

知识分子 / 097

又一个空洞的承诺来了。

医生的话有意思！落魄的郑凡与小偷几乎没有什么两样。

简直就是郑凡的翻版。

急救室里，医生说要立即手术，让郑凡立即去交钱。郑凡说："他是小偷，偷我钱，在被追的路上受伤的，我送过来已经够不错的，怎么还要我交钱？"年轻的小偷躺在担架上，声音微弱地对郑凡说："大哥，你帮我垫上钱，我以后会还你的。"说着就一头昏死了过去。

医生很怀疑地看着郑凡，不太相信他们之间是小偷与被偷者的关系。医生对郑凡说："你们是道上的朋友，救还是不救，你说一句！"郑凡从身上掏出塑料袋包着的钱，对医生说："我有的是钱，你们赶紧抢救，我现在就去交！"

郑凡交了两千块钱住院费，小偷后脑勺清瘀后很快就醒了过来。当晚，郑凡来医院时带来了两个面包和一袋牛奶，小偷没一分钟就吞咽了个精光，面包两口吃一个，牛奶一口气喝完。吃完后，小偷哭了，本来准备教训小偷一通的郑凡，听完后，不说话了。

小偷是乡下考上商专营销专业的学生，今年夏天毕业，找了几个月工作，除了散发传单挣点零钱填饱肚子，就没干过正式工作，后来被骗进传销组织，接着就骗了自己父亲一头猪的钱，从传销窝点逃出来后，找工作没找着，人住在地下通道里，饿了三天没吃一口饭，一时糊涂就在错误的时间和错误的地点将手错误地伸进了郑凡鼓鼓囊囊的棉袄口袋，技术不精，伸手即被捉。小偷从怀里掏出两个红本本,一个是商专毕业证,一个是学校优秀共青团员证书:"大哥,我对不起你,我犯下的错,是一个共青团员的耻辱。"郑凡没说话,他想起当年研究生毕业时在上海找工作时,一次身无分文后,他们三个同学相互掩护着逃了公共汽车票。于是郑凡对小偷说:"其他都不说了,你安心养伤吧!"长相俊朗的小偷眼里噙着泪水:"大哥,你是好人,钱我一定会还你的。"郑凡丢了五十块钱和一个手机号码给小偷:"这些天我太忙,医生说十天左右就可出院了,到时候给我打个电话,我来医院结账。"

> 所有的同情心泛滥都是有理由的。

黄杉带着他的温州富婆回来过年了,他们还是住在希尔顿酒店,四天后,多年没见的同学秦天正好从北京来K城视察工作,他是中石油的一个处长,K城石油公司安排秦天也住进了希尔顿:"找同学聚聚吧!"秦天对黄杉说。

黄杉没打通舒怀的电话,后来终于联系上了郑凡。

还是在希尔顿西餐厅,郑凡问黄杉这次回K城是不是投资房地产的,黄杉说在中国炒房都是小户们干的,他说在韩国济州岛的房子都快挣一千万了,迪拜塔炒楼花就挣了两千万:"在国内能挣到吗?"黄杉对郑凡愚蠢的提问不屑一顾。听说舒怀出事的消息后,黄杉

> 火辣辣的对比。当年的同学,有的腰缠万贯,有的官场得意,有的走向刑场,只有书呆子要死不活,依然是丧魂落魄。

> 是谁将一个胆小的青年变成了杀人犯！天也？地也？

和秦天都感到很惋惜。秦天若有所思地说："真没想到舒怀会杀人。当年在大学时，操场上放史泰龙的电影《第一滴血》的时候，他老是捂着眼睛，不敢看。有一段时间，宿舍里给他起了个'大姑娘'的外号。"黄杉将一杯啤酒灌进喉咙里："这年头，书呆子是没出路的，宁愿赌，也不能等，等意味着坐以待毙。郑凡虽然没赌来房子，但赌来了一个不要房子的老婆，就是赢家。"

黄杉说自己跟莉莉已经正式拿过证了，明天中午在富豪大酒楼摆婚宴，宴请当年报社的同事，还有一些K城关系密切的朋友："以前我的野模女友，还有悦悦、郝总，我都邀请了，他们都过来，郑凡，你跟韦丽一起来，给我捧捧场！"秦天说："K城石油公司的宴请我也推掉了，大家热闹热闹。"

> 这样的婚礼真是很有意思。

直到此时，郑凡才告诉他们，年前要枪毙一批犯人迎新春，舒怀明天上午执行死刑："黄杉，对不起，你的婚礼我就不参加了，明天我要去给舒怀收尸。"

黄杉很惊愕地看着郑凡："真出鬼了，舒怀死刑的日子跟我婚宴在同一天，你咋不早说？"郑凡说："你请柬都发出了，早说也来不及改了。秦天，我们跟黄杉都是老同学，不会见外的，你明天跟我一道去，行不行？"

> 把婚礼和砍头安排在一起，作者真是匠怀。热闹、喜庆、血腥、悲哀一齐汇集、碰撞、互文。

秦天沉思了一会，问："舒怀家里人呢？"郑凡说："他爸私自造鞭炮，炸死了人，坐牢去了，悦悦跟郝总好上了。"

秦天像喝药似的很困难地将杯底的啤酒喝下去,温暖的灯光照耀着他没有温度的脸,他放下杯子:"郑凡,你看这样好不好?明天我就不去了,我让K城石油公司派一辆豪华车过去,将舒怀的骨灰接回来,再送回他老家去。"

> 这个安排很周到,也很有意思。
>
> 要是送错了怎么办?

16

最近这段日子,赵恒对郑凡很有意见,青年歌手大赛的策划方案电视台好不容易通过,可赞助商不认可,要修改,老是找不到人。"你怎么总是心不在焉的样子?"赵恒问。"心里烦。"郑凡回答。

> 预感!

舒怀上午十点执行枪决,警方通知中午十二点半可去火葬场签字领走骨灰。其实舒怀的一个叔叔昨天就已抵达K城,郑凡主要是不想参加黄杉的婚礼,他想到火葬场最后跟舒怀告别一下。

> 所有的事情都凑到了一块儿,肯定要出乱子的。

一早小偷就打来电话,说:"今天上午要出院,请大哥过来把手续办一下。"郑凡说:"不是明天出院的吗?怎么提前了?"小偷说已经好了,早出院早点回家过年。郑凡觉得办手续很快,不影响为舒怀送行,于是就蹬着自行车去了市一院。

郑凡是在医院交费窗口前被公安铐上的。

小偷同病房的病友知道了小偷的身份后,担心身边的财物被偷,就打电话报了警。警方一早迅速控制了小偷,小偷交代了偷窃郑凡的经过,警方根本就不相信,哪有被偷者自己掏钱把小偷送进医院的?警方认为他们肯定是一伙的。于是警方就让小偷给郑凡打了一个"钓鱼"的电话,很轻松地把郑凡钓上了钩。

> 医生的话应验了。

警方带走小偷和郑凡的时候,正下夜班的赵恒小舅子看到了,他立即给赵恒打了电话:"不好了,郑凡被警察带走了!"

赵恒给韦丽打电话,不通,于是他开车直奔家乐福超市,他从收银台前将韦丽拽出来:"究竟怎么了?郑凡怎么被警察抓走了?"

> 韦丽还是能找到的。

韦丽不相信自己的耳朵,当她确认了这一消息后,当场就哇哇大哭起来,同事们很惶恐地看着韦丽,也不知该怎么劝她:"赶紧去公安局,看看出了什么事。"韦丽指着赵恒声泪俱下地斥责着:"我早就叫他不要跟你混,他偏不听,都是你害的!"

> 赵总这次说的倒是实话。

赵恒开车带韦丽去公安局,路上,赵恒一脸无辜地说:"韦丽,你不要冤枉好人,我们一直都是守法经营的。我敢保证,郑凡这次出事与我们公司肯定毫不相干。"

警方在了解了郑凡的身份后,当然不相信他是小偷的同伙,所以还给他倒了一杯水。两位一开始很凶的警察和颜悦色地说:"郑老师,完全误会了。不过,我们公安既不会冤枉一个好人,也绝不会放过一个坏人。请你把小偷偷你钱包的过程说一下!"

郑凡说:"没有呀,他没偷我钱。他要是偷我钱,我怎么会放过他,还把他送医院呢?"

警察觉得这事确实有些蹊跷,于是很困惑地问:"可小偷自己都承认了。"

郑凡故作轻松地说:"年轻,没见过你们这阵势,吓昏了,乱说一气。你想,他大专毕业,还是学校的优秀团员,好歹也算读过书的人,小知识分子也该算吧?"

警察继续着心里的疑问:"你平白无故地花钱给他住院?"

郑凡说:"他没找到工作,饿昏了一头栽倒在路牙子上,我见了,总不能见死不救。我当年找工作跟他一样辛酸,同病相怜。"

赵恒和韦丽赶到公安局时,郑凡正从公安局院子里往外走,两个多月没见面的韦丽一下子扑过去,一句话不说,抱住他就失声大哭了起来。郑凡感到韦丽全身的抽搐和痉挛,郑凡抹着韦丽的眼泪,说:"一点小误

> 每一情节都经过精心设计,哪怕一个很短的桥段,都不忘展现其曲折。

> 善良的逻辑在犯罪学教科书中被称为荒谬。

> 最好的,也是最让人难以理解的解释。

> 韦丽还是爱郑凡的。

知识分子 / 103

会,没事了,都过去了!"

赵恒说中午要请郑凡、韦丽吃饭,说是给郑凡压惊,郑凡说他要立即赶到火葬场去给舒怀送行。郑凡问韦丽:"一起去吗?"韦丽点点头。

到了火葬场,刚好十二点半,郑凡问:"舒怀的骨灰呢?"炉前工一脸麻木不仁地说:"你是说那个杀人犯的骨灰吗?十分钟前被一个矮个小老头领走了。"

晚上,回到出租屋的郑凡和韦丽都不想吃饭,韦丽说:"要不我们出去吃吧!你喜欢吃什么?"

郑凡倒在床上:"韦丽,我太累了,我现在只想睡觉,想一觉睡到自然醒。一人泡一碗方便面凑合一顿吧!"

韦丽泡方便面的时候,忽然看到墙上的标语不见了,她问郑凡:"标语口号呢?"

郑凡已经睡着了。

这天夜里,郑凡做了一个梦,一个比维也纳森林还要漂亮的楼盘,小桥流水,绿树成荫,仿佛人间仙境,一位穿白衬衫打着领带的小伙子带着他和韦丽边看边说着:"你们的房子在 21 幢 1808 室,精装修的,进去就住。我们这个楼盘不是 K 城第一,而是全世界第一。"

郑凡接过新房钥匙的时候,才发现,售楼处的帅小伙是他送进医院急救的小偷。

韦丽与郑凡一样重情重义。

一抹惨淡的亮色在最后升起了。

作者实在不忍心再折腾这个苦人了,用一个梦来安慰他,并留下一个善有善报的预言。

表姐刘玉芬

1

表姐刘玉芬本来应该是我表妹。

那年秋天一个光线很暗的黄昏,舅妈在给生产队的耕牛喂草,一头因常年吃不上精饲料而气急败坏的公牛突然发作,一蹄子踢到舅妈挺起的肚子上,刘玉芬在牛圈里出生了,比预产期早了一个月,比我早出生一天。

表姐刘玉芬读到初二时已经出落成一个亭亭玉立的大姑娘,老一辈的乡里乡亲说她长得像画里的人一样,十里八乡年轻一辈见过的最漂亮的美女也就是样板戏里的那几位,所以他们以孤陋寡闻的见识,就我表姐刘玉芬的长相争得面红耳赤,比较一致的观点是刘玉芬比样板戏里的李铁梅、江水英、方海珍要好看得多,多在哪儿?没人能说得出来。同在初二(1)班的同学于耕田悄悄地对我说:"刘玉芬像电影里的海霞。"

> 表姐横空出世,很神奇!不知公牛是否踢到了表姐的脑袋。

> 表姐的美有争议吗?实际上,表姐的美超越了美的标准。"但坐观罗敷"的写法。

> 表姐天生丽质。

> 这个比喻是神来之笔！尽显马尔克斯式的历史深度和魔幻的迷离。

> 比"土豆加牛肉"更有中国气质。这样的畅想很震撼，表现了国人在饥饿中对粮食至死不渝的眷恋。

表姐刘玉芬长着瓜子脸，笑起来眼睛、眉毛会跟着一起笑。夏天的时候，我和于耕田晒得像被压迫的黑奴，而表姐刘玉芬脸上白里透红，怎么晒也晒不黑。我问表姐为什么，她站在毒辣的阳光下，抹着一脸的汗水，很委屈地说："我也不知道，我又没戴草帽。"

那时候地里的庄稼跟地富反坏右分子一样，从种到收，整天萎靡不振、半死不活，乡下最好的年景也得缺三个月口粮，所以我们活着的目光一年四季基本上是盯着粮食和饭碗，而不是盯着姑娘。于耕田在课堂上畅想共产主义幸福情景时说："我心目中的共产主义是，顿顿能吃上五碗干饭，肚子撑得像地雷，一碰就炸！"

于耕田的父亲是个瘸子，母亲是个瞎子，每年冬天，他们家一天只吃两顿饭，今年刚进入腊月，家里就揭不开锅了。一个雪后放晴的早晨，我和表姐刘玉芬在村口遇到了站在风中瑟瑟发抖的于耕田，十五岁的于耕田瘦得像一只瘟鸡，脚上的灰蓝布鞋已经开裂，露出了冻得青紫的大脚趾。他抹了一把鼻涕，从草绳捆着腰的怀里掏出一张纸条，对我说："灶屋两天都没冒烟了，借米也借不到，你帮我跟王老师请个假！"

我接过纸条一看，上面写着："王老师，请假要饭一天！于耕田 12 月 26 日。"

我觉得要饭挺丢人的,迟疑了一会儿,把假条塞回于耕田的手里:"你自己交给王老师吧!"于耕田苦着脸说:"我怕王老师不批假。"

这时,站在一边的表姐刘玉芬一把抢过假条:"我交给王老师!"

自刘玉芬帮于耕田请过假后,我发现于耕田对表姐有些上心,每天在村口非要等刘玉芬来了,才肯去学校。有一次,我眼睛的余光看到走在身后的于耕田将一个烤熟的红薯悄悄地塞到刘玉芬手里,动作隐蔽而迅速,刘玉芬不仅没有拒绝,脸上还有些激动。

> 有以花为媒的,但也可能有以假条为媒的。

寒假前一个有霜的早晨,阳光软弱无力地照亮了村里荒凉的屋顶和冻僵的麦田。我说:"时间不早了,得赶紧去学校。"于耕田用走资派般死不改悔的口气说:"等刘玉芬来了一起走!"

> 政治语词的串场总会收到意想不到的表达效果。

表姐刘玉芬那天没来,我们到学校时,光棍一根的王老师没追究我俩迟到,却把于耕田拉到一边没头没脑地教训了起来:"你请假要饭,为什么让刘玉芬送假条?"

刘玉芬不读书了。王老师为此上门做了家访,问刘玉芬为什么。刘玉芬声音很低,语气却很坚决:"城镇户口毕业了能招工、当干部,我们农村户口读毕业了还是回家种田。"

> 难道王老师也是受暴者之一吗?

于耕田听说刘玉芬不读书了,他也死活不愿读了。那天我们三人最后一次在村口碰面时,于耕田义愤填膺地说:"我们读再多的书,也不给你当革命的接班人,只给你一根扁担,挑大粪!我要是再去读书,我就是乌龟王八蛋!"我看到表姐刘玉芬虽然没说话,却激动得满脸通红。

读初三的时候,我们村里只剩下我一个人了。

> 残酷的现实被借用为掩护恋爱的理由。

> 春樵式的黑色幽默。

2

舅舅在公社农机厂食堂烧饭,表姐刘玉芬帮忙淘米、洗菜、烧火。

于耕田也没去生产队干农活,他到河里、水塘里捞鱼摸虾,聚多了,隔三岔五拎到县城或集镇上去卖钱。听说于耕田不想读书了,瘸子父亲和瞎子母亲感慨万千,都说儿子长大了,他们对于耕田主动辍学表现出了相当的兴奋和激动。

我父亲虽然是一个乡村木匠,但他新中国成立前在南京国民政府大楼里修过楼梯和木地板,据说还见到过蒋委员长的背影,是见过大世面的,所以他要我继续读书:"总统府里的哪个大官不是读过书的?读书无用,不读书更无用!"

> 孝顺儿子给予父母的不只是感动,还有兴奋、激动。

> "我父亲"真是个见过大世面的人。

我舅舅其实就是读过书的人,正宗六年制高小毕业,全村最高学历,1949年参加土改工作队;1950年在县镇反办公室帮着整理和抄写即将被枪毙的反革命分子的罪恶材料;1957年因说了一句"每亩一千斤都收不到,哪能收十万斤"被定为右倾分子,开除公职,回到乡下种田。舅舅由城里户口变成乡下户口,丢了城里人的身份,也丢了吃供应粮的饭碗,每个月三十二斤大米、半斤油,还有逢年过节时的白糖票、花生票、布票、肉票、肥皂票、香烟票,全都没了。舅舅曾不止一次地说过:"要是早知道说一句话会丢饭碗,用老虎钳也别想撬开我的嘴巴,我宁愿咬断舌头也不说!"

舅舅回到乡下后,娶了我乡下的舅妈,一口气生下来四个农村户口的孩子。舅妈在一些饿得饥肠辘辘的夜里浮想联翩地对舅舅说:"你要是在城里吃皇粮多好!"舅舅在黑暗中叹着气:"我要是在城里吃皇粮,哪会娶你?"

成为农民几年后,已没人关注舅舅这个右倾分子了,大队要成立革委会,缺主任,全村都知道舅舅有文化,在城里吃过供应粮,公推舅舅出山。舅舅对前来筹备大队班子的公社书记说:"1957年我是右倾,被开除回来的。"公社书记想了一会,说:"你是有文化的人,不能当主任,那能干点什么呢?"舅舅说:"书记,我家里孩

> 我舅舅就是一部活着的当代史。

> 舅舅真有英烈的气质

> 皇粮就是王母娘娘的簪子,一下子就把一对夫妇划在彼此两岸。

> 舅舅到底是个读书人，做出了那个时代最正确的选择。

> "氓之蚩蚩，抱布贸丝"的套路。

> 幸灾乐祸的叙述者。

> 赤裸裸的贿赂。

子多，口粮不够吃，我想到公社食堂烧饭！"

我舅舅就这样进了公社农机厂食堂烧饭，一烧就是八年。其中我表姐刘玉芬帮着烧了三年半。

刘玉芬到食堂帮忙，厂长说："你丫头来烧饭，没意见，烧饭每个月六块钱是早就定好过的，一分钱不能加。"烧饭虽没报酬，但女儿不受风雨太阳之苦，还能吃饱饭。舅舅说行。

于耕田喜欢把鱼虾卖到镇上的农机厂食堂，价钱比镇上要便宜三分之一。卖了几次后，舅舅说公社农机厂由一帮铁匠、木匠造的手扶拖拉机一台卖不出去，没钱天天吃鱼虾，叫于耕田不要来了。于耕田嘴上答应，可腿上却不由自主地又来了，直到有一天，刘玉芬跟于耕田在食堂外面叽叽咕咕地说话，忘了把灶膛里的火熄掉，一大锅米饭烧煳冒烟了，舅舅这才发现了苗头有些不对，他操起厨房里的菜刀，将一身鱼腥味的于耕田轰出农机厂大门："你要是再来，我砍断你的腿！"

一个风和日丽的清晨，刚卖了鱼的于耕田在街头拦住了我，他托我将一双尼龙袜子带给刘玉芬，我有些犹豫，于耕田买了六毛钱卤猪头肉在我鼻子正前方扬了扬："你舅舅要砍断我腿，腿断了，捞鱼摸虾的钱就挣不上了。你尝尝看，这猪头肉香不香？"我拼命咽着嘴里泛滥的口水，无济于事地僵持了不到两分钟，一伸手,抓起猪头肉和尼龙袜飞一样地跑了。

刘玉芬接过蓝底紫花尼龙袜的时候,手足无措,一会儿往左口袋里塞,一会儿又往右口袋里塞,她攥着袜子心虚地问我:"我能要吗?"我隐隐觉得这双尼龙袜子有些不怀好意,但吃了于耕田的猪头肉,嘴有些短,就很含糊地回了一句:"我也不知道能不能要。"

> 少女的心理都被她的手足无措出卖了。我的本意是不能要。

舅舅知道刘玉芬脚上的尼龙袜是于耕田送的,气得脸像袜子一样青紫,他对表姐刘玉分没发火,却把一腔怒火发到了我的头上:"你都是高中生了,又不是看不出那小子心怀鬼胎,你居然充当帮凶!"

舅舅花三块钱在镇供销社买了一双红底蓝花的尼龙袜子给刘玉芬穿上,那是他们父女俩起早贪黑烧饭半个月的报酬。我把洗干净了的尼龙袜退给于耕田的时候,他一句话没说,手里攥着袜子如同攥着一份残酷无情的休书,脸上红一阵白一阵的。

> 那个时代的尼龙袜是奢侈品。

1978年冬,我即将高中毕业,高考恢复了,这个时候,我早已无心关注于耕田和我表姐刘玉芬之间的儿女情长或英雄气短了。元旦前两天,于耕田找到我,他叫我带一张电影票给刘玉芬,县电影院元月1日中午12点30分的,是罗马尼亚电影《沸腾的生活》:"全县人都快看疯了,里面男女抱到一块亲嘴,胆子真大!"这时的于耕田很自信,他用卖鱼虾的钱买了我们大队第

> 于耕田的想象很直接。青春期的冲动。

表姐刘玉芬/111

> 身份没变，有钱又怎么样。

一辆自行车，"长征"加重车，就凭这辆豪华自行车，全公社的漂亮姑娘于耕田可以随便挑。

我说我要复习考大学，没时间去送电影票。于耕田从口袋里掏出五块钱塞到我手里："你复习太苦，这钱拿去买两瓶补脑汁喝，考走了最好，考不走，我把摸鱼虾的手艺教给你，闭着眼睛一年挣六七百，比公社书记的工资都高。"

> 搞得像特务接头似的。

我揣着电影票走到农机厂食堂门口时，舅舅将我堵在了油污很厚的门边："这么早你来干吗？"我心里做贼似的说："找表姐。"听到声音的刘玉芬从厨房里跑出来，很兴奋地塞给我一个馒头："早上食堂剩下的，还热着呢。"尼龙袜的阴影依然笼罩着舅舅的神经，他用像鹰一样的目光盯着我，我支吾着："没什么事，走到厂门口了，进来看看！"我手里攥着电影票，接馒头时，其实已经悄悄地挨到了刘玉芬的身边，可舅舅寸步不离地贴着我，我毫无办法。刘玉芬似乎看出了我脸上的暗示，说了一句："你明天放学走这路过一下，给你留一些锅巴，食堂大铁锅烤的，很香！"

> 爱情总是能激发女人的智慧。

> 姜还是老的辣。

第二天，也就是 12 月 31 号傍晚放学，我又去了农机厂食堂，舅舅仓促地给了我一大块锅巴，叫我快点回家，我问表姐去哪儿了，舅舅说厂里元旦放三天假，去江苏扬州的姨娘家走亲戚了，姨娘五十岁生日。

当晚我回到村里找到于耕田,他收起电影票,将五块钱重新塞回我手里:"你不要为她打掩护了,我知道,刘玉芬看不起我。"他抬起头,望着黑暗的天空,一字一顿地说道,"明天、明天我就离开这鬼地方,到县城去打江山,公社农机厂烧饭有什么了不起的!"

于耕田去县城半年后,公社农机厂倒闭,正逢分田到户,舅舅和表姐刘玉芬卷起铺盖回家种田,我考上了一所中专学校。

从那以后,于耕田和刘玉芬就再也没有了任何来往。

> 误会,在传统叙述中是大团圆的前叙事,而在现代叙述中就很难了。

> 即将转换叙述中心。

3

舅舅家分了十二亩责任田,午秋两季,抢收抢种,披星戴月,其间的苦和累,在城里吃过供应粮的舅舅深有感触:"能说出来的苦不算苦,能说出来的累也不叫累。"乡下人都知道,干活累极了不能收住脚,只要一歇脚,人站着就睡着了。一次,表姐刘玉芬插秧回家吃晚饭,她捧着饭碗,吃着吃着,碗筷掉到地上,坐在凳子上睡着了。舅舅看到这情景,鼻子一酸,眼泪流了下来。

从此,舅舅叫表姐刘玉芬在家烧饭,不让她下地干活了,舅妈有意见了:"这么大的丫头,不下田插秧,十

> 做农活太累了。表姐必然要跳出农门。

表姐刘玉芬 / 113

> 这是舅舅的一次冒险的投资。

> 观念控。

> 人一旦为某种观念所控制，从正面论，就是有了信仰，有了奋斗的方向；而从负面来说，就坠入偏执，就是人性异化。春樵小说中的人物很多都有观念控。

几亩地，我一个人哪能插得完！"舅舅说："还有我呢。"

此后几年，三个表弟陆续初中毕业，他们像是约好了似的，一个都没考上高中，弟兄仨前赴后继地回到了乡下。舅舅把三个表弟全都赶到了田里，逼着他们学农活，插秧、割麦、翻场、施肥。一段日子过后，累得半死的表弟们终于反抗了，他们说姐姐凭什么在家享清福，风吹日晒雨淋一点都沾不到。舅舅耐心地开导着三个儿子："你姐姐给你们做饭，不是享清福，她也在干活，只是跟你们分工不一样罢了！"

表姐刘玉芬对舅舅的这一分工也有看法，她在饭桌上说："爸，我要下地干活！村口的广播喇叭里天天讲，时代不同了，男女都一样，都有女孩子开飞机了。"舅舅也不解释，埋着头只说了两个字："不行！"许多年后，我跟舅舅说起过此事，他对我说："我一辈子一事无成，就生了这么个宝贝女儿，让我长了脸，十里八乡的谁不说玉芬长得像仙女！"他觉得要是让女儿受苦受累，沦为一个粗糙的农妇，那就意味着自己的一生彻底失败了。舅舅的大半生都被这一古怪的念头控制着并沦陷其中不能自拔。

我舅舅想把表姐刘玉芬当作大家闺秀养，可"低矮的草房，苦涩的井水"改变不了乡村贫穷的事实，一家六口人的吃喝拉撒睡全得由表姐刘玉芬一个人张罗，挑水、轧米、烧饭、喂猪、种菜、掏鸡粪、洗衣服，一件都不能少，一天累下来，刘玉芬晚上倒在床上连翻身的力气都没有，舅舅看着女儿的屋里无声无息，他觉得在这个家里，女儿像一个丫鬟，又像一个用人，舅舅摇了摇头，一个人坐在黑暗中叹气。

> 哀叹自己精心雕琢的艺术品变成了粗糙的农妇，心里真的不好受。

表姐刘玉芬二十二岁了还没人上门来提亲，不是人家不想来，而是不敢来。表姐刘玉芬实在是长得太好，几年后的夏天我见到刘玉芬时一下子愣住了，她穿着红蓝相间的的确良衬衣，下面配一条蓝布裤子，脚上是一双白球鞋，一颦一笑，妩媚而不失清纯，艳丽而不失温柔，活脱脱一个中国版的山口百惠。那一刻，我唯一的感觉就是，刘玉芬生错了地方。

> 好时髦的打扮！

舅妈很着急，乡下跟刘玉芬一样大的姑娘好多都抱上了孩子，她对舅舅说："要不我们托老王庄的王阿婆撮合撮合！"舅舅情绪很败坏地对舅妈吼道："你给我少废话，我们家玉芬不是剩饭剩菜！"

> 舅舅就是不愿意面对现实。舅妈的担心是有道理的。

小张庄的张聚财靠磨豆腐挣了不少钱，家里翻盖了三间大瓦房，还买了一台"红灯"牌收音机，他拎了一篮子豆腐很自负地托王阿婆到我舅舅家给他儿子张来财提亲，王阿婆摇了摇她那颗见过世面的脑袋："何必要我白跑一趟？我说配不上就是配不上！豆腐你带回去。"

> 拒绝一个，再排除出一个。打着灯笼满世界地找。

我中专毕业后分到县建设局，当了一名绘图技术员，是我们大队唯一一个吃供应粮的，舅妈一度很糊涂地想把刘玉芬嫁给我，说是亲上加亲，读过书的舅舅知道表姐弟近亲结婚将来生下孩子要么是兔唇豁嘴，要么是白痴弱智，一口否定。我舅妈埋怨说："生来丫鬟命，你把她当小姐养着。玉芬的事我再也不管了！"

1979年于耕田进城后不再钻进河湖港汊摸鱼捞虾，他干起了贩卖鱼虾的营生。我毕业分回县城后，他请我在一个苍蝇很多的小酒馆里喝酒。当他知道我月工资只有四十二块钱时，他把一大杯白酒倒进喉咙里："你那点工资，还不够我抽烟！"他请我喝酒的意思是让我星期天回乡下探一探表姐刘玉芬的口风，要是她愿意的话，他想请刘玉芬到城里来看一场电影，摩托车专程接送。那时候于耕田刚花六千多块钱买了一辆"雅马哈"摩托车贩鱼虾，一辆车抵我十二年的工资。我说："你自己跟她说去。"他摸了摸被酒精涨红了的鼻子："老实说，眼下县城的人我根本不放在眼里，乡长、书记挣的钱没我的零头多，我现在也是有面子的人，刘玉芬要是回绝了我，我这脸往哪儿搁？"我说："这么多年你为什么不跟她联系？"于耕田说他进城后，几乎就没回过乡下，只在年三十晚上回乡下跟残疾父母吃个团圆饭，丢一大把钱给他们，初一大早就进城跟一帮朋

> 这个鱼贩子虽然粗俗，但还真是个情种，他那专情的劲还真是让人佩服。

友玩去了。农村对于于耕田来说,是一个刻在心里的伤口,是一块烙在脸上的伤疤,乡下人身份、残疾人父母、被拒绝的电影票以及舅舅操起菜刀的凶狠都让他无法面对,他没有足够坚强地对抗命运的摆布,他只好用鼓起来的口袋和嚣张的语言摆平自己的内心。

> 不幸而生为农民,鱼贩子的命运让人同情。

星期天回到乡下,我去舅舅家串门,顺便送了两双单位发的劳保手套过去,已是初冬时节,田里的稻子收割干净,小麦也种下去了,乡下人有了片刻的空闲。舅舅让表姐杀了一只鸡,中午陪我喝酒,借着酒劲,我说起了于耕田在城里的风光,言语间多少有些夸张,表姐给我夹了一块鸡腿,说:"好几年都没见到过于耕田了,没想到他还真有两下子,连摩托车都买上了……"舅舅打断表姐的话头:"他再有钱,也是农民,没有工作证,没有粮本子,在城里分不到房子,买不到煤球,吃米要到黑市上去买。他就像一个混进城里的特务一样,过的是鼠窃狗偷的日子。我在城里待过七年,只有我才晓得农民是贱民,是下等人。"舅舅突然把半碗酒一饮而尽,他用烈酒把刹不住的话咽了回去,"我不想说了,再说就该拉出去枪毙了!"

> "农民"是个耻辱的符号。这让我想起了美国小说《红字》中烙在女主人公额头上的鲜红的"A"。

临走时,我到厨房悄悄地对正在洗锅的刘玉芬说:"于耕田想请你到县城看电影!"刘玉芬涨红了脸,声音胆怯、语气含糊地对我说:"我听我爸的!"

> 乖乖女就只听从父亲的安排。

表姐刘玉芬 / 117

我哪敢跟舅舅说？回到县城，于耕田听了这消息后，将嘴里的烟头吐到地上，用脚狠狠地踩灭："我要是找不到比刘玉芬漂亮的老婆，我就跳到高邮湖里自尽！"

赌气！表姐的话伤害了他。

4

于耕田没有跳高邮湖，他在高邮湖边贩鱼的时候救了一个跳湖自杀的城里姑娘林小玲。林小玲是县国有照相馆的洗印工，她爱上了一个刑满释放的国民党特务，而且年龄比她大二十多岁。正当她准备跟国民党特务结婚的时候，父母和哥哥将她痛打一顿并将她反锁在家里一个多月。国民党特务放出来后，已经离开县城，从此下落不明，据说是移居香港了。于耕田听了林小玲的哭诉后，安慰她说："你为一个国民党特务跳湖，不值得！"

舅舅还没有找到城里人女婿，而于耕田却已经找到了一个城里人的老婆了，这样的报复够狠的。

于耕田用摩托车将林小玲带回县城后，两人就好上了。我在于耕田租来的房子里看到过林小玲，人长得比较妖艳，头发烫得像炸开的鸡窝，眼睛看人带着钩子，并且很轻易就能勾走男人意志薄弱的魂魄。平心而论，林小玲的相貌跟刘玉芬是没法比的。于耕田从我的眼睛里嗅出了我的不以为然，所以就显得很激动：

为了反衬表姐的出水芙蓉般的高洁，"我"把林小玲叙述得太淫荡了。

"人家是城里姑娘,城里户口,有正式工作,刘玉芬算什么?乡下丫头!"出于亲缘的本能,我毫不客气地反击于耕田:"林小玲水性杨花,刘玉芬冰清玉洁。除了爹妈给她个城里人的身份,林小玲一无是处,送给我都不要!"

我针锋相对地反戈一击,于耕田蔫了,自卑心理彻底暴露了出来,他给我点了一支烟,声音灰暗地对我说:"送给你你不要,可我打灯笼也找不到呀。你是城里的国家干部,我是乡下进城的一个小混混,父母一个残疾人,一个盲人,连乡下丫头都看不起我,你说我算什么?我狗屁都不是。"我看到于耕田眼睛里有些潮湿,也就没再给他雪上加霜、继续打击了,我违心地安慰着他说:"你别往心里去,我也是一时冲动,说话没了分寸。其实单凭林小玲看上乡下人这一点,移风易俗,破旧立新,全县独一无二。足够伟大的了!"于耕田听我这么一说,脸上又弥漫起死灰复燃的神气:"我结婚的时候,一定请你坐上席,在满园春大饭店摆上三十桌!你说,到时候我要不要请刘玉芬呢?"

第二年春天的时候,于耕田对我说他想跟林小玲把婚事办了,我说真是有钱能使鬼推磨,没想到一个有正式工作的城里姑娘就这么被一个乡下来的鱼贩子征服了,于耕田很得意,接着说了一通"城里人都是挣不

> "城里户口"也是一个符号,就如同欧洲贵族、姓氏中的那个"德"字。

> 一个乡下男人能娶上城里姑娘,确实有骄傲的资本。但那骄傲的背后一定暗涌着自卑的浊水。

> 得意!是有道理的。

表姐刘玉芬 / 119

> 有城市户口，那简直是贵族；有钱的人最多也就是商人。

> 婉转地骂其连妓女都不如。

> 有妖魔化之嫌。

> 城里人与乡下人是不能通婚的，就如贵族和平民是不能通婚是一样的。

到钱的花瓶"之类的狂话。过了一段日子，于耕田情绪低落地找我喝了一晚上闷酒："我总算弄明白了，在城里人面前，乡下人再有钱，还是个乡巴佬，是臭鱼烂虾！"他说林小玲家里知道她跟一个乡下来的鱼贩子好上后，每天上下班都由她那位在县武术队的哥哥林国彪接送，绝不让于耕田有半点可乘之机。林小玲哥哥咬牙切齿地教训妹妹："释放的国民党战犯政府都安排了工作，有城市户口，有工作证，有城市粮油供应证，乡下鱼贩子有什么？"林小玲的母亲解放前在县城"绣香楼"妓院当过伙食总管，她不胜感慨地对一家人说："早知这丫头发神经病，还不如当初让她跟国民党特务一起去香港！"林小玲哥哥似乎有不同看法："关键是国民党特务比我爸还大一岁。"于耕田说他上个星期天去过一次林家，买了四条带嘴子的"大前门"香烟、四瓶"古井贡酒"、四条高邮湖"白丝鱼"，还有四盒县城里最名贵的"荷花糕点"，于耕田毕恭毕敬地上门。可林小玲哥哥林国彪既不理睬，更不让座，他将手指扳得咯咯直响，挑衅性地将烟雾吐到于耕田的脸上："你一个乡巴佬也不撒泡尿照照自己，打我妹妹的主意，你他妈要是不想缺胳膊少腿地多活几年，现在就给我滚！"我问林小玲什么态度，于耕田说她准备跟他一起私奔，我说奔哪儿去，于耕田很迷茫地说："我也不知道往哪儿奔，家里的瘸子父亲、瞎子母亲怎么办?"

五一放假我回到乡下帮父亲翻盖厢房,于耕田5月2号突然回来了,他直奔我家,将我拉到屋后的竹林里,神情焦虑地对我说:"你今晚无论如何都要把刘玉芬约出来!"我问:"约刘玉芬干吗?"他说:"请她去县城看电影。她要是不答应,我就跟林小玲私奔!"我说:"你这太荒唐了,总不能脚踩两只船吧!"于耕田将一条没送出去的大前门香烟塞到我手里,哀求说:"这辈子你帮我最后一个忙,好不好?"

确实是关键的时刻。念念不忘啊!

傍晚,我借口到舅舅家借梯子,扛上梯子后,我对舅舅说:"我带了一条大前门香烟孝敬您,出门忘了带,让刘玉芬跟我去拿一下!"舅舅听了这话非常高兴,表扬我说:"外甥比儿子孝顺!"

外甥最了解舅舅的软肋,所以一招制胜。

我将表姐刘玉芬直接带到了我家屋后的竹林里,然后我悄悄地回家了。

于耕田什么时候走的我不知道,反正招呼没打一声,人就不见了,刘玉芬也没来我家拿香烟。晚上我给舅舅送烟过去,舅舅接过烟,很诧异:"不是说香烟找不见了吗?"我说:"是的,家里翻盖房子,很乱,后来在水缸后面找到了。"

香烟为什么忘记拿?让人遐想。

舅舅接过烟乐颠颠地进屋向舅妈炫耀去了,我在舅舅家猪圈门口找到了正在摸黑喂猪的刘玉芬,我问

表姐刘玉芬 / 121

> 误会越来越深。本来只是一层窗户纸,现在变成了一堵墙。

> 叙述竹林里发生的事,原来不是一场恋爱而是一次争论。

> 乡下鱼贩子只是一只备胎。

她怎么不辞而别了,她声音幽怨地说:"都准备跟人家城里姑娘结婚了,还跑来约我看电影,存心欺负人。"

我能听到黑暗中刘玉芬急促的喘息声,她觉得于耕田是找了城里姑娘后故意来戏弄自己,我说:"只有我知道,于耕田这么多年之所以拼命挣钱,就是为了你不小看他,为了你能跟他一起去看电影。"刘玉芬说:"我不相信。这么多年,他从来都没找过我。他有钱尽管找城里姑娘好了,与我有什么相干!"

我不知道于耕田约刘玉芬看电影为什么要扯上城里姑娘林小玲,简直愚蠢透顶。回县城后,于耕田对我说,他本来是想告诉刘玉芬,他跟城里姑娘林小玲马上就能结婚,可如果刘玉芬愿意的话,他就放弃城里姑娘跟她相好。他提林小玲是想说明在他心目中,刘玉芬比城里姑娘还好,可刘玉芬不相信。我说我也不相信,于耕田痛苦地揪着自己的头发:"我自讨没趣,我想最后赌一把,可我还是赌输了!"

只有于耕田知道他跟林小玲的爱情从一开始就很荒诞,根本就不靠谱。林小玲喜欢刺激,而不是喜欢于耕田,家里反对她跟国民党特务结婚,她就找一个乡下的鱼贩子来激怒家人。当家人反对她跟于耕田结婚时,她先是答应跟他私奔。就在于耕田举棋不定、犹豫不决的那段日子,西门郭小五子打群架用刀捅死了卖臭豆腐的尤老三,林小玲一兴奋,就在于耕田回乡下找刘玉芬摊牌的那天夜里,跟杀人犯郭小五子私奔了。

于耕田像一个来路不明的气球悬在半空中,没有根底,没有方向,没有目标。自林小玲失踪后,于耕田就懒得去贩鱼了,整天在县城小酒馆里喝得醉醺醺的。直到有一天,他喝醉酒骑摩托车将一个扫马路的环卫工人的一只胳膊撞断了,并且自己摔断了两条腿。

于耕田赔了环卫工人三千块钱,自己两次手术加上住院又花去一万多。出院后,于耕田元气大伤。我要请他喝酒压惊,他躺在出租屋那间没有温度的床上对我说:"你知道我现在最想喝的是什么?"我说:"六十度的火烧刀子!"他说:"老鼠药。"

吊诡的比喻。

先要弄,再掏空。

本来想卖弄,结果弄得鸡飞蛋打。

5

表姐刘玉芬的亲事是在于耕田第二次腿骨复位手术的那天定下的。躺在手术台上的于耕田,腿上少了一截骨头,心里死了两个女人。

老王庄的王阿婆很有成就感,她眉飞色舞地对我舅舅说:"县煤建公司正式工,叫周克武,拿工资,吃皇粮,还能买到平价煤。玉芬长这么标致,就该嫁到城里去享福。"

这个"同时"太残忍了。我喜欢这种叙述的狠劲。

表姐刘玉芬 / 123

舅舅有些担忧地说："可玉芬毕竟是乡下姑娘，人家哪能看得上呢？"

王阿婆吐出嘴里的瓜子壳："人家说只要长得漂亮，不在意农村户口。玉芬的照片周克武已经看过了，人家相当满意，他说你们要是愿意的话，下个月就结婚。玉芬都二十三了，早该嫁了。"

> 舅舅的话言不由衷！

我舅舅说，要是让玉芬高攀嫁个城里人，将来被瞧不起活受罪的话，女儿宁愿不嫁。王阿婆充分调动起自己的如簧巧舌："吃香的，喝辣的，不遭风雨日晒，受什么罪？再说了，周克武都三十一了，能娶上这么个如花似玉的姑娘，当仙女供着还来不及呢。"

> 除了城里正式工的"光环"，这个男人简直是个垃圾。有妖魔化之嫌。

相亲的日子正逢五一放假，舅舅要我陪城里来的准女婿吃饭，说心里话，我不情愿，可拗不过舅舅，就过来了。一见到周克武，我头皮立即就麻了，这个卖煤球的皮肤虽然比煤球稍白一些，但腰身比煤球还要圆，错杂的黄牙咬住一根香烟，烟雾笼罩着一张僵硬而平庸的脸，混沌的眼睛里隐约闪烁着逼人的寒光，嘴上的一圈小胡子毫无来由地乱颤着，整个人看上去就应该是个打光棍的人。与于耕田的健康、结实、匀称、五官端正、机灵精明相比，周克武是不配坐在舅舅家上席喝酒的，他坐的位置应该是于耕田的。我真的不是故意腌

> 两个人的比较所激发起的是对城乡体制的愤怒。

臜周克武，他确实就是那样的造化。其实我舅舅一见

到周克武,他的感觉比我更加糟糕。他在王阿婆云天雾地的渲染中,始终保持着沉默,我能感觉到舅舅见了周克武后内心的失望、矛盾、彷徨、犹豫以及掺杂其中的屈辱和痛苦,这个曾经吃过皇粮的农民,已经被土地和粮食压垮了腰杆和自信。

> 乡下的鲜花插在城里的粪堆上。并不全怪舅舅挺不直腰杆。

喝酒的时候,周克武的赌咒发誓让舅舅绷紧的心稍有缓解,他站起来端起一大盅白酒敬舅舅和舅妈:"你们放心好了,刘玉芬嫁到我家,我不把她当老婆,我把她当妹妹。"我当时就觉得这简直就是废话,你是来娶老婆的,又不是来娶妹妹的,可我舅舅、舅妈却被这空头支票感动了,舅妈声音猥琐地说着:"我家玉芬要是有什么不周到的地方,还请你多担待一些!"周克武拍着胸脯说:"没事的,刘玉芬嫁到我家,吃喝玩乐随她。我妈说了,要是我敢对老婆动一个手指头,就把我剁碎了扔到高邮湖里喂鱼。"周克武很不负责任地承诺着,那一刻,这个在厨房里偷看过刘玉芬美貌的城里光棍连抢人的心都有。

> 舅妈的套话里隐藏着滴血的耻辱和担忧。女儿未来不幸的预感。

舅舅在王阿婆步步紧逼的煽动下,心里很不踏实地收下了周克武的定亲彩礼,一套的确良衣裤、一块"宝石花"手表、两条"柳风"香烟、两瓶"槐阳大曲",都是不需要开后门就能买到的,不过一百四十多块钱,算不上奢侈,舅舅不踏实的是周克武将来会不会兑现他

> 彩礼如此平常。这是表弟的偏见。

表姐刘玉芬 / 125

的承诺。

作为从旧社会成长起来的舅舅,他不可避免地继承了"父母之命、媒妁之言"的包办传统,父母认准了儿女的亲事,与其向儿女征求意见,不如说是向儿女宣布决定。刘玉芬在听了父亲的决定后,也不敢提出任何异议。那天周克武临走前,舅舅叫她跟周克武见一下,刘玉芬乖乖地从厨房走到堂屋跟周克武见面,她只用眼睛扫了不到半秒钟,心里就凉了一大截。而周克武却用贪婪的目光自上而下地反复过滤着刘玉芬的身体,并停留在身体的关键部位久久不愿离开。

周克武跟王阿婆走后,表姐刘玉芬把自己关进房里哭了一夜。第二天一早,舅妈发现刘玉芬眼睛红红的,以为女儿舍不得离开家,就安慰她说:"不要难过,女儿迟早是要嫁人的,你又不会去当尼姑,对吧?"刘玉芬没说话,她想跟舅舅谈谈,可站在舅舅的面前,她一个字也说不出来,她知道舅舅是不想让她日后受苦受累才答应了这门亲事,舅舅看着欲言又止的女儿,一下子全明白了:"你要是实在窝心的话,就把彩礼退了!"刘玉芬不知说什么好,她低着头,拎着一篮子青菜默默地走开了。

假期结束前的一天晚上,刘玉芬跑到我家找我,我问她怎么了,她扭捏了好半天,才说:"于耕田跟城里姑

> 舅舅说到底还是个乡下的读书人。

> 好色之徒原形毕露。漫画式的。

> 欲说还休?

> 再扭扭捏捏就来不及了。

娘结婚了?"我说:"林小玲甩了于耕田,跟一个杀人犯跑了。"刘玉芬若有所思地说:"我们乡下人高攀城里人,真丢脸!"

> 她其实也是在自责。

我说你一直不答应跟于耕田看电影,他才一气之下跟林小玲谈起了不切实际的恋爱。刘玉芬沉默了很久,终于鼓足勇气说出了来意:"于耕田要是答应我跟他一起卖鱼,我就答应跟他去看电影。"

回到城里已是晚上,我到荷叶巷于耕田的出租屋找到了他,酩酊大醉的于耕田抱着酒瓶倒在床上,昏黄灯光下的于耕田像一条死鱼。我把他从被窝里拖起来,把刘玉芬的意思说了好几遍,于耕田把酒瓶里最后一点酒全倒进喉咙里,僵硬着舌头说:"我是、是上岸就死的鱼,想要就要,不想要就扔,吃下去死不了人,不吃、不吃谁也不稀罕这份营养。你告诉刘玉芬,我是条死鱼,卖不掉!"

> 赌气,还是心死?又一次错过。

我想等于耕田清醒的时候再跟他好好说说,可连续好几个星期,要么找不到他,即使找到他也是醉醺醺的。一个月后的一个星期天,我回乡下看望父母,母亲说,这段日子,刘玉芬每个星期天都要过来找我,问她什么事,也不说,我叫母亲不要问,话还没说完,刘玉芬就进来了。母亲走开后,刘玉芬也许从我冷静的脸上已经找到了答案,所以说了一句无关紧要的话:"快五

> 一个心急如焚,一个却闲庭信步,机会被错过。叙事的反衬艺术。

表姐刘玉芬 / 127

> 遭遇考验的除了二人的爱情，还有读者那颗善良的心。

> 错失良机！悔之晚矣！

> 贪酒误事。更何况误的还是终身大事。

个星期了，你都没回来！"我把早考虑好的话告诉刘玉芬："于耕田到此为止。"

又一个月后，刘玉芬跟县煤建公司的工人周克武结婚了。婚宴上，当我看到天生丽质的表姐刘玉芬被粗俗丑陋的周克武搂在怀里四处敬酒时，我的心里像有无数的蛆在爬行。

刘玉芬结婚后的第三天，也许是第四天，于耕田找到我的办公室，他穿了一件崭新的米黄色夹克，头发梳得一丝不苟，整个人看上去神清气爽，他给我点了一支烟："还是你说得对，再喝下去，我就废了。酒戒了，西市口菜场的鱼档租好了，我准备跟刘玉芬一起卖鱼！"

我告诉于耕田，刘玉芬已经结婚了，三天前刚嫁到城里，家就安在县白塔河码头边县煤建公司的院子里。

于耕田一下子傻了眼，他回不过神来，呆呆地看着我，嘴里反复叨唠着："不可能，不可能！"

我说中午请他喝酒，他摇了摇头，然后转身一个人默默地走了。

那段日子，我忙着绘制县法院办公楼的施工图纸，一个星期忙完后，我去荷叶巷找于耕田，房东说他已经退房走了。我到菜市场去找，市场管理处说于耕田租了一个鱼档，五十块钱定金都付过了，可等他来办手续，人却不见了。

我有些担心起来,连夜回乡下找到于耕田家,于耕田瘸子父亲说儿子前些天晚上回过一趟家,丢下两百块钱,说他要去很远的地方做大买卖,一时回不来,每年他会寄钱回家,让父母不要担心。

我对于耕田很有意见,离开县城至少要跟我说一声,他跟刘玉芬没走到一起又不是我造成的,我为他们穿针引线做过那么多辛苦而徒劳的努力。

这一年年底的时候,我收到了于耕田从深圳寄来的一封信,他先是对不辞而别表示道歉,又解释说当时的心情糟透了,无心跟任何人打招呼,来到特区半年后,他才发现,他不属于县城,那地方太小了。

我想给他回封信,发现来信没留地址。

> 也许去到一个不为人知的地方自我了结了。

> 深圳,是上世纪90年代最能引发人们发财致富梦想的地方。按下不表,留下悬念。

6

表姐夫周克武平时还是挺好的,酒喝多了才会打老婆。而他一个月里酒没喝多的日子只有四五天,跟一个月的礼拜天天数大致相等,所以表姐刘玉芬不挨打的日子相当于礼拜天放假。我第一次在街上遇到买菜回家的刘玉芬,问她脖子上怎么青紫了一大块,她支吾着说:"晚上摸黑收衣服时被院子里的铁栏杆撞的。"那时候她结婚还不到半个月,我看不出她脸上有半点

> 俏皮的叙述中,埋藏着一个残酷的现实。

> 新婚即遭难。

> 本来就是亲人。

> 被打得太狠了。
> 可能伤筋动骨了。

> 这是个变态狂。

新婚的甜蜜,倒是一种难以掩饰的幽怨和落寞非常明确地暴露在早晨的阳光下,我对她说:"于耕田不在县城了。"她没接我的话,却说:"你要是有脏衣服,送过来我帮你洗!"

大约是年底的时候,我们建设局肖局长在马坝乡大桥工地现场扭伤了脚,我去县医院看望局长,发现表姐刘玉芬也在住院,她的腿被丈夫周克武打成了骨裂。她一个人躺在病床上,腿上缠着绑带,一见了我,就像见到了家里的亲人,眼泪止不住地流了下来,我问她怎么了,她不说话,只是默默地流着泪,我看到她身体能动弹的部分在抽搐、痉挛。

我坐到病床边,掖好被抖乱的被子,看着孤立无助的表姐,血直往脑门上冲:"你不说,我也知道怎么回事。只要你点个头,我现在就去把那个王八蛋给宰了!"

刘玉芬一把拽住我的袖子:"求你了,别去!你打不过他。"

刘玉芬终于承认自己从新婚蜜月起一直是在周克武的家庭暴力中度过的。周克武每天中午、晚上要喝两顿酒,三杯酒下肚,不打老婆就全身难受,就不能往下喝,打老婆是他下酒的另一道菜。

周克武打老婆不需要理由,抬手就是一巴掌,常用语是:"你他妈的乡巴佬,晚上在床上好好把老子伺候舒服了,听到没有?"刘玉芬一开始不接话,周克武抓起桌上的盘子就往刘玉芬的头上倒扣下去:"你他妈的听到没有,老子是看得起你,才叫你这个乡下丫头来伺候老子的。"刘玉芬抱着被砸出血的头蹲了下去,点点头。周克武又飞起一脚踹过去:"你他妈哑巴了,说话,听到没有?"刘玉芬被踹倒在地,她声音低低地说:"听到了。"周克武走过来揪着刘玉芬的头发,像拎一捆稻草一样地将她拎站起来:"声音大点,听到没有?"刘玉芬提高声音说:"听到了!"然后她接着去锅台上给他炒菜。

> 以上等人的姿态虐待乡下人。《白毛女》中黄世仁妈折磨女仆喜儿的做派。

刘玉芬这次腿被打成骨裂,是有原因的。三天前的中午,刘玉芬炒花生米火候没把握好,炒出了些许焦煳味,周克武抓了一把塞进嘴里,没嚼几口,就将满嘴的花生米碎末吐到刘玉芬的脸上:"你这个乡下活猪,眼睛瞎了,连个花生米都炒不好。"刘玉芬抹着脸上的花生残渣,壮着胆子头一次回了句嘴:"你们煤球质量不好,土没掺匀,一会儿火大,一会儿火小。"其实刘玉芬刚说完就后悔了,她望着手里抓着酒瓶的周克武,腿筛糠似的颤抖着。周克武抬起被酒精膨胀起来的脑袋,目光在斑驳的墙壁上扫射了几个来回,最终停留在砖地上,挂在墙上的擀面杖掉到了地上。周克武冷静

> 补叙前文腿抽搐的原因,再现殴打的场景。

> 这是表姐腿颤抖的结果。

> 着推拿着放大镜来写这个家暴的过程,细节令人惊恐。

地对刘玉芬说:"把擀面杖捡起来!"刘玉芬小心地捡起擀面杖像捡起一颗地雷,她不知所措地望着周克武,周克武依然冷静地伸出手说:"捡起来就送过来呀!"刘玉芬瑟瑟发抖地将擀面杖送到周克武的手上,周克武接过擀面杖,抡起来猛地劈向刘玉芬的腿:"我叫你顶嘴!"刘玉芬一声惨叫,跌坐在蚂蚁乱爬的砖地上。擀面杖断了,刘玉芬的腿骨裂了。

> "我"的复仇底气不足。

我突然觉得周克武打的不是刘玉芬,而是我,是我们所有的乡下人。听了刘玉芬的哭诉,我真想一刀宰了他,可我不会跟这种人动刀子,但我必须要严正警告周克武,如果再对表姐动粗,就对他不客气了。怎么个不客气?直到我站在周克武煤建公司宿舍门口时,也没想清楚。周克武见我来了,满脸堆笑,连忙递烟:"兄弟你来得真不凑巧,刘玉芬住院了,我马上要过去给她买饭,今天不能陪你喝酒了,改天过来,我俩一人一瓶对吹,怎么样?"

我心冷冷的目光逼视着周克武:"我表姐是怎么住院的?"

周克武讨好地给我点上火:"酒喝多了,失手打的。我不骗你,平时很少失手。"

> 这个人渣坦荡得令人愤怒。

我将点着的香烟狠狠地扔到地上,用脚旋转着踩得粉碎:"周克武,你信不信?我只要使个眼色,三个表弟就会失手把你捆起来扔到高邮湖里喂鱼。"

周克武抹着脸上的虚汗,点头哈腰地说:"我信,我信。下次再也不敢乱来了。"

表姐刘玉芬出院后想回一趟娘家,周克武给了她八毛钱做路费,刘玉芬尝试着说:"我爸爸风湿病犯了,我想买些糕点带回去!"周克武不耐烦地摆摆手:"来回车费三毛,剩下的五毛钱买些烧饼、油条,每人都有份。我养着你这个吃闲饭的已经够不容易的了,我不能养你全家。"刘玉芬不敢多说,她躲进房里抹了一把眼泪,跑到我单位来找我借钱,我问借多少,她说借一块钱。

刘玉芬回娘家花五毛钱买了十只烧饼、油条,还有一块钱的桃酥,桃酥八分钱一块,共十二块,油纸一包,体面而阔绰,舅舅手里攥着桃酥就像攥住了女儿城里的幸福生活,刚吃了一口桃酥,腿脚顿时轻松,举步行云流水。舅妈和表弟们吃着城里的烧饼油条,都说太香了,表弟们说姐姐下次回来一定要多带一些。刘玉芬轻松爽快地答应着:"好的,下次给你们一人带十块。"

吃晚饭的时候,舅舅看到刘玉芬不经意间停下手中的筷子发愣,他心里有些发毛:"玉芬,你怎么了?"刘玉芬突然一惊,回过神来:"爸,我没怎么呀!"在那个晚

> 看来也并不是所有的城里人都是富豪。

> 大言不惭!

> 高兴得太早!舅舅难道没有发现女儿是一个人回娘家的吗?

> 微妙的心理。

> 该提的不提，一定有隐情。

上，也只有舅舅似乎感觉到了某些看不见的疼痛在欢声笑语的背后发作。表姐刘玉芬一句没提及她婚后的城里生活和周克武对她的宠爱有加，没提意味着不能提、不敢提或不值一提。

> 舅舅没有言语，但他什么都明白。

第二年春天，舅舅到县城找到我，叫我给他帮帮忙，我说我一个普通的小技术员能帮上什么忙，他说县里要卖一批城镇户口给乡下人，交八千块钱就可以"农转非"："给你表姐买一个城里户口，她就是正宗的城里人了。"虽说周克武在舅舅面前拍胸脯说要把刘玉芬当着大小姐供着，但舅舅心里还是没底，他觉得刘玉芬没有城里户口，就相当于欠了周家一笔巨债，玉芬的城镇户口一解决，债就两清了，玉芬就可以堂堂正正地做周家的媳妇了。

> 解决门不当户不对的问题。

我每月工资四十二，每个月咬着牙存十五块，工作了三四年，存款才四百九十块钱，要到下个月才能凑齐五百。舅舅说："那就借四百吧！等你一结婚，立即还你！你怎么还没谈到对象？"我把四百块钱交到舅舅手里："我不想找城里姑娘。"

> 人物的兴奋集中到户口上。叙述进入正题。

舅舅拿了钱就匆匆走了，临走前他对我说，这次来县城没去刘玉芬家，不要跟刘玉芬说这事，我说，好。我问舅舅八千块钱有没有凑够，他说没有，眼下种责任田只能保证饿不死人,苛捐杂税太多,舅舅一家五个劳力,种了五年,积蓄还不到一千五百块钱,人均年收入不到六十块钱,相当于每月五块钱,每天一毛六分七厘。舅舅的脸上已经找不到丝毫曾在城里生活过的痕迹,他黝黑的脸膛和粗糙的双手注解着什么叫农民。舅舅说:"万般皆下品,农人品下品。玉芬买户口的钱所有亲戚朋友都借遍了,还是不够,至少还要借两三千块的高利贷,二分息。"

> 买卖户口是一个时代对农民最刻毒的盘剥。

夏天的时候,舅舅背着八千块钱来县公安局头户口,公安局对舅舅说,这一期五十个名额已经卖完了,下一批要等到秋天了。

> 户口生意兴隆。

秋天最后的日子里,表姐刘玉芬的城里户口终于买到了,舅舅把城里的户口本和城镇粮油供应本送到刘玉芬手里时,父女俩百感交集,刘玉芬流下了伤心的泪水,舅舅给女儿打气说:"从今往后,你就是铁板钉钉的城里人了。"

> 舅舅一定背了一身的债。

中午,周克武下班回家见到老丈人来了,特地又到街上买了两只卤猪蹄子,桌上坐定,撬开酒瓶,倒上酒。周克武塞了一只猪蹄给舅舅,自己抓着一只,你来我往地就喝上了。舅舅见卤猪蹄没有刘玉芬的,心里就有些不快,他喝酒只吃花生米,没啃猪蹄。周克武热情地说:"啃呀,这猪蹄很贵很好吃的!"舅舅说:"留给玉芬

> 舅舅成了户口控。

表姐刘玉芬 / 135

吃。"喝了酒的周克武说:"她又不干活,吃猪蹄干吗!"

借着酒劲的舅舅火了:"她怎么没干活了?烧饭做家务不是干活吗?玉芬城里户口本、粮油供应本都有了,她也是城里人。人跟人一律平等!"

周克武笑嘻嘻地侧过身子,搂住舅舅的脖子说:"有城里户口,没有城里的正式工作。你那破本子没用的,还不如把钱拿来换酒喝。"

屋外秋天的阳光很明亮,县煤建公司的院子里落满了太多的煤灰,地面上一片黑暗,阳光照上去,更黑了。

> 舅舅和那些乡下人都被骗了,而且被骗得倾家荡产。

> 黑!

7

我舅舅借的六千多块钱整整用了二十多年才还清。

乡下的三提五统以及后来的农业税比田里的庄稼长得还要快,比夏天的雷电劈得还要狠,一些农民交不起苛捐杂税被拖走了家里的牲口、粮食,还有一些农民在月黑风高的夜里举家逃亡。我舅舅一家都是劳力,每年交完各种赋税,还让三个儿子陆续娶上了媳妇,算是相当不错的家庭了,不断地娶媳妇和不断地翻盖房子要花很多钱,所以就拿不出更多的钱还债。从于耕

> 农民之所以拼死往城里挤的原因。

田瘸子父亲那里借的两千块钱高利贷每年要付四百块利息,还的时间最长。因为只有于耕田父亲不催着还钱,老两口靠高利贷利息过上了吃穿不愁的日子。放高利贷的钱都是于耕田寄回来的。

舅舅对我说,买户口欠下的债每年至少要还六百块,不然到他下辈子也还不完,可三个儿子对还债的态度很消极,他们本来就对舅舅偏心女儿不满,还要让他们挥汗如雨地从土里抠出铜钱来为姐姐在城里享清福埋单,所以他们一结婚就让媳妇跳出来闹分家,分家后财务一独立,舅舅借的债就不买账了,舅舅也不好多说,因为三个儿子结婚,刘玉芬没拿过一分钱,等到老三结婚分家后,舅舅还有四千多块钱的债务没还,包括两千块钱的高利贷。这时候,我舅舅已经年近六十岁了,在城里,已是人们退休的年纪,舅舅到离家五里外的一个窑厂掼砖坯,掼一块砖三厘钱,一天掼五百块砖坯,能挣一块五,一个月四十五块,要是在窑厂烧饭,只能挣二十二块钱。露天掼砖坯是高强度体力活,三个月后,舅舅终于累倒了,花去三十多块钱,吃了四十多剂中药,人才活过来。舅舅不能出去干活了,他只好和舅妈种着自己的两亩责任田,又养了两百多只鸭子,每年卖鸭子能还上五百多块钱的债。我舅舅在午秋两季后的田头,在十里八乡的池塘边、河滩上放鸭,那些成

> 其中心有萦绕。为后文的叙述预设铺垫,而且是不经意间设下的。

> 舅舅为了一个空幻的追求,搭进了一辈子的生活。

> 舅舅已经落入了那个时代为农民埋下的"倒刺笼",再苦苦挣扎也无济于事,而且越挣扎越痛苦。

表姐刘玉芬 / 137

群结队的鸭子就是他的队伍,就是他的希望,鸭子们为舅舅还债而义无反顾地走向菜市场,走向城里人的餐桌和锋利的牙齿,每每想起这些杀身成仁的鸭子,舅舅会在夜深人静的时刻禁不住暗自落泪。

> 舅舅就是那只杀身成仁的鸭子。

舅舅牙疼进过一次城,疼得米水不进。进城后的舅舅没先去医院看牙,而是先去了煤建公司宿舍看女儿。刘玉芬正忙着中午周克武下酒的菜,见了父亲就热情挽留父亲中午在这吃饭。舅舅见刘玉芬脸上肿了一大块,眼睛是铁青色的,就捂着疼痛的牙齿指着刘玉芬的脸:"是他打的?"刘玉芬连忙辩解说:"不是,下雨天买菜回来的路上不小心摔的。"舅舅捂着牙责怪说:"你就不能小心些。"他本来是想让女儿陪他一起去看牙的,见女儿脸摔伤了,什么都没说,就走了。

> 一个有心掩饰,一个就坡下驴,而两个人的心里都像明镜似的。

舅舅找我陪他去医院,我说行。走在大街上,我舅舅这个当年县城里的主人,如今像是一个非法入侵者一样充满了惊慌和不安,他怕牙科医生对乡下人态度不好,才要找一个城里人陪着的。我给舅舅交了三毛钱挂号费,舅舅当即就从口袋里掏出钱来还我,我说:"等看完了再说,还要买药呢。"

> 城市是一只青面獠牙的野兽。

县医院那位戴眼镜的牙科医生很好奇地看着我舅舅:"我好像在哪儿见过你,你是不是当年在镇反办工作过?住在城西铜锣巷?"舅舅捂着嘴巴,拼命地摇着头,牙科医生说:"太像了,我父亲是镇反时被枪毙的,贴布告到县政府大门口的那个人跟你太像了,当时我在场,记得非常清楚!"舅舅很坚决地摇了摇头,表明他与城里的生活和县城的历史毫不相干。我对牙科医生说:"我舅舅是乡下一个农民,县政府大门朝哪儿开他都不知道。大夫,我舅舅的牙怎么办?"

> 真是步步惊心啊!
>
> 切割不了的历史,切割不了的记忆。

大夫说:"龋齿已经蛀空了,不好补了,只有换一颗假牙。"我问:"换一颗牙要多少钱?"大夫说:"烤瓷的,十八块!"我说:"那就换一颗吧!"一直不说话的舅舅终于忍着疼痛开口了:"太贵了,我不换!"大夫说:"那只好拔掉了!"我说:"不行,换一颗!钱我来付。"舅舅生气地把我推到一边,对大夫说了两个字:"拔掉!"

> 省吃俭用好还债。

舅舅拔牙后,开了些止疼药就回去了。已是中午时分,我要他跟我一起去单位食堂吃饭。舅舅说:"牙疼不想吃饭。"临走前,他对我说,"那么多债都没还。嘴里几十颗牙呢,留那么多没用。"

> 拔牙还债,天下奇闻。

此后的几年里,我舅舅为了省钱还债,拔掉了嘴里的六颗牙齿。

表姐刘玉芬并不知道舅舅拔掉了六颗牙齿,她是从舅舅说话关不住风的破绽里发现父亲嘴里的牙齿漏洞百出。她说:"爸,你怎么少了这么多牙齿?"舅舅举重若轻地说了一句:"老了,牙口不好,都这样。"刘玉芬

> 一声叹息。

表姐刘玉芬 / 139

> 舅舅的绝望心情。

从饼干桶里摸出几块饼干塞给舅舅:"饼干能嚼动的,拿着吃吧!"舅舅这次进城是来榨油的,自从上回被周克武呛了个鼻青脸肿后,他就不想跟这个女婿一起吃饭了,所以他每次进城总是看一下女儿,匆匆说几句话就走了。

刘玉芬结婚的第三年生下儿子周洋,生儿子后的那半年里,刘玉芬不仅没挨打,还真的被周克武当着大小姐供了起来,周克武不喝酒,不让刘玉芬洗菜淘米,还跳到河里摸鲜鱼回来氽鱼汤给刘玉芬催奶,他把鱼汤端到床头送给刘玉芬喝,自己抱起儿子亲个没完,他望着刘玉芬脸上恢复了红晕,眼睛直勾勾的:"妈的,我们煤建公司谁有我这福气,老婆长得比豆腐还嫩,真的,你比刘晓庆不差。还给我弄出了这么个儿子。"周

> 表姐只是周家传宗接代的工具。

克武像小孩子一样,抱着儿子在低矮的平房里上蹿下跳,完全变了一个人。刘玉芬被一种突如其来的幸福包围着,她没想到好日子来得这么快,所以,还在月子里,她就尽心尽意地满足着周克武贪婪的欲望,极尽温柔和体贴。

> 多么幼稚的女人!

好日子像做梦一样短暂。靠周克武每月三十八块钱工资是养不活老婆孩子的,所以儿子周洋出生后他一激动,先是戒了酒,省下了酒钱;接着自己跳河里摸

> 坏人突然变好,可能预示着更大的灾难。

鱼,用鱼汤替代鸡汤催奶,省下了营养费。半年后,刘玉芬的奶水不够,小孩要吃奶粉,家里的日子越来越难过了。一个月黑风高的夜里,煤建公司巡逻的执勤队在加工车间当场活捉了一个偷煤球的贼,执勤队将小偷按倒在地,队长用皮鞋踩住小偷的脑袋,其他几个人又踹了几脚,等到小偷不动了,他们才把手电筒的灯光对准小偷沾满煤灰和血污的脸,仔细一辨认,所有人都傻了:"这不是周克武吗?"

> 以恶制恶!善虽然并未得到张扬,但可从恶人的挫折中得到快乐。

周克武偷煤球不是生了儿子后日子紧巴才动的歪点子,他在没娶刘玉芬之前就开始偷煤球了。周克武在单位号称抽烟喝酒无敌手,三十几块钱工资没到月底就光了,没钱的时候他就在夜深人静时潜入煤球加工车间,偷上两口袋,再偷偷地卖给街上烤烧饼、做卤菜的小摊贩,花完了,再去偷,很方便,也很轻松。这么多年来,他进入车间偷煤球就像进入自家厨房里拿水瓢一样,从容不迫。儿子出生后,周克武虽暂停了喝酒,但买奶粉的钱太多,经济危机加剧,他出手的频率过快,引起了公司的注意,最终东窗事发。

> 轻车熟路,一个盗窃惯犯。以小孩作为道德的外衣。

其实,周克武三十出头了都没娶上媳妇不是没有原因的,除了他粗俗的长相,他还有一个声名狼藉的家庭,父亲周天虎,解放前是白塔河码头的地痞流氓,做过妓院打手、码头鱼霸,靠敲竹杠、强买强卖为生,解放

> 一个体面的工人阶级,却原来是老子流氓儿浑蛋。

表姐刘玉芬 / 141

> 赵树理式的写坏子的手法。

> 怪不得周克武虐待表姐的手法那么专业，原来子承父业，有家庭渊源。

> 作者已经变身为一个社会学家。

> 这只铁饭碗给了城里人衣来伸手的底气，也装进了乡下人的破碎的人生。

前夕被另一黑帮砍断一条腿后，就改以偷鸡摸狗为业。周天虎的老婆是他跟码头上的一个鱼贩子赌钱时赢来的。鱼贩子说："再输我把女人抵押给你。"后半夜的时候，周天虎就赢回了一个女人。解放后，一无所有且少一条腿的周天虎被政府定为城市平民，属无产阶级，安置在县煤建公司成了国家正式职工，赢来的女人为他生了个儿子，周天虎希望儿子有朝一日能完成其父未竟的刀光剑影之事业，取名周克武。新社会哪容得了打手和恶霸？所以周克武虽粗壮威猛，但在作恶的道路上无所作为。初中毕业后开始在社会上鬼混，角色也就是一个无业游民。

城里人为什么瞧不起乡下人呢？那就是乡下人的儿子永远是乡巴佬，只能在乡下种田；而城里人的儿子不仅可以继承城里人的身份，还可以顶替老子获得一个正式的铁饭碗。这是血统分类后的强制性身份认证。周克武在他老子五十二岁那年，结束了东游西逛的浪荡生涯，顶替父亲周天虎的岗位，成了县煤建公司的国家正式职工，周克武不费吹灰之力，就把铁饭碗搂到了怀里，这只铁饭碗可以把乡下所有美女都装进去，像装进去了一道特色菜，供他任意品尝玩味。然而周家的风水早就坏了，提前退休的周天虎被儿子顶掉了性命，他在周克武上班两年后的一个秋天的夜里死于

142 / 生活不可告人

一次强奸未遂的案子中,周天虎蹿入河西巷准备强奸何老六家傻女儿时被何家人逮了个现行,何家人用麻绳将周天虎捆扎结实后扔到了白塔河里。周克武母亲在周天虎死后,脑子出了问题,过了一段日子,就疯了。煤建公司的院子里好几年都没见着周克武母亲的人影,有人说她回东北老家了,也有人说她死了。反正不见了,周克武对母亲消失的态度是,活着我认,死了我也没办法。周克武和刘玉芬现在住的三间平房就是当年父母留下的。

> 周克武家的历史太不堪了。

> 历史的溯源,也是对周克武变态心理的一个说明。

周克武被执勤队抓了后,交代了自己偷煤球已有八个年头,偷了多少,他也记不清了。煤建公司上下很头疼,大多数人的意见是把周克武交给公安机关,也有少数人的意见是周克武一坐牢,家里怎么办?小孩刚出生,老婆是乡下的,又没工作,是不是给他个"开除留用,以观后效"?煤建公司党委书记杨石拍响了桌子:"不将这个吃里爬外的东西送进牢里,公司永远树不了正气!"

> 面对着一个无赖和他的家庭现状,所有人都是两难。

就在公司党委决定第二天将周克武移交公安机关的前一天晚上,周克武叫刘玉芬跟他一起去杨石书记家求情,刘玉芬不想去,她说:"脸都丢尽了,还怎么求情?"刘玉芬自从知道周克武偷煤后,又羞又气,一连几天都不敢出门,她觉得自己似乎就是周克武偷煤的同

> 乡下女人的道德是板朴的。

表姐刘玉芬 / 143

> 流氓的本性。用妻儿的性命去赌博。

伙,偷煤这么久,她能不知道? 就是跳进高邮湖也洗不清自己。

周克武很不耐烦地说:"抱上周洋,现在就去,我们一家三口给杨书记跪下,求他不要送我去坐牢!"刘玉芬身子没动,她看了看已经熟睡的儿子:"要是杨书记不答应呢?"周克武吐掉了嘴里的烟头,从怀里抽出一把雪亮的杀猪刀:"要是不答应,我就把他一家全杀了。我爸当年在码头上混的时候,杀人跟杀鱼一样轻松,连眼都不会眨一下。"

> 流氓是没有人性的,有人性也就不是流氓了。

刘玉芬被周克武的歇斯底里吓傻了,所以说出来的话就没经过大脑过滤:"我不去,我又没偷煤,我不想给杨书记下跪,要跪你一个人去跪。"

歇了半年没打老婆的周克武驾轻就熟地将刘玉芬拎起来,甩手两巴掌狠狠地抽在刘玉芬的脸上:"我他妈的不娶你这个乡巴佬,我用得着吃那么大的苦头去偷煤球吗? 你吃我的、喝我的,还敢跟我犟嘴。"周克武将刀顶在刘玉芬的脖子上,"我他妈先把你宰了,然后再把儿子宰了,你看我敢不敢?"

> 妻儿成了这个流氓的人质。

刘玉芬真怕儿子被他一刀捅了,她连忙哭着答应:"我去,我都答应你还不行吗?"

杨书记家就住在煤建公司宿舍大院的东南角,周克武拖家带口敲开杨书记家门的时候,杨书记愣住了,他问周克武:"你这是干什么?"

周克武和怀里抱着孩子的刘玉芬一家三口扑通跪在杨书记面前,刘玉芬按着周克武导演的台词,哭诉着:"杨书记,都是我的错,我要不是一个乡下吃闲饭的女人,我要不是没有工作,周克武就不会犯错误。杨书记,是我叫周克武去偷的,你就把我抓去坐牢吧!周克武坐牢没工资了,小孩就要饿死的。杨书记,求求你了!"刘玉芬声泪俱下,号啕大哭。

怀里的儿子也莫名其妙地哭了起来,母女俩的哭声高低错落,相互呼应。

杨书记拉起跪着的一家三口,很怀疑地问刘玉芬:"是你叫周克武去偷的?"

刘玉芬抹着眼泪拼命地点着头。

周克武大声说:"杨书记问你话呢,你说呀!"

刘玉芬对杨书记说:"是我逼着周克武去偷的,我愿意去坐牢。"

杨书记退休在家的妻子数落着刘玉芬说:"你们乡下来的女人,要懂城里的规矩,不能见了东西就想拿,更不能逼自己的男人去拿。不是拿,是偷。"

刘玉分含着泪拼命点着头。

杨书记妻子说周克武的女人已经认识到错误了,你就放她一马算了,要是让她坐牢,小孩怎么办?这小

> 虽然是被迫去演戏,但也有几分肺腑之言。

> 可怜的女人,把一切的罪过都揽到自己的身上。

> 杨书记的妻子与周克武原来是一路货色。

表姐刘玉芬 / 145

> 杨书记真是个英明的领导,他其实已经洞穿了周克武的把戏。

> 一个正直善良的乡下女人居然被诬为盗贼。

> 国有企业的这种丑陋的把戏,见怪不怪。

孩怪可怜的。杨书记终于答应明天不移交公安机关了,但内部怎么处理,公司党委还要开会研究。周克武、刘玉芬千恩万谢地走了后,杨石对妻子说了一句:"他今天说是老婆逼他去偷的,明天会说是六个月大的儿子用刀逼他去偷的。一个单位遇到周克武这样的职工,全单位的人上辈子都作了孽。"

走出杨书记家的门,刘玉芬像发了疯似的拽住周克武的袖口,声嘶力竭地号哭着:"周克武,你拿刀杀了我吧,我求求你了,你杀了我吧!我不想活了。"

8

周克武没有被移交公安机关,刘玉芬当然也没去坐牢。公司给周克武处分的初步意见是"留职察看一年,退还偷盗的煤球款一千八百六十块钱",周克武听说后,提着杀猪刀冲进公司党委办公室,正在开会的杨书记等党委班子成员看到周克武要行凶,迅速起身抱起屁股下坐着的木椅当盾牌,他们脸色苍白、神情紧张,只有一把手杨书记比别人要镇静得多,他大声呵斥着:"周克武,你想干什么!"周克武扬起杀猪刀:"我没钱赔,一分都没有!"杨书记声色俱厉:"周克武,我正告你,你要是敢行凶,就不是赔钱了,而是赔命!"闻讯赶来的职工都在劝周克武不能用刀捅领导,周克武将杀猪刀对准自己的胸口:"我没钱,我捅我自己还不行吗!"就在周克武往自己身上捅的一刹那,站在周克武身后的几个同事猛扑上去,将他按倒在地,夺下了杀猪刀。

此后的周克武照常上班,不仅没有退赔赃款,就连留职察看的处分也没下发。

反正偷的是国家的煤球,又不是哪个私人家厨房里的煤,犯不着为了挽回一百吨煤球的损失仙去了一条人命、毁了一个家庭,这么一说,党委会的意见迅速达成一致,周克武偷盗的事以后再说。以后也就不了了之了。

周克武虽没去坐牢,但再也不敢偷煤球了,家里的日子眼见着就撑不下去了,儿子周洋由奶粉改吃米糊,孩子极度抗拒,不吃不喝,跟娘老子玩起了绝食,孩子饿得面黄肌瘦、嗷嗷直叫,刘玉芬急得在一旁落泪,正在喝酒的周克武借着酒劲一脚踹倒刘玉芬:"你他妈哭丧呀,老子喝酒都喝不安。"

偷煤球被抓让周克武丢尽了脸面,心烦意乱中恢复喝酒,而且喝得变本加厉,只要喝得醉醺醺地上班,别人怎么议论他,都像耳旁风,听不见,也听不进。喝多了酒的周克武晚上最主要的任务就是让刘玉芬在床

一个无赖的屁头。由体制导演出来的闹剧。

无赖的行为虽丑陋但总是有效。

狗改了吃屎?

恶只有走到极致,才能迎来天谴。

表姐刘玉芬 / 147

> 性虐是人类最无人性的暴力,它突破了人伦的底线。

上为他服务,他在街上录像放映厅里看过好多黄色录像,看完后回家就逼着刘玉芬按黄色录像的镜头和姿势伺候自己,刘玉芬没看过黄色录像,加上心理上的抗拒,所以很难做得尽如周克武的意,每当此时,周克武就会骂刘玉芬:"你这头蠢猪,跟你讲了多少遍了?你还不会,重来!"刘玉芬恶心地从头再来,直到把周克武伺候得像一头死猪一样沉沉睡去。那时候,坐在黑暗中的刘玉芬望着窗外稠密的黑暗,她想到了死,可自己死后儿子怎么办呢?还有乡下的父母,他们在等待着女儿在城里幸福生活的喜报,而不是跳湖自杀的死讯。

> 残忍的虐待无限绵延,女人该有怎样的忍耐力啊!

刘玉芬搂着儿子在周克武醉生梦死的鼾声中哭了整整一夜。天亮了,窗外黎明的曙光,对于刘玉芬来说,是另一种颜色的黑暗。

家里眼见着揭不开锅了,刘玉芬准备去菜市场卖鱼,挣些钱贴补家用。那么多小买卖可以做,刘玉芬为什么要去卖鱼?是卖鱼赚钱容易,还是出于对于耕田的怀念?只有刘玉芬自己心里最清楚。当周克武听说刘玉芬要去卖鱼时,抄起空酒瓶就砸了过来,他砸刘玉芬就像小孩子投飞镖一样随意而轻松。刘玉芬头一偏,躲过酒瓶,嘴里争辩着:"钱都被你喝酒喝光了,买米的钱都没有,不去卖鱼,日子怎么过?"周克武吐出嘴里的烟头:"我他妈堂堂国家正式职工,你这下三烂居

> 卖鱼就是鱼贩子,而表姐的初恋情人就是个鱼贩子。

然要去菜场卖鱼,我的脸往哪搁?"刘玉芬想说:"你还有脸吗?"心里虽这么想,但就算吃了豹子胆也不敢说。

刘玉芬跑来找我,问我能不能帮她找一份体面的工作。我在县城建局只是一个小技术员,无权无势,到哪儿去帮她找体面的工作?可我知道,这份工作对刘玉芬来说不只是缓解家庭的经济压力,还意味着她在自食其力后瓦解自己所遭遇的家庭暴力。我说:"你别急,让我想想办法!"她极其谦卑地向我表示了感激:"给你添麻烦了!"

自从上次我跟周克武正面交锋后,已经两年多没跟他们来往了,一是我对他们糟糕的婚姻无比绝望;其次是我自己的恋爱婚姻也陷入了死局,所以这两年我很少回乡下,也很少跟外界接触。我那在国民党"总统府"做过木匠活的父亲对我非常恼火,说我书读上去了,见识却降下来了。原因是我不愿跟城里姑娘恋爱结婚,而全县乡下女孩能考上大中专的,比上吊自杀的还要少,几乎就没有什么挑选的余地。一次单位同事好不容易给我介绍了一个护校毕业的县医院护士,那个刚刚接触了城里脂粉和霓虹灯的乡下女孩对我说:"我好不容易从乡下考进城,还要我再找个乡下婆家,这太荒唐了。介绍人真不负责任,要是知道你是乡下的,我今天根本就不会来跟你见面。"还没等小护士说

> 空洞的自尊和傲慢。

> 表姐的婚姻、我们的婚姻都证明了城乡之间深不见底的鸿沟。

> 有点夸张。

> 在小说的逻辑里,这乡下姑娘将会遭到表姐一样的命运。

完,我抢在她前面拂袖而去。

现在,站在我面前的刘玉芬虽神情有些憔悴,但脸上、脖子上、手上都没有伤,我以为刘玉芬生了儿子后,周克武对他改变了态度,就有些自以为是地说:"看来,两年前我警告周克武的效果还是很明显的。"刘玉芬平静地说:"他现在往我肚子上踹,往腿上踢。"刘玉芬平静得像是说别人的事,或是说传说中的事。我被她的平静深深地刺伤了,情不自禁地骂了一句:"周克武不得好死!"

一个星期后,刘玉芬到新建的县缫丝厂上班,从事的是蚕茧抽丝工作。月工资二十八块钱,厂长说逢年过节还会发一些面条、糖果、月饼、毛巾、卫生纸之类的福利。新建的县缫丝厂是把本地的蚕茧加工成蚕丝后卖往江浙沪的丝织厂,我参加了工厂的厂房施工图纸的绘制,在工地上待了三个多月,从县计委派来的厂长张春雷随时要改变施工方案,我就随时配合他篡改专家的设计图纸,工厂建成后他对我相当满意,投产那天他拍着我的肩膀说:"缫丝厂都是女工,一百多号,拣漂亮的挑,想挑谁就挑谁。谁要是不从,我就把她给开了!"

我没挑女工做老婆,而是把表姐刘玉芬介绍到工厂去做女工。

> 暴力的伦理,就是把人不当人。

> 利用职权,为表姐上班做了一次交易。

缫丝厂是国有集体所有制企业,煤建公司是国有全民所有制企业,刘玉芬虽买了城里户口,但其父母不是城镇居民,所以不能享受照顾,不能取得集体所有制身份,刘玉芬的正式身份是缫丝厂的临时工,那时候全社会各阶层的划分相当严格,其等级序列为国家高干、国家干部、以工代干、全民所有制职工、集体所有制职工、临时工。在职工身份的等级中,像周克武这样的全民职工叫"铁饭碗",大集体职工叫"瓷饭碗",而刘玉芬这样的临时工叫"泥饭碗",泥饭碗不享受公费医疗,不享受退休待遇,不享受入党、提拔、参观、培训等一切政治待遇,跟种田的农民一样,不享受社会主义的任何优越性。尽管这样,刘玉芬还是显示出了过分的激动,她当上了工人,有了自己的身份,有了自己的工资,她觉得自己不再是一个吃闲饭的人了。第一个月发了工资后,刘玉芬非要请我星期天到她家吃饭,我说不用了,没想到周末晚上刘玉芬跟周克武夫妻俩一起找到我的宿舍,周克武给我点上烟,喘着粗气说:"怎么,看不起我们两口子?请你吃一顿饭就那么难。"

星期天我去了煤建公司宿舍,刘玉芬和周克武夫妻俩齐心协力地做了十几道菜,还上了一瓶"琅琊特曲",两口子共同举杯给我敬酒,说了许多言过其实的感谢话,周克武把一杯白酒倒进喉咙里后,情绪夸张地

> 本是简单的事情,假如有人要把它搞复杂了,那一定有着不可告人的目的。

> 终于在城里有了工作,欣喜之情可想而知。

> 看上去是批评,其实是巴结。摆出一副表姐夫的姿态。

> 傲慢,来自于心灵深处的盲目的自以为是。

说:"刘玉芬虽说是个临时工,可缫丝厂好歹也是堂堂的国有工厂,煤建公司的这帮龟孙子现在见了我就给我点烟,说我老婆又漂亮,又当上了工人,没人能跟我比。我的老婆怎么能去卖鱼呢?"

煤建公司的人都知道缫丝厂集体所有制的性质,招进去的全是看病能报销、退休有工资的工人,所以他们对周克武的头绪大、路子宽表现出了相当的尊敬和嫉妒,周克武故意不说明刘玉芬是临时工,他装聋作哑,将错就错地享受着众人的追捧,心里比喝了好酒还要舒服,从他记事起,他从来就没听人表扬过自己一句,连一个字都没有。所以,周克武那么热情地要请我吃饭,很大程度上是他被一种假象的荣耀陶醉了。

> 自我陶醉。沉浸在假象中。

那天酒喝得特别尽兴,我甚至觉得周克武并没有那么可憎,一个城市的小瘪三,守着一个美丽贤淑的媳妇,既没有社会角色的优越感,也没有家庭角色的自信心,借酒壮胆,借酒发疯,他只有靠打老婆这种外强中干的手段来证明自己是个大男人,一个十足的可怜虫。我问他表姐刘玉芬上班后,孩子怎么办?他匆忙咽下还没嚼碎的鸡肉,指着桌子边坐在竹篓子里啃苹果的孩子说:"把周洋往篓子里一塞,带到公司跟我一起上班,一上午发一块饼干,小东西动都不动一下!"我说:"你带孩子上班,公司怎么会同意呢?"周克武将酒杯往

> 城市可怜虫的精神分析。

桌上一掼,豪情万丈地吹了起来:"上次我把杀猪刀往外一抽,公司领导一个个吓得尿裤子。谁他妈敢管我,我就把他的血当自来水放了。"刘玉芬神色紧张地拿走酒瓶,岔开话题对我说:"别听他的,酒喝多了"。

> 流氓本色!

在庆祝缫丝厂投产一周年的庆功酒宴上,我与张春雷厂长碰杯时,张厂长问我:"老婆找到没有?那么多女工,你一个没看上?"我说:"我表姐工作的事,已经给你添了不少麻烦,再到你厂里来选美,那无异于给你捣乱。"张厂长说:"我就知道你看不上我们厂的缫丝女工,可我们是缫丝厂,不是电影厂。"他突然转了话头,"你那个表姐怎么样?到现在我连人都没见过,哪天你让她到我办公室去一下,要是合适的话,调到厂办来工作。"我说:"恐怕不合适,她是临时工。"

> 看似玩笑,实在为后文作铺垫,且为调节叙述气势,增加趣味。

当天晚上,我就去煤建公司宿舍把这个意思告诉了刘玉芬,她很为难地说:"能有一份工作,拿一份工资,已经很不容易了,我不想调工作,也不想见厂长。"

> 霸道惯了,依然是教训的口吻。

周克武有些沉不住气了:"兄弟为你的事磨破了嘴,跑断了腿,你还不知好歹,蚕茧抽丝整天泡在水里,把手都泡烂了,你明天就去见厂长,听到了没有?"

刘玉芬面对周克武这样的责问,她有一种习惯性的心理痉挛,所以她的回答几乎是本能性的:"听到了!"

> 被打怕了。

表姐刘玉芬 / 153

9

　　刘玉芬走进张春雷办公室的时候,步子轻得像踩在棉花上,一点声音都没有,她低着头,声音比脚步更轻:"张厂长,我来了!"

　　张春雷第一眼看到二十七岁的刘玉芬时,手中拿着的香烟掉到了桌上的生产报表上,浑然不觉。他没想到,缫丝厂居然还有这么美丽惊艳的女工,刘玉芬不着脂粉,天生丽质,高挑匀称,温婉清秀,眼睛里弥漫着迷人的迷惘,这是一种很奇怪的感觉。张春雷觉得刘玉芬不仅不应该出现在这个工厂里,就连出现在这座县城也是不应该的。他对刘玉芬说的第一句话就是:"让你做蚕茧抽丝的活,太委屈你了!"香烟烧着了桌上的报表,闻到焦煳味的张厂长连忙按灭了香烟。

　　当天下午,刘玉芬就被调到厂部上班了。

　　县缫丝厂是国有集体所有制单位,临时工不到十人,主要是打扫厕所、清扫厂区、运送废料、夜班看仓库之类,刘玉芬在蚕茧抽丝车间做的是最苦最累最脏的活,她和另外几名临时工把泡在池子里的蚕茧用手工剥开,再送到机器抽丝的工作平台上。她在厂里的地位就相当于生产过程中残次品或下脚料,没人注意过,

---

受宠若惊,如梦如幻。

宛若仙人,厂长有点失态,夸张,有点娱乐。

受难的花朵更有一番别致的美。

临时工被物化为残次品和下脚料,对于女人来说尤其不堪。

刘玉芬每天埋头干活,没时间也没足够的自信跟城里的女工交朋友和套近乎,她的全部目标就是一月的二十八块钱工资,这笔钱可以解决她家大半个月的伙食,直到刘玉芬调到厂部办公室,她的名字才在全厂传开并在厂里引起轩然大波,一些有来头的女工直接到厂办找张春雷厂长论理:"我们这么多正式工你不调,偏要调一个临时工到厂部?"张春雷厂长点上一支烟,漫不经心地对她们说:"回去好好照照镜子,看看自己的模样,你们有刘玉芬长得漂亮吗?"一位丈夫在县政府开小车的女工曾经搭过副县长的车,算是见过大人物的,她不怕厂长:"厂部是调人,还是选美?这里是社会主义工厂,不是资本主义的舞厅。"张春雷一拍桌子:"居然给我上起课来了,滚一边去!"

> 在城里人和农村人之外,又开辟了新的叙述空间。

女工们愤愤不平地在私下议论,刘玉芬一个临时工凭什么坐办公室,敢作敢当的张春雷旗帜鲜明地说凭脸蛋。其实刘玉芬到厂部不是坐办公室,而是管理办公室,她每天的工作是一早给三个厂长的办公室做好清洁、打好开水、泡好茶、夹好报纸,然后再去整理会议室和接待室,厂部来客户或客人,刘玉芬负责倒茶、上水果和香烟,实际上就是一个服务员。不久后的一天,分管工业的赵副县长来缫丝厂视察,视察结束后他在厂接待室找张春雷谈话,提醒他作为一个党员干部,

> 自私之恶总是以信仰之名肆行。
> 这个厂长倒有几分血性。

> 表姐只不过是办公室的服务人员而已。

> 偏见之深。
> 护食的动物性。

> 有点中国戏曲中的丑角和旦角一同出场的感觉。

> 极端性的对比,当然鲜明,也让人不能不服。不过,叙述者"我"拿一个糟老头来反衬表姐,可有点不善良哦!

> 工作上的每一个细节都体现了表姐的素质。

不讲原则地把厂里的漂亮女工调到自己身边要注意影响。张春雷说:"以前是老张头负责来客接待,咳嗽不打草稿,鼻涕用袖子擦,嘴里叼着烟倒茶,将烟灰和开水一起倒进杯子里,上海的一个客户当场起身就走,临走前对我说,一个工厂如果连倒茶这个细节都做不好的话,别指望能拿出什么好产品来。"

张春雷一按电铃,刘玉芬在第一时间进来了,她衣着和人一样清爽,脸上是那种温和而平静的微笑,她用白瓷杯泡好茶送到茶几上,又换上一个干净的烟缸,然后轻声细语地说:"赵县长,请用茶!"刘玉芬退出去后,张春雷望着赵县长不说话,赵县长轻轻地抿了一口清香扑鼻的绿茶,说了一句:"不错!"张春雷说:"赵县长,是茶不错,还是倒茶的人不错?"

刘玉芬对这份工作非常珍惜,虽说是服务性的工作,但比起在气味难闻的缫丝车间要轻松得多,也体面得多,见的人都是衣着整齐,说话有板有眼的。她知道自己作为一个临时工,没有资格在厂部工作,所以她必须把工作做得一丝不苟,比如她清洗烟缸和茶杯,不仅要将烟灰和茶垢洗净,还要用干毛巾将烟缸和茶杯擦得锃亮,报夹上的报纸日期顺序不能夹错,边沿得整齐划一,一个月报纸夹在一起,就像一本书。她不多说话,也不乱插嘴,做事细心尽心:"像个大家闺秀,哪像乡下进城的临时工?"几位厂长相互之间都有矛盾和分歧,唯有对刘玉芬的态度上完全一致。

张春雷把刘玉芬调到厂部除了与我有些情分,更多的是从工作方面考虑选调的,如果刘玉芬长得面目平庸、行为迟钝的话,绝不可能离开缫丝车间。也就是说,张春雷和刘玉芬之间没有任何工作之外的瓜葛,尽管他从日本考察回来时送过她一瓶资生堂润肤露,从杭州出差回来送给她一件女式真丝衬衫,这些都不是他刻意而为,润肤露是考察团用出国补助买的,真丝衬衫是杭州客户送的样品,没花一分钱,刘玉芬不敢要,经张春雷这么一解释,她才忐忑不安地收下。收一个男人的东西是很忌讳的,就像当年她收于耕田一双尼龙袜惹得父亲抄起了菜刀。

所以刘玉芬没对丈夫周克武说资生堂润肤露是张厂长送的,她说是食堂烧饭的王大妈送的,她没事的时候经常去帮王大妈择菜。周克武看着瓶子说这上面的字不像是中国字,刘玉芬心虚地说:"我也不知道王大妈从哪弄来的。"这两年,周克武很少打刘玉芬,厂部工作的轻松、优越以及心理上的相对安全感使刘玉芬脸色红润、眉眼清爽、气韵动人,等到那件绿底紫花的真丝衬衫穿上身后,刘玉芬简直就是一个国色天香的江南美女。这时,周克武坐不住了,他极其警惕地开始盘

> 美的感染力可以弥合分歧和偏见,同性之间除外。

> 张厂长所送的物品看上去不经意,也很自然,也能说得圆,但恰恰说明他可是情场老手。

> 表姐的谎话千疮百孔,再愚拙的男人也能感觉到,更何况她的丈夫还是一个混世的流氓呢?

> 往女人的肚子上踢,这个流氓太残忍了。

问:"这么贵的衣服要值半年工资,你肯定买不起,谁送的?是王大妈,还是李大妈?我倒要看你怎么编?"刘玉芬一时反应不过来,她沉默不语,这一哑口无言的表情激怒了周克武,他飞起一脚踹到刘玉芬的肚子上,刘玉芬捂着肚子蹲了下去。三岁的儿子周洋跑过来拉着妈妈的胳膊,哭喊着:"妈妈别哭,妈妈勇敢,爸爸坏!"周克武揪起刘玉芬的头发,又往她腿上踢了一脚:"说,谁送的?"痛苦万分的刘玉芬说:"是一个客户送的样品。"周克武说:"走,现在就带老子去见客户,他妈的,这什么意思?"刘玉芬有气无力地瘫坐在潮湿的砖地上:"客户不在厂里了,我明天就把衣服退回去!"

> 浪漫刚发了个芽,就被无可挽回地掐灭了。

第二天,刘玉芬把衣服和用了半瓶的润肤露退给了张春雷厂长,她把这两件东西引发的家庭危机原原本本地倒了出来。张春雷说:"你为什么不说是我送的?"刘玉芬抹着眼泪:"我想说,又不敢说。张厂长,我错了!"张春雷收下了衣服,把半瓶润肤露扔进桌下的废纸篓里:"好了,你不要难过了,此事到此为止。你丈夫是干什么的?"

> 张厂长也是老江湖,可能要收拾那个流氓。

此后日子里,刘玉芬进了张春雷的办公室根本不敢说话,换完烟缸,加完茶水,放下文件,立即就走。春天的一个阳光明媚的早晨,刘玉芬将报表放到张春雷桌上时,张春雷突然抓住刘玉芬即将挪开的手:"刘玉芬,你为什么要替我背黑锅?"

猝不及防的刘玉芬手和心一起乱抖,她本想说,丈夫周克武是个凶狠不讲理的人,她不能讲实话,也不敢讲实话,可情急之下,她一边挣脱张春雷的手,一边拼命地摇着头说:"我不知道!"

10

一连好几天,刘玉芬都觉得自己的手像是被电击过了一样麻木,她倒茶的时候总是担心开水瓶会掉到地上,接待客户时紧张得头上直冒汗。

天热了,分管后勤的钱边副厂长给张春雷的办公室配了一台落地电风扇,他在指挥刘玉芬将电风扇放到办公桌横头时,要移动一个文件柜,刘玉芬力气小,搬柜子角度一斜,柜门开了,里面滑出了绿底紫花的真丝衬衣。钱副厂长突然发问:"刘玉芬,这件衣服不是你的吗,怎么脱到张厂长的柜子里来了?"

刘玉芬脸色刷白,一时哑口无言。钱副厂长看着惊慌失措的刘玉芬,轻描淡写地说了一句:"以后换了衣服,不要随便乱放!"刘玉芬觉得自己倒霉透了,这件衣服她上班只穿过一天,钱副厂长居然牢牢记住了。

惊吓过度的刘玉芬在这个春夏之交的日子病了,

> 错乱的话语,表明了表姐内心在承受男人之爱时所引起的剧烈反应。

> 眩晕!是真的胆怯,还是真情萌动,无法自持。

> 致命的衬衣!在错误的时间出现在错误的地点。

> 虚假的善恶,总是通向阴谋。

表姐刘玉芬 / 159

> 厂长与表姐的关系，描写很节制，但种种阴差阳错及表姐的惊吓，暗示了表层之下的真情。

> 人心都是肉长的，与凶悍无人性的丈夫相比，表姐对厂长产生情愫才在情理之中。

每天低烧、咳嗽、头昏，厂里每天都有接待，她没有请假。第三天早晨，刘玉芬在张春雷办公室泡茶时，张春雷对刘玉芬说："你回家去休息，厂部接待暂时由会计小李顶一下。"刘玉芬说："张厂长，我没事。"张春雷从抽屉里拿出一袋子药："清热解毒的药，专治感冒，拿回家去吃！"刘玉芬不敢接："我是临时工，没资格拿药。"张春雷说："厂部医疗室的药，我说了算！"

刘玉芬在家病休三天，周克武每天早上起床说的话就是："你他妈得个小感冒，就哼哼唧唧地躺在家睡大觉了，中午给老子多做几个下酒菜，听到没有？"

昏昏沉沉的刘玉芬提高声音说："听到了。"

刘玉芬一边烧菜，一边流泪，她已经自食其力了，可挨打挨骂依然是周克武的另一道下酒菜。此时她想起厂长张春雷，心里竟涌起一股难以抑制的温暖，她长这么大，他得到过父亲的关心，就是没有得到过男人的温暖，关心和温暖在刘玉芬的感觉中是两个完全不同的概念。她不敢多想，于是把注意力全都放到了为周克武炒花生米上了。

缫丝厂投产的前两年，产品销路一般，从第三年起，风水就转了，效益出奇地好，出口日本、韩国的生丝供不应求，国内江浙沪的丝织厂带着现款来提货都提不到。张春雷的自信和狂妄就是被这些前赴后继的客户煽动起来的,刘玉芬明显能感觉到几个副厂长对张春雷很有意见。有一次,钱副厂长莫名其妙地问刘玉芬:"你知道张厂长爱人是干什么的吗?"刘玉芬莫名其妙地摇着头。钱副厂长说:"县体委武术教练,拿过省里的散打亚军。"

> 威胁!向来男女私情都是政治斗争的有力武器。

缫丝厂的红火带动了全县的蚕桑养殖业和种植业的疯狂扩张。就在舅舅家栽了八亩桑树养了二十席春蚕的那一年,蚕茧卖不动了。1988年的通货膨胀把国内三分之二的丝织厂胀垮了,海外订单也一路下滑。舅舅的蚕茧拉到县缫丝厂后,收购仓库大门紧闭,值班人员生硬地朝门前黑压压的茧农们嚷着:"说不收就不收,你们就是赖到香港回归,赖到二十一世纪也不会收!"

> 记忆犹新。所有的经济风潮受害最深的一定是处于末端的农户。

舅舅是个很自尊的人,他本不想去找女儿刘玉芬,可两百多斤蚕茧要是卖不掉的话,一个春天就白忙了,今年还债的任务也要泡汤。蚕茧一过夏天,全都出蛹,蚕蛹出茧,茧丝一断,蚕茧就报废了。想到这,舅舅头上直冒冷汗,他拉着胶轮板车,来到厂办楼下。

舅舅在二楼厂办走廊上找到了刘玉芬,舅舅说能不能央求厂里先收下蚕茧,哪怕年底给钱都行,刘玉芬很为难:"一个都不收,我怎么好开口呢?"

> 舅舅的出场总是很及时,他将把女儿推向难以自处的窘境,尽管他也不得已。

这时,张春雷厂长走过来了,他问刘玉芬身边的老

> 这么巧！这点事对于厂长来说确实不算什么！但也要看对什么人了。

> 一个愚蠢的乡下读书人，只要有一点机会就会为自己漏了的人生补锅。

> 舅舅越来越像祥林嫂了。

农是谁。刘玉芬说是自己的父亲，从二十里外的老家拉来的蚕茧，厂里不收。张春雷说："我还以为有多大事呢！"他走进自己的办公室，抓起电话，"喂，是材料科李科长吗？你到我办公室来一下！"

半个小时后，舅舅的蚕茧就被悄悄地送到了库房，而且按一级茧的价格现金收购。

舅舅拿了钱就要回家，刘玉芬叫舅舅歇一会儿再走，舅舅坐在厂接待室松软的沙发上，感觉屁股很舒服。舅舅喝着刘玉芬泡好的一杯雨前茶，看着女儿穿戴整洁、神清气爽、工作舒适，不禁感慨唏嘘："玉芬呀，买户口买对了。"那一刻，他感到自己这辈子如果只干过一件正确的事，那就是给女儿买户口。

刘玉芬问家里欠的债还有多少没还，舅舅说已经还过两千多了，还有五千多，要是按现在的家庭收入，不要十年就能全部还清，可你几个兄弟陆续结婚、分家，剩下的债务全靠我一个人还，不知道要到哪一年。刘玉芬每每想起家里为自己买城里户口欠下的债务，她的心里就像塞进了一堆稻草、碎砖、玻璃碴，闹心、难受、疼痛，面对苍老衰弱的父亲，刘玉芬忍不住流下了伤心的泪水："爸，都是我不好，拖累了一家人。"舅舅安慰刘玉芬说："不买户口，你哪有这么好的工作？再说了，户口也不是想买就能买得到的。"

这时走廊里传来了一阵激烈的吵闹声,刘玉芬出门一看,见一个身材壮硕的女人跟张春雷厂长纠缠在一起,女人手里攥着那件真丝衬衣:"你说,你为什么把野女人穿过的衣服带回家给我穿?"张春雷扯开女人的手,平静地解释着:"没有哪个女人穿过,是杭州丝织厂的样品,当然不会有多新。"女人是张春雷的爱人。

> 那件衬衣终于在恰当的时机发酵了。

走廊上挤满了厂部的员工,他们文过饰非地劝厂长两口子冷静,厂长爱人在走廊里大吼着:"谁叫刘玉芬?给我站出来!"在一边发愣的刘玉芬站了出来,她小声地说:"我叫刘玉芬。"厂长那位当武术教练的爱人上下仔细地推敲着刘玉芬,然后托起她的下巴:"长得倒是人模狗样的,怎么就揣了一肚子花花肠子?我真想把你的肚子撕烂,看看里面究竟塞进了多少男人!"说着轻轻一弹手掌,刘玉芬一个趔趄,跌坐在走廊水泥地上。舅舅从接待室出来看到女儿被另一个女人推倒在地,发了疯似的向武术教练冲过来:"你狗仗人势欺负人,我这条老命不要了!"众人将老人和武术教练拉开了。刘玉芬坐在水泥地上泣不成声。

> 这个做教练的女人什么都了如指掌。看热闹的人不嫌事大,更何况他/她们还要借此复仇呢?

原来,张春雷把真丝衬衫带回家给当武术教练的老婆穿上后,不仅很得体,而且人一下子变得文雅而高贵,武术教练老婆每天都穿在身上,直到有一天在街上遇到了钱副厂长,他对武术教练说:"这不是我们厂部

> 钱副厂长这把火点得真是很有艺术性。

表姐刘玉芬 / 163

办公室刘玉芬穿过的那件衣服吗?"

后来,这事就闹到了厂部来了。武术教练指着张春雷的鼻子骂道:"你这个吃里爬外的东西,缫丝厂生产不抓,专抓女人。你挑个正儿八经的女人玩,我还好受些,偏要玩这么个乡下来的临时工,硬往我脸上抹屎!"

那天舅舅和刘玉芬在厂门口分别时,舅舅一脸屈辱地说:"玉芬,我盼着你过上好日子,可我受不了你过丢脸的好日子。"刘玉芬抱着舅舅的胳膊,哭得伤心透了:"爸,我没做对不起你的事,我心里好苦呀!"

这件事在厂里闹得沸沸扬扬,全厂职工都知道了张春雷跟刘玉芬有一腿,车间里的女工们比较一致的看法是,要是没一腿,张春雷厂长是不会把一个临时工调到厂部办公室的,像刘玉芬这么漂亮的女人,怎么甘心跟一个卖煤球的小瘪三整夜厮守在一张床上呢?

武术教练大闹厂部的第二天,刘玉芬一早找到张春雷厂长,她眼睛红红的,声音里都带着怒气:"厂长,我要回缫丝车间。"

张春雷想抓住刘玉芬的手,刘玉芬让开了,他有些尴尬地说:"我老婆是个粗人,你不要跟她计较。我们俩都很冤,要是不来点真的,这黑锅就白背了,你说是不是?"

> 如此刻毒的话,真是让文明蒙羞。

> 善良的人总是不断遭受误会的折磨,而且百口莫辩。

> 一种流言的逻辑。

> 与其……不如……?

刘玉芬摇了摇头。

张春雷好像也是一夜没睡,他揉了揉枯涩的眼睛:"玉芬,你先不要说回车间。我问你,你想不想转成正式的大集体职工?"

刘玉芬知道只有转正,她才不会受欺负,才不会看病没处报销,退休分文没有,她几乎是毫不犹豫地点了点头,怕张春雷不明白,她又强调说:"想!"

张春雷说:"那好,你继续在厂办上班!玉芬,现在让你回车间,那我们就是跳进黄河也洗不清了,假的也成真的了。你配合一下我,好不好?有人在背后下我的刀子,想整死我,没那么容易!"

刘玉芬点了点头。那一刻,她觉得自己真的跟张春雷绑在一起了。

冬天到了,马路上的树叶全都败落干净,缫丝厂院子里光秃秃的树干裸露在冬天的风中,一些麻雀在落满灰尘的车间里自由飞翔,缫丝厂几乎所有机器都停了,只有一台抽丝机在运转,似乎是在维持其垂死挣扎的最后时光。工厂大多数工人都放假了,刘玉芬还在上班,可转正式大集体职工的事厂长再也没提起过,她每天依然坚持八点前赶到厂里,打水、倒茶、洗烟灰缸,一丝不苟,她期待着转正就像期待死里逃生一样急切而虚幻。有一天,张春雷在空虚的办公室里突然对刘

对付流言的最好的办法就是不按他的逻辑出牌,让其自行破产。

张厂长毕竟见多识广。

为了一个垂死的幻想而消磨自己的人生。

表姐刘玉芬 / 165

> 这倒是一个好主意!

> 关键是刘玉芬那逆来顺受的性格,哪有出走的勇气。

玉芬说:"玉芬,你跟我一起走!离开小县城,我们到外面的大世界去闯荡,怎么样?"

刘玉芬听不明白,一脸的迷惘。

张春雷说:"我知道,你有一个无能而暴力的丈夫,我有一个能干而凶恶的妻子,我们俩同病相怜。你跟我走后,我保证你过上太太、小姐一般的日子,不是你伺候别人,而是别人伺候你。"

刘玉芬终于听明白了,她摇了摇头:"厂长,我不敢。"

张春雷说:"给你一个星期考虑!"

大约是张春雷约刘玉芬出走的第三天晚上,吃过晚饭,周克武把儿子周洋赶到里屋去做作业,他借着酒劲,站在昏黄的灯光下,对正在洗碗的妻子说:"刘玉芬,你过来!"

刘玉芬甩了甩手上的水,走到周克武面前,问:"有事吗?"

周克武从腰间抽出皮带,横起眼,呵斥着:"跪下!"

> 在正常情况下,家暴应该是女人出走的催化剂。但谁知道呢?

刘玉芬很疑惑地说:"我怎么了?"

"跪下!"周克武朝着刘玉芬的腿弯处狠狠地踹了一脚,刘玉芬情不自禁地就跪了下去。

周克武抡起皮带劈头抽下去:"你这个臭婊子!今天你不老实交代,我扒了你的皮!"

皮带用力太狠,刘玉芬头顶上被豁开一道裂缝,接着是一道电光闪过,后来就什么都不知道了。

11

周克武气得直喘粗气,老婆偷人,全县人民都知道了,只有他一个人蒙在鼓里,他第一个占有老婆身子,最后一个知道老婆身子被人占了。刘玉芬被打晕后,周克武像电影《烈火中永生》的国民党特务一样,舀了一碗冷水泼到了刘玉芬的头上,刘玉芬醒了。

周克武揪着刘玉芬的头发问道:"臭婊子,说,你是怎么勾引厂长的?"

刘玉芬有气无力地说:"我没有。"

周克武抽了刘玉芬一耳光:"你一个临时工,不勾引厂长,能调你到厂办工作?我他妈的国家正式职工,到现在还在卖煤球。"

刘玉芬以为周克武知道了一切,就坦白交代说:"我真的没有,是厂长要我跟他一起到外面闯世界的,我没答应。"

周克武没想到还有意外收获,他又抽了刘玉芬一耳光:"你他妈还想私奔!走,跟我一起去找那王八蛋对质,要是你俩商量好了私奔,我就让你俩一起进火

> 这个比喻有意思。假如说周克武像国民党特务,那刘玉芬就像江姐了。

> 政治语境中的暴力游戏被完美地复制到了家庭之中,残酷,立场分明,势如水火。

葬场!"

这时,儿子周洋从房里冲了出来,他手里攥着台灯,不说话,对着周克武的脑袋猛砸下去,已上小学的儿子长得很结实,被砸疼了脑袋的周克武撂起一脚踢飞儿子,儿子跌坐在地上,也不哭,眼神中充满仇恨地看着父亲。

> 儿子仇恨的眼光,预示着周克武将受到报应。

哭哭啼啼的刘玉芬被周克武用杀猪刀挟持着连夜去了张春雷厂长家,张春雷家在南门老市口住,开门的是他武术教练的老婆,女人脸上已经没有了先前的凶悍,她像是被抽去了筋骨一样虚软,面对着周克武的杀猪刀,失魂落魄地说了一句:"张春雷下午被检察院抓走了!"

> 一波三折,总有意外惊喜。

张春雷因贪污缫丝厂公款、收受客户贿赂十二万元被捕,三个月后,张春雷被判有期徒刑二十年,县缫丝厂在春节的鞭炮声中倒闭,一百多名正式的集体所有制职工由县政府分流到县食品厂、电子元件厂、肉联厂,还有几个分到县煤建公司的,刘玉芬和另外几个看仓库、扫厕所、清理下脚料的临时工失业回家,刘玉芬回家的时候分了六斤蚕丝,抵了最后一个月的工资。周克武看着刘玉芬拎回来的蚕丝,挖苦她说:"正好,做一床被子送给你姘头,牢里冷呀!"

> 凝炼!短短几句,一泻千里!

这天夜里,周克武将刘玉芬在床上翻着花样折腾了半宿,然后他将刘玉芬从被窝里拎出来,在她的乳房上狠狠地拧了又拧,刘玉芬疼得流出了眼泪,周克武点上一支烟,猛吸一口,将烟雾吐到刘玉芬的脸上:"说,你跟张春雷是怎么做的?比我好,还是比我差?他都四十好几了,还能比我厉害?"

冻得瑟瑟发抖的刘玉芬不说话,周克武抬起一脚,刘玉芬被踹到了床下。这一次,刘玉芬没有哭,她从床下爬起来,静静地穿好衣服,然后拨开门闩,不动声色地走进了冬天的黑夜里。周克武对着刘玉芬的背影冷笑着说:"贪污犯的姘头在牢里,到哪儿找去!"

儿子周洋半夜被爸妈屋里的叫骂声惊醒,他起床推门进来后,发现妈妈不见了。爸爸眯着眼斜靠在床上吸烟,他手里攥着那盏已被摔坏了的台灯,周洋站在爸爸的床头,一动不动。周克武感觉到了床边有人,睁开眼看到周洋,灯光昏暗,儿子的目光却很刺眼。周克武问:"你不睡觉,跑这来干吗?"周洋手里攥着台灯,嘴里喘着粗气:"我要妈妈!"

儿子视死如归的目光刺穿了老子。周克武似乎意识到了什么,他从床上跳下来,对儿子周洋说:"你快去睡觉,我去找你妈!"

周克武第二天早上是在县医院找到刘玉芬的,她跳河自杀的时候被连夜撒网的渔民救起。周克武走进

> 一个城里的人渣总是能找到折磨乡下妻子的借口。

> 卑鄙的恶已到极限,解决它的天机就会降临。

> 连小孩子都预感到他妈妈将会干什么了。

> 自杀是善良人逃避恶的迫害的最佳途径吗?

表姐刘玉芬 / 169

病房看着脸色苍白的刘玉芬,他在床边坐下,口气软了下来:"你一个农村丫头,胆子不会大到不要脸的,肯定是那个贪污犯、流氓犯勾引你的!"

> 他在为自己的暴力找依据,还不忘再一次泼污水。

刘玉芬不说话,也不看她。周克武出门买了一碗稀饭和一根油条送来:"人是铁,饭是钢,一顿不吃饿得慌。先吃早饭!"

刘玉芬依然将头扭向墙壁,她对着墙壁跟周克武说:"我要离婚!"

> 早该下这样的决心了。

刘玉芬自杀的事惊动了煤建公司领导,现在的公司党委张书记是部队副团长转业的,参加过对越自卫反击战。他身上的火药味还未散尽,拍着桌子对周克武吼道:"你一个大老爷们,老婆跟着你受罪不说,还动手打老婆。周克武,你这算什么鸟本事?跳河寻死的应该是你。"

周克武像霜打过一样:"我保证,以后再也不打老婆了。"

> 如此的恶人会求饶吗?怀疑。

张书记说:"你不要向我保证,回去向你老婆保证去!"

狗急了要跳墙,渴急了喝盐卤。周克武第一次遇到刘玉芬异乎寻常的反抗,刘玉芬坚决要离婚。走投无路的周克武跑来找我:"兄弟,请你出面帮我劝劝,离婚了孩子没家,在学校受人欺负。"

我说:"你们这个家,不要也好。"

我手里的一支烟还没吸完,周克武又给我递来一支:"兄弟,你跟玉芬说说,只要不离婚,绿帽子我也认了。"

> 还忘不了他那男人的自尊。

我将香烟狠狠地扔到地上:"你要是这么胡说八道,我唯一要做的工作,就是劝刘玉芬跟你离婚,坚决离婚。"

周克武完全被制服。最终当着公司张书记和我的面,将一份保证书交到刘玉芬的手里,从今往后,决不打老婆,决不提缫丝厂的事,除了逢年过节和走亲访友,决不喝酒。那天,周克武把杀猪刀也带到了公司张书记的办公室,他说:"只要刘玉芬同意,我当你们面,剁一个手指下来!"

> 如此恶人,只有受到震撼式的教育,才能洗心革面。

张书记很严肃地对刘玉芬说:"下命令吧,剁一个手指下来,让他长长记性!"

> 情节在这一段转换太快,周克武的转变也太容易了。

刘玉芬看着周克武扬起了手中的杀猪刀,等待着她的命令。刘玉芬面无表情地站在那里,像一尊早已凝固的雕塑。

张书记挥挥手对周克武、刘玉芬说:"好了,你们俩快回家去吧,该给孩子做中饭了!"

> 就这样回去了,天知道以后还会发生什么事?

两口子一前一后地走了。

此后好几年,我再也没听表姐刘玉芬说起过自己

表姐刘玉芬 / 171

> 卖鱼是表姐的一个情结。在鱼腥味中，她才能保持与初恋情人的精神联结。

挨打的事。她不挨打，我就不怎么关注刘玉芬。在城里，我和她的联系几乎都与她所遭遇的不幸相关。

12

表姐刘玉芬失业后最初在菜市场卖鱼，她曾经问过附近的几个鱼档，于耕田的摊位在哪儿，卖鱼的都摇头说不知道于耕田是谁。有一个头发寥寥无几的老头说："你说的于耕田不是摆摊卖鱼的，他把高邮湖的鱼贩到菜市场批发给摊位，很精明的乡下小子，后来不知到哪去了，好多年都没见过了。"

刘玉芬起早贪黑卖鱼三年，挣了两千多块钱，她想送一千块钱回去给舅舅还债。周克武说："家里到现在还是黑白电视机，换一台彩电，要三千多，我还得贴好几百。"

刘玉芬说黑白凑合着看就行了，彩电伤眼睛，不能看。周克武虽说好几年不打老婆了，但也不能被老婆拿捏在手心里当玩具玩，他抬高嗓门说："你爸进城，可以给他酒喝，但绝不能替他还债。"刘玉芬说："我爸的债是给我买城里户口欠下的。"周克武反唇相讥："给你买户口，又不是给我买户口。"刘玉芬反击说："我用我挣的钱给我爸还债，又不是用你的钱。"周克武急了，他

> 争吵意味着表姐家庭地位的上升，虽然这还不是平等的对话。

没有将手里的碗砸向刘玉芬,而是砸向了屋里的衣柜:"你是我老婆,你连人都是我的,钱当然也是我的。"

刘玉芬深知自己不挨打并不意味着周克武好惹,他要是一时性起,那就等于是把他们娘儿俩赶到解放前去,解放前水深火热、生不如死。于是,她忍住不说了。三天后,周克武家三间平房里多了一台二十五寸的"飞跃"牌彩电。

1997年香港回归,县煤建公司倒闭,老一辈职工说香港回归,资本主义复辟,他们才丢了饭碗。县里的社会主义国有企业就像害了传染病一样,一个接一个地倒闭,食品厂、肉联厂、农机厂、化肥厂,差不多全都在劫难逃,电影院、百货公司、木材公司、粮油公司也已是病入膏肓,死到临头:"铁饭碗"在不知不觉中被风化成泥饭碗、纸饭碗。县里规定,40岁以下的职工帮助推荐到合资企业、外资企业、私营企业就业,周克武42岁,不在政府帮助就业的杠子里,每月发一百二十八块钱低保金,下岗自谋职业。周克武这个当年的国家正式工,人倒势子不倒,他站在煤建公司的货场废墟上,对下岗的难兄难弟们慷慨陈词:"宁愿饿死,我们也决不去给万恶的资本家和个体户卖命!"

周克武一没学历,二没技术,政府都不好帮助就业,让他自谋职业等于是逼着他接受失业。周克武下

> 嘴虽然很硬,但动作泄露了心虚的信息。

> 好汉不吃眼前亏。

> 市场经济的大潮浩浩荡荡,旧体制及其他所寄生的人都将被卷走。

> 嘴是硬的,骨头却是软的。

表姐刘玉芬 / 173

岗一个星期后开始恢复喝酒,他对刘玉芬说:"我心里难受!"

刘玉芬能够理解周克武这种丧家之犬的痛苦,就说:"你心里难受就喝吧,少喝点,解解闷。"

周克武嘴上说好,可撬开一瓶酒,就着花生米和一盘卤豆腐干,没几个回合,酒瓶马上就要见底。刘玉芬怕周克武酒喝多了失态,就上前抓过酒瓶:"一瓶都快喝光了,喝多了会伤身体。"

> 多么善良的女人啊!

周克武夺过酒瓶,对着刘玉芬的头狠狠地砸了下去,刘玉芬一偏脑袋,酒瓶砸到了刘玉芬的肩上,刘玉芬哎哟一声,捂着肩膀蹲了下去。周克武的脾气被酒精点燃了,他掀翻桌子破口大骂:"你这个臭婊子,你以为老子也成了无业游民,跟你一样了?就不把老子放在眼里,居然敢夺老子酒瓶。老子有政府发的一百二十八块伙食费,你这个乡巴佬有吗?"

> 一种底层恶徒的心理,他会因为体制的支持而傲慢,因为傲慢而伤人;他也会因为精神的骨髓被抽干而自卑,并因过去的自卑而伤人。

刘玉芬捂着肩看着周克武,像看着一场拉开序幕的噩梦。

从此,周克武天天喝酒,也不出去找工作,找也找不到,他的低保金不到半个月就喝光了,喝光了就跟刘玉芬要。没喝酒时,周克武要钱的态度很谦卑:"玉芬,我都买最孬的酒,柳阳大曲,三块二一瓶的。"要是喝过了酒,周克武就把家里那把杀猪刀往桌子一插:"你他妈的今天要是不拿钱给老子的话,老子就把你剁碎了下酒!"

每当此时,刘玉芬总是掏出五块十块给周克武,周克武拿了钱,飞奔出门,买酒去了。我乡下的舅舅一直不知道,表姐刘玉芬从1997年开始就承担了养活一家三口的重任,舅舅偶尔进城,看到女儿在菜市场卖鱼,他从女儿一身鱼腥味和一双粗糙的手上就能感觉到女儿一败涂地的城里生活,他有些后悔把女儿嫁到城里,但想起乡下风霜雨雪中种田亏本,他觉得女儿嫁到城里最起码不受风吹日晒之苦,两相比较,一扯平,心里就安稳了。我乡下的舅舅想让女儿重温自己失去的天堂,他绝不会想到女儿的天堂是建在地狱门口的。刘玉芬每次都想给舅舅一些零花钱,可自周克武失业后,有心无力了,她只能给舅舅买一包桃酥和几块烧饼带回去,父亲拿着桃酥和烧饼,激动得牙疼:"你们三个兄弟,没一个有你孝顺!"

刘玉芬看着父亲心满意足地走了,她会对着水桶里的鱼发呆,她觉得自己就跟这鱼一样,看起来活蹦乱跳,只要被哪位嗜血者瞄上了,也许不要半个小时,马上就会体无完肤,碎尸几段。

周克武恢复喝酒与恢复打老婆是同步开始的,像是戒毒失败后复吸一样疯狂,周克武打老婆打得变本

恶人故态复萌是要遭报应的节奏。

舅舅的此种阿Q心理虽也出于无奈,但却有几分卑鄙。

舅舅一手缔造了女儿的地狱。

卖鱼女人对鱼儿的命运感同身受。

加厉、歇斯底里,与以前相比,周克武不许刘玉芬哭,要是哭的话,就接着打,按周克武的话说,"我要把你打得哭不出来"!

刘玉芬觉得自己活着的主要任务就是挨打,所以她对挨打已经习以为常了,没有哭的动力。煤建公司已倒闭,张书记也退休了,跟院子里的人讲,他们下岗后,自己的日子朝不保夕,无心去听别人家里的哭声,他们甚至会在别人的痛苦中得到安慰和宁静。

已经上初中的儿子周洋实在看不下去周克武动辄对妈妈发酒疯,一次在刘玉芬被打得倒在锅台上不能动弹时,他指着已经呼呼大睡的周克武说:"妈,总有一天,我会把我爸杀了!"

刘玉芬连忙捂住儿子的嘴:"你这孩子,怎么这么忤逆?不许乱说!你爸下岗了,心情不好。"

儿子周洋不依不饶:"妈,他不下岗打得更凶。我从记事起,看到我爸除了打你,就没干过其他事。"他叹了一口气,"我怎么这么倒霉,摊上一个周克武做我老子!我宁愿没有老子。"

刘玉芬说:"没有老子,哪有你?"

周洋说:"我也不愿有我。"

周克武偶尔也有酒醒的时候,刘玉芬劝周克武:"你跟我一起卖鱼,每天至少能多挣十几块钱,有钱买

> 恶继续膨胀,变本加厉!对受虐的忍耐很可能源自于自虐的幻想。

> 所有的恶都是善宠出来的。当受虐成为一种生活习惯,在受虐中就会生出慈爱的花朵。

烟买酒,心情就会好些。"

周克武坚决不同意,他说我堂堂的一个国家正式职工,怎么能去跟你们这些下三烂一起去卖鱼?我爸解放前在码头上是管卖鱼的,好歹我不能混得比我爸差。他揣着他爸留下的那把杀猪刀去白塔河边船码头寻找当渔霸的机会,找了好几个月都没找到,一个染了一头杂毛、胳膊上刺有一条毒蛇的小年轻看出了些眉目,他对周克武说:"这么大年纪了,还是多活几年好,码头不是你混的地方。"

周克武终于答应跟刘玉芬去菜市场卖鱼,卖鱼每天后半夜三点就要起床,去晚了,白塔河码头的白丝鱼、银鱼、回鱼、花斑鱼就被抢光了,鲢鱼、鲫鱼之类属大路货,赚不了钱。周克武第一次起早,哈欠连天,嘴里喋喋不休地骂着:"社会主义不要老子了,这比万恶的旧社会还苦!"刘玉芬劝他说:"习惯了就不觉得苦了。我这么多年下来,要是哪天三点钟不起床,全身都不舒服。"早已是穷光蛋的周克武习惯性地挖苦刘玉芬说:"你就是贱骨头!"

周克武卖鱼到第三天的时候,跟县技术监督局的中年女人较上了劲,周克武称鱼少了二两秤,中年女人把工商局和市场管理所的都叫了过来,罚一赔十,补了二斤鱼,周克武认了。中年女人说:"另外罚款五十!"

> 无路可走还要摆出国企职工的架子,最后只能成为笑话。

> 什么社会都拯救不了鸡鸣狗盗之徒。

> 只能在软弱的妻子身上找一点自尊了。

这下周克武急了,他说:"一天挣不了二三十块钱,你这一罚,两天都得白干。"工商局的那位大盖帽伸出手说:"谁叫你缺斤短两的?拿钱来!"周克武从腰里抽出二尺多长的杀猪刀:"告诉你,老子也曾经是堂堂的国家正式工,没让你们下岗,就来欺负下岗的,没门!要钱没有,要命有一条,谁先上?"

一群人围着看热闹,甚至有人鼓起了掌。大盖帽问中年女人:"秦局长,怎么办?"

那位叫秦局长的中年女人说:"通知公安局,把这个不法分子抓起来,你们把这个鱼档给清除出市场!"

刘玉芬赶忙掏了五十块钱交给大盖帽:"大哥,我都卖这么多年了,从来都没缺斤少两过,我丈夫才出摊三天,没看清秤,你就饶了我们一回吧!"说着又向中年女人——秦局长求情。

拿了钱的大盖帽和多拿了鱼的秦局长走了,刘玉芬望着眼珠暴突的周克武,无奈地说:"你不能做生意!"

周克武将杀猪刀狠狠地插进一条无辜的鱼肚子上,他在鲢鱼痛苦的挣扎中,说了一句:"老子本来就不想当鱼贩子!"

周克武拔起刀,扬长而去。

周克武的愤怒是因为他无法辩解,也无处辩解。

除了表姐刘玉芬,世界上没有一个人买他的杀猪刀的账。

改革之初,混乱的市场经济由此也可见一斑。

那条倒霉的鲢鱼代替表姐成了周克武虐杀的对象。

他真的不是有意克扣斤两,早上起得太早,眼睛发涩,他看不清杆秤的秤星,才少了二两。可他要是这么说,没人相信,刘玉芬也不会相信。

此后的周克武继续喝酒,而且不跟刘玉芬要钱了,又过了一段日子,他居然在西市口跟人赌上了麻将,嘴里叼的是五块多钱一包的好烟,白塔牌的带把子的烟。

刘玉芬问:"你的钱从哪弄来的?"

> 这个恶人也有遭人冤枉的时候,看来报应正加快步伐走来。

> 骤然富起来,肯定来路不正。

13

2007年的春天比往年来得稍晚了一些,但这并不影响湖畔花园销售的火爆,售楼处挤满了人,部分被踩掉了鞋子的人气急败坏地准备动拳头。刘玉芬不是来买房子的,她是来找我的。这是一个星期天的早上,听说我在湖畔花园新建的会所里跟老板喝茶,她就来了。

她没进会所里面,而是在门外倒春寒的冷风中给我打了一个电话。

我现在是县城建局下属的建筑设计公司的总经理,虽说是一个副科级干部,但在县城也算是高干了。刘玉芬找我是让我帮她办一个低保,她听说政府现在以人为本了,只要是城镇居民,不管以前是否有过正式工作,家庭特别困难的,都可以享受低保。另外她还希

> 时代已进入新世纪。此处存在一个较大时间段的叙述跳跃。

> 表姐依然在生活困境中挣扎。

表姐刘玉芬 / 179

> 他是怎么残疾的？留下一个叙述的活扣子。

望我为早已享受了低保的丈夫周克武办一个残疾证，办下残疾证，每个月可多拿一百六十块钱的残疾人生活补贴，逢年过节的，还有政府领导上门送米、送油、送慰问金。她对我说："周克武一个冬天都在吃药，家里存的钱全花光了。"

我答应帮她想想办法，但一时半会儿可能办不下来，我叫她不要着急。她说："我不急，不急。"说话像是犯了错误一样，忙不迭地附和我。我看到人到中年的刘玉芬比她实际年龄要苍老得多，她的牙齿已经开始松动，里面的板牙被拔掉一颗，第二颗摇晃的板牙会在春暖花开的时节连根拔去。

> 牙齿的松动是殴打的结果。

我叫表姐刘玉芬进会所喝杯热茶再走，她说菜市场的鱼档请人代看着呢，得立即赶回去。我知道，刘玉芬是不想见湖畔花园的开发商。

湖畔花园的开发商是于耕田。于耕田现在是深圳耕田耙地房地产开发公司的董事长，2005年被县政府招商引资回家乡投资，先是在临河望湖的地段开发了县城第一个豪华高档别墅区——湖岸公馆，抢购一空后，又开发了县城规模最大、设施最全的湖畔花园。

> 当年的鱼贩子成了开发商，这也是我们时代创造的人生奇迹。

二十年前，于耕田在得知刘玉芬嫁给周克武后逃离县城，先是在深圳倒卖电子表、收音机、录音机，1995年后开始走私石油、香烟、汽车、摩托车、电脑等国内紧俏物资。究竟赚了多少钱,他没跟我说,只知道他在深圳的总部拥有一座价值一点八亿的26层办公大楼。我说:"你是靠黑钱起家的。"于耕田一本正经地纠正我说:"我一个乡下进城穷混的,小鱼小虾,一捏就死,哪敢干违法乱纪的事?首先没贩毒,其次是我跟朋友做海上贸易,并不知道那叫走私,后来厦门的赖老板被通缉,才知道政府不允许,我就撤了出来。"

> 原来是靠走私起家的。

于耕田现在坐着县城唯一一辆奔驰600,司机保镖寸步不离。我叫他注意影响,书记、县长坐的两辆车加起来都不够买他座驾的底盘,在老家又不存在安全问题,要保镖干吗?于耕田说:"这叫势子!"有势子的于耕田一回到家乡投资就被县政府授予"荣誉市民",他很马虎地把那本荣誉市民证书往茶几上一扔,然后泡了一壶大红袍,跟我一边喝一边聊,一种往事如烟的感慨在茶香里慢慢溢出来:"当年我们这些乡下正儿八经的穷孩子,连城里的地痞流氓都看不起我们,谁他妈想出的馊主意,发明了城市户口和农村户口。我现在是深圳户口,我老婆孩子办了移民,是加拿大户口,他们逼我也办个加拿大的,我不干。我觉得,在中国,每个人办个中国户口就行了,分什么城里的乡里的、北京的上海的?扯淡!"

> 这世道就是狗眼。他是鱼贩子的时候,备受歧视,如今有了钱就被授予荣誉市民。

> 户口是中国农民心中永远的痛。

我说:"是呀,我舅舅为刘玉芬买城里户口借的高

表姐刘玉芬 / 181

利贷还没还完呢。"

于耕田有些愤怒了,愤怒的于耕田扯开脖子上的领带:"卖户口是狼心狗肺,放高利贷更是狗肺狼心!刘玉芬买户口的高利贷还有多少没还?你去问问看,要是刘玉芬不反对的话,我来替她还。"

我说:"听舅舅讲,还有两千多。本来早该还清了,可舅舅年纪大了,风湿病常犯,卖粮食根本挣不了几个钱,看病花光了。"

于耕田问:"谁放的高利贷?"

我说:"是你爸。"

于耕田回家乡投资都两年了,刘玉芬一次都没见过于耕田。而于耕田刚回来的那年冬天曾偷偷地见过一次刘玉芬,他在菜市场看到刘玉芬脸上失去了青春,也失去了血色,眼角几缕鱼尾纹异常清晰,头发枯燥,鬓角漏白,她正蹲在地上刮鱼鳞。当穿着意大利真皮夹克的于耕田站在鱼档前时,刘玉芬头也不抬地问于耕田:"回鱼卖完了,只有花鲢了。要几条?"刮鱼鳞的刘玉芬这时还仰起头简单地瞄了于耕田一眼,她没认出来。于耕田没说话,走了。回来后他对我说:"真没想到,一个比电影明星还漂亮的青春少女就这么被毁了。"从那以后,于耕田就再也没提过刘玉芬,都这么多

卖户口与放高利贷在叙述上形成了互文。

真是冤有头,债有主啊!

同样的青春男女,现如今一个依然青春年少,另一个却已容颜苍老。

年,一切都已结束了。

我把于耕田要免去舅舅两千多块的高利贷的事跟舅舅和刘玉芬说了。刘玉芬摇了摇头对我说:"人家钱再多,那是人家的钱。我们再穷,也不能沾人家的。"舅舅回答得更干脆:"杀人偿命,欠债还钱,天经地义。"

> 本份做人,值得敬佩。

他们对于耕田都有一种过度的敏感。

我没把这话告诉于耕田,只是对他说:"无缘无故免了借的钱,不好说,也伤人自尊。要不,你可以通过其他办法给刘玉芬一些帮助。"于耕田说:"这样吧,你把刘玉芬约出来,我们在会所一起吃个饭。她有什么需要帮助的,直接说,我当仁不让。"

> 做好事也要通情达理。

我觉得于耕田能闯荡江湖、所向披靡,自有其过人之处,很重要的两点就是,大气、义气。他从来不介意当年刘玉芬对他苦苦追求的拒绝,反而说,要不是刘玉芬嫁到城里给他致命的刺激,他就不会去深圳,就不会有今天。

> 虽然故事变成了好事,但当年留下的心结恐怕也不是能轻易抚平的。

我说:"你知道刘玉芬为什么这么多年一直在菜市场卖鱼吗?"

于耕田说:"卖鱼赚钱多。"

我说:"她心里有一个始终熄灭不掉的幻觉,她认定总有一天,你会骑着摩托车载着贩来高邮湖的鱼,出现在她的面前。"

> 可怜的女人!一辈子期待着她那个贩鱼的白马王子。

表姐刘玉芬 / 183

> 这倒是实情。重温一遍当年恋爱的记忆和程序。很有趣。

于耕田甩给我一条软中华香烟:"我不好去找她,约刘玉芬吃顿饭,这任务交给你了。从小到大,你就没给我在刘玉芬那里办成过一件事。"

我要说于耕田请刘玉芬吃饭的话,刘玉芬肯定不会来,她说自己早就认命了,一个认命女人的心里是没有什么恩怨情仇的。我给刘玉芬打电话叫她来湖畔花园会所,说县社保局的黄局长在这,让她来当面说说自家的困难,把她的低保和周克武的残疾证办下来。

> 不适宜的场合,尴尬到令人眩晕。

刘玉芬来会所的时候,天已经黑了,收了晚市鱼档的刘玉芬洗去了身上的鱼腥味,穿了一件质地粗劣、式样陈旧、颜色发黄的棉袄,她推开会所208号包厢,绚丽夺目的灯光扑面而来。这时候,她眼前的感觉不是明亮,而是一片黑暗,所以她根本没看见于耕田在这屋里,而且已从沙发里站起来迎了上来。

于耕田主动握住刘玉芬被鱼鳞锉糙了的手:"玉芬,你好!砌房造屋最忙了,回来都两年多了,我们老同学一直没时间聚一下。"他对正在埋头喝茶的社保局黄局长说,"我们三个同村、同岁、同班同学,一起长大的!"于耕田说得很轻松。

> 鱼贩子成了大老板,做派依然不失气度。

刘玉芬从眩晕的灯光里清醒过来时,发现于耕田握着自己的手,她在慌乱中抽出自己的手,又不知道把手放在哪儿,手像是身上的一个累赘。于耕田客气地将刘玉芬引到真皮沙发边:"玉芬,坐下先喝杯茶!"

我将社保局黄局长介绍给刘玉芬,黄局长看到眼前这个粗糙的女人,若有所思地说:"你是不是菜市场卖鱼的那个女的?"刘玉芬点点头。

> 一个鱼贩子面对官和商,本能地产生了自卑感。

刘玉芬踩在虚软的地毯上,脚步和内心都不踏实,等她坐到棕色的真皮沙发上后,她的身子也在海绵的起起伏伏中变得不踏实。她觉得,她走进的就是一个不踏实的空间。

> 鱼贩子和地产商是属于两个空间的生物。

刘玉芬家的困难其实是我向黄局长介绍的,刘玉芬只是坐在一边默默地听着。黄局长听完后说:"是有些特殊,特困帮扶的名额很少,每年研究一批,你们两位县里的头面人物都出面了,岂敢懈怠?到时候我会尽力的!"

刘玉芬终于说出了进会所后的第一句话:"谢谢黄局长!"

于耕田没问刘玉芬日子过得怎么样,只是说:"你要是有什么需要我帮助的,尽管讲,都是老同学,没必要客气。"刘玉芬稳定住了自己的情绪,对于耕田说:"谢谢于总关心,家里撑不住了,我就来找你。"

> 用词很客套,既不像同学,更不像恋人。拉开距离,是更安全的选择。

刘玉芬不愿留下来吃饭,于耕田说:"你这就不给我面子了,老同学好不容易约到一起,饭都准备好了。"

> 隐情等待展开。

心情松弛下来的刘玉芬对于耕田说:"孩子他爸坐在轮椅上,不能动弹,我要回去给他做饭。"

刘玉芬走后,于耕田把他的女秘书林丽和另外两个姿色出众的售楼小姐叫过来陪我们吃饭。于耕田平时带着林丽出席各种公开和私下场合,就是没让她见刘玉芬,或者说是不让刘玉芬见她。林丽是省艺校毕业的,在县城一家生意惨淡的夜总会做DJ。庆祝湖滨花园竣工的晚会是在林丽供职的那家夜总会举行的,于耕田指着台上的林丽问身边的嘉宾县长:"那个女孩是哪儿的?"

> 暗示林丽和于耕田的真实关系。

县长指示政府办调查了解,并撮合其成了于耕田的私人秘书,月薪四千,是县城人均工资的四倍。林丽非常喜欢这份工作,而且显示出很高的职业素养。她进来的时候,拿了一份文件小声地凑在于耕田耳边:"董事长,地税局的减免了百分之二,这是批复,您看一下!"看着他们配合默契的样子,我想起县里招商动员大会上县长慷慨激昂的演说:"人家投资商,项目带来了,资金也带来了,就是家属没带来,谁要是动不动以扫黄打非的名义破坏投资环境,我就砸谁的饭碗!"

> 小说总是虚构,但虚构比现实更真实。

有美女助兴的酒席异乎寻常地热闹,但我看到今天晚上于耕田并没有多少激情,他在中途对我说:"你跟刘玉芬讲一下,以后每天给湖畔花园会所送鱼,按市场价收购！会所二十多个包厢,每天少不了百儿八十斤鱼。"

我说："一定转达。"

散席后,于耕田问我："玉芬的丈夫怎么坐在轮椅上了？"

> 这个地产商人依然葆有一颗善良的心。

14

刘玉芬卖鱼虽没发大财,但也不至于进入特困户的行列。2002年刘玉芬还问我能不能帮她买到批发价的水泥,她说打算把家里的三间平房翻修一下,另外再砌两间简易的厨房和卫生间。这就是说,当时刘玉芬买不起商品房,三间公房的维修费和搭建临时厨房和卫生间的钱是准备好了的。

> 在旧情人的帮助下,表姐家的处境明显改善吗？

刘玉芬的家庭变故出现在2004年。十八岁的儿子周洋初中毕业后正在县城技校学习修理汽车,他赌咒发誓说等他学了手艺挣到钱,一定要给妈妈买一部好看的手机,买一身漂亮的衣裳。这个家靠周克武是靠不住的。周克武在家吃饭从不交伙食费,低保金不够头酒买烟。周克武先是赌,赌输了去偷,偷到钱了再去赌。家里出事前,刘玉芬和儿子到派出所领过四次人,都是因为偷盗被抓,被抓住的时候,周克武酒都没

> 孝子正在长大,仇恨终将有所着落。

醒。把周克武领回来的路上,刘玉芬和儿子觉得脸面丢尽,恨不得钻进地下去。刘玉芬后来对周克武说:"我每天给你五块钱,你不要再到外面去偷了!"周克武手里抓着酒瓶:"你知道这瓶酒多少钱?六块六!还有烟钱呢。"

周克武偷了钱还去嫖,这是刘玉芬没想到的。直到有一天,刘玉芬染上了性病,她才知道周克武吃喝嫖赌都占全了。周洋周末回家的那天晚上,他听到父母房里激烈的争吵声,周洋隔着厚厚的墙壁听到父亲周克武嚷着:"你他妈省钱买棺材呀!这种病跟感冒一样,有什么了不起的?老子瞧好了,还要去嫖,你这黄脸婆,我没兴趣。"只听刘玉芬愤怒地哭诉着:"周克武,我要离婚,求你放我一条活路好不好?"这时屋里传来沉闷的打击声,像是用木棒捶打在一口袋面粉上。

周洋明白了一切,他在大衣柜的抽屉里,抽出祖父留下的那把杀猪刀,一脚踹开父母的房门,父亲正举着家里的擀面杖在卖力地打着瘫倒在地的母亲。周洋进去后,一声不吭,他紧握杀猪刀,一刀准确流畅地捅进了周克武的肚子里。一股凶猛如注的鲜血喷射到刘玉芬和周洋的身上。

周克武圆睁着怒眼,一声"救命"还没喊出口,就倒了下去。

> 周克武已沦落为一只乞食的狗。

> 脓包熟了的时候就是挤掉的时刻。

> 虽然这样的行为不提倡,但儿子为母报仇还是应该旌表的。

是刘玉芬喊"救命"的声音惊动了院子里穷困潦倒的邻居们,见周克武倒在血泊中,不明真相的邻居一边将周克武送往医院抢救,一边打110叫来了警察,警察当晚就将周洋带走了。

儿子的一刀捅到了他爸爸的左肺叶上,周克武活了过来。刘玉芬花光了准备翻修房子的钱将周克武的刀伤和性病治好了,刘玉芬很后悔那天晚上跟周克武吵架,要是不吵架,儿子就不会冲进来杀他爸爸。性病并不难治,她自己在医院照料周克武的同时吃点药打了几次针,全好了。

出院后,周克武拉着刘玉芬去了公安局,他哭丧着脸说:"我的刀伤不是儿子捅的,是我自己酒喝多了,自己捅的,赶紧把我儿子放了,他还要去学修汽车呢。"公安说:"你儿子自己都交代了,是他捅的。你们要是不报案也就罢了,报了案,证据确凿,我们就不能放人。"这时周克武火了,他对警察吼道:"我儿子捅我,我愿意,与你们有什么相干? 我们家里的事,家里处理。他又没捅你老子!"刑警队的那位大盖帽很有耐心地说:"难得有你这么宽宏大量的父亲,我也很感动,可法律是不讲情感的。你可以跟律师商量一下,到时候向法庭提供一份请求从宽处理的申请,法庭会充分考虑的。"

如此女人,也让人无话可说。

震撼教育终于降临,恶人在一夜间就洗心革面了吗?

既有今日,何必当初。

表姐刘玉芬 / 189

> 判得太重了。这个罪名也有点莫名其妙。

> 好像是人性复杂的征兆。

> 中风的过程写得很形象。

> 恶人的惩罚来了。说明头顶三尺有神明。

不久,周洋被批准逮捕。三个月后,由于周克武提交了原谅儿子的司法申请书,周洋以故意杀人罪,被从轻判处有期徒刑六年。

判决宣判后,周洋被戴上手铐,押向警车,一家三口在警车关门前,抱在一起,哭成一团。

周洋被判刑后,周克武像是换了一个人,他不再打骂刘玉芬,也不再偷盗赌博嫖娼。他平时不出家门,也不说话。一天当中,他大部分时间窝在房里看电视,偶尔会淘好米放进电饭锅里煮,菜等刘玉芬卖鱼回来做;喝酒的时候他也不说话,喝完倒头就睡。刘玉芬觉得生活突然安静了下来,是一种深夜墓地的安静。儿子判刑后,刘玉芬也懒得跟周克武说话,没话说,也没力气说。他们之间说得最多的一句话就是晚上看电视时会问:"大门关好了吗?"

这样的日子到2006年秋天的时候结束了。那天晚上,周克武喝完酒躺在床上看电视,他渴了,想喝水,起身下床去拿茶杯,脚刚沾地,突然脑袋里腾起一片火光,眼睛里烈焰冲天,他还没弄清这是怎么回事,人就倒了下去。

周克武被送进医院,突发中风,抢救过来后,半身不遂,瘫了。周克武是坐着刘玉芬给他买的轮椅出院的。我到煤建公司宿舍看望时,很空洞地劝说刘玉芬要想开些。这时,已是倾家荡产的刘玉芬平静地对我说:"我已经想开了,这都是命。"

这时,我看到了令我震惊的一幕。

周克武用尽力气从轮椅上翻滚下来,他当着我的面,跪在刘玉芬的面前,抱着她的腿:"玉芬,我对不起你,我是畜生!"

> 恶人说出这句话,还是令人感动的。可惜这句道歉来得太晚。

刘玉芬一动不动地站在那里,既没说话,也没拉起周克武,她脸上的泪水断线似的流了下来。

从那以后,坐在轮椅上的周克武再也没说过一句话,吐过一个字。他完全失语了,刘玉芬去问过医生,医生说这是中风后遗症,刘玉芬说出院后他说过话的,县城里的医生也解释不了,就劝她只要人活着就行了。

> 城乡二元体制下培养出来的恶魔终于成了一具活死尸。

15

湖畔花园会所的经理是张春雷。

张春雷被判了二十年,提前两年释放,他从牢里放出来的时候,县城里好多人都把他忘了,有的人回忆好半天才想起当年县里有过一个风光很短暂的缫丝厂和一个贪污受贿的厂长。老婆在他入狱后离婚,儿子现在在中缅边境做玉器生意,他对这个父亲也没有太多的记忆,听说放出来了,就给了他几千块钱,让他买口

> 这个表姐当年的追求者出场,可能预示着故事进入最后交代阶段。

表姐刘玉芬 / 191

饭吃，其余也就不再过问。

已经六十岁的张春雷出狱后很是凄凉，我念及当年他对我的友善和器重，我将他推荐给于耕田，于耕田说："干过大企业的厂长，管一个会所绰绰有余。"

现在的张春雷有些自卑，他吃住在会所，不太愿意与外界交往，虽全心全意地为于耕田卖命，但于耕田还是批评他说："会所是一个休闲娱乐的场所，也是一个交际场所，你作为经理，这样不行！"张春雷诚惶诚恐地说："董事长，我一定努力改正自己的缺点，尽快转变角色。"

张春雷第一次面对的外人就是刘玉芬。

我告诉刘玉芬，于耕田要她每天给湖畔花园会所送鱼。刘玉芬说："我还是在菜市场零卖算了，这么多年，习惯了。"

我知道刘玉芬很有自尊，贫穷下的自尊相当脆弱，刘玉芬怕自己的自尊会轻易粉碎，所以就不想占于耕田的便宜，不想接受他的好意，那会成为她的一个负担和一笔债务，她还不起。于耕田听我这么一说，觉得有道理，他叫来了会所经理张春雷："会所每天用的鱼，必须在菜市场刘玉芬鱼档上买，其他的我不管，你亲自去监督落实。"

张春雷和刘玉芬是在清晨菜市场的鱼档边见面

现在是乡下人照顾城里人。

城里人和乡下人的地位正在发生润物细无声的变化。

表姐此时的自尊有点怪。

的,刘玉芬一眼就认出了张春雷,最先打招呼的也是刘玉芬:"你是不是张厂长?"

张春雷有些紧张地说:"是的。叫我厂长,我很惭愧!"

刘玉芬倒是很放松,她甚至觉得进城后这么多年,唯一对她好的男人就是张春雷,所以对眼前这个头发花白、多灾多难的老厂长生出了一些怜悯:"张厂长,什么时候回来的?"

张春雷说:"过年前,快半年了。"

刘玉芬指着桶里的鱼说:"看中哪一条?拿走得了,不用付钱!"

张春雷很感动:"谢谢你。当年没能把你转成正式工,让你受这么多年的苦。你这鱼我全买了,有八十斤吗?"

刘玉芬愣住了:"张厂长,你开饭店了?"

张春雷说:"是的。你明天早上,多进一些鱼,行吗?"

大概是在一个星期后,刘玉芬就知道了这里面的真相。她接受不了以零售价格买回批发数量的鱼,这是对她的施舍,是对她的怜悯,刘玉芬心里很难过。于是她不卖了。张春雷说:"这是我们董事长的命令,我也没办法,请你支持一下我的工作!"

扯平了。

好慷慨的女人!

只有对自己最在意的人的怜悯,才会如此的自尊心发作。

> 拒绝帮助源于道德洁癖。

后来,刘玉芬找到我,她要我转告于耕田,真要是有心帮助她的话,等她儿子一年后出狱,安排到于耕田的手下上班,但千万不要再到她摊位上去买鱼了,别的摊位人说她跟一个开饭店的老头黏上了。于耕田叫来张春雷说:"以后不许去刘玉芬的摊位上买鱼了。"

每年春秋之交、秋冬之际,周克武总要被送去医院住院,他堵塞的血管顽固地收缩,晕倒的次数越来越多。每当此时,周克武便抓住刘玉芬的手,像抓住最后一根救命稻草,眼睛里是求生的渴望和对刘玉芬的哀求。刘玉芬看着苟延残喘的周克武,背起发病的周克武直奔县医院。

> 恶人变成了可怜虫,往往让善良的人不知如何处置。

刘玉芬卖鱼挣的钱除了家用和给劳改的儿子寄一些外,最大的开支就是给周克武看病。刚刚实行的医保许多药不能用,许多钱不给报,刘玉芬也无奈,好在她没倒下,她的医保、社保都没有,社区让她补交,她摊开空空的两只手:"我哪有钱呢?"

> 社保也是一个时代的节点。

她想赶在儿子放出来前把小厨房和卫生间搭起来,所以每天卖完鱼的下午又出去打了一份工,我叫她注意休息,不要累坏了身体。她对我说:"丹凤眼对我真好,每天工作只有三个小时,一个月给我开六百块工资,跟我起早贪黑卖鱼的收入差不多。"

刘玉芬又问了我低保和残疾证的事,我说还没办下来,但于耕田同意接受周洋出狱后来公司上班的事已经定下来了,于耕田说让周洋给他开奔驰。刘玉芬又说了许多感谢我的话,她的卑微让我觉得自己有罪,因为这么多年来,我虽然做过努力,但确实没有给过她实质性的帮助,更没有改变她糟糕的命运。

> 自责、反思,局外人的角度。
>
> 叙述者适度的介入可以加强表弟的身份。

刘玉芬在湖岸公馆九号别墅做钟点工,伺候一位正在怀孕的年轻女子。年轻女子长着一双妩媚的丹凤眼,刘玉芬说:"你的眼睛真好看!"年轻女子很高兴:"看你这模样,年轻的时候肯定是个大美人。"刘玉芬笑了笑,未置可否:"你叫什么名字?"年轻女子想了一会,说:"你就叫我丹凤眼吧。"

> 为什么要隐瞒自己的名字呢?

刘玉芬在电视里都没看见过眼前别墅里的豪华与奢侈,踩在房间厚厚的羊绒地毯上,像是踩在棉花上,又像是踩在浮云上,电视机贴在墙上,薄得像一块砧板。更离奇的是厕所里的马桶,用完后把屁股冲洗干净,接着又烘干屁股。丹凤眼问刘玉芬要不要试一试,刘玉芬摇摇头说羞死人了,她不想试。

> 女主人似乎与保姆有天然的亲近感。引人遐想。

刘玉芬下午通常轮换着给丹凤眼炖鳕鱼煲、乌鸡煲、人参汤,还有银耳莲子羹、红枣桂圆汁之类的。丹凤眼对刘玉芬很好,她把喝不完的汤给刘玉芬喝,有时就让刘玉芬陪她一起喝,一起唠家常。丹凤眼什么话

表姐刘玉芬 / 195

> 看来丹凤眼的身份不同寻常。

都说,就是不说自己的姓名,不说自己的丈夫。刘玉芬用鼻子都能闻出这里面的不同寻常,她不追问,有意给丹凤眼保留一份难言之隐。

丹凤眼有时候会对着电话发脾气:"你快过来,再不来,我就把肚子里的儿子蹦流产了!"

刘玉芬连忙拉住丹凤眼,生怕她做出蠢事来:"可千万不要生气,怀一个孩子不容易。"

丹凤眼放下电话,自言自语地说:"坐牢一样,我真是受够了!"

刘玉芬劝她说:"你这牢房,我想坐还坐不上呢。快了,孩子一生下来,全身就轻松了。"

> 孩子的父亲为什么不来看望呢?是因为这个保姆吗?

丹凤眼临盆是在摔电话两个月后的一天黄昏,她喊肚子疼,刘玉芬抱着她叫她不要动,可丹凤眼还是在床上挣扎着乱动。丹凤眼叫刘玉芬给1395566××××的手机打电话,刘玉芬一手搂着丹凤眼,一手按了电话,电话里一个男人声音问:"什么事?"刘玉芬说:"你爱人要生了,肚子疼得要命。"电话里的男人说:"不要紧张,我马上叫救护车,一会就到!"

> 谜团终于解开,两个老冤家还是聚首了。

救护车是先到的,丹凤眼被抬到救护车上后,一辆黑色轿车在九号别墅门前紧急刹车。车上跳下来的人让刘玉芬目瞪口呆。

是于耕田。

救护车鸣着笛开走了,于耕田对这一场景来不及吃惊,他对刘玉芬说:"谢谢你,玉芬,林丽只说刘姐照顾得好,没想到是你。"

刘玉芬没说话,她望着于耕田像望着一个外国人,或一个已死去多年的人。

于耕田锁好九号别墅的门,然后对刘玉芬说:"我希望你能照顾林丽的月子,工资两千怎么样?三千也行,鱼就不要卖了!就这么定了,好吗?我现在要去医院。"

刘玉芬还是没说话。

这时,一辆自行车在黑色奔驰车前停了下来,一位穿着制服的五十岁左右的汉子气喘吁吁地跳下车,他堵住于耕田:"董事长,林丽去深圳培训究竟哪天回来,都五个多月了。"

于耕田说:"你要林丽回来干什么?"

汉子抹着脸上的汗水说:"她外婆要死了,等她回来吊孝呢。这两天打她电话都不接。董事长,我就这么一个女儿,不放心呀!"

于耕田一脸严肃地教训汉子:"老林,我再跟你重申一下,你是公司的保安部经理,你负责公司的安全,我负责你女儿林丽的安全。林丽这几天去韩国考察了,怎么接你的电话?"

林丽是玉芬的青春影像。

都已经心如止水,何必还要再起波澜。

林、于之情原来是暗渡陈仓。一个未婚,一个未嫁,为什么要回避呢?难道仅仅是为了欺瞒身为保安部经理的林父吗?还是另有隐情。

> 可怜的父亲，一直被蒙在鼓里。

汉子打了自己一个嘴巴："董事长，我林国彪是个粗人，我错了，下次再也不敢多问了。"

于耕田开着奔驰车走了，林国彪问站在一边发呆的刘玉芬："刚才救护车拉的是谁？"

刘玉芬看着远去的轿车屁股，鼻子里灌满了刺鼻的汽油味，她捂住鼻子，摇了摇头。见林国彪还不死心，刘玉芬又摇了摇头。

> 也许当年的鱼贩子一直把表姐当作自己的妻。表姐可能感觉到了。

刘玉芬也不知道为什么要这么做，是为于耕田，还是为林丽，抑或就是为自己。她心里一团乱麻。这时，刘玉芬口袋里的小灵通响了。那是我打给她的。

夏天落日的余晖将县城染成滚烫的橘红色，刘玉芬赶到我的住处后，我把刘玉芬的低保卡和周克武的残疾证交到她手里。刘玉芬攥着两个小本子的手不停地颤抖着，她连连道谢："真是太麻烦你了！"

> 表姐刘玉芬的身影走进叙述的暗处，惨淡得让人不忍回顾。

刘玉芬走进了悠长的巷子里，天完全暗了下来，走在没有光线的路上，路上就不会留下表姐刘玉芬的影子。

这天晚上，我参加了县政府召开的紧急会议，研究解决一桩农民堵路事件。我老家村子要建一个水泥厂，村里的土地全部征用，失地农民一律转为城镇户口。可村民强烈反对农转非，"种田亏本的时候，把城镇户口高价卖给农民;好不容易种田能挣两个钱了,又要把我们农村户口吊销掉。耍我们,不干"。说这话的是一个七十多岁老农民,带头闹事的也是这位老农民,他们把进出村口的路都堵上了。县长要我连夜赶去处理,处理不好就撤我的职。

这位七十多岁的老农民是我舅舅。

> 户口就是一场耍猴的游戏,被耍的就是农民。就是他们醒悟了,还是无法摆脱被耍的命运。

麦子熟了

1

好几个月了,电子厂订单出奇地少,那位相貌本来就比较平庸的台湾老板脸色苍白,麦叶觉得老板的脸像是贫血,像是从旧社会熬过来的。订单一少,麦叶她们就不用加班了,没了加班的夜里,躺在床上,翻来覆去,死活睡不着。麦叶问麦穗是怎么回事,麦穗说:"想男人!"

麦叶脸红了,吞吞吐吐辩解说想老家的孩子,麦穗说:"不对,是想男人!"

馊主意是麦穗想出来的,下班后到镇上的建筑工地扛水泥、卸黄沙,麦叶担心吃不消,麦穗说:"不累个半死,你夜里怎么睡?"怕麦叶不明白,麦穗又补了一句,"把女人累成男人,把男人累成畜生,出门打工,就这命!"

麦叶是麦穗带出来打工的,平时她总是听麦穗的。

> 麦穗加麦叶就是麦子。
>
> 话粗理不糙。
>
> 麦穗和麦叶是两种性格的女人。

可说好了去工地的这天傍晚,麦穗却不见了,打电话,没人接。

工厂在镇子边上,麦叶三步并作两步地急赶到镇上,麦穗回电话说此刻正跟微信上的一个微友在县城街边吃烧烤。

麦叶被麦穗放了鸽子。

在街口一个流动挑子上吃了碗面条,天就黑了,麦叶去找在镇上"海天足浴城"的麦苗,她想劝麦苗回电子厂上班,帮人洗脚太腌臜人了,回老家也说不出口。一个村子出来的,一个人出事,等于集体上吊。可足浴城那位嘴唇跟门匾上的霓虹灯光一样猩红的前台小姐很不友好地告诉麦叶:"技师晚上不准会客!"

麦叶租住的下浦村离镇上两里路,一里多路没路灯,报纸上说这一带半年内抢劫强奸的案子犯了六起,其中有四起没破。想到这,夜色中站在街边的麦叶两腿发软,心里发毛。

麦叶正一筹莫展中,一辆摩的卷着一股黑烟在麦叶脚边突然刹住,橘黄色的头盔里面吐出黑烟一样呛人的声音:"上来吧!三块钱!"

麦叶不敢上。头盔里的声音很轻松:"你是装配线上的,我认得你。一个厂子的!"

上车的感觉像上贼船。

> 麦穗说到做到。

> 以偏概全是一种常见的逻辑。暗示未来的情节走向。

> 说曹操,曹操到。

> 单身女人外出打工就是上了贼船吗?

麦子熟了 / 201

> 这段心理写得绝妙，不仅有丰富的生理内容而且潜伏着丰富的社会内涵。

坐在车后的麦叶被一种野蛮的速度蛊惑着，满鼻子满嘴里呛满了头盔男人身上的汗馊味和烟草味，这是一种熟悉而陌生的味道，像麻辣火锅的味道，又像是乡下灶膛里烤红薯的味道，味道钻进心里，一阵乱晃。有那么一个瞬间，麦叶突然想抱住男人的腰。当她意识到腰的主人是个男人时，蠢蠢欲动的手触电似的僵住了。离家一年多了，男人的身体和男人的气息在她的生活中已经死绝了。

> 机遇有惊无险。

下了车，摩的司机收下麦叶五块钱纸币，找了零，又从口袋里掏出一张硬纸片强行塞到麦叶手里："上面有号码，需要用车就给我打电话！"

出租屋又停电了。躺在黑暗中的麦叶望着更加黑暗的屋顶想象着头盔男人，头盔男人说他在厂区开电瓶运货车，可她就是想象不出这人是怎样的嘴脸。

> 潮水一样漫上来的是生理的孤寂感。

屋里的黑暗，潮水一样漫上来，麦叶有一种要被淹死的感觉。

麦叶最初听到的是老鼠咬床腿的声音，后来改啃墙角的纸板箱，先前装饼干的纸箱里放着鞋子、袜子、肥皂、卫生巾之类的杂物，老鼠在残存的饼干气息中啃得津津有味。麦叶能清晰地感受到老鼠走动的线路以及饥饿中啃啮的表情，应该是一只妻离子散流浪他乡的老鼠,麦叶想。

麦叶想喝一口水,但她没有去抓床头的塑料水杯,她怕惊动老鼠。

老鼠是被隔壁屋里突如其来的尖叫声惊走的。

先是床腿不堪重负地吱吱呀呀地惨叫着,然后就是男女短兵相接中你死我活的搏斗和完全失控的尖叫,那种死得其所的尖叫和绝望的喘息在麦叶的大脑中如同晴天霹雳。

麦叶受不了这声音,她在黑暗中捂紧了耳朵,可越捂声音越大。声音像魔鬼。

隔壁住的是高压开关厂的河南女工林月,跟麦叶不是一个厂子的。麦叶想不通平时那个低眉顺眼的林月怎么会在夜里变得这么放肆,屋里哪来的男人?

也许过了一个世纪,也许不到一个小时,隔壁的声音终于平息了,麦叶的心却怦怦直跳起来。

麦叶是在不知不觉中抓起枕头边电话的。

"你谁呀?"电话里刺刺啦啦,声音很嘈杂。

麦叶抖着声音说:"桂生,是我!"

丈夫桂生的声音很不耐烦:"深更半夜的,打啥子电话?"

麦叶怯怯地问着:"桂生,你在干吗呢?"

> 水能解渴,但不能解决身体里骚动的寂寞。

> 要死听不得鬼叫,而且鬼偏叫了,叫声还特别地大。

> 麦叶的心里住着一个鬼。

> 打工女人的普遍的苦闷。

> 对于一个恪守妇道的女人唯一可求助的就是丈夫。

麦子熟了 / 203

> 反引式手法。欲望在逗弄中启发，在压制中膨胀。

桂生在里面吼了起来："借了庚宝家的拖拉机，到地里抢麦子，天要下雨了！"

麦叶这才想起已是麦收季节，她听到了电话里沉闷的雷声从天边一浪高过一浪地滚过来。

桂生在电话里烦躁地吼着："晚上还有三块地要抢割，快说，啥子事？"

> 便纵有万种风情，更与何人说。

麦叶对着电话，愣了半天，终于从牙缝里挤出几个字："桂生，我想你！"

远在三千里之外的桂生在电话里暴跳如雷："你神经病呀！"

> 整个环境都隐伏着性暗示。

麦叶放下电话就后悔了，她觉得就是打自己耳光，也不该打这个电话。好像已是后半夜了，村巷里的一家廉价的歌舞厅还在营业，垛在门边笨重且落满灰尘的音箱里一首叫《风吹麦浪》的歌还在抒情：

> 远处蔚蓝天空下
> 涌动着金色的麦浪
> 就在那里曾是你和我
> 爱过的地方

2

清晨的太阳被海水泡了一夜,湿漉漉的,似乎能拧出盐分很重的水来,沿着潮湿的光线,依稀可见斑驳的盐霜在村巷的墙壁上、砖缝里一路泛滥,还有一些通缉令、制售假证、房屋转租、无痛人流、养生按摩、狗肉火锅的小广告混迹其中,一路"拆"的字样被盐霜腐蚀了后依然青面獠牙、气势汹汹。

<small>典型的南方沿海的工业区文化。</small>

下浦村的村民们全都搬到了镇子上新农村复建点的楼房里,村子里残破的房屋和早年的猪圈、鸡舍、牛栏刷白后被分割成无数的"鸽子笼",租给来自四面八方的打工一族,两千多人的村子挤进了三万多打工男女,人比当年村里的鸡鸭还多。麦叶租住的是原先村民养兔子的圈舍,很矮,进门得低头,麦叶像兔子一样住在这里一年多了。

<small>农业时代的空间,填满了前工业时代的人。人都动物化了。</small>

大清早,麦叶在"鸽子笼"外面公用水龙头边刷牙,头发凌乱的林月拎着塑料痰盂去村巷里的公厕,麦叶咬住一嘴泡沫中的牙刷,欲言又止:"晚上,好像你屋里……"林月脸红了,吞吞吐吐地说:"我、我老公来了……对不起,真对不起!"

<small>噢,原来如此。</small>

> 不是交易的交易。

麦穗上早班时给麦叶带来了一块烤得焦黄的烧饼和一根油条:"那个王八蛋说是请我吃大餐,到了县城,让我蹲在街边大排档吃烧烤,连个坐的板凳都没有。"麦穗又从口袋里掏出一串项链,"滑石粉假冒的,他骗我说是珍珠的,不打折才八块钱一串。"

在烧饼包油条的安慰下,麦叶心里的一丝抱怨被抹平了。她有些担心比自己大几岁的堂姐:"你没被欺负吧?"

> 与其说是担心,不如说是对于那一过程的追问。

麦穗说:"哪会呢?"上班路上,麦穗告诉麦叶说自己是在不开心的日子被一个叫"开心有你"的男人微信摇过去的,那个倒卖地沟油的男人在县城烧烤摊上还没吃几口,就拉着麦穗去青年旅社一起"闲扯"。"闲扯"是下浦这一带露水鸳鸯一夜风流的别称。

麦叶问:"那男的要不倒卖地沟油,你是不是就跟他一起去了?"

> 暗示了麦叶对丈夫的怨恨。而麦穗只不过图一时之快乐而已。

麦穗说:"也不会。牙太黑了!"

镇子附近的外贸工厂不是几家,而是几十家。一早,在那村道上,上班的打工男女们像难民一样拥向工厂,读过中学的麦叶觉得这些人跟中学课本里"包身工"是一样的,自己也是。

麦叶问麦穗:"镇上的工地还去吗?"麦穗说:"当

然去。"

大大小小的工厂都在村子一公里范围内,走路十来分钟就到了,麦穗在厂门口将那串假冒的珍珠项链塞到麦叶手里:"算是那个王八蛋给你赔不是!"麦叶对麦穗说不要。

假项链在姐妹俩两只手的推拉僵持中左右为难。

这时,一个身板结实、脸上长满了胡楂的男人挡住了麦叶的去路,他从口袋里掏出一张五元的纸币伸到麦叶面前:"不认识我了?"

麦叶很迷惘地摇了摇头。

男人表情很夸张地嚷着:"你昨晚坐摩的给的五块钱,假钱,我一分钱没赚到,还倒贴了你两块钱。你说,咋办?"

麦叶一时愣住了,不知所措。

男人说:"我男子汉大丈夫不会为五块钱去诬赖一个女人,你只要承认是你的,我就认栽了。"一旁的麦穗一把抢过男人手里的五块钱钞票,三下五除二撕碎了:"你要是不想诬赖一个女人,你就不会到厂门口来丢人现眼!"

男人看着空气中假钞的碎屑,一时下不来台,他不服气地说:"我要是赖她,我就是三陪小姐养的!"

这时厂门口围了一大圈免费看热闹的工友,有人

> 假货,也包括虚情假意。在一个假面社会中,若出现真情,一定无比珍贵。

> 在文学的想象中,温暖的真情一定会出现。传奇就会到来。

> 因假币纠纷而进入爱情的流程,也为一奇。

> 环境是话语的源泉。

起哄说:"老耿,你三陪小姐睡得太多,真是三句话不离本行!"

人群中一阵哄笑,厂里的上班铃声响了,工人们一窝蜂地拥进厂区。

3

> 乡村女人虽然进入现代化的工厂,但她的时间记忆依然是农耕的季节。

大约是去年麦收季节,麦叶第一次去麦穗那里借针线缝衣服扣子,进门的一刹那,麦穗迅速踩住地上的一个烟头,没被踩住的另外几个烟头,就成了泄密的叛徒。二十六岁的麦叶孩子都四岁了,她有足够的直觉判断出屋里来过男人。当麦叶看到纸板箱里一条男人大裤衩时,她有些想哭。堂姐麦穗搂着麦叶的脖子,顾左右而言他地说道:"麦子熟了,太阳一晒,麦粒噼噼啪啪地就炸裂了,捂都捂不住,是吧?"麦叶想起了老家沿河谷一路麦浪汹涌的麦田,她不敢对麦穗公开声讨,只是小心谨慎地说:"你们家那么多麦田,全靠刘哥一个人,还要带孩子。"刘哥是麦穗丈夫,一个老实得有些窝囊的男人。

> 多重意象之间,互文隐喻,既明确指涉,又相互掩盖。

麦穗不说话了,她在光线阴暗、烟味很重的小屋里像个哑巴。

从那以后,麦叶再也没有去过麦穗那里,她害怕看到男人留下的蛛丝马迹。去年夏天的时候,麦穗也来厂里加夜班了。麦叶很诧异,但没问为什么。后来麦叶听麦穗一条线上的女工说跟她堂姐有一腿的那个江西男人老婆死了,儿子才十三岁就学会了抢劫,他必须得回老家管教儿子。男人在一个月黑风高的夜里走了。

> 这一段情事后来被麦穗成功移植到麦叶的故事里。

厂里订单一少,下午五点钟就下班了。这时候,镇子上空血红的晚霞铺天盖地,麦叶闻到了晚霞中的血腥味和盐霜味,她总觉得海边的太阳是咸的,像老家腌熟的咸鸭蛋。

> 记忆的混淆,来源于一种深远的怀念。

下浦村工厂里女工占七成以上,这些外来女工不关心油价上涨、治安混乱、地沟油泛滥,她们只关心订单,订单是她们的工资,也是她们的奖金,抢单加夜班最容易把人累垮,累垮的女工们后半夜回到宿舍不洗不漱倒头就睡,那真叫一个幸福!下浦村几家私人小诊所里有代卖老鼠药的,就是没有卖安眠药的。

> 反讽吗?打工男女真实的生活状态。

麦叶去年一过来就白加黑连轴转地加班,她确实没想过丈夫桂生,也不是不想,而是来不及想,往床上一倒,桂生模样还没想清楚,人就睡着了。

直到一年后坐上摩的的那一刻,麦叶才悟出了男人在自己的心里还没死透,头盔男人身上的烟味、酒

麦子熟了 / 209

> 桂生的逻辑就是人等同于兽。这为他后来对妻子的"误会"埋下了伏笔。

味,还有汗臭味几乎让她失控,而新婚之夜桂生的野蛮和粗鲁的动作与细节像是一把锋利的刀子,让她彻夜不眠。麦叶虽然从没想过要跟别的男人"闲扯",可按照桂生骂她的逻辑,能想丈夫,就能想别的男人,所以麦叶被骂得无比羞愧,骂得无地自容,"我想你",自己怎么能说出那么不要脸的话来,真是 神经病!

> 麦叶的移情别恋是有理由的。

麦叶和麦穗去镇上工地的时候,麦叶没头没脑地说了一句:"桂生骂我!"麦穗也没头没脑地回了一句:"男人都不是什么好东西!"

镇上建筑工地的晚上灯火通明,抢建楼房等于抢钱。运砂石、水泥的货车清一色超载,为逃避罚款,它们像特务一样,常常是在夜幕掩护下开进工地。

与工头王瘸子接上头,天已经黑了,王瘸子对麦叶和麦穗说:"卸一车黄沙三十五,水泥四十!"麦穗问王瘸子能不能一车加上几块钱。王瘸子不规则的牙齿咬住香烟,声音很冲:"要不是老郭从江西打来电话,我才不要你们女人卸货呢。"老郭就是跟麦穗"闲扯"过的男人,王瘸子老乡。

> 麦穗真是一个外交家。

麦叶和麦穗第一天卸完一车水泥,每人挣了二十块钱。干完活,两人浑身上下全是水泥灰,眼睛和鼻子在满是灰垢的脸上流露出很盲目的兴奋。回到村里,

> 兴奋得让人困惑。

已是晚上十点多了,她们在村口湿热而黑暗的风中分手。这时麦穗突然对麦叶冒出一句:"忘了跟你说了,厂门口拦住你的男人叫耿田,他'闲扯'过的女人不下一二十个!"

> 麦穗为什么要调查耿田的私生活呢?

出租屋总是停电,麦叶准备用电饭锅烧水洗洗身子,又跳闸了,她想等电来了再烧,可往床上一躺,却爬不起来了,身子如同一卡车水泥,纹丝不动。

> 用过度的劳动来移卸情欲,失效了。

今年跟去年就是不一样,人累了个半死,却睡不着。麦叶恨恨地想,要么真是得了神经病,要么就是活见鬼了。

确实,那个叫耿田的头盔男人像是鬼魂附体一样在她眼前晃动。

> 好像喜欢上了耿田,喜欢得缺少过渡。

两个礼拜前的一个傍晚,一辆来路不明的农用车开进下浦村巷子里卖特价的卫生纸和卫生巾。麦叶买了两包卫生巾。才四块钱,麦叶递过去十块钱的票子,那位看上去就很不厚道的小贩找了一张五元纸币和一元硬币。麦叶接过票子,当时就觉得有点不对头,但哪儿不对头,她又说不出来。

电终于来了。麦叶从枕头下的帆布小钱包里掏出了那张写有电话号码的硬纸片,抓起枕头边那部老式诺基亚手机,手指好像有些抽筋,她哆嗦着手指按了号

> 鬼使神差还是情欲作祟。

麦子熟了 / 211

假币事件为男女主人公的继续交往提供了条件。

好暧昧的联想。麦叶不就是等待被收割了的麦子吗?

一个正真的女人总要为自己的无心之过而内疚。

码,居然通了。电话里头盔男人的声音豪情万丈:"哪一位?我是耿田!"

麦叶面对着蓝光闪烁的手机屏,突然不知道该怎么说了。

"要车找我,不要车也可以找我,我是耿田!"头盔男人说话像割麦子一样勇往直前。

麦叶想说明天我补你五块钱,但她被男人没心没肺的口气吓住了,她不敢说了。她想,如果头盔男人说:"你深更半夜给我打电话难道就为五块钱,想'闲扯'就过来!"要是那样,麦叶觉得那会比挨桂生骂更加难堪。

麦叶立即掐断了电话,心里一阵乱跳。好在自己没说话,头盔男人不知道她是谁。

后半夜的时候,她决定不再想假币的事了。五块假钱有可能是自己的,但也不一定,开黑摩的的耿田那晚又不是拉她一个人。再说了,即使五块假钱是自己的,当场没提出异议,过后当然不认账。银行也是这么干的,离开柜台,一律拉倒。

麦叶是在三天后下班的路上遇到耿田的。耿田骑摩托车上下班,他从黄色的摩托上跳下来,一把拽住麦叶的胳膊:"晚上过来'闲扯'。我住下浦南头16号,离你那隔三条巷子,十分钟就到了!我到你那儿去,也行!"

麦叶望着耿田,满眼的恐惧,被攥着的胳膊剧烈颤抖着:"你说什么呀?我不认识你!"

耿田松开麦叶,然后将脑袋凑到麦叶的耳边,很轻松地说:"电话里怎么不说话?这有什么不好意思的!"

"我没给你打电话。"麦叶心里暗暗叫苦。

耿田说:"你不说话,我也知道是你。"他吐掉了嘴里的烟头,压低声音,"我早就看上你了!"

麦叶这才看清耿田的嘴脸,四十左右,脸上的胡楂蒿草一样茂密,眼睛里是一种满不在乎的锋利,老头衫后面全身的腱子肉,此起彼伏,麦叶觉得耿田上辈子就是一头牛。一年多了,她还是头一回见到说话这般直白和粗俗的人。

路上有三三两两的女工经过,有的熟,有的半熟,麦叶脸憋得通红,像是被人当众撕开了衣服,她竭力反击:"我连话都没说,你怎么知道我给你打电话了?"

耿田玩世不恭地笑着:"我是用鼻子闻出来的!"

忍无可忍的麦叶对着耿田骂了一句:"流氓!"

耿田亮出那由来已久的轻浮和浪笑,没说话,跨上摩托车疾驰而去。

女工们嘻嘻哈哈地笑着,没人觉得这场景有什么

> 粗卤、粗俗的第一印象。

> 那次下意识的电话产生了回应。另一个故事就出场了。

> 这一眼看得很细致。耿田的牛!亲近的、欣赏的联想。

> 印证了麦穗的描述。

麦子熟了 / 213

奇怪的。

4

电子厂台湾老板的身上依然弥漫着旧社会的气息,厂里的管理条例冷漠而苛刻,生产线上的女工不许互相说话,上厕所要先"报告"。这一天,麦叶终于看到了耿田开着运货电瓶车在车间里反复来往,可以前从没看到过他,也许是没注意过他。麦叶一直想问耿田是怎么知道自己电话号码的,可她不能问。耿田说闻出来的,鬼才相信。

麦叶对麦穗说那个叫耿田的真不要脸,麦穗说耿田自我感觉太好是因为从没被女人拒绝过:"你算是第一个!"

麦叶试探着问:"要是你,你怎么做?"

麦穗不正面回答,绕着弯子说了一句:"我没你年轻漂亮,他怎么会看上我!"

麦叶结婚早,可毕竟才二十六岁,城里这么大的姑娘好多还没找到对象呢!麦叶皮肤白、模样好,平时总是像一滴水一样安静,与那些叽叽喳喳、满口粗话的打工娘们相比,上过高中的麦叶还带有点书卷气,给人一种"看得见却摸不着"的感觉,很吊男人的胃口。其实,

麦叶的心正在被打动。

女人总是用空洞的拒绝来抬高自己的身价。看来麦穗被耿田拒绝过。耿田的形象正在转变。

麦穗也不过三十出头,只是跟大多数打工女人太相似,大大咧咧,没心没肺的。

下浦村这里出事是正常的,不出事反而不正常。夏天的男人比天气更加燥热,也更加冲动。电子厂打工仔阿水在下浦村几家简陋而肮脏的洗头房嫖娼得了性病,怕回老家不好交代,阿水在耿田隔壁的猪圈里上吊死了,扔下了远在千里之外的一个年轻的妻子和两个牙齿还没长全的孩子。

下班后的耿田堵在厂门口,手里捧着一个纸箱,箱子上用碳素笔歪歪斜斜地写了几个字,"一方有难,八方支援",耿田拉着一个嘴上没毛的小伙子当帮手,下班挨个让全厂职工给阿水家捐款,每人二十块钱,阿水的大西南老乡每人捐三十。

麦叶觉得耿田今天的表情很滑稽,那么自负而彪悍的男子汉像个乞丐。每当有人往捐款箱里塞了钱后,他总是对捐款人鞠躬并表示感谢:"大爱无疆,好人好报!"麦叶从口袋里掏出了二十块钱准备捐出去,她在老家乡下见过吊死的人,死相很难看,舌头吐得老长的,像一条被霜打过的紫茄子。

最初麦叶不知道阿水为什么上吊,可听到身边有人说阿水是嫖娼得性病自杀的,麦叶心里的同情立刻

用麦穗的形象来反衬麦叶的美。麦叶的美中有一份神性。

阿水的得病和死,是警示,也是一种抑制。

耿田是个有人情味的男人。

麦叶对耿田已经有了几许爱怜。

高仓健式的男子汉。

麦子熟了 / 215

>麦叶的道德洁癖开始露头。

逆转成鄙视,甚至觉得阿水死有余辜。她将二十块钱又塞回了裤子口袋里,正准备悄悄溜出厂门口,耿田突然抱着纸箱抵住了麦叶的去路:"你跟阿水是大老乡,三十!"

厂里人太多,她都不知道阿水长得什么模样,就被以老乡的名义套牢,麦叶推开耿田蛮横的纸箱:"我没带钱!"

>耿田用江湖手段套牢了麦叶。

耿田从自己的裤兜里掏出三十块钱:"我借给你!"

麦叶说:"我不借!"

耿田像塞给她电话号码一样,强行将三十块钱塞到麦叶手里,命令着:"放到箱子里去!"

麦叶继续拒绝:"我不放!"

耿田又飞快地抽过麦叶手里的三十块钱塞到纸箱里:"你不放,我放。你欠我三十块钱!"

厂门口不少女工起哄说自己身上没带钱,希望耿田先借钱捐一下,耿田说:"没钱。"有女工说:"那你为什么借钱给麦叶?"耿田眼一横,说:"我跟麦叶是老乡。"

>耿田的形象进一步好转;女人总是对专情自己的男人心怀感念。

麦叶想说我都不知道你家在哪里,真是一个不可理喻的人。

那天晚上,麦叶和麦穗在建筑工地卸了一车水泥

216 / 生活不可告人

后,土头灰脸地坐到地上喝水,看上去两个人像是两袋水泥。麦叶说这活儿比割麦子还累。这时验收登记完的包工头王瘸子走过来挨着麦叶坐在满是泥灰的地上,他将卸货的四十块钱递给姐妹俩,说:"是累呀!我看着都不忍心!"麦穗反击说:"那你还那么抠,一车多给五块钱都不干。"王瘸子说:"女人本来就不该来工地卸料。这样好不好?麦穗,你下班后过来给我们工地烧开水,帮着洗工人的脏衣服,有洗衣机,不累。麦叶,你晚上到我住的公寓帮我煮点夜宵,整理整理房间。报酬跟扛水泥一样!"王瘸子的嘴里一股蒜味,很呛!

姐妹俩走出工地后,麦穗告诉麦叶,王瘸子曾偷偷地送过她一瓶廉价的护肤露托她做做工作。王瘸子晚上想包下麦叶,每个月给一千八百块零花钱。麦叶想起王瘸子满嘴的蒜味,还有拖着的一长一短的腿,全身汗毛都竖了起来。她问麦穗怎么说的,麦穗说她跟王瘸子说"你做梦去吧"!

麦叶每晚回到出租屋的时间是晚上十点至十点半,等到用电饭锅烧水洗好身子,再到屋外水龙头上洗好衣服,差不多就十一点多了。这时候正是这一带小偷、嫖客、"闲扯"男女们倾巢出动的时间。所以,收电费的老鲍来敲门的时候,麦叶迟疑了好半天并不敢开,

> 王瘸子使用的驱赶术,远不如耿田的技法有趣、得人心。

> 王瘸子当然和那头耿田的牛不能比。

> 出租屋的夜生活。

> 单身的打工女总是身处险境。

> 房东是一个令人厌恶的危险符号。

> 总是狗眼看人低，但也是一个常识性判断。

> 危险来临了吗？

牙齿漏风的老鲍对着门缝说："来过好多次了，总是遇不到人。"进门后老鲍用一把生了锈的手电筒看了看电表，然后说："要多收了三块五毛钱电费。"麦叶问："为什么？"老鲍说："这一带有人偷电，逮不到现行，电损只好平均摊。"麦叶觉得很窝囊，自己没偷电，还承担了三块五的偷电责任，她不愿多交。老鲍说："你要是不交，那就只好拉闸，停你的电！"

门外的黑暗中很扎眼地划过一束摩托车灯光，紧接着是发动机吼叫声突然熄灭，麦叶手里攥着老鲍递过来电费收据，还没看清电费单上的数字，耿田一头撞进门来了。麦叶心头一紧，脸上先是惊讶，继而是惊恐。收电费的老头怀揣着多收的电费别有用心地说了一句："我什么都没看到。"转身就走了。

深更半夜不期而至的耿田进门就说今晚出去跑摩的，生意糟透了，耿田像一扇门板一样倚着门框。

耿田说，"你得把三十块钱还给我！"麦叶说："那三十块钱是你逼着我捐的，不是我自愿的。我扛一晚上水泥，才挣二十块钱，刚才被收电费的老头又多收去了三块五。"麦叶说着说着，鼻子就有些发酸。

耿田打开翻盖烟盒，用牙齿咬出一根烟，叼在嘴上："我一晚上才挣了十二块钱，可我捐了九十。人都死了，行点善，积点德，掏个二三十块钱，就那么难！"

麦叶竭力为自己辩护:"他是染上脏病死的,谁叫他不正经了!"

耿田急了,他吐掉了嘴里还没来得及点着的香烟,声音像是摩托车发动机里爆裂出来的:"你以为阿水想嫖娼呀!三年没碰女人了,破费了钱,还染了病。你不想想,人家多可怜呀!"

> 这话说得在理。

麦叶觉得耿田只是为男人说话,所以她有限度地抗议了一句:"他家里女人不也守活寡三年了!"

耿田显然不想继续讨论这无须讨论的话题,于是直截了当地伸出手:"三十块钱给不给?"

> 耿田的话已经发生了作用。看上去是为女人说话,恰恰泄露了自己内心的秘密。

麦叶面对一双沾满了汽油味的手,不吱声了。

她想已经赖过人家五块钱了,不能再赖账了。沉默了好一会,她说昨天给家里寄了钱,今天晚上挣的钱刚交了电费:"宽限几天,等发了工资,行吗?"

见麦叶认账了,耿田就不再纠缠三十块钱,他话锋一转:"要不是家里三个娃上学,我也想到洗头房耍耍。没钱呀!跟你说实话,自打开春看上你后,我都四个月没碰女人了!"

> 话虽粗糙,也只不过是一次过于直露的表白。

麦叶觉得耿田如此赤裸裸,太不像话,简直是欺负人。她走到低矮的门边,带有逐客的意味:"我不要你看上我,钱我保证还你!"

耿田对麦叶的抵抗情绪毫不在意,他只是按照自

麦子熟了 / 219

> 两个都不是俗人。恭维女人的同时也包装了自己。

己的思路说话做事,他将用塑料纸裹着的两个卤鸡蛋塞到麦叶手里:"你跟下浦这一带成千上万个女人都不一样!把你扔在女人堆里,一眼就能认出来。我就看上你了!想好了,就到我那里'闲扯'。我不强迫你,我也是有文化的人。当年我给县广播站写过稿子,全县大喇叭里都播过,正宗的普通话播的!"

麦叶将卤鸡蛋塞还给耿田,耿田推开麦叶的胳膊:"镇上卖卤蛋的老乡给的,散黄了的坏蛋,能吃,不好卖。不要钱的!"话没说完,人一头扎进屋外的黑暗中,声音一半在屋内,一半在屋外。

> 真是一个风风火火的人。对话的叙述真是叫绝。这坏蛋还是值得仔细品味的。双关性过渡。

麦叶手里攥着散发着茴香、桂皮香味的坏蛋,她觉得耿田就是一个坏蛋。

耿田消失了,麦叶确实很饿了,她在犹豫这卤得喷香的坏蛋是吃,还是不吃。

5

> 还钱成了心结。

工资是在耿田上门讨债三天后发下来的,麦叶准备将三十块钱还了,去镇上工地的路上,她刚掏出电话,又放下了,她怕耿田再次自作多情。再说不就三十块钱,又不是三十万。麦叶不知道自己什么时候将耿田的号码存了下来,注名"橘黄头盔",对这个百年不遇的荒谬男人,麦叶心里充满了太多的疑问。

麦叶准备删掉"橘黄头盔"时,电话响了。是丈夫桂生打来的,桂生说:"寄回去的钱收到了,父亲的风湿病更重了,拄着拐杖也不能下床了,前些天一个江湖医生给父亲开了一大壶药酒,寄回去的八百块钱一下子全花光了。"桂生说,"麦收刚结束,村里婚丧嫁娶赶集似的一拥而上,礼份子吃不消,能不能再寄五百回来?麦子没卖,价格太低,放到秋天,每斤最少能多卖八分,说不定能涨一毛。"电子厂单子少,麦叶这个月才拿到九百多块钱,房租六十,电费十几,还买米、馒头、牙膏、香皂、洗衣粉、卫生巾之类的,怎么着也得三四百块生活成本。麦叶这个月最多也只能寄五百了。桂生的电话每次都短得不能再短,嘴里蹦出的每个字经长途漫游,都是要付钱的,打一次电话,两三斤小麦就没了。麦叶特别想桂生能说句把暖人心的话,可离家一年多了,她连一个暖人心的标点符号都没说过。后来定下心来一想,结婚五年多了,他们彼此从来就没说过一个字的你情我爱,每天睁开眼就看到锅灶上严重不足的柴米油盐和盘算着透风漏雨的老屋什么时候翻盖。

麦叶在装配线上,麦穗在检测线上;麦穗活轻些,下班也早些,她们去镇上工地很少一道去,反正不远,先去的守着货车,能抢到第一车货,卸完活就能早点回

> 农民的生活现实。麦叶就是卖身也无法应对。

> 生活的重压已经把桂生变成了一头闷驴。而这一点与耿田恰恰相反。

> 两个男人形成了对比。麦叶的情感天平正在发生倾斜。

麦子熟了 / 221

> 耿田在麦叶心中建立的好感瞬间崩溃。

来。她们也曾妄想过,一晚上卸两车,可常常是卸完一车水泥或黄沙,人瘫坐在地上,歇上好半天,手撑着地才能爬起来。今天,麦叶赶到工地,麦穗没来,等到天黑,还是不见人影,她怕麦穗再被那个倒卖地沟油的骗子骗走,急忙给麦穗电话。麦穗好半天才回过来,她说跟耿田在一起。

> 麦叶的心理耐人寻味。

麦叶心里一沉,很不是滋味。她觉得麦穗只要跟男人在一起,就掉了魂,事先连个电话都忘了打过来。麦穗口口声声说男人不是好东西,还要自己提防着耿田,自己却坐着耿田的摩托车到洋浦镇逍遥去了。

洋浦镇有一个停车一分钟的火车站,阿水老婆和孩子来厂里处理好了后事,这天晚上要带着阿水的骨灰盒乘八点半的火车回老家。脸上缺血的台湾老板还算仁慈,派了一辆中巴车将阿水一家送往洋浦。车刚开走不久。住在阿水隔壁的耿田发现屋里床底下还有

> 麦穗在追求耿田,隐约的三角恋爱出现了。她后来泄露麦叶的秘密,这就是原因。伏笔。

一双阿水的旧皮鞋忘了带走,这是阿水生前置办的最值钱的一件家当,假冒真牛皮的,六十多块呢。耿田看到这双贵重的旧皮鞋,跨上摩托车就直奔洋浦。刚出村巷,遇到了去镇上工地的麦穗,麦穗拦住了耿田的摩托车:"你知道那天我为什么撕你的五块钱?"耿田踩了刹车,没下车,也没熄火,他拨开头盔前面的挡风罩:

"那么多女人我都没记住,哪还能记住五块钱!"

耿田说话总是轻佻中裹挟着毫不掩饰的轻浮。但奇怪的是,这一带打工的女人并不反感,她们把他的轻佻当作零食,所以就很享受那种变本加厉的下流,这就像用舌头舔刀尖上的蜂蜜。如果你不想着刀尖,只想着蜂蜜,舌头舔到的就是甜蜜,而不是伤害。麦穗攥着摩托的车把说:"你不要打我妹妹的主意,她不是那种人!"耿田笑嘻嘻地说:"你妹妹是哪种人?难道你们姐妹俩不一样?"麦穗说:"我们是堂姐妹,不一样,很正常。"耿田不正面搭理麦穗,她将装着阿水旧皮鞋的塑料袋塞到麦穗手里:"上车吧!洋浦一家百货商场倒闭了,正大甩卖呢!一个真丝的奶罩子,才卖三块钱。好多人都去了!"

> 危险的游戏。作者似乎在暗示着什么。

> 耿田在比较着这两个女人。

麦叶又一次被麦穗放了鸽子。她去跟王瘸子打招呼说今晚不卸货了,王瘸子正在工棚里跟几个小工头就着卤鸭脖子喝酒,他借着酒劲问麦叶:"想好了没有?晚上去我屋里帮着收拾收拾!"麦叶不看脖子上青筋暴跳的王瘸子,她对着工棚外尘土飞扬的工地和渐次亮起来的灯火说了一句:"我只扛水泥、卸黄沙,别的不干!"王瘸子走过来,满嘴喷着夹杂着蒜味的酒气:"再加一千,一个月两千八怎么样?"那些喝得脸红脖子粗的男人起哄着说:"不少了。这年头,钱不好挣。王老

> 拒绝钱的诱惑,虽然麦叶这时候非常需要钱。

麦子熟了 / 223

板腿短功夫不短!"他们给王瘌子帮腔,就像他们正在喝酒一样,理直气壮地将无耻当鸭脖子拿到桌面上公开咀嚼。

麦叶一句话不说,默默地走了,她听到身后狼一样的嚎叫声错综复杂。麦叶觉得,她应该是最后一次来工地了。

已是夏天,路上行人不少。满腹委屈的麦叶一个人往下浦村走去,半路上,耿田的摩托车突然停在她的脚边:"上车吧!刚把你姐送回去!"

麦叶明确地告诉耿田:"我不坐!"

耿田熄了火,声音清晰了起来:"你姐跟我去洋浦买便宜货,一家商场倒闭了。"

麦叶说:"要是晓得她跟你走了,我就不来工地了,白跑了一趟!"

耿田说:"所以,我不要钱,免费送你回去!"

看不清麦叶的表情,但她的回答声音里却有一股莫名的怨气:"不要钱,我也不坐!"

"我要钱,你坐不坐?"

"不坐!"

能感觉到黑暗中不可一世的耿田被麦叶的拒绝击碎了,他第一次有些尴尬地说:"你这样的女人,万里挑一!我要是你老公,把你当菩萨供着,哪忍心让你出来

> 麦叶孤身处在狼群之中早晚会被吃掉的。她能坚持多久真是个疑问。

> 麦穗原来意在挑拨麦叶与耿田的关系。

> 又是一场误会,但挑唆还是起作用了。爱情再次延宕。

打工!"

6

麦叶老家在群山深处的河谷地带,河水平缓而清澈,两岸是一路绵延的肥沃土地,住在河谷里的乡民们几千年如一日地在河水冲击出的黑土地上种植小麦和油菜,直到山外的电线拉进来,盘山公路盘进来,他们才知道山外面有方便面、可口可乐,还有绣了花的真丝乳罩、避孕套,山外面的世界让人眼花缭乱。

> 现代文明的符号。

山里的老婆就是老婆,不可能当菩萨供着。麦叶父亲上山采草药摔折了腰,家里十几亩地的一根扁担断了,那年她读高二,父亲暗示说考上大学学费太贵,读出来又没门路找到好工作,听话的麦叶第二天就辍学了。邻村的桂生经常帮着她家里收割麦子,割麦子割到第四个年头的时候,麦叶就稀里糊涂地嫁了过来,父亲对她说:"桂生,过日子踏实!"婚后,麦叶发觉桂生踏实到除了干活、吃饭、喝酒、跟老婆在床上折腾,什么都不会,什么都不想。桂生脾气不太好,容易发火,但对麦叶还是挺好的。冬天的每个早晨,桂生穿着皮衣到河里摸鱼,用摸鱼换来的钱给麦叶买了一个金戒指。桂生说这是结婚亏欠她的,一定要补上。麦叶看到金

> 在如此封闭的地方,麦叶能上高中,已经很不错了。

> 朴实得有点愚拙的男人。

> 除了不懂风情,桂生的内心透亮。

> 戒指者,即有所戒也。

戒指就会想到成百上千条无辜死去的鱼。

麦叶本来是不愿出来打工的。前年冬天,桂生父亲患了风湿,每天只能倚着门框晒太阳,干不了活,还要花钱吃药。在一个山里树叶被剥光了的冬夜里,麦叶和桂生抓阄决定谁出去打工,结果麦叶抓到了打工的阄。过年的时候,麦穗回来了,桂生拎了一只鸡送过去,麦穗在吃了香喷喷的鸡后,开年正月初八就将麦叶带出了大山。临行前那天夜里,麦叶抱着桂生哭了一夜。麦叶觉得"生离"比"死别"还要残忍,她听到屋外冬天凌厉的风在河谷里彻夜呼啸。

> 外出打工居然成了生离死别。麦叶对婚姻的未来有不祥的预感。

打工的日子,比牲口还要辛苦。

麦叶死活不愿去建筑工地了,她说王瘸子太讨厌了。麦穗说耿田"闲扯"了那么多女人,一分没花,反倒不讨厌了。一提起耿田,麦叶心里就有些别扭:"你事先不给我打个电话,就跟他走了。"麦穗王顾左右而言他地解释说:"他对你心怀鬼胎,我跟他去,就是要警告他,不许打你的鬼主意。"麦叶觉得很蹊跷,心想:"我没派你去警告他呀!"但没说出口。麦穗见麦叶不吱声,就继续发挥:"你是我带出来的,要是出了什么事,回去不好跟桂生交代。"见麦叶还是不搭腔,麦穗就很警惕地说了一句:"你是不是也看中耿田了呀?好多女人都

> 两个女人各怀鬼胎。

> 麦穗已经在警告麦叶了。

喜欢他一身横肉和一脸胡楂。"麦叶终于开口了："我不喜欢!"语气平静而坚决。

后来,工地还是去了。麦穗说："王瘸子要是想霸王硬上弓,我就买一包老鼠药偷偷地放到他茶杯里,让他到火葬场去花天酒地。"可是到了工地,王瘸子宣布将她俩开除了。王瘸子说："女人卸料太慢,工地上的货车司机都等不及。赶工期,时间耗不起!"麦叶拉着麦穗就要走,王瘸子凑到麦叶的面前,麦叶只觉得刺鼻的蒜味源源不断地扑过来："你他妈那大让我在兄弟们面前丢脸,你就不打算给我个说法?"麦叶很害怕,她恐惧地攥紧了麦穗的手,手心里全是汗。麦穗见王瘸子如此欺负人,也火了："王瘸子,你要是再不要脸,我就叫老郭回来,把你的那条腿也修理一下,让你下半辈子坐轮椅!"王瘸子流着一嘴的哈喇子大笑起来："你去问问老郭,他当年是我手下的马仔,难不成这小子一上女人床,就不知道自己姓啥了!"

王瘸子几年前为争抢工地沙石运输,在与另一黑帮火并时被打断了一条腿,付出一条腿的代价是周边几个镇的沙石业务都被他垄断了,老郭是跟王瘸子他们一块出来混江湖的。自王瘸子断了腿后,老郭洗手到了电子厂当锅炉工。麦穗知道老郭下手狠,但不知道他的前世今生。

口是心非。

王瘸子就是一个流氓。欺男霸女是他的拿手好戏。

不知真假。

在那一特殊时期,天下都是王瘸子这类流氓的。

麦叶和麦穗都不敢再说话了,默默地走了。王瘸子尖刻的声音在她们身后灰暗的灯光中依然嚣张:"乡下婆娘,有什么了不起的!老子同样的价钱,女大学生都能玩到。"

麦穗压低声音骂了一句王瘸子没听到的话,"畜生"!她拉着麦叶的手,能感觉到麦叶全身都在发抖。

> 也是一句大实话。

> 麻辣涮是重口味的食品。

麦苗一个月只有一天假,也许好久没见面了,这天休假,她打电话说要到下浦村请麦叶和麦穗吃麻辣涮。姐妹仨在下浦村一个光线很暗、苍蝇很多的小铺子里吃麻辣涮,一直吃到汗流满面才放下筷子。

晚上回到出租屋,麦叶闻到了屋内麦苗残留的气息,她有些恐惧地望着条纹粗布床单。麦苗来的时候,一进门就坐在床上,她才十九岁,身上洒了那么多香水,嘴上涂得跟喝过人血似的。她担心麦苗在足浴城做了什么见不得人的事,即使没做过,像王瘸子那样的常客全身上下都是性病病菌,要是不小心染上,带了几个性病病菌过来,她就得要像阿水那样,找绳子去上吊。麦叶望着床单像是望着一个敌人,于是在一秒钟之内迅速抽起床单,直奔屋外的公用水龙头,倒了大半袋洗衣粉,搓了揉,揉了搓,漂洗了十多遍,直到她感觉到粗布床单快要搓碎了,才停下已经麻木的手。

> 麦叶就是再闭目塞听也知道足浴城的姑娘是干什么的。

> 性病菌是洗不掉的,道德的病菌同样如此。

没有了加班,也没有了工地的苦力活干,麦叶觉得像是活在半空中,很虚,很不踏实,而且很恐慌。夜晚如同深渊。她怀疑自己病了。

> 苦力活与情欲就是一只跷跷板,一头落下去,另一头会跷起来。

7

村巷里有几家网吧,下班后,都是没结过婚的年轻工友在里面玩,麦叶和麦穗是有家有口的女人,舍不得花钱。麦穗叫麦叶开通微信,比上网吧便宜多了,再说微信还可以走着聊、躺着聊、坐着聊、站着聊,也许能聊到称心如意:"我晓得你看不上老耿,那家伙太花!"麦叶说:"不想聊天,也不想看上谁。"麦穗一边翻看着自己的微信,一边说着:"麦叶,你再往下装,就没意思了,姐也是女人!"

> 麦穗说话做事直言不讳,而麦叶确有点"装"。

麦叶在尖锐的问题上,几乎从不跟麦穗争什么是非。有些事越争越糊涂,所以,麦叶每每遇到这种场景,就不说话。

> 争论只会越争越糊涂,但各自心里都有数。

麦叶在村巷里的一个门面残破的烧烤店找了一份清洗蛏子、扇贝、海带、海虾、海鱼的活。店主是贵州人,三十来岁,几年前在一个五金加工车间被机床切掉了三个手指,他用三个指头换来的三万块钱在村巷里开了一个烧烤店。麦叶找到这份兼职时,烧烤店小老

> 只有干苦力活才能转移注意力。

> 一个小小的烧烤店的生意就是微信时代中国经济的缩影。

板说,三万块钱开的小店如今一万都不值了,他的脸上是一副苦大仇深的表情。工厂不景气,吃烧烤的人也少多了,麦叶计件报酬,最惨的一个晚上只挣了两块六毛钱,勉强够买两根油条。店主老婆悲观地对麦叶说:"店是没救了,你长得这么好看,到哪儿挣不到钱呢?"麦叶淡淡地回了一句:"我不是来挣钱的。"

麦穗家条件比麦叶家要好,家里没病人,晚上就不再出来兼职卖苦力了,她说微信上很好玩,躺在床上手里攥着手机,就像攥住了整个世界。麦叶说:"你就不怕上当受骗?"麦穗说:"我只跟认识的人聊。老耿说他也没开微信,你们是不是约好了的?"麦叶脸色涨红,鼻尖上都冒出了汗:"姐,你不能把脏水往我身上泼!"麦穗看麦叶委屈得都要哭了,就搂过麦叶的脖子说:"我跟你开玩笑的!"麦叶觉得这样的玩笑是不能乱开的,但她没说。

> 麦穗一门心思都在老耿的身上。
>
> 姐妹相争变成了泼污水。所有的污水都是在玩笑中泼出去的。

夏天正式来临时,外来民工塞满了的村巷里整天弥漫着死鱼的腥味和旱厕里久久不绝的粪臭味与尿臊味。在令人作呕的空气中,麦叶想象着秋天的风和冬天的雪,像是想象着一位失散多年的亲人。她在上下班的村道上,不止一次遇到老耿,她想把三十块钱还给他。可老耿像是忘掉了,看到麦叶也不停下来讨债。

有一次麦叶甚至想拦下老耿,但她还是眼睁睁地看着老耿和他的摩托从身边呼啸而过。她不敢,她怕老耿想歪了。麦穗说:"要不你把钱给我,我替你去还,我不怕他。"

下班时间好像已经过了,老耿送完最后一车货,天色已晚,刚出库房,麦穗堵住了老耿的去路,她说麦叶托她还三十块捐款的钱。老耿说:"麦叶欠我钱,她怎么不来还?"麦穗说:"人家怕你!"老耿嬉皮笑脸地说:"你就不怕我?"麦穗说:"狗嘴里吐不出象牙来,我不怕!"老耿说他要去镇上跑摩的,说着发动摩托,一溜烟钻了出去。麦穗对着老耿的背影骂了一句:"老耿你个死鬼!"黄昏的暮霭中,麦穗的眼前飞舞着密集的夏天的蚊虫和苍蝇。

麦穗将三十块钱退给麦叶,麦穗说这三十块钱就是老耿放出的一根钓鱼的鱼线,他想让你在不知不觉中咬钩,麦叶说他不要就不还给他了。麦叶嘴上这么说,但心里还是有些不踏实,毕竟那是人家垫付的货真价实的三十块钱。一个星期后的一天中午,工厂食堂吃完饭,洗碗池边,刚洗好碗的麦叶和老耿正面遭遇,麦叶不知从哪儿鼓起的勇气,主动先跟老耿说话了:"我把钱还给你!"老耿脸上的胡子硬邦邦的,像疯长的野草,他轻松的表情很大程度上是因为陶醉于一脸胡

麦叶实际上怕的是麦穗那一双紧盯的眼睛。

妾有意,郎无情,真是恨煞人也。

麦穗骂得多矫情。

麦穗真是老于世故。

姜太公钓鱼,愿者上钩。麦叶真是那个愿者吗?

老耿是个果断的钓者。

老耿是个人见人爱的大众情人。这个比喻很贴切。

麦叶在辩白中越陷越深。

麦穗终于听到了自己败下阵来的声音。

楂。老耿不提钱,话锋一转,自以为是地说道:"想通了就好,晚上到我那里去,我等你电话!你要是讨厌烟味,今晚上我一支不抽。"麦叶气得一扭头,拔腿就走,钱也忘了还。

麦穗知道了后,对麦叶说:"这有什么好气的?男人不坏,女人不爱。多少厂里女工就这么被他半真不假地勾引过去'闲扯'的!"麦穗说:"老耿在女人那里就像香烟,不对,像毒品,明明知道吸进去有害,可就是放不下、舍不得,一碰就上瘾,都是女人,谁还不知道谁,你也一样。"

麦叶没搭腔。她觉得今天主动找老耿,真是太蠢了!最近这段日子,麦叶心里一直想不明白,为什么每次在车间、在路上、在食堂遇见老耿时,自己总想着要跟老耿说一句话:"我还你钱!"难道这三十块钱真的那么重要吗?如果老耿是毒品,是不是自己也中毒了?她不愿意承认。所以,她对麦穗说:"捐款是老耿逼着捐的,不还了!"麦穗安慰麦叶:"这就对了!老耿没文化,你用不着跟他计较!"麦叶随口答了一句:"老耿有文化,给县广播站写过好多稿子!"麦穗张着嘴,像是听到了外星人的声音,一脸的不可思议:"你怎么知道的?"麦叶见麦穗神经过敏,就敷衍说:"我是听别人说的!"麦叶第一次在麦穗面前扯了谎,她不敢说老耿到她屋里来找过自己。

中秋节快到了,日子越来越难过的台湾老板给每个员工发了一纸板箱廉价的苹果,不少背井离乡的员工手捧着苹果流下了感动的泪水。麦叶没怎么感动,她只是在这个日子想家里的女儿小慧,女儿的牙该长齐了,丈夫桂生是不是又到镇上给公公抓药去了。下班回"鸽子笼"的路上,麦叶一路胡思乱想,不小心脚下被砂石路上的一块断砖绊了一下,本来就不牢靠的纸板箱从麦叶胳肢窝下摔落,苹果滚了一地,还有几个滚落到了路边泛着臭味的污水沟里去了。这时,老耿骑着摩托车过来了,他停下车,对麦叶说:"上来吧,我送你回去。"麦叶抱着变了形的纸板箱摇了摇头,老耿跳下车,将自己的一整箱苹果搬到地上,又将麦叶怀里的破纸板箱子生硬地抢过来塞到摩托车后备厢里,他对边上的一群女工说:"我这箱是跟她换的!"女工们都笑了,说:"你不是换苹果,是想换人!"老耿摩托车消失后,女工们继续取笑麦叶:"这个厂里活得最滋润的就数老耿了,'闲扯'从不花钱,还有女的倒贴的。这人小气,你是第一个占他便宜的了,最少占他三个苹果的便宜。"还有人说滚到臭水沟里的足足有四个苹果。麦叶满脸通红,似乎跟老耿真有什么似的,于是撂下一纸板箱苹果,转身就走:"我不要了!"

> 麦叶的心绪一直在乡下,只要有一星点触发就会荡回去。

> 老耿总是出现得很及时。

> 出污泥而不染的真实含义就是孤独清高。

麦子熟了 / 233

拿麦叶开涮的女工们拉住了麦叶,都说是逗着玩的。

晚上正要去大排档洗海鲜,麦穗堵住麦叶的门:"一整箱苹果都给了你,你说老实话,你是不是已经跟老耿'闲扯'上了?"

麦穗开始兴师问罪了。

再明亮的麦叶也会被黑暗淹没的。

麦叶望着村巷里墨汁一样漫上来的黑暗,眼泪流了下来,她对麦穗说:"姐,我明天就回家。"

麦穗感觉到了黑暗中麦叶的颤抖与泪水,于是声音软了下来:"回家,桂生他爸看病的钱,到哪儿挣去?都不能下床了,花钱的祖宗,无底洞!"

麦穗的心理很微妙,没有麦叶,麦穗连老耿的边都沾不着。

8

中秋节那天,下午厂里放了半天假,麦穗跟一条生产线上的几个娘们约好了,到县城买大甩卖的衣服、鞋子、袜子、牙膏、香皂之类的东西。麦叶去镇上找麦苗。

最近县城商场像感冒病毒传染一样,清仓、破产、倒闭的一个接着一个,大甩卖的传单都散发到了下浦村一带,这些商场都是给互联网电商害的。麦苗给麦叶说出这一观点的时候,姐妹俩正在镇上的一个叫"夜来香"的小馆子里吃饭,老式的方桌,长条凳,颜色灰暗的砖墙上挂着斗笠、镰刀等部分农具,其间穿插着

宏观经济形势像电流一样会快速传导到末端的打工妹那里。

许多年代久远的宣传画,一幅现代京剧《沙家浜》的剧照被虫子咬了几个不太明显的洞,麦叶和麦苗就坐在指导员郭建光的枪口下,筷子的前方是一碗老豆腐、一盘笋干烧肉、一碟糖醋花生米。

> 神奇的叙述。前现代和后现代杂交的景观,暗示着危险的如影随形。

麦苗说今天她请客。

正要动筷子开吃,麦叶的手机响了。在饭菜香雾缭绕中的麦叶随手接了电话,居然是王瘸子打来的。王瘸子说他正在夜来香二楼包厢吃饭,手下弟兄看到麦叶在一楼大堂拐角桌子上只点了三个菜,所以就想请她上来一起吃饭,最后他还绞尽脑汁想出了几个夹杂着成语并且逻辑比较混乱的句子:"我们一起庆祝中秋,共度良宵!狭路相逢,不期而遇,天赐良缘!"

> 果然!危险豪无征兆地降临了。

麦苗知道是王瘸子电话后,没说麦叶该上去,也没说不上去,她只是说王瘸子人长得丑了些,不过出手倒是蛮大方的,每次做完足浴按摩都会给个五块、十块的小费。麦苗是没见过钱的乡下丫头,十块钱就是一笔巨款了。麦叶掐了电话,就没心情吃饭了,她将塑料袋里装着的五个苹果塞给麦苗,说累了,想回去睡觉。麦苗送了麦叶一包廉价抽纸,是足浴城过节时发的,跟苹果一样,没花钱。

> 麦叶已经成了王瘸子的挡箭。

要不是麦苗付账时跟老板争了起来,后来的事就不会发生。她们俩吃了三十一块五毛,麦苗要优惠一

> 恶鬼缠身,抽身谈何容易。

麦子熟了 / 235

> 叙述的纠缠艺术成了绞杀善良的绳索。反谍者愿望的张力运行方式。

块五,老板说小本生意,不能再优惠了。就在争执不下时,楼上下来两个穿着对襟拷绸衫、嘴里叼着香烟的男人,一个光头,一个左侧脸上有一条寸长的刀疤,他们几乎是不由分说地拉着麦叶就往楼上拖:"王哥看上你,是你福分,你还敢给脸不要脸!"麦叶吓得腿脚抽筋,牙齿也跟着打战:"我不认识你们,你们这是干吗?"

麦苗见麦叶遭人欺负,抡起装着苹果的塑料袋砸向刀疤男人:"土匪,流氓!"两个男人见麦苗多管闲事,松开麦叶,上来给麦苗很简单地一顿拳脚,麦苗就捂着肚子蹲到了地上。

> 美人身处危境,看来英雄就要出场了。
> 麦叶与老耿已建立了本能上的联系。

一边的麦叶几乎是本能地掏出手机拨通了一个电话,她对着电话只说了几个字:"快来救我,夜来香!"直到老耿赶来时,她都不知道打的是老耿的电话。

老耿在镇上跑摩的,中秋节,生意好,接了麦叶的电话,正在夜来香街口的老耿不到一分钟就赶到了。这时两个男人正架着麦叶往楼上推,餐馆里人声嘈杂,食客们大多神情恐惧地看着眼前的暴力场景,不敢吱声。老耿冲进门,一拳将刀疤男人揍趴在楼梯口,然后

> 英雄老耿的身手果然不同凡响。

夹住另一个光头男人的脑袋,将右胳膊向后轻轻一扳,没听到咔嚓声,胳膊就已经断了,光头男人痛苦地瘫倒在蚂蚁横行的砖地上,刀疤男人从楼梯上反弹起来,嘴里还骂着:"我看你他妈的是活腻了!"说着一个螳螂腿

横扫过来,老耿轻松一跳,飞起一脚踩到刀疤男人的胸脯上,然后又扑上去用脚踩到刀疤男人胸前,一用力,肋骨断了一排。刀疤男人捂住胸口龇牙咧嘴,额头上大汗淋漓,嘴里却吼着:"小子,你要是能活到过年,我是你孙子!"

老耿将瑟瑟发抖的麦叶掩护在身后,对瘫在地上的刀疤男人说:"孙子,我等着你来给我练手艺!"老耿中学时曾偷偷地将家里卖牛的钱拿去到少林武校习武,练了三年,练了一身腱子肉,李连杰没当成,黑道打手不愿干,空留了一身武功回家种田,这么多年了,只要看到有人打架,他的手就痒得不行。

等到喝多了的王瘸子听到动静赶到楼下时,老耿已经拉着麦叶和麦苗走了。王瘸子看到两个趴在地上的马仔,骂了三个字:"窝囊废!"

老耿是在中秋节夜里两点多钟的时候被警察抓走的。当时兴奋而又有些迷惘的老耿还没睡,他手里抓着一瓶啤酒,嘴里咬着一根香烟,香烟是唯一的一道下酒菜,喝一口酒,抽一口烟。老耿望着窗外一轮圆满的月亮,百感交集,今天晚上他想问题有些简单了,将麦叶从王瘸子虎口里救出后,骑着摩托车带着麦叶回到下浦村。到村口,老耿赤裸裸地对麦叶说:"不用怕,今天晚上你就到我那里去'闲扯',喝啤酒,啃苹果。"麦

解气!

解一时之恨,却留下长久隐患。

果然是练家,且有侠义豪气。

警察的执法非常及时。他们把老耿的英雄美人梦无情地击碎了。

麦子熟了 / 237

> 女人在受到欺辱的时候总会想到家。因为家才能给她提供庇护。

叶还没从噩梦中醒过来,她突然放声大哭了起来,然后,莫名其妙地哭喊着:"妈,小慧,我要回家!"老耿听得一头雾水。见此情景,老耿也傻了,他只得将麦叶送回她的"鸽子笼",站在小屋门口,老耿当着麦叶的面狠狠地扇了自己一个耳光:"是呀!我他妈也不是人,乘人之危,图谋不轨,相当于敲诈勒索,比王瘸子好不到哪儿去!"看老耿如此自责,麦叶抹着眼泪对老耿说了一句意思很含糊的话:"是我不好!"

老耿还没想清楚麦叶话里究竟是什么意思,窗外的村巷里警车拉着警笛开了进来,老耿起初以为是来抓小偷的,没想到警车在自己的门前停住了,他怀疑是不是警车缺油熄火了,准备出门看个究竟,刚从门缝里伸出半个脑袋,人已被按倒在地,两个警察扑上来迅速给老耿铐上了手铐。老耿无济于事地说了句:"你们抓错人了!"

> 警察的抓捕,目标明确,出乎老耿的意料之外。

老耿被塞进了加满了汽油的警车。

> 两方面的指控都非常有道理,那就看裁判的了。

王瘸子坚持要求警方将老耿送到大牢里去,说两个手下一个胳膊折了,一个肋骨被踩断了三根,还言之凿凿地说老耿在下浦村是一个流氓惯犯,强暴霸占打工女一二十。而老耿却执意坚持自己是见义勇为,他对警方说:"奖金我可以不要,见义勇为证书总该发我一个。王瘸子在达浦镇一带是公认的流氓黑社会,你们公安又不是不知道。"警方当然知道,但抓老耿是县里领导亲自打电话来的,镇派出所当然不能抗命。警方经过三天走访和调查,最后没让老耿去坐牢,但也没发给他见义勇为证书,老耿因故意伤害致人重伤,被处以拘留十五天,赔偿医疗、费营养费五千六百四十块钱。

麦叶一开始听说老耿坐牢,吓得浑身筛糠,在生产线上一天焊接了六件残次品,属于严重失职,被罚款四十块钱。她跑去找麦穗,哭着问:"怎么办?"麦穗说:"要是把老耿送去坐牢,你就去派出所门口上吊!"麦叶一听,腿都站不住了,她哆嗦着说:"小慧还小,桂生一个人怎么办呀!他爸还瘫在床上。"麦穗扶住站立不稳的麦叶:"不是叫你真去上吊,是带根绳子去做做样子。"麦叶说:"我不敢。"麦穗生气了:"谁叫你打电话给老耿的?那人愣头青,你没长脑子呀!"

三天后,麦叶从镇上海天足浴城的麦苗那里知道了老耿处理结果。麦苗说:"老耿有些逞能,没必要下手那么狠,把你拉走不就得了?"麦叶说:"想去看看老耿。"麦苗说:"有什么好看的?"麦叶说:"人家是因为救我而犯了事的,心里过意不去。"麦苗在足浴城练就了一副江湖表情,她问麦叶:"你打算对他说什么?对不起,还是以身相许?"麦叶不说话,只是拉着麦苗往派

> 这段叙述的曲折太多。暧昧的褒扬、开脱、讽刺、批判,什么都有。总之,老耿在混乱而热闹的价值事故中被处理了。

> 这时候见出了麦子的专情、豪气。麦叶的胆怯显得有几分委琐。

> 麦苗的话虽然江湖腔,却一语中的。

> 英雄落难,美人以身相许,这是个动人的故事。

出所方向跑,她们杂乱无章的脚步在石板街上越跑越快。

满头大汗的姐妹俩赶到派出所时,派出所警察告诉麦叶:"老耿今天早上已经送县看守所了!"

麦叶喘着气,眼睛瞬间模糊,不知是汗水还是泪水,她抹了抹眼睛,抬头看到秋日黄昏已经来临,有斑块的夕阳悬挂在小镇灰色屋顶的上方,像是一个熟透了的烂苹果。

> 颓败而揪心的诗意。

9

蓬乱的头发和杂草一样的胡楂基本上都是在铁窗里面定型的,所以老耿走出那两扇笨重铁门的时候,一眼就能看出这是一个犯过事的男人。而老耿拎着一网兜衣服、球鞋、塑料杯、牙膏、牙刷出来前,死活不愿在释放手续上签字,他坚持要见义勇为证书,那位肚子比较肥大的警察很耐心地告诉老耿:"你要是再胡搅蛮缠,补一个手续,马上再把你关进去!"

> 铁窗是世界上最伟大的定型师。

> 反讽,耐心中的威慑,一目了然。

老耿卡上的钱加跑黑摩的现金总共三千七百块钱,台湾老板为他垫付了两千块钱,人才放出来。老耿说:"欠的钱从工资里扣。"台湾老板说:"那当然。不过拘留半个月的工资照发。"

> 这个台湾老板倒是很有人情味。

老耿放出来后,麦穗试探着问麦叶:"老耿出来了,你不去看看人家,表示一下感谢?人家毕竟是因为你被关进去的。"麦叶说:"我不去。等我积攒一点钱,我补偿他一些。可小慧爷爷每个月都要吃药,钱要寄给桂生。大排档打杂也挣不到钱。"

老耿上班那天,下班铃声响过后,车间里女工们鱼一样你追我赶地滑出车间大门,麦叶却磨蹭着走下生产线,她看到车间里只剩下老耿正在传送带终端往电瓶车上搬最后一筐电子元件。麦叶犹犹豫豫地走了过去,腿脚像是刚从建筑工地扛水泥的货车上下来,很沉。她磨蹭到老耿的身边,对着一身烟味的老耿声音低低地说:"真的谢谢你!那些赔偿的钱该由我付!"

老耿见是麦叶,哈哈一乐:"人是我打伤的,哪该你付钱?这不成了我请客,你埋单了!"

车间里很空,鼻尖上已经冒汗的麦叶又对老耿说了一句:"我去镇上派出所看你,说你已经被送到县里了。"

老耿像是被雷电击中,他的头发和声音不再嚣张,嘴唇哆嗦着:"你只要有这份心,我就是被枪毙了,也够本了!"

老耿第一次没有以轻佻和浪荡的口气跟麦叶说话,而且第一次没有提到"闲扯"两个字。她发现这个

> 麦穗很有人情味。

> 麦叶的话太官样,让人寒心。

> 感情债用钱是还不清的。

> 颤心尖的话。

麦子熟了 / 241

> 老耿的形象正在向精神层次推进。

男人的内心并没有他身上的肌肉那般强悍和有力,最起码在她面前是这样的。麦叶有些担心地问老耿:"赔偿的钱够吗?"她从口袋里摸出五百块钱递过去,"就这么多了,以后我慢慢还你!"

老耿推开麦叶的五张百元大钞:"钱已经赔过了,我惹下的祸,与你无关!我挣的比你多。"老耿推钱的动作坚决而小心,他的手在距离麦叶手指不到一厘米的地方,猛然回缩,像是怕碰上地雷。这个玩世不恭的男人原来这般胆小如鼠,都说他闲扯过一二十个女人,麦叶觉得很不真实,也许就是造谣。她觉得老耿属于那种"嘴上穷狠,见色发冷"的男人,平时只是过过嘴瘾而已,这样的男人生活中隔三岔五总能碰到。但有一点是可以肯定的,老耿绝对是一个仗义的男人!

> 微妙的细节,瞬息即逝的感觉,彰显了老耿真实的性格,而这时候的麦叶在心中为老耿洗却污名的同时,是不是又有点失落感呢?

麦叶这样想的时候,自然就不再紧张和恐惧,心里被一种感动的情绪包围个水泄不通。感动和冲动是一对孪生兄弟,感动中的麦叶想起老耿在拘留所那半个月伙食比包身工还糟糕,一冲动,对老耿说:"国庆节放假我请你吃火锅!"就像她那次对桂生说"我想你"一样,麦叶一说完就后悔了,吃饭是补充营养,是表示感谢,是表达暧昧,还是同意"闲扯",都像,又都不像。老耿不相信自己的耳朵:"是我听错了,还是你说错了?"

> 女人的请客原来包含了这么多的内容。

厂里后勤主管过来关车间的卷闸门,后勤主管对老耿和麦叶语气轻薄地说了一句："车间可不是'闲扯'的地方。"这里的男人和女人多多少少都有一点变态，所以，老耿和麦叶都没怎么在意。

老耿准备去仓库，电瓶车启动前，他对麦叶说："货马上运库房，我骑车送你回去！"麦叶说："不。"麦叶自己一个人走进了秋天的黄昏中。

离国庆节还有一个多星期，麦叶被她冲动中的承诺绑架了，她不知道该如何面对那个日子，又不知道见面时她该说些什么、做些什么。虽说麦穗和麦苗都认为老耿用苦肉计来感动和勾引麦叶，但这些判断到了麦叶这里，就只剩下感动，勾引却是连一个偏旁部首都没留下。在一个夜深人静的后半夜，麦叶甚至觉得就算是老耿勾引她，她也认了，她愿意被老耿勾引，就像麦穗说的那样，老耿是毒品，明知有毒，却欲罢不能。那一刻，桂生如同山谷间的一团晨雾，若无若有，虚幻而迷离。麦叶睡着后，梦中的桂生真就是一团雾，飘忽中被早晨的阳光粉碎，桂生所有的表情连同他的牙齿和咳嗽声全都化为乌有。第二天，麦叶是被早晨的阳光惊醒的，窗外漏进来的一缕阳光照亮了"鸽子笼"里潮湿的地面。麦叶呆坐在床上，视角沿着光线的方向，却看不到桂生的蛛丝马迹，她有些鄙视自己，竟然忘记了桂生的模样，忘记了冬天桂生下河摸鱼为她买

一切都已水到渠成。

老耿正在麦叶的大脑中昂扬地入场，而桂生则在退场中，且渐行渐远。

人在梦中近乎可以为所欲为，而当她一旦醒来，就会为现实的道德重新控制。

麦子熟了 / 243

> 道德的戒指一旦戴上就再也褪不下来了。

的戒指,那枚戒指去年麦叶要当了给公公看病,可桂生坚决不同意。麦叶白天走在阳光下,特别希望自己被阳光化作一粒尘埃,或一撮灰烬。

老耿和麦叶每天在车间里都能遇见,车间没有言论自由,而且严禁说话。有时候麦叶会抬起头用一秒钟不到的时间瞥一眼老耿,她发觉老耿的头发和胡楂已被修理整齐,身上早就褪尽了拘留所的气息,蓝色工装与发达的肌肉紧密配合,上下服服帖帖。老耿在车间里跟麦叶形同路人,麦叶以为前些天开出的空头支票已经作废了,可临近国庆节的那天夜里,老耿的电话打过来了:"你说请我吃火锅的话,还算数吗?"麦叶已

> 仪式正在推进。

经不怎么怕老耿了,也不再抗拒老耿的电话,她有些别有用心地问电话里的老耿:"算数怎么说? 不算数又怎么说?"老耿在电话里说:"算数你请客,不算数我请客!"

> 平等的对话主体,不再有主动和被动。

国庆节,厂里工会安排了六部大巴车,邀请无家可归的打工男女去参观游览滨海集装箱码头,还免费吃一顿有少量海鲜的午餐,麦穗来找麦叶,说想拍几张码头的照片发回去,激励激励读小学的儿子,将来长大后争取到码头上开吊车。麦叶说:"国庆节我不想出门。"麦穗问:"为什么?"麦叶说:"外面太危险,我怕。"麦穗说:"光天化日,怕什么? 下午就回来了。"麦叶还是不

> 一个很好的借口,掩护着隐秘的期待。

244 / 生活不可告人

愿去。麦穗说:"你不去拉倒,我约老耿去!"

麦叶听到老耿的名字,像是听到了海洛因或罂粟的名字一样,她没说话,径直走向有鱼腥味的烧烤大排档,麦穗被扔在混杂各种味道的风里,黄昏正在步步逼近。

> 陷入情网的女人变得勇敢了起来。

10

麦叶是读过琼瑶和席慕蓉的女人,中学时的数理化还有外语单词都还给了老师,但偷偷读过的浪漫而忧伤的琼瑶和席慕蓉的文字,却在大脑里生了根。她隐约还记得席慕蓉在她辍学时给予她的文字抚慰:所有的颜色都已沉静,黑暗尚未来临,在山冈那丛碧绿里,还有着最后一笔激情。而国庆节这天早晨一睁开眼,麦叶却是被席慕蓉的另一句话套牢了:"再不相遇,就老了!"

> 爱情文字为麦叶提供伦理的支撑,也提供了情境的幻像。

"再不相遇,就老了"被麦叶定义为"再不请老耿吃饭,就失去了向老耿表示感谢和感激的机会,再往后拖就拖没了"。她不愿正视请客背后的任何其他意义。

> 时间的紧迫感,催促着麦叶的行动。

麦叶是胆小的,也是复杂的,复杂得连她自己都理不清自己。

老耿在夜来香拔刀相助,被罚得倾家荡产,还欠了

麦子熟了 / 245

> 浪子一旦变成了绅士，礼貌得让人难以置信。

> 矜持和纠结往往难以分清。

> 安全第一。麦叶的心思很缜密。

> 本能引导着麦叶。

债，如今不跑点外快，连抽烟的钱都没有了。所以国庆节一早发过来一条信息，说节假日镇上生意好，要跑摩的。吃饭最好放在晚上。最后还文明礼貌地附了一句："恳请告知地点，万分感谢！"

麦叶没回信息。没回是因为纠结，纠结在麦叶心里几乎成了一个死结。

国庆节各家工厂都有安排，人大多出去了，下浦村空了一大半，但麦叶还是心悬着，在哪儿请老耿？如果在村巷的小馆子里吃火锅，让别人看见了，她解释不清楚；而镇上，自中秋节夜来香出事后，她是再也不敢去了。如果买一些卤猪头肉、酱鸭、茶干、花生米和烧酒到出租屋里吃饭倒是没人看见，但要是被人看见了，那就更是跳进黄河也洗不清了。如果说自己生病了，把请客干脆推掉，倒是方便。可转念一想，老耿要是执意来出租屋把自己送医院去看病，不仅要穿帮，遇到熟人更加解释不清。想来想去，直接爽约最简单，麦叶又觉得对不起人，老耿为自己付出了惨重的代价，自己总不能落下个出尔反尔、不讲信用的口实。一上午，麦叶在小屋里搜肠刮肚想着对策，她望着屋外面粉一样密集的阳光，始终没想出头绪来。中午肚子饿了，她给电饭锅插上电，准备煮面条。这时候，她才发现这个上午自己已经将六平方米的"鸽子笼"打扫得干干净净了，枕巾换了一条新的,粗布条纹床单被抹得又平又直,印着荷花的被子被叠得一丝不苟,墙上那面缺了一个角的镜子被擦得透明铮亮,老鼠经常光顾的纸板箱用胶带整齐密封,水泥地面也用抹布擦了一遍。麦叶都不知道自己是怎么做完这一切的。

> 整个把一个出租屋布置得如婚房一样。

电饭锅开始煮面的时候,麦叶心里的纠结已经基本抹平了,晚上请老耿在自己的屋里吃饭,比外面安全,别人也不会看到。至于吃完晚饭后,会发生什么,麦叶不愿想,想也想不清楚,所以就不想了。

> 听从爱神的安排也就心安理得了。

下午很漫长,麦叶买了一大包卤菜,又买了两瓶高粱酒,还有一个塑料杯子,总共花了六十三块四毛,这是麦叶出来打工在吃饭上花钱最多的一次。不过这次不是吃饭,是还人情。今天晚上,她想把自己灌醉,在老家村子里,醉了哪怕骂架、斗殴、掀桌子、放火烧房子都是情有可原的,所以,麦叶想让自己喝醉后成为一个宠辱皆忘、没有责任的人。买完酒菜回来的路上,她遇到了隔壁屋里的林月,林月说她晚上去老乡那里吃饭。"你也请人吃饭?"林月对着麦叶的一包酒肉问道。麦叶欲盖弥彰地说:"我、我买了自己吃。"林月笑了笑,说:"我今晚上住老乡那里,你就放心地慢慢吃吧!"

> 就看对谁负责了。

> 多么体贴的邻居!

太阳还没落山,老耿就来了,他是带着两只卤猪蹄和一个MP3来的。麦叶见了老耿再也没有第一次那么

麦子熟了 / 247

一问一答，自然平静，但内力正在酝酿中。

麦叶也像艺术家，二人世界的流转如行云流水般顺畅。

那个时代的MP3放的都是港台情歌。

紧张和恐惧了，她像是接待一位多年不见的远房亲戚一样，诚恳而又真实。麦叶第一句话不是说你怎么带卤菜来了，而是问："你的摩托车呢？"老耿低着头进了屋："我怕放在外面被人偷了，送回去了。"这一问一答有点像两个人在练太极推手。

屋内没有桌子，酒肉就放在封了口的纸板箱上，麦叶坐在床沿，老耿坐在挪了位置的床头柜上。一开始麦叶想把门开着吃饭，可当酒肉摊开时，她发觉这比在饭店公开吃饭还要令人生疑。于是，她就对老耿说："天黑了，开灯吧！"说着就关上了门，拉亮了电灯。昏黄的灯光照亮了纸板箱上的酒肉，屋内气氛突然变得暧昧而含糊起来。老耿今天不仅穿了一件浆洗干净的夹克，脚上的那双真假不明的皮鞋被擦得铮亮，他的语气和声音也像是他修剪过的胡楂和头发一样有板有眼，麦叶恍惚中觉得老耿像一个搞艺术的人。

动筷子前，老耿将挂着耳机的MP3从夹克口袋里掏出来："我觉得你有艺术气质，给你最合适，里面有三百多首歌呢，你听听！"麦叶不会说谢谢，只是说："这得要多少钱？你哪有钱呢？"老耿将耳机线理顺，递上MP3："在镇上拉客捡的，不知谁下车匆忙落下的，耳机缠在后座上，回来一试，好的。没花钱！"

麦叶给老耿倒了满满一杯高粱酒，自己拿平时刷牙的玻璃杯给自己倒了大半杯。在这之前,麦叶从没喝过高度酒。端起杯子,他们就像在食堂用餐一样,没有任何请客的仪式。老耿将一个卤猪蹄塞给麦叶,自己手里抓了一个,说:"来,喝酒!"麦叶说:"好,喝酒!"一人灌了一大口,麦叶觉得烧酒像一条火蛇顺着喉咙钻进了胃里,沿途火光冲天,脑袋里像老家山谷里的早晨,大雾弥漫。老耿说:"你喝得太猛了!歇一会,吃点菜,听一会音乐!"麦叶抓了几粒花生米,嚼了一会,脑袋里稍微明朗了一些。老耿伸手打开 MP3,麦叶塞上耳机,里面正好播放《风吹麦浪》:

看来麦叶铁了心要把自己灌醉。

这喝酒的感觉如此形象,看来麦叶是第一次。

> 远处蔚蓝天空下
> 涌动着金色的麦浪
> 就在那里曾是你和我
> 爱过的地方

麦叶听着听着眼睛里就盈满了泪水,此刻她看到老家蔚蓝的天空下,沿河谷一带,麦浪汹涌,可那里只是她和桂生干苦力的地方,而不是什么相爱的地方。最后一次激情是在麦田里被耗尽的,那是一个与爱无关的地方,自己只是一个与活着有关的人。

老耿见麦叶热泪盈眶,就说:"我猜你是被音乐打

这种联想很自然,但却想起了不该想起的人和事。

麦子熟了 / 249

> 话语是有魔力的，只要陷进去，总能获得回响。

动的,而不是被烧酒烧的!"麦叶发觉老耿把自己看透了,她点了点头,算是对老耿理解自己的认同。老耿说:"你高中,我初中,我没你文化高,但我喜欢有文化的人,武术没学成后,我想当一个记者,我给县广播电台写过稿子,最多一次,收到过两块钱稿费。"麦叶突然好奇了起来:"怎么又出来打工了呢?"老耿说:"自己想当记者的时候,结过婚了,超生罚款,老婆整天跟我闹,这才出来干了。家里被罚了个底朝天,一万多斤小麦被罚掉了,三四年庄稼白种了。"

> 女人的同情真的很复杂,母性和女人性纠缠不清。

麦叶突然觉得老耿很可怜,这是一个心比天高命比纸薄的男人,他只是活在他的想象中,她确信,所谓"闲扯"过一二十个女人,只是别人对他的黄色想象。麦叶端起刷牙杯,心生怜悯地跟老耿碰了一杯:"我不大会说话,中秋节那天真是给你添麻烦了,我心里一直过意不去!"

老耿喝了一些酒,说着说着又冒泡了:"没有夜来香,哪有今晚的酒肉香?你从不给我机会,被拘留,我一点都不抱怨,因为我总算给你做了一回贡献!只是那天我下手比较狠,钱赔多了!"

> 爱情历程中可圈可点的一次壮举。

麦叶心里一直有一个疑惑,老耿是怎么知道自己电话号码的:"那天,我没说话,你怎么知道是我打的电话?"

老耿将一块酱鸭骨头吐了出来:"员工花名册里一查不就知道了?这有什么难的!"

麦叶问:"你查我电话干吗?"

老耿将半塑料杯酒倒进喉咙里:"这我跟你说过,你跟下浦村所有女人都不一样,我早看上你了!"

麦叶没反驳,也不正面回应,她只是将自己的刷牙杯和老耿的塑料杯倒满酒,然后端起来,顾左右而言他地说:"我敬你一杯,干杯!"说着像喝矿泉水一样,一口气喝干了一杯烧酒。

麦叶的大脑中像是一大堆麦秸秆被大火烧着了,烈焰满天。

老耿愣住了,他有些不知所措地望着麦叶通红的脸:"你这么大酒量,平时一顿喝多少?"

麦叶脑袋已经不做主了,吞吞吐吐地说:"没喝过,不知道能喝多少。"

老耿很轻松地喝干了杯中的酒,他说:"喝八两酒开摩托车正舒服。"但他劝麦叶,"没喝过烧酒,你就不要喝了。"

麦叶撬开了第二瓶酒,又给自己倒了满满一杯,她硬着舌头说:"我想喝,我想喝醉!"说着自己端起杯子独自喝了起来。

老耿发觉麦叶有点不大对头,于是他扔掉手里刚

> 在这个场合重复爱情的话语,要比其他场合更打动人。

> 婚姻的道德戒律也会在这场大火中烧掉。

> 如此劝说极其空洞无力。

> 越发任性起来。

抽了两口的香烟，站起来夺麦叶的杯子："你不能喝了！"

杯中的酒泼洒到两人的身上，两只手终于纠缠到了一起，麦叶嘴里喃喃地说着："能，我能喝！"

老耿夺下杯子，脖子却被麦叶双手吊住了。麦叶目光迷离地望着老耿："你是我的恩人，你是我的冤家！"

> 没有比这更深情的表白了。麦叶把老耿视作拯救自己感情和身体的恩人了。

这时的老耿突然酒醒了一半，他警惕地盯着麦叶，像是盯着一个陌生人："你早就打算今晚把自己喝醉，是吗？"

麦叶依旧死死地吊着老耿的脖子，嘴里逻辑混乱地呢喃着："借酒壮胆，借酒发疯，我要喝酒！"

老耿用力掰开麦叶的两只胳膊，他像是突然被人打了一耳光一样，情绪很激动，他大声地对着麦叶吼道："你想醉酒从了我，我趁你喝醉占便宜，你把我看成什么人了？告诉你，我没那么下贱！"

> 老耿的理智过了。他错误地理解了麦叶的借醉许身，并将其转化为自我的道德自律。老耿也是个有道德洁癖的人。

麦叶已无力说话，或者说没听到老耿说的话，她倒在了自己那张狭窄的单人床上，像一只柔软无力的蚕，头发散乱，满面绯红，身体和胸脯不规则地此起彼伏。

老耿将屋内的鸡鸭残骸收拾干净，又倒了一大杯白开水放到麦叶的床头，然后才离开。

老耿离开麦叶的时候，还不到晚上八点。

老耿回到自己的出租屋里,情绪很是败坏,他能听到自己不停地喘着粗气,进门拉亮了屋里的电灯,老耿发觉身后紧跟着闪进来一个人。他扭头一看,是麦穗。

11

老耿的痕迹在第二天一早就被麦叶抹了个一干二净。麦叶将剩下的猪头肉、酱鸭和花生米还有大半瓶白酒,一股脑地全都扔进了巷子里露天垃圾池里,她看到成群结队的苍蝇喝醉酒般地直扑向残羹剩菜,她觉得自己昨晚就是其中的一只苍蝇。

晚上麦穗在麦叶的屋里没有看到老耿的痕迹,但她闻到了屋内由于通风不良而挥之不去的酒气。更为糟糕的是,麦穗从床下面踢出了一个空烟盒,烟盒是新鲜的。这屋里来过男人,而来过的男人绝不是收电费的老头。麦穗眼睛死死地盯住麦叶:"你得告诉我,'闲扯'的男人是谁?"

麦叶虽说昨晚喝多了,但她醒来的时候,衣衫完整得几乎一丝不苟,她除了碰到过老耿的手指,她没有任何手指之外的感觉和记忆,所以麦叶很清晰地告诉麦穗:"没有'闲扯',哪有男人?"

麦穗生气了,她从地上捡起烟盒,故意放在鼻子前

最终仍不过是一场虚以委蛇的太极推手。

麦穗是个情感偷窥者,也是个情感猎手。

一个主动以身相许的女人都被拒绝了,那种感觉绝对比吃苍蝇还令人恶心。

自我辩护苍白无力。

嗅了嗅:"你会说,这烟盒是收电费老头扔下的,酒味是你自己一个人喝酒庆祝国庆的,你自己会相信吗?"麦穗狠狠地扔了烟盒,"别跟我胡说八道,我不是你们家小慧,四岁的生日还没过!"

麦叶觉得自己被逼进了一个没有退路的死胡同,她不知道如何为自己辩护,她想坦白为感谢老耿在夜来香拔刀相助而请他来屋里吃过饭,但请吃饭为什么不到饭店去请,而是请到自己的小屋里,关起门来推杯换盏,什么意思?这还用往下解释吗?老耿是打工村里出了名的少妇杀手,你请他到自己屋里"吃饭",等于请他到自己床上"闲扯",两个词在老耿那里是一个意思。麦叶终于知道了什么叫作"走投无路"了,麦叶知道坦白等于是认罪,而她自认为清白,所以在麦穗咄咄逼人之下,仍做绝望中的最后抵抗,她把球踢给了麦穗:"姐,我真的没有跟男人有瓜葛。你又不是不了解我,你说我能跟谁'闲扯'?"

麦穗目光锥子一样锥住麦叶:"老耿!"

麦叶一下子急了,她委屈得哭了起来:"姐,你这么说让我以后怎么做人。"说着她拉住麦穗的胳膊,"走,找老耿去当面对质,我什么时候跟他'闲扯'了!"

老耿这个人从来都是敢说敢当,在"闲扯"这事上从不避讳,而且经常添油加醋夸大其词,麦叶确信这是

麦穗的拷问中挟带了太多的羡慕嫉妒恨。

可怜的麦叶没有打到狐狸却惹了一身骚,真是百口莫辩。

那种委屈只有天晓得。

254 / 生活不可告人

老耿在麦穗面前吹牛吹出来的冤案,她没做,所以,她不怕。

麦穗怕了,因为老耿没告诉她跟麦叶"闲扯",连在麦叶这里吃饭都没说,麦穗完全是推理推出来的。昨晚上麦穗去老耿那里先是说了一番今晚月亮真圆之类的话,然后说代表妹妹麦叶来谈谈拘留罚款的善后怎么处理:"麦叶当然要放点血,五千六最起码她要赔四千,我不能让你既坐了牢,又倒贴钱!"麦穗这么晚来谈别人的事,还为老耿抱不平,胳膊肘往外拐,拐得有点不近人情,拐得有点荒谬。老耿当然知道麦穗是什么意思,喝多了酒的他几乎用逐客令的口气对麦穗说:"刚从牢里出来,我对国家大事都不关心,对女人更是毫无兴趣!"麦穗对着老耿屋内的摩托车狠狠地踹了一脚:"姓耿的,你不要自作多情了,我找你是来谈事情的,你自作多情想得太美了。你不撒泡尿照照自己,你什么东西!换个地方,你就是一个穷得叮当响的小瘪三!下三烂,活流氓!"老耿不生气,不辩解,他甚至有些惭愧了起来:"对不起,我酒喝多了,如有冒犯,还望多多包涵!不过,我希望你嘴下留情,我承认我是小瘪三,但你不能骂我活流氓和下三烂,我是个堂堂正正的男人,我没那么贱!"

麦穗本来对麦叶不去集装箱码头看风景心生疑

本来是一场开心的盛宴,谁承想却弄成个一地鸡毛。

麦穗牺牲妹妹的利益就是为了讨好眼前这个男人,结果却被无情拒绝,当然要气急败坏了。

老耿的行动与他的江湖名声,真是不相配。

麦子熟了 / 255

> 女人总是凭着第六感,准确感知已经或将要发生的一切。

> 其实麦穗比麦叶更了解老耿的为人,但因为被拒绝,而将其污名。

> 麦穗的性格中含着侦探的气质。

惑,约老耿一道去,老耿又没回电话,她凭直觉觉得有些不妙,那晚回来后见老耿屋里风平浪静,她就没话找话地进屋了,在被老耿一顿抢白后,她否定了自己天马行空的联想,但第二天到了麦叶屋里后,想象又如同脱缰野马,麦叶屋里来过的男人如果不是老耿,就是桂生来了,而桂生正在老家的山谷里收割庄稼呢。可麦叶哭着要拉麦穗去找老耿对质,麦穗又糊涂了,如果真有什么事,麦叶不会如此激烈的,因为麦叶是一个性情温和的女人。麦穗觉得自己的大脑里灌进去了一斤多烧酒,迷迷糊糊的,压根不知道在她视线之外发生过什么。她心虚了,搂着麦叶,并用自己粗糙的手抹去麦叶右眼角边的泪水:"好了,别哭了,姐是怕你被人家欺负了,才这么多管闲事的!当然了,你要是真看上老耿,我也没什么说的,而他根本就配不上你!他在女人面前的仗义,只是为了勾引女人,下三烂,活流氓!"

尽管麦穗不愿把麦叶和老耿放在一起联想,而且她也愿意相信麦叶眼泪的真实性,但她实在没法理解麦叶屋里的久久不绝的酒气和那个经不起推敲的空烟盒,而王瘸子绝无可能,那会是谁呢?此后的日子里,麦穗没好再问,麦叶也从来不说,秋天就这样慢慢地向深处滑行,屋外从海上漫过来的风越来越咸,越来越冷了,村巷里一些无人管理的大叶杨树在秋风中纷纷落叶。

麦穗发觉麦叶心思太密,藏得太深,她很懊恼,也很无奈,她固执地认定"鸽子笼"里的空烟盒和酒味几乎就是麦叶和老耿铁板钉钉的"闲扯"证据,可她又实在拿不出一星半点的证据。矛盾纠结中的麦穗有一次莫名其妙地对麦叶说了一句:"我脑子真笨,就小学毕业。我要是你肚子里的蛔虫就好了。"

麦叶听得一脸迷茫,似乎有些明白,又有些不太明白。她需要给麦穗一个解释,但这个解释就像衣服里面的一个疮疤,捂着还好,一揭开就是一个疼痛难忍的伤口。所以她一直不跟麦穗解释自己屋里的酒味和空烟盒。国庆节后,车间里每天都能见到老耿,老耿开着电瓶车在她面前不足一米的地方穿梭来往,可他从来没看过麦叶一眼,麦叶偶尔抬一下头,看到老耿完全是一个木偶,他脸上的胡楂也如细铁丝一样生硬,他们像是隔着楚河汉界的两个毫不相干的陌生人。

麦叶晚上兼职的烧烤店终于倒闭了,歇了几晚,她找到了一个在火锅店洗碗碟的活。站在水池边洗刷的时候,她耳朵上挂着耳机听 MP3,重复洗刷很无聊。每当麦叶累到手指发麻、人有些恍惚的时候,麦叶似乎听到 MP3 里面是老耿在唱歌。有一次火锅店那位嘴有些歪的小老板拍了一下麦叶的肩膀:"我说妹子,你也老

> 麦穗的矛盾纠结源于她对老耿的爱。

> 老耿的"羞辱"就是莫大的伤害。而麦叶的"捂"给麦穗提供了坐实"闲扯"的证据。

> 老耿的歌依然是一种抚慰。

麦子熟了 / 257

> MP3成了禁忌。

> 表演是做给观众看的，意在宣示彼此的清白。

> 被冰覆盖着的火只会蓄积更多的热量。麦叶的情感热度是令人惊悚的。

大不小了，边洗碗边听歌，你们厂里是这么干活的？"此后麦叶再也不敢听MP3了。

国庆节后，麦叶和老耿没有过任何联系，冬天将至，吃火锅都有人穿上了毛衣，一天晚上十点多钟，老耿跑黑摩的跑到了村巷里的火锅店门口，麦叶正准备下夜班，两人在流淌着花椒和辣油味的店门口不期而遇。麦叶慌了神，她不知道跟他该说什么。老耿倒是很随意，摩托熄了火，他搓了搓有些冰凉的手，说："天冷了，人都不出门了，生意好难做。"麦叶多心，就很不安地说："你欠的钱该我还！"老耿说："你再提赔钱就没意思了，这事早就了结了。不过，你把上次捐款的三十块钱还给我，手头有吗？"麦叶刚好领了这一礼拜火锅店打杂的工钱七十六块钱。麦叶掏出一张五十的递给老耿，老耿接了过去，又找了麦叶二十块，麦叶推挡说不必找了。老耿说："我又不是放高利贷的。"推挡中两人的手第二次碰到了一起，麦叶有一种被火锅汤烫着了的感觉。

老耿讨回了三十块钱，解释说："厂里把这两个月的工资都扣下还打架垫付的赔偿款了，明天要给老家读中学的孩子汇生活费，这两个月跑摩的挣不到五百块钱，凑上三十正好够五百，还能剩下两包烟钱。实在不好意思，明天一早就要汇走！"麦叶说："是我不好意思,拖累你了!"

火锅的气味渐渐稀薄,店里打烊了。村巷里路灯一大半都不亮,在一盏摇摇晃晃的昏黄的路灯光下,老耿突然问了一句:"要不要我送你回去?"

> 环境条件很适宜。

麦叶望着被灯光扭曲得脸色蜡黄的老耿,多此一举地问了一句:"晚上巷子里是不是很不安全呀?"

老耿说:"这倒没有,好几个月村子里都没犯案子了。"

麦叶说:"也不算远,前面过两个巷门,我就到了。"

老耿说:"是不远,那我是不是就不用送了?"

前面的对话还比较流畅。说到这里,麦叶停了一会儿,她看了一眼情况复杂的天空,天空有少量的星星在既定的位置上发着微弱的光,它们按部就班几万年如一日,从没改变。麦叶终于说:"那、那就不用送了,谢谢你!"

> 多么意味深长的对话!相互的试探,迅速的接触,又很快地离开,再次试探和离开。因为彼此都缺少勇气和决断,而错过。

> 二人的情感已经"接触不良"了。

老耿发动摩托后,又对着麦叶说了一句:"什么时候需要我,跟上次在夜来香一样,直接给我打个电话!"

摩托车一溜烟窜了出去,麦叶看到的是老耿和摩托同时被黑暗吞没了。

> 暗示。被吞没也许就是一种消失。

12

冬季,人不容易发火,天却容易起火。那天上午,一种社会普遍的逻辑。

　　老耿与其说是在抗议和驳斥，不如说是在为自己和麦叶辩白。

　　顺带讽刺一下新闻报道，不过它们被讽刺也不冤，因为它们提供一种社会流行话语。

　　厂里搞防火演习，车间外墙角边点燃了电子厂的边角废料，野火浓烟冲天而起，车间里全体员工紧急疏散，消防车拉着警笛直冲现场救火。蚂蚁一样密集的员工们站在工厂大门口很愉快地看着厂里虚假的火灾和救火表演。这时电视台记者钻进了人群中，一位记者拉住相貌特征明显的老耿："请问这位工友，你对打工村里临时夫妻怎么看？"老耿说："夫妻就是夫妻，临时的就不能叫夫妻。"这时，记者身边一位头发比较乱的中年男人说："我是作家，正在着手写一部临时夫妻的小说。我想请你谈谈，临时夫妻究竟是为了性，还是为了情？"老耿有些不耐烦了："我们这里没有临时夫妻，你们这些人真无聊，不去采访救火，拿我们这些打工的孤男寡女寻开心！"麦叶那个时候在距离摄像机和作家不到一间屋的距离，她觉得老耿回答得真棒，记者和作家问这个问题太不厚道，想出她们这些穷人的洋相。

　　假冒伪劣的火灾很快就结束了，员工们纷纷走进车间，电视台记者和那位作家开着小车走了，后来听说报道演习的是另一路新闻记者，工厂大门口的是电视台《实事求是》栏目组的记者，他们总想对生活真相进行挖掘，但基本上是越挖掘离真相越远。

　　就在记者、作家采访的当天晚上，十点半左右，刚从火锅店下夜班回来的麦叶身上像是背了一袋水泥一

260 / 生活不可告人

样,很重,很沉,她没洗漱,直接躺在床上听起了 MP3。没听一会儿,那首男女二重唱的《萍聚》在恍恍惚惚中演绎成了她和老耿在对唱。错觉越陷越深,麦叶泪流满面:

> 别管以后将如何结束
> 至少我们曾经相聚过
> 人的一生有许多回忆
> 只愿你的追忆有个我

屋外刮起了冬天的风,风声尖锐,能感觉到有一种呼啸的气势,可没有窗户的小屋里却有一种窒息,麦叶突然觉得喘不上气来,猛烈地咳嗽了几声,脸上像是刷了一层火锅店的辣椒油,直冒汗,接着又是全身发冷,她觉得自己可能感冒了。沉溺于感冒幻觉中的麦叶几乎不假思索地拿起枕边电话,轻轻一滑,通讯录里的"橘黄头盔"就迅速跳了出来,正要按,手指突然抽筋,僵住了。麦叶不知道跟老耿说什么,送她去诊所,还是买一些药送过来,是不是自己已经严重到不能到几百米外的小诊所买药了?再往下追问,受了点风寒,既不发烧,也不头疼,需不需要去诊所?需不需要去买药?麦叶理不出头绪了,她将手机塞到枕头底下,躺在条纹

爱情成了追忆,爱情也就完了。小说的高潮已过,叙述的落潮正在收拾残局,抚平情绪。

女人病了的时候最需要关怀,这也为男人提供了机遇。

女人的病往往是她们自己设计出来的。

生病是爱的呼唤机制。

粗布床单上看着黑乎乎的屋顶,满脑子在胡思乱想。她想,也许明天感冒就会加重,她希望明天晚上在火锅店打杂的时候,能够发烧,最好是当场晕倒,那样她就可以给老耿打电话,让他带她去看病,看完病,再送她回去。大约在后半夜的时候,她已经想好,这次绝不犹豫了!

迷迷糊糊中,麦叶睡着了,似梦非梦中,麦叶听到屋外激烈的争吵声和摔椅子、砸电饭锅的声音,而夹杂着的女人尖厉的哭声像刀子一样捅进了茫茫黑夜。外面的动静混乱而恐怖,麦叶拉亮电灯,听清了激烈的声响就在隔壁河南女工林月的屋里,麦叶慌忙下床,忐忑地跑出去,推开林月的屋门,见一个五大三粗的男人将一个白净瘦弱、戴着眼镜的年轻男子打得鼻孔流血,年轻男子抱着头蹲在地上,林月披头散发、衣衫不整地坐在床上不停地哭着。平时温和的麦叶急了,她搂着林月的腰,指着蹲在地上的年轻男人,对五大三粗的男人谴责道:"你凭什么打人?人家是林月的丈夫,你算什么?"

那天早上麦叶见过这个戴眼镜的年轻男人,林月介绍说是她丈夫,来探亲的。

五大三粗的男人不理睬麦叶,他对着年轻男人又狠狠地踢了一脚:"你以为你有几个臭钱,就胆敢霸占

这是怎样的魂牵梦绕啊!希望上天不辜负,老耿也不再辜负。

林月的遭遇似乎是麦叶未来的一次演示。

麦叶幼稚得可爱。

民女！"他又薅住林月的头发："还有你，你这个婊子，老子里里外外、没日没夜地操持一家老小，你他妈的背着我偷人！良心被狗吃掉了！"麦叶似乎明白了，她不再替林月辩护，但她推开了男人薅住林月头发的手，麦叶感到男人的手指里充满了愤怒与暴力。

没多少人愿意插手这种事，不好说，也不该说，所以，周围的租房客们就有人打了报警电话。后来，警察将林月两口子和戴眼镜的年轻人带到镇上派出所去了。

第二天一早，买了早点的打工族们从村巷里走出来，他们朝着工厂的方向边走边吃，边吃边议论昨夜发生的事。高压开关厂河南女工林月跟同一个工厂的安徽籍的戴眼镜技术员"闲扯"到了一起，林月老家的丈夫人虽五大三粗，心却很细，他从老家电信局调出了林月与年轻技术员频繁不断的通话记录，并且在一个夜深人静的时候悄悄来到下浦村，在两人毫无觉察中，将他们在床上当场活捉。麦叶听着这些传说，像听着一个古代的故事，觉得很遥远，很不真实。中午吃饭的时候，厂区食堂里也在到处传说和议论这件事，麦穗用一种中性的语气告诉麦叶："做这种事，是有风险的！"国庆节后，麦穗就不怎么跟麦叶来往了，她们只是在上下班路上遇见的时候才说上几句闲话。麦叶觉得这样

> 林月一家子也与麦叶何其相似。

> 打工男女重复着临时爱情，也重复着捉奸的悲剧。

> 他（她）们的故事最终定格为社会所给予的命名、逻辑和道德评价。

> 麦穗的中性语气，就是对麦叶与老耿爱情的盖棺定论。

麦子熟了 / 263

挺好。

第二天晚上下班后,麦叶继续到火锅店打零工。但奇怪的是,麦叶的感冒好了,不仅没发烧、没头疼,连昨晚全身酸软无力的感觉也无影无踪了。她找不到理由给老耿打电话了,所以,她是身体健康、心平气和地回到"鸽子笼"的。

> 一场暴力很可能就是一剂猛药。

见隔壁林月屋里还亮着灯,麦叶就过去看了一下,没见到林月,却见到房东正在将屋里林月的旧鞋子、纸盒子、塑料盆之类的东西往屋外扔。

> 麦叶的期待又落空了。

房东也是农民,先前是养兔子的,兔圈租给麦叶她们,自己住到了镇上的新农村新楼里。麦叶问:"林月呢?"房东像兔子一样眨着一双精明的眼睛说:"被她男人带回河南去了,还欠一个多月电费没交呢。"房东说连夜收拾屋子是因为第二天有新房客要搬进来。

麦叶望着这个已经没有了活人温度的空间,她觉得林月不是走了,而是死掉了。一种悲凉的感觉在夜风的推波助澜下,不断地被强化。

> 一个故事落幕了,新的故事又将上演。

13

圣诞节之前,厂里的订单多了起来,晚上居然有了加班,最多的每个星期能加上两个晚班,即使再累,麦叶总觉得在厂里加晚班名正言顺,这跟扛水泥、卸黄沙,以及清洗海贝、带鱼、碗碟是不一样的。

　　麦叶希望自己晚班的时候能遇到老耿,老耿要是愿意下夜班用摩托车带她,她就不打算再拒绝了。夜色中每个人的面貌都是含糊不清的,再说平时麦叶从来不跟那些蠢蠢欲动的女工来往,所以也没几个女工关注过自己。女工们中把有一种女人叫作"石女",不喜欢男人,不能生育,还不愿跟女人打交道,麦叶差不多就是"石女",所以即使有人认出来她趁着夜色坐上了老耿的摩托车,也不会过度在意。

　　然而,老耿不仅在麦叶加夜班的时候没见到,连正常的白班也没见着。麦叶莫名其妙地慌了起来,她怕老耿再惹出什么事被抓了进去,或者这个人从此就失踪了。下浦村这一带经常有工友家里出大事突然辞职的,比如跟麦穗"闲扯"过的老郭,还有像林月那样露水鸳鸯东窗事发,工资不要就走人了,她不知道老耿怎么就突然不见了。她想问仓库主管,下班时,到了仓库门口,站在主管面前,原先想好了的那句"老耿是我老乡,我欠他钱,找他还钱"。此刻一个字也说不出来了,主管是一位长相有些猥琐的中年人,他看麦叶东张西望的,就用手指着库房东边的一座烟灰色的屋子:"你是新来的吧?厕所在那边!"

这就跟情感的走私是一样的。

情感已经准备就绪,环境似乎也可高枕无忧,关键是老耿哪儿去了呢?

麦叶对老耿不仅有爱情而且有亲情,那个人已经成了她心灵空间的一部分,丢了会心疼的。

一种强烈的不祥预感。

> 性格决定命运。麦叶的悲剧很大部分归咎于她的性格。

找老耿变成了找厕所,麦叶预感到事情有些不妙。

其实,给老耿打一个电话很简单,但打电话说什么呢?如果问"你到哪儿去了""怎么没来上班",为什么问这话?问这话是什么意思?麦叶晚上将手机抓在手里,一筹莫展。

于是,麦叶准备自己一个人到老耿住的地方去找他。一路上,麦叶的想象无边无际、混乱不堪。已是夜里十一点多了,她像一个小偷向着下浦南头16号的那条巷子深一脚浅一脚地走去,这是一个即将被拆掉推平的村子,冬天的巷子里寥寥无几的路灯鬼火一样泛着黯淡的光,风一吹,灯光就碎了,路上偶尔有骑着自行车的人匆匆经过,留下的是一串冷风,一个馄饨挑子在巷口卖馄饨,见麦叶来了,卖馄饨的老头对麦叶说:"来碗馄饨暖暖身子,早点回家睡吧!日子不太平,听说前几天镇上又有打劫的出山了,好像都闹出了人命。"麦叶停下脚步,犹豫着,虽没来过这里,但她凭感觉觉得这儿离老耿住的地方已经不远了,于是她问另一个在馄饨挑子边吃馄饨的陌生女工:"附近是不是住着一个叫老耿的?"估计刚下夜班,陌生女工的吃相有些贪婪,一直没抬头,听到了老耿这个名字,立即警觉了起来:"好几天晚上都没见着人影了,天知道他又睡到哪个女人的床上去了。这么晚了,你找他干吗?女

> 麦叶的主动寻找就是一次历险;她所感受的环境的险恶越重,说明她的意志越坚定,也将预示着老耿所遭遇的危险越严重。

266 / 生活不可告人

人要有自尊,哪有倒贴送上门的?他伤的女人太多了!"麦叶被这个陌生女工呛得牙齿酸疼,她没说话,也没买馄饨,转身回去了。确实,这么晚出门去找一个男人,哪怕故事编得跟作家一样,也没法获得一个纯洁的评价。

回到出租屋,麦叶感到全身发冷,她的心突突地乱跳着,她无法遏制自己对老耿的关注和想象。于是,麦叶再也顾不了许多,她拿出手机,拨打了老耿的电话。当按键轻快地跳跃时,麦叶才觉得自己谨慎得有些蠢,本来很简单的一件事,她整整纠缠了两天,难怪麦穗说自己太不潇洒。

可电话里传来的声音是:"您拨打的电话已关机,请稍后再拨!"因为要跑黑摩的,麦叶知道老耿二十四小时从不关机,所以麦叶一直不停地拨打着电话,到了后半夜三点多,麦叶的手指已经麻木,电话里却一直重复着同样绝望的回复。麦叶放下电话,心里只冒出了两个字:坏了!

第二天傍晚,麦叶刚下班,手机响了,她以为是老耿打来的,迅速掏出电话,一接听,是镇派出所。派出所上来劈空来了一句:"人已经抢救过来了,神志不太清楚,一问三不知,只记得你一个电话号码。你是他什么人?赶快过来!"

> 麦叶是脆弱的,哪怕一点阻碍,她的意志力都会来一次回荡。

> 电话在叙事中再次扮演了穿针引线的作用,而打电话则是人物性格的试金石。

> 不祥的预感更加的强烈。

> 麦叶已经在老耿的大脑沟回中生根了。

> 据生物学家研究，只有最亲的人才能唤醒丧失的记忆。

> 情感交流的隐喻。这细节很隐晦，也很有意味。

老耿是被打昏迷后送镇医院抢救的，三天后才醒过来，醒过来后医院就跟他要医疗费，总共两千一百块，而刚发了工资的老耿卡上只剩下一千七百块钱，还欠四百块钱，老耿在医院的催逼下，连自己是哪里人都记不起来，却一口报出了麦叶的号码。

麦叶心神不宁地赶到医院，见老耿头上缠着纱布，眼睛血肿，整个脑袋像一个破瓦罐，而老耿看到麦叶，丧失的记忆一下子全激活了。

三天前，老耿开黑摩的送客到镇子老街后面的一条人烟稀少且没有路灯的小路上，这时突然从路边的葡萄园里钻出两个人影，不说任何话，劈头一木棍，将行驶中的老耿劈昏在地，他几乎没做出任何反应，人就被撂倒了。后来是一个下夜班的三陪小姐报的警，老耿才被警察送到了医院，老耿说："当晚跑摩的的三十二块钱，还有我身上的现金一百零六块钱。华为手机都不见了。"麦叶坐在老耿的床边，一言不发，她不知道说什么好，只是不停地给老耿倒水喝，老耿显然对喝水并没有多少热情，但麦叶不停倒给他，他就不停地喝着，一直喝到喘不上气来。

警察当着麦叶的面做着笔录，老耿刚说完案情，办案的两位警察几乎异口同声地说："抢劫，暴力抢劫案！"那位终于看清了老耿面目的老警察曾办过老耿伤人的案子,他开玩笑地说了一句:"看你这身板,又进过少林武校,挨打的该是别人,没想到风水轮流转,转到了自己头上。"老耿头上缠着绷带,尴尬地苦笑着:"暗箭难防。"做记录的小警察临走前问麦叶:"你是他什么人?"麦叶一下被问愣住了,脸上紧张得快要崩溃了,老耿很从容地替麦叶回答:"我们是老乡!"

麦叶替老耿补交了欠医院的四百块钱医疗费,又给老耿留下五十块钱买饭吃,她有些不好意思地对老耿说:"就这么多了,我公公每个月吃药要八百多块,人都瘫在床上了。"老耿有几次想拉住麦叶的手,但他的手在伸出后,最后悬在半空,接着又收了回去。麦叶也不太会说话,她只是说:"你好好养伤,厂里工会知道了会来看你的。"工会上午已经来过了,没送钱,只送了几袋奶粉和两箱椰子汁,听说老耿是跑黑车受伤的,跟上次在夜来香见义勇为的性质不一样,厂里很不高兴,台湾老板已经发狠话:"以后谁在外面干私活出事,厂里一律不管。"

老耿后脑勺开裂已缝好了,脑震荡还要再观察几天,老耿吊了许多水,又喝了许多水,他有些憋不住了,要上厕所。镇医院条件是比较差的,几个病房只有一个护士,一直没有护士过来,老耿脸色几乎憋得发紫了,麦叶看老耿额头源源不断地冒着虚汗,就问他怎

> 熟悉警察的出现暗示了老耿与黑社会玉瘤子的那一次恩仇。

> 人,总是在被定义和追问身份,名不正则言不顺。

> 老耿越来越陷入窘境了。当年意气风发,敢说敢做,呼风唤雨的老耿已经远去了。

麦子熟了 / 269

了,老耿说没事。旁边病床上的那位不停哮喘的老头很有经验地对麦叶说:"你再不扶他上厕所,要炸泡了!"

麦叶连忙托住老耿的腰,这是第一次大面积接触老耿,她觉得老耿身体比水泥还沉,身上还有一股残余的血腥味,老耿很困难地坐了起来,蜗牛一样缓慢下床,他轻轻推开麦叶:"我自己来!"麦叶不说话,她手抓着老耿正在吊着的盐水瓶,走向病房里的简易卫生间。在卫生间的门口,麦叶举着盐水瓶不知自己该不该进去,她很为难。那位老者说:"病人相当于婴儿,你跟他一起进去,有什么难为情的!"

就在这进退两难之际,麦穗和电子厂的几个女工进了门。她们一进门,没有震惊于老耿包裹着的头颅,而是震惊于麦叶在厕所门口举着吊瓶。她们哑口无言,六神无主。护士来了,护士将老耿扶进了卫生间。

麦叶站在麦穗和几个女工面前,脸色刷白。麦叶想解释,但越解释越糊涂:"是派出所叫我来的!"麦穗和几个女工更加不可思议了,那个叫刘莉莉的女工说:"真是奇了怪了,老耿被抢劫打伤,通知麦叶。难不成是麦叶抢的!"麦穗从看到麦叶手举吊瓶的姿势里已经明白了一切。

老耿出院后的一天早上,麦叶花钱给自己和麦穗

> 老耿与麦叶之间就隔着一层纸,作者再次将二人置于难堪中,给他们捅破这层纸的机会,当然是以夫妻的名义。

> 春推的叙述张力就在这两个主人公的尴尬中完成的,他不断地制造机会成就他们,又不断地用意外毫不留情地击穿它。他就在这放和收之间,将人物折磨得

一人买了一根油条和一块烧饼,上班路上,她们边走边吃,麦穗吃着烧饼油条,悄悄地对麦叶说:"老耿,不错的,真男人!姐为你高兴!"麦叶鼻子酸酸的,她想解释,但所有的解释都是一种掩耳盗铃的借口。

> 死去活来,使读者的期待在反复摇摆中感受人世的艰辛和无奈。

后来,麦叶在食堂遇见了出院了的老耿,老耿对她说:"谢谢你,麦叶!欠你的钱,我会还你的!"

冬天已经正式来临了,海边的下浦村是一种潮湿的阴冷,在这样的天气里,麦叶被寒冷的空气反复启发和暗示,她隐隐地觉得,老耿被抢劫有些蹊跷,两个人抢走了他身上的一百多块钱和一部手机,但他身上有身份证和银行卡,却没要,那是可以直接去银行变现的,而一上来就用木棍直接奔头部去,显然第一目标不是逼停摩托车,而是要将人废掉。

> 麦叶的推断有理。

麦叶想把这些疑惑告诉老耿,但上班没机会说,下班老耿不来,自己也不去。不来是自尊,不去是自重。下浦村很稀缺这种德行,所以,做起来和看起来就有些节外生枝的别扭。

> 正是这种所谓的自尊和自重,伤害了彼此的真情。

14

年底了,集聚几十家外贸加工厂的下浦村一带天下大乱,每天都有打工男女们扛着大包小包你追我赶

> 挣钱不容易，花钱却很容易。农民工返乡真的像难民潮。

地回老家过年，他们大多一两年没回去过年了，有的甚至三四年都没回过老家了，不是不想回去，而是路途太远，车费、食宿费、过节买东西花费掏出三五个月薪水都不够。花钱不算，车票还难买，一路逃难一样地回到家，跟家人热乎不了几天，又要往回赶，打工人的感情是粗糙的，他们对过年回家最大的定义就是回去睡老婆、搂丈夫，其次才是看望老人和小孩。

麦叶去年就没回去，离家快两年了，桂生和女儿小慧的面相都有些模糊了，虽然塑料钱夹里有一张全家三口的照片，有时麦叶也拿出来看看，可照片中连自己都变得很陌生了，小慧和桂生像是外国的亲戚。小慧一两个月会跟她通一个电话，电话里小慧跟她说话，如同对着动画片说话，天真幼稚而且没有什么太多的感情依赖，妈妈在她那里只是一个符号，甚至连记忆都没有。离开老家的时候，小慧才三岁，她都认不清自己，当然也很难认得清所谓的妈妈。

> 情感的定位一旦发生变化，曾经熟悉的也会变得陌生起来。

那天老耿在工厂门口还麦叶住院的四百多块钱，说自己不回家过年了，他笼统地说了一句："今年不走财运，路费没了，过年跑摩的生意好，一个节能多挣一两千块钱。你回去过年？"麦叶没正面搭腔，只是说："你还我钱，真太不好意思，该我还你的才是。"麦叶不要，老耿将钱塞到麦叶棉袄口袋里，发动摩托车一溜烟

> 老耿定下密会的日期。麦叶虽不搭茬，但已经默认了。

272 / 生活不可告人

跑了。日子已进入腊月了,麦叶一次都没提过回家过年的事,麦穗有些急了。

麦穗找到麦叶:"我们家刘大山电话里说,桂生最近老是喝酒,酒一喝多了就打小慧,小慧身上被打得青一块紫一块的,一个大男人,扛了两年了,撑不住了,拿孩子出气。你怎么从来不跟我商量哪一天走?"麦叶吞吞吐吐地说:"姐,我是想,回去后,就不来了。我不想出门打工了。"麦穗意味深长地望着麦叶:"你舍得?"麦叶认真地说:"姐,我说的是真的,过了年我就不来了。厂里的效益也不好。"麦穗拉着麦叶的胳膊说:"走,先跟我去一趟县城,买些年货带回去。回不回去过年由我说了算,过了年还来不来我说了不算。"

麦叶和麦穗在城里买了一大堆衣服、鞋子、袜子,还有香烟和糖果之类的年货,其实这些东西在老家县城都能买到,但在这里买了再背回去,就显得很贵重、很有面子。麦穗说:"外面的月亮总是比家里的圆。"

麦苗已经不在镇上的足浴城当技师了,她到县城开了一个网店,专门在网上卖女人的内衣、内裤、化妆品之类的。麦叶和麦穗扛着一大蛇皮袋年货,七转八绕转了好几条街,才在一个居民楼里找到麦苗的网店,一套装修过的三室一厅单元房,就是麦苗的店铺和宿舍。麦叶她们进门,麦苗正在网上发货,她头也不抬地

麦穗又要起了亲情绑架的把戏。

前文叙述中所营造起来的佳期预想再次落空,而且有可能永远落空。

麦穗处事圆滑、周到。

麦苗虽小但却能与时俱进。

麦子熟了 / 273

怎一个乱字了得!

黑社会撒下的网,纵然逃了麦穗和麦叶,也逃不了麦苗。

麦穗的封口令应该也对她自己有效。

麦穗是个思想家。

对两位姐姐说:"屋里乱,你们自己倒一口水喝,饮水机就在门边上,晚上我们一起吃饭。"麦穗和麦叶没喝水,她们穿过堆满了纸箱的客厅走进了一个摆着双人大床的房间,她们想找个地方歇会儿。房间比客厅更加凌乱,牛奶盒子、饼干桶、手机充电器,随处乱扔,墙上的大屏幕液晶电视机倒是很招摇,只是家具有些庸俗,白里透着黄,黄里透着脏。让麦叶更为震惊的是,床头居然有一幅王瘸子的艺术照,穿上西装领带后的王瘸子神情自负,头发滌亮,闻不到他满嘴的蒜味,更看不出有一条腿已经短了十好几厘米,双人大床前的一双男士棉拖鞋,还有床头柜上一个堆满了烟头的烟缸已经无声地说明了一切。麦叶突然想哭,她拉着麦穗的手说:"姐,我们走!回家我要告诉来宝叔!"麦穗攥紧微微颤抖的麦叶胳膊:"回去一个字不能说,知道吗?我们在外打工什么都没发生过,你懂吗?不是什么话都能随便说的!"麦叶若有所思,她抹了一把快要溢出来的泪水,点了点头。麦穗将床前的那双放反了的女式绣花拖鞋理顺、放正,她望着麦叶,也有些伤感地说:"出门打工,过的就不是人的日子,不偷不抢,拿自己的青春换一些柴米油盐,算不得遭天杀的!"

十九岁的麦苗忙完了活,进房间后不停地道歉:"真对不起,网店就我一个人,实在太忙了!"她说不回去过年了,她托麦穗带八百块钱回去给她爸:"就说店里走不开,明年保证回家过年!"麦穗接过钱说:"可以理解,过年生意总要好些。"麦叶一直就不说话,脸上有些麻木。听说麦叶和麦穗不愿在这吃饭,麦苗就给每个姐姐送了一支护肤霜、一瓶润肤露。麦苗似乎看出了一些异样的苗头,就对麦穗和麦叶说:"网店的钱全都是王老板出的,好几万呢。你们不愿跟王老板吃饭,也没关系,我能想通。其实,王老板人不错!"一直没说话的麦叶见麦苗一口一口的王老板,终于忍不住呛了麦苗一句:"是王瘸子!"

虽然厂里订单大幅减少,过年时,台湾老板还是给每个员工发了五百块钱红包。这笔意外之财几乎将麦叶在县城买的年货全都实报实销了,火车票是厂里统一买的。腊月二十四,也就是临行前一天的晚上,麦叶想对老耿说:"过了年,我就不来了。"但又觉得不妥当,不来就不来,告诉他是什么意思呢?麦叶很希望老耿这个晚上能给自己打一个电话。今年在下浦村这段日子,她觉得很难熬,很难受,也很对不住老耿。后半夜的时候,麦叶几次拿起了手机,翻出了"橘黄头盔",但她还是没敢按键。村巷里的风声很紧,有哨子一样的尖啸声,下浦村的最后一个夜晚很快就要过去了。麦叶在做出最后一个决定后,脸上滚烫,像是着了火一

> 乡下女人的道德已经四分五裂。

> 王瘸子的如愿以偿、麦苗的说项,都让麦叶成为一个孤零零的坚持者。

> 连给情人打个电话告别的勇气都没有的女人,最后却承担了所有的污名,真是没有了天理。

> 在道德的困境中挣扎的女人,只好把最后的决断交给天意。只可惜,天不随人意。

> 情爱心理学。麦叶既向往又害怕的爱情,在这一刻已经到了最后了断的关键点。就是电话打通了又怎么样,一切都来不及了。释然,也只缺一个仪式了。

样。她拿出一枚一元的硬币,往床单上扔,如果是正面,她立即就去老耿住的地方辞行;如果是硬币反面,她就再也不给老耿打电话了。

麦叶扔出硬币,像扔出去一颗炸弹,她是在爆炸中死里逃生,还是在爆炸中粉身碎骨,一切听天由命了。

硬币在空中划过一道不规则的弧线,落在带条纹的床单上,麦叶忐忑不安地捡起来,她闭着眼不敢看,憋了五秒钟,睁开眼,傻了:反面。

麦叶将电话扔在床头柜上,人像一口袋被水泡过的面粉,稀松涣散地倒在床上,床上是一堆碎砖烂瓦。

麦叶的火车夜里十二点零八分开,第二天晚上仍有一半是属于下浦村的。晚上付清了水电费、房租,麦叶连电饭锅都收拾好了,准备一同带走,打好包后,才晚上八点多一点,她知道这是自己待在下浦村最后几个小时了。麦叶这一次几乎想都不想地就拨打了老耿的电话,电话很快就通了,她对电话里的老耿说:"我晚上十二点零八分的火车,明年我也不来了,你马上过来,骑摩托车送我走吧!到洋浦火车站十五分钟就够了!"麦叶没想到有些看起来很难说出口的话,但只要你有勇气说出来,也就是几个汉语拼音的音节,没什么大不了的。

麦叶说完这一通几乎大半年都不敢说的话,身上像是卸下了一卡车水泥一样轻松。这是麦叶第一次主动打电话让老耿过来,过来送行相当于接头暗号,他们谁都知道电话后面是什么意思。可电话里的老耿却有些沮丧地说:"我的摩托车被城管没收了,他们说我跑黑车,还说要罚我款,我正在城管这里接受处理呢。"

麦叶的心一下凉透了,她说:"你跟他们说说,你是电子厂上班的工人,不是专门跑黑车的!"

老耿在电话里说:"我说了,他们不睬我。摩托我不要了,我马上到你那里去!"

麦叶面对着话筒,像是面对着绝望的深渊:"不用了,你处理摩托车的事吧,我自己走,马上就走!"说着掐断了电话,像是掐断了自己的喉咙,麦叶的眼里终于流出了两行伤心的泪水。

麦叶走的那天晚上,下浦村的夜露中开始结冰,等到火车开走后,天空好像也冻住了,星星在固定的位置上一动不动,那时候,老耿正从城管所往下浦村一路奔跑,他的摩托车已经被没收了!

> 最后的错过。这就是天意。
>
> 他与她总是努力为爱情创造机会,然后又亲手将机会毁掉。到头来两手空空,一无所有。

> 可怜的老耿,他在最后一刻还在做着挽回的努力。

15

绿皮火车在冰冷的空气中开了一天两夜,到了大西南一个偏僻的小站,麦叶她们接着坐了一天一夜的

麦子熟了 / 277

麦穗的叮嘱里透着胆怯和担忧。也预示着一个她们无法把握的凶险的未来正等着她们。

从动荡重回稳定，是失而复得的庆幸。长久分离的兴奋，未必没有几分内疚的补偿和做作的掩饰。

长途汽车，又倒了四个小时的农用车，终于回到大山深处的河谷地带，这时天已黑透了，时间已是腊月二十八，还有两天就过年了。

村里一趟车回来的有六个女人，她们在不同的工厂，也有不同的故事。麦穗和麦叶分手各自回家前，麦穗还对麦叶强调说："我们在厂里打工，下了班接着出去打零工，其他什么都没做，听到了没有？"麦叶在黑暗中点点头。

回到家的麦叶非常兴奋，见到桂生和小慧，像是死而复生。桂生不停地憨笑着，一晚上嘴始终合不拢。小慧吃着麦叶带回来的饼干和糖果，屋内屋外四处乱蹿。公公瘫在床上，穿起麦叶买回来的新棉袄，嘴角流出了幸福的口水。他执意要起床陪麦叶吃晚饭，麦叶说不用了。桂生为迎接麦叶杀了一只鸡，蒸了一碗咸肉。麦叶很孝顺地盛了一碗饭又夹了几块鸡肉和咸肉送到床头，麦叶看到公公接过碗，嘴角不停地抽搐着，公公只说了一句话："嫁到我们家，你受苦了！"

一切是那么熟悉，桂生的憨厚中还夹带着粗鲁，小慧简单得就像一个新买的碗，一览无余。空气中有油烟和灶火焦煳的气息，这是麦叶熟悉又倍感亲切的气息。晚上睡觉关上房门，麦叶觉得，这里才是自己的家，这里才是自己踏实的生活。

桂生一晚上非常野蛮,他憋了两年的欲望要在一个晚上兑付,所以人就变得异常贪婪和暴力。他一次又一次地进入麦叶,用手掐麦叶的乳房和耳朵。而麦叶比桂生更加失态,她在和桂生疯狂地交合中,突然抬起手,猛地一巴掌抽在桂生的脸上。这是麦叶用憋了两年的力气扇出去的,桂生鼻子里、嘴里流出了鲜血。而桂生浑然不觉,鲜血滴落到麦叶的乳房上和肚子上。而麦叶像冬眠刚刚苏醒的蛇一样紧箍着桂生的脖子,两人搂抱在一起时而笑,时而哭,身上满是汗水、泪水、还有血水。折腾了一夜,他们只睡了一小会。鸡叫的时候,桂生又翻到了麦叶的身上,像是饿了连年的叫花子,又加了一顿餐。

> 长久压抑后的性狂欢,这给人重返兽的错觉。但在人类的文明中,一切自由奔放的情感,都是在道德的框架内的。但假如麦叶与桂生的性觉是兽的话,那麦叶与老耿的纠缠就只能是人了。这一切又是多么的讽刺啊!

麦叶在风停雨歇后,吊着汗湿了的桂生问:"你说,我们是不是畜生?"桂生回答得非常干脆:"我们本来就是畜生!"

过年的气氛好极了,乡邻亲戚们走东家,窜西家,走到哪家吃到哪家,抓起筷子就夹菜,端起杯子就喝酒,乡下虽不富裕,但过年了,杀猪宰羊,炖鸡烧鸭,整天吃得满嘴流油是有保证的。小慧以她五岁的智慧对麦叶发出感慨:"妈妈,要是天天过年就好了!"麦叶和桂生都笑了。

"乐极生悲"这个词好像就是为桂生准备的。年初

> 乐极必然生悲,这是小说家的叙事逻辑,当然也是经典的桥段。

麦子熟了 / 279

没有不透风的墙，更何况那堵墙还是篱笆扎的。

酒气是传播流言蜚语的最佳媒介。

麦穗的闺房私语终于成了公共话题。这是一种别致的传达。麦穗除了摘出自己外，把所有姐妹都出卖了。

三晚上，按顺序轮流，来宝叔请了几个乡邻来家里喝年酒，桂生和刘大山这两个打工家属也被邀来了，一桌八个男人很快喝掉了一箱白酒，等到刘大山和桂生舌头发硬的时候，桌上已撬掉了五斤白酒，酒一喝多了，话匣子就刹不住了。来宝叔说麦苗带回了八百块钱，女儿有本事了，能挣钱了，喝酒喝得痛快。刘大山搂着来宝叔的肩膀说："叔呀，你喝得痛快，麦苗喝得痛苦呀！这么好的一个黄花闺女，亏了！"没人听出刘大山说的是什么意思，别人甚至连搭腔的兴趣都没有。来宝叔的酒早已过量，他文不对题说："麦苗过了年才二十岁，有什么亏的！有什么痛苦的！"

刘大山要酒喝就说明已经喝多了，他要跟桂生再炸一杯，已经不胜酒力的桂生不答应，刘大山一摔酒杯，玻璃酒杯在地上碎了，他手指着桂生："你算个毬，看不起我，我们家麦穗是没你老婆年轻漂亮，但我老婆在外打工不偷人，不跟野男人上床！"桂生一下子酒醒了，上来一把抓住刘大山的棉袄领子："刘大山，你给我说清楚，我老婆偷谁了？跟哪个野男人上床了？"桂生摔碎了手里的一只碗，刘大山酒喝多了，嘴里胡言乱语："跟哪个野男人，问你老婆不就知道了？我又不是你老婆。"

"你胡说！"桂生冲上来要打刘大山。场面已经失控,没喝多的人们纷纷上来拉开两人。桂生还没动手,刘大山已经躺倒在地上。地上满是鸡鸭的骨头,还有酒瓶盖子、香烟头之类的。屋内乌烟瘴气,屋外还有零星的鞭炮在山谷里远远近近地爆响。这响声提示人们,过年还在继续。

但麦叶家过年从初三这天晚上起,提前结束了。

桂生跟跟跄跄回到家,小慧在另一间屋里已经睡着了,瘫痪的父亲在厢房里拼命地咳嗽着,喉咙里像是被鱼刺卡住了似的。只有麦叶在等桂生,她知道桂生喝了酒后总是要她,所以她铺好了床上的花被子,还换了一条新枕巾,怕桂生出汗太多,她还泡了一杯山茶放在床前的食桌上。

麦叶看桂生满脸通红,眼睛也是血红的,就站在昏黄的灯光下问他:"是不是先喝点水?"麦叶端起泡好的茶迎了上来。

桂生不说话,满脸酒气的脑袋逼近麦叶的脸上,他一字一顿地喷着酒气对麦叶命令道:"跪下!"

麦叶很诧异地望着桂生:"你喝多了!"

桂生用食指顶着麦叶的鼻子:"老子没喝多,你给我跪下!"

麦叶隐隐觉得事情有点蹊跷,但她还是理不出头绪,就很迷茫地望着桂生:"你这是怎么了?"

> 热闹总让人忘乎所以,殊不知寒风正在逼近。

> 体贴的女人,一个贤妻。当她沉浸在大夫的抚慰的时候,危险的脚步已到门前。

> 陡然的变化,完全出乎麦叶的意料之外。

麦子熟了 / 281

桂生上来就对着麦叶的腿弯处准确无误地猛踹一脚："跪下！"被踹了一脚的麦叶几乎是情不自禁地跪了下去。

桂生显然不满足于麦叶跪下的姿势，于是又冲上来薅住麦叶的头发，对着麦叶的脸，左右开弓扇了二十几个来回，直到他手指发麻了，才停下来。

麦叶嘴里、鼻孔、耳朵全都出了血，眼睛也充了血，差不多就是通常所说的七窍流血。麦叶捂着体无完肤的血肉之躯，伤心地大哭，面对这突如其来的暴力，她已经没有力气说话。

桂生坐在床沿上，一只脚踩在麦叶的身上，然后点燃一支烟，将烟雾喷到麦叶血肉模糊的脸上，像是电影中军统特务审讯地下党的画面："从实招来，野男人是谁？姓名？电话号码？什么时候开始偷情的？"

麦叶终于明白了桂生拳脚的内涵了，但她确信桂生能够掌握和了解的都是似是而非的想象和推理，不可能有什么铁板钉钉的事实，所以，麦叶一口咬定："没有，我只打工，什么也没做！"

桂生见麦叶一副视死如归、大义凛然的样子，于是开始用刑。他翻出了捆麦子的麻绳，再洒水打湿，然后用绳子将麦叶捆好吊到了屋梁上，麦叶像一只弯曲的虾被悬挂到屋梁上。她感觉到自己全身的骨头和肉都

从麦叶与桂生重逢第一夜的表现，完全可以判断出麦叶的清白，但桂生偏偏是个没脑子的愣头青。新一轮更为重大的误会叙事开始了。

本来就没有铁板钉钉的事实。

正在加速撕裂，那种千刀万剐的疼痛让麦叶发出了惨绝人寰的惨叫。厢房里瘫痪在床的父亲被正屋里撕心裂肺的叫声惊醒，他下不了床，于是高声地喊着："桂生，你发哪门子疯呀！"桂生走过来，冷冷地告诉父亲："你听错了，是电视剧里审问犯人的声音。"

天亮时分，麦叶终于全部招供了。

男人叫老耿，全名耿田，是大西南这一片的大老乡，帮着自己打抱不平，被拘留，挨罚款，他帮自己完全是为老乡而两肋插刀，我们之间没有发生任何事。麦叶声音很困难地维护着老耿的形象，她说老耿就像活雷锋一样，自己几次想替他承担一些罚款，可老耿一分都不要。桂生本来已经冷静了下来，听到麦叶一说细节，上来又给麦叶几巴掌，刚从屋梁上放下来的麦叶一下子瘫倒在地。桂生吐掉嘴里的烟头，继续薅住麦叶凌乱不堪的头发："他不想要你钱，是想要你人！"桂生命令麦叶把手机交出来，他要审查麦叶和老耿的联系信息，麦叶乖乖地掏出手机，翻出了"橘黄头盔"，桂生眼睛里冒着火，嘴里当然也不可能干净，"橘黄头盔，你们他妈的还对暗号！"麦叶说当初不知道他名字。当桂生翻到信息中，老耿对麦叶说"吃饭最好放在晚上"，麦叶回信息说"晚上就在我屋里"，桂生一下子跳了起来，这已经不用解释了，他妈约好了国庆节偷情，还美其名

> 麦叶就是一个因叛徒出卖而被关进囚牢的地下工作者，而桂生就是那个审讯她的特务，审讯的方法，声口，方式都是。

> 一个情色故事的编码，并不需要所有的细节，只要有几个关键词就可以形成合乎逻辑的场景重现。只是这重现的场景，都是在道德推理中完成的，永远不能回到本原。

> 双方掌握的都是事实，而彼此的评价却截然不同。

曰吃饭，吃饭在屋里，还是晚上。桂生这次没打麦叶，而是猛扇自己耳光，一口气扇了自己十几个耳光："你这个臭婊子，老子在家，既当爹，又当妈，你在外面给老子戴绿帽子！妈，我好冤呀！"桂生蹲在地上捂着脸哭了起来，他向已死去多年的母亲喊冤。

麦叶觉得自己已经跳进黄河洗不清了，她拉起桂生，冷静地说："桂生，我没有对不起你，你要是还不相信，我天一亮就到河谷里去跳崖，我不死在家里，好吗？"

> 小慧不可以没有妈，难道说她可以没有爸吗？

桂生突然站起来，抱住麦叶号啕大哭起来："你可千万不要这么想，小慧才五岁，不能没妈。对不起！是我无能，让你受苦了！"麦叶一句话没说，夫妻俩抱头大哭，太阳在两个年轻人的哭声中升起，阳光铺满了山区里的河谷地带，也铺到了桂生家沉默的屋顶上。

第二天，桂生家里好像什么事都没发生，桂生再也没提过昨晚的事，一切归于风平浪静。桂生和麦叶一起去麦叶家里拜年，年初六桂生还提议带着女儿到县城照了一张全家福。麦叶心里一直很虚，好像自己真的做错了什么似的，她总是反复地对桂生说："年后反正我也不去了，种几亩地，养一圈猪。房子也能翻盖。"

> 骤然的风平浪静，总给人不安的预感。

本来已经说好了麦叶不再出门了，可年初七夜里，桂生父亲呼吸突然急促而混乱，好几次气都喘不上来了。桂生和麦叶连夜借拖拉机将父亲送到县医院抢救,医生说老人瘫痪后风湿侵犯心肺,导致呼吸障碍,人是抢救过来了,可医疗费花掉了六千多,家里钱花光了,还借了两千多块钱。

桂生对麦叶说:"家里这个样子,实在是走投无路了。一进医院,钱就是纸了。你还得出去打工,家里我来照顾。"

麦叶说:"我说过了,我再也不出去打工了。"

桂生见麦叶手抚摸着颈脖处的伤口,软下口气:"算我求你了,好不好!"

麦叶本想说,出门打工我可担当不起偷人养汉的罪名,但桂生自初三那天晚上酒喝多了发飙以后,一个字也没提过,也许他已经意识到自己的过激和荒谬了,麦叶要是再提出来无疑是把好了的伤疤又用刀子捅破。所以,麦叶就没说了。

年初十,麦叶还是和麦穗一道出门的。麦穗见麦叶颈部有伤,就问麦叶:"你们两口子是不是太疯了?在床上做好事还把颈脖子抓伤。"

麦叶不说话,目光死死地咬住麦穗,麦穗发觉麦叶的目光像刀子,她无中生有地搓着自己空虚的双手以掩饰内心的不安。

生活的重压让一个男人在道德自尊上作出妥协,也是可能的。

麦叶的自我安慰。

麦穗知道自己种下祸根,也许她是无意的。

麦子熟了 / 285

16

下浦村的海风依旧，扑面而来的不是风，而是盐霜和湿漉漉的水气。

麦叶的房子已经退掉了，麦穗要麦叶临时跟她一起住几天，麦叶没答应，她一下车就去村巷里找中介，不到半个小时，就租下了距离老耿出租屋只隔一条巷子的一间平房，是原先一间牛栏改造的，房子大些，还有一个脸盆大的窗子，只是每月房租比原先多了十块钱。麦穗是陪着麦叶一起去找房子的，见租下的房子离老耿很近，麦穗什么话也没说，分手的时候，只是说："你要是愿意的话，今年下了班后，我们在村巷里摆地摊，听说最多一晚上能挣五六十呢。"麦叶脸上一点表情都没有，她只是说："我被桂生打伤了，不想出门。"麦穗惊得脸色刷白，她自言自语了一句："怎么会呢？"

与桂生的夫妻之情因那场家暴而耗尽。

麦穗自知做了亏心事。

上班的日子按部就班，上班的时间如同死亡的时间，尤其是在生产线上，每天只重复一个动作，插件或连线，下班后，手指和内心一起麻木不仁，装配线上干上几年，不是变成傻子，就是变成疯子，这话是老耿说的，可上班第一天，麦叶却没看到老耿。

老耿又不见了，悬念又起。

大年初一，麦叶收到了好几个生产线上姐妹发来的拜年短信,但老耿没发一个字过来,好几次手机短信提醒声响,她就迫不及待地打开来看,但老耿好像从地球上消失了。当然,她也不会给老耿发短信的。他们已是两个毫不相干的人了,所以她很快就说服了自己的内心。初三晚上桂生发飙要看手机,麦叶当时很庆幸老耿过年没信息过来,可国庆节相约吃饭的信息没删,而那几条信息比拜年信息更加可怕。

> 一朝被蛇咬,十年怕井绳。

没见着老耿,麦叶也没怎么往心里去。她觉得也许老耿摩托车被没收后,回老家过年去了,可他哪有钱做路费呢?大半年都是过着倒霉的日子。桂生下手太重,麦叶觉得自己还是有点冤,可老耿比自己更冤。这样一想,她就觉得应该见一下老耿,巷子早已空了。深夜,麦叶终于给老耿拨了电话,电话里的回复是:你所拨打的电话已停机。

> 内疚是说服自己的最好理由。

此后一连三四天,老耿还是没见到。其实,麦穗早已知道了真相,但她没告诉麦叶,麦叶也没去问她,姐妹俩年后在厂里几乎已没有什么来往了。上班后的第五天,麦叶终于忍不住在午饭后休息的半个小时里,跑去找到了库房主管,库房主管正眯着眼晒太阳。当麦叶问起老耿时,库房主管连眼睛都懒得睁开,声音很冷漠地告诉麦叶:"老耿年前就辞职了,听说到舟山那边的一个岛上打鱼去了。"麦叶问:"老耿为什么辞职?"

> 为什么要追问老耿的下落呢?还是放不下那个人。

麦子熟了 / 287

库房主管睁开眼，盯住麦叶："我哪知道？这个人不是一个省油的灯，除了你们女人喜欢，你可知道他在这里惹了多少事？"

此后的日子里，麦叶再也没向人打听过老耿，她也想把这个男人从自己的记忆里抹去，可那个仗义行侠、敢作敢当的男人像是病毒一样，时常在她的头脑里和梦里出现，而且总是对她说，"有什么需要的，直接给我打电话"，可电话已打不通了。

> 那种被男人保护的感觉就是蔓延的毒素。

时间是最好的解药，春天来临，枯树发芽，阳光和空气越来越暖和了，麦叶在阳光的温暖下。心情慢慢地平静下来。今年厂里订单似乎更少了，下班提前到了下午四点。四点过后，麦叶去镇上医院当晚班护工，每天为病人端屎端尿到夜里十一点，一晚上的报酬是四十块钱，还提供一顿免费晚饭。每次走过老耿被抢救住过的病房时，她好像都能看到老耿头上缠着绷带，张着嘴，等待着麦叶给他喂水，老耿干裂的嘴唇和受伤的表情是那么可怜。

> 老耿总是无处不在，时间的解药也无效。

麦叶跟桂生没有什么联系，桂生不给麦叶打电话，麦叶也不给他打电话，她只是不停地往家里寄钱，每月工资加上打零工的钱分两次寄回家。

> 麦叶就是桂生挣钱的机器。

三月上旬的时候，两个警察在车间里将麦叶叫了出来，他们神情严峻地对麦叶说："老耿死了，案件与你有关,你必须配合调查!"

老耿在舟山群岛打鱼,那天凌晨上岸送鱼到交易批发市场,他在出市场的街口被一辆急速而过的摩托车撞倒了,还没送到医院,人就死了。

麦叶愣在那里,像是听天书一样茫然,而给她致命一击的消息是,撞死老耿的人是麦叶的丈夫桂生。

后来麦叶是从警方那里了解到事情全部真相的。

麦叶在外打工偷人的消息实际上从年初三那天晚上起就在村里传开了,经过春节假期的全面发酵,全乡都知道了,这成了春节期间全乡酒桌上的另一道"下酒菜"。桂生本来不打算深究麦叶,可桂生的父亲在听到一个上门探视的远房亲戚说了这事后,当场就晕了过去。老人受不了这有辱门风的事,抢救过来后,从此就不再说话;半个月后,撒手人寰。桂生知道父亲是被麦叶气死的,所以,老人下葬桂生都没通知麦叶回来奔丧。也就是说,直到案发,麦叶都不知道公公已经去世了。

桂生曾经打过老耿的电话,停机了。但麦叶交代过老耿的老家是离这里六百多公里外牧牛山里的桃溪乡。桂生埋了父亲,日夜兼程赶到老耿老家,弄到了老

——

等待的消息终于来了,可惜是个噩耗。

故事正进入最后收尾阶段,正给每个人物安排去处。

舆论杀人!

父亲是因老耿而死的,桂生与老耿就有了杀父之仇。

古老的复仇规则在运行:杀父之仇、夺妻之恨,有仇不报。非君子,桂生

> 依照规则行事,他理直气壮,问心无愧!

耿现在的打工地点、电话号码和打鱼的照片。桂生说他是以前老耿的打工同事,分开后一直很想他。老耿老婆见来人这么有情有义就很感动,不但给齐了老耿各种信息,中午还留桂生吃了顿午饭,饭桌上还特地上了一盘咸肉炒鸡蛋。

桂生潜伏到舟山渔场一个星期后,摸清了老耿的行踪。为了不留下把柄,他在一个管理不善的住宅小区偷了一辆摩托车,并于一个暗无天日的凌晨将老耿撞死。老耿死的时候,他从渔船上送上岸的鱼基本上都还活着。

> 触目惊心的死亡现场。

在天网工程的笼罩下,桂生很快就在监控的揭发下以故意杀人罪被逮捕了。

麦叶辞职回到了老家,家里已经全空了,只剩下麦叶和小慧孤儿寡母。桂生的案子很快就要起诉,麦叶请了律师,律师说应该是死刑,我们争取判个死缓,毕竟那个老耿也有过错。麦叶异常固执地告诉律师:"老耿没有错!"

> 这是怎样的爱恋和仇恨,才能有如此的辩白,老耿死也值了。

麦叶去看守所想见一下桂生,桂生收下了麦叶带来的衣服和鞋袜,但不愿见麦叶。麦叶回到村里,村里没一个人理睬她,他们见到麦叶都绕着走。麦叶知道,在这个村子里,她已经待不下去了。

麦叶从家里找到了捆麦子的绳子,准备上吊,一死了之,简单而实惠。可绳子扣到屋梁上后,小慧抱着麦叶的腿说:"妈妈,我怕!"麦叶觉得自己走了后,女儿怎么办呢?于是她对女儿说:"我们在屋梁上用绳子扣上,做一个秋千,好不好?"小慧喜笑颜开地说:"好!"麦叶搂着女儿,泪水夺眶而出,但她不能哭出声来。

> 死亡也是一种游戏,更何况与孩子一起,麦叶死了,以一种欢乐游戏的方式。

河谷地带的麦子正在拔节,绿色的麦野沿着河谷两岸密不透风地向前铺陈。麦叶搀着小慧的手,走在麦地的空隙里,她们正在离开这座村庄,她们的头顶上是成群结队的燕子在阳光下飞舞,这是燕子的季节。

清明节那天早晨,六百里外的牧牛山桃溪村村口,麦叶牵着小慧的手,问一个牧牛归来的汉子:"请问,老耿的坟在哪里?"

> 朴叙的情节,复活了麦叶与小慧,似虚而又实。

清明一个月后,桂生因故意杀人罪被判处死刑缓期两年执行,麦叶应麦苗邀请,带着小慧到麦苗的网店打工去了。又一年后,麦穗突然辞职,到普陀山出家了,至于原因是什么,谁也不清楚。

> 最后交代每个人物的去向。简洁的暗示。

2016 年 3 月 30 日　完稿于老家乡下　兵马庄
　　　　　2016 年 5 月 15 日改于上海

> 一场徒有虚名的爱情,引发了一场实实在在的暴力结局。

生活不可告人

1

我现在寄居的这座城市繁荣而混乱,一幢幢摩天大楼顽固而生硬地直插天空,天空弥漫着浑浊的阳光和工业灰烬,在这些与穷人无关的大楼淡蓝色的窗子后面,形形色色的欲望和野心已经酝酿成熟。高楼密集的夹缝中,如蚁的人群怀揣着各种不可告人的动机来去匆匆,去向不明;走在钢筋混凝土的阴影下,没有阳光的脸上表情焦虑而幽暗,少数人在冬天的风中咳嗽。

某种糟糕的感觉在冬天来临的时候越来越强烈,每一片树叶在我眼前坠落都会让我心惊肉跳。我总觉得这个冬天对我来说就是一次灾难,重感冒持续了一个星期,鼻子刚刚能自由地呼吸窗外的空气,我的一位在家乡当县长的大学同学因为贪污受贿案发而失去了自由。另一位同学在电话中对我说"脑袋能不能保住

> 神秘的后现代城市景观。
>
> 现代主义的文风浓郁。

> 危机四伏,不祥的预感正通向"我"。

还很难说"。就在我为同学的脑袋而担忧的时候,与我租住在同一幢楼里的一位做书商的朋友被一个谋财害命的歹徒卸掉了脑袋,杀害他的人居然是他雇用的司机,司机是他表弟。书商朋友刚和我谈成了一本书的合作问题,他知道我是漂在这座城市里的自由撰稿人,日子过得朝不保夕,所以他在谈稿酬的时候,毫不犹豫地答应了我千字一百的开价。现在我只好怀里揣着一份永远也兑现不了的合同书去参加书商朋友的遗体告别仪式。殡仪馆里的哭声此起彼伏,他刚换的妻子年轻而美丽并且在情深意切地痛哭后成为这座城市里又一个自由的寡妇。我看到书商朋友躺在鲜花丛中,拼接好的脑袋在一条围巾的掩盖下结构完整且表情极其平静,他已经与这个世界毫无关系了。

冬天异常寒冷,我听着窗外呼啸的风声,自己就像漂泊在一片漆黑汪洋的大海上,孤立无助。在这个不可告人的晚上,我面对着桌上一堆半成品的书稿,想象着那再也不属于我的三万块钱稿酬。我考虑是不是跟书商朋友新婚不久的遗孀探讨一下合同补偿金的事,有可能的话,甚至将书商朋友的遗孀和遗产一起娶过来。在这种痴心妄想还没构思清楚的时候,我的眼前却突然出现了远在老家的二叔的那张苍老而威严的脸。二叔在我出来闯荡前对我的唯一一句训诫是:"人

> 预感被验证。

> 点明了"我"的身份。

> 葬礼、狂欢、表演秀,幸灾乐祸的叙述。

> 痴心妄想,膨胀的物欲雄心。

而不仁,疾之已甚"。这是孔子的话。想到这,我万念俱灰,明天的晚餐在哪里已经成为我生活中的一个严峻的问题。我拼命地抽烟和喝水,屋里的烟雾弥漫着破碎的生活前景,我看到鲜花在电视里开放,电视里歌舞升平的画面不仅不能安慰我,而且还成了一种伤害。我想,为什么电视里的人那么幸福呢?为什么我不活在电视里?

> 世界的繁华与自我的孤独形成强烈的映照。异己而又分裂。

文学在这个冬天已由最初的信仰逐渐蜕变成谋生的手段,已由神圣的追求堕落成交易的筹码,我感到今年春节回老家是无法向二叔交代的。二叔是我精神上的导师和生活中的楷模,他是那种仙风道骨,"穷且益坚,不坠青云之志"的人,一生当教师,安贫乐道,"人不堪其忧,回也不改其乐",长年住在三间平房里,理直气壮,腰杆笔直。我成长过程中的偶像既不是董存瑞、黄继光、雷锋,也不是邓丽君、张曼玉、巩俐,如果有偶像,就是我二叔。可我现在为了能请女友到凯宾斯基去吃韩国烧烤而放弃文学的尊严,我没有写完的这本书叫《月光下的单人床》。我正在用一种体面的文字把下流和可耻的欲望制造出来并批发到大江南北千千万万个光线阴暗的床头和比光线更加阴暗的心理中。

> 非同凡响的偶像。

> 自渎的暗示,自嘲和批判。

这种分裂的意志和想象正在折磨着我残存的生活信心,我咬着牙决定去找另一位活着的书商,我要把自己写了一半的这张"单人床"合同卖出去。这就像一个第一次出卖自己的妓女已经在嫖客面前脱得一丝不挂了,即使再穿上衣服,那也只能算作是有纯洁愿望的妓女,基本性质是不会改变的。

> 文人和妓女一样都是靠出卖色情维持生计,只不过妓女以身体,而文人以文字。

我是在为《月光下的单人床》找另一个书商的路上,接到堂弟小东打来的电话的。小东在电话里对我说,二叔出大事了。我问什么大事,小东在电话里哭了,他要我无论如何要回去一趟,不然二叔就真的全完了。

二叔认为我是有出息的,不像小东,初中毕业上了技校,走投无路中只好进工厂当工人。我是许氏家族"经史济世,诗书传家"的中唯一希望。每次回家,二叔总喜欢与我坐在黄昏的时光里纵横天下谈古论今,然后让婶婶温一壶黄酒,叔侄俩一直喝到夜色阑珊、世界一片寂静的深夜。

> 我将成为二叔人格的反面参照物。

我将书稿的提纲匆忙地交给书商,迅速地爬上火车,直奔千里之外的老家。

2

二叔出生的时候,许氏家族全面败落,曾祖父许闻道公因日本人打过他一个耳光,从此就缄口不言,并让

> 许氏家族传奇般的历史。

> 家族的历史很曲折。

> 二叔在家族败落、风雨如晦中降生，承载了重振家族的期望。

> 二叔的名字很有文化深意，竟然也有传说的味道。

城里的一个中药铺和一个典当行在他鸦片烟枪的点点星火中化为灰烬，祖父许慎之流着眼泪将家产中最后一座四合院质押典当出去后，才勉强办完了曾祖的丧事。我二叔诞生在护城河边那间租住来的低矮的民房里。一九四六年春天的雨季极其漫长，我二叔落地时哭声很嘹亮，祖父许慎之望着屋外稠密如注的雨水，一筹莫展，胡子突然间就白了。接生婆在一个锈迹斑斑的铜盆里洗着沾满血腥的手对祖父道："老爷，恭喜你了，二少爷天庭饱满，地阁方圆，必成大器。起个吉利的名字吧！"祖父没吱声，他穿着灰布长衫在屋内潮湿的砖地上来回踱着步子。天渐渐地暗了下来，婴儿的哭声和屋外的风雨声交相呼应。祖父放下手中的紫砂茶壶，说了一句："一日克己复礼，天下归仁焉。就叫'克己'吧！"

关于我二叔的名字许克己，有许多种说法，一种说法是祖父希望我二叔能够学会忍受与克制，不要像曾祖那样一时冲动，就败了家；另一种说法是家道既已败落，希望二叔将来能够隐忍发奋重振家业。究竟哪一种说法可靠，无从查考，因为祖父在二叔四岁时就去世了，所以也查无对证了。不过我倒宁愿相信，这两种意思是兼而有之。我祖父许慎之从小受过良好的私塾教育，国学基础相当深厚，还留下过一本《笃修论语辅证考》的著作，在当地学界颇有影响。祖父许慎之信心十足地准备参加县试的时候，科举考试废除了，祖父虽然没有金榜题名，但本地各界人士都尊称祖父为秀才。二叔出生的时候，落难秀才许慎之正在县党部书记郭能瑞家里当私塾先生。由于国共内战，郭能瑞不敢将子女送到外面去读书，于是将六个七到十七岁的孩子全都交给祖父，专攻"四书五经"。郭能瑞对祖父说："蒋委员长说，半部《孟子》治天下。孩子交给你，我放心。"我祖父当时的角色实际上就是今天的家庭教师，他靠做一份家教养家糊口。家里再也请不起用人了，我祖父在我二叔一岁多的时候就带着他一起到郭府去边教书边照看孩子。我二叔一岁多时居然睁大眼睛看着祖父教子曰诗云，一动也不动。二叔两岁半时的一天黄昏，郭能瑞的三少爷磨蹭了好半天还背不下来当天教的内容，正趴在桌边玩泥人的二叔流着口水头也不抬地接上去说："德之不修，学之不讲，闻义不能徙，不善不能改，是吾忧也。"我祖父惊得目瞪口呆，他一把抱起二叔亲了又亲。二叔从祖父的怀里挣出来，继续玩泥人，他对祖父的震惊与欣喜毫无反应。

我二叔三岁时已经能将《论语》《幼学琼林》倒背如流。国民党县党部书记郭能瑞要认我二叔为义子，我祖父执意不肯，说了"犬子不才，不敢高攀"的托词。

> 祖父生不逢时。

> 原话是"半部《论语》治天下"，此处语含讽刺。

> 二叔神童也。语出《论语》。

> 祖父和二叔经历了历史的大变局。

其实我祖父的内心深处显然已经把二叔看成是许家东山再起的希望，憨头憨脑的我二叔在三岁的时候让我祖父重振家业的信心死灰复燃，之所以不愿与郭能瑞家有太多的瓜葛，是因为我祖父已隐约感到郭能瑞所盘踞的那幢县党部红楼正摇摇欲坠。果然不久后的一天夜里，县党部里枪声不绝于耳，第二天早上我祖父去郭府的时候发现楼顶上的旗子已经换了，郭能瑞家门口站着几个穿土布衣服荷枪实弹的军人，一些人从郭府里抬出了箱子和柜子，郭家的人也从此下落不明。当时我二叔蜷缩在祖父的怀里像一只受惊的鸭子一动也不敢动，我祖父想郭家欠他的一个月薪水是再也要不回来了。这是一九四九年初春一个寒风萧瑟的清晨，县城解放了。

> 凑数之说很荒诞。

我祖父许慎之先生在一九五〇年六月的一个黄昏被军管会的人带走了。镇压反革命的时候，县城里反革命人数不够，所以在县党部书记郭能瑞家当家庭教师的我祖父就成了第三批被抓的"暗藏的国民党特务"，军管会审判后决定在第一个国庆前节枪毙我祖父。处决的布告贴到了大街上，一位背着长枪的人到护城河边通知我祖母和十六岁的我父亲准备去收尸。

> 二叔是书呆子。

家里哭声一片，二叔也很盲目地跟着大人们人云亦云地哭了起来，他流着鼻涕，嘴里呜里呜噜地叨咕着"仁远乎哉我欲仁斯仁至矣"。谁也没能听懂他的意思。我祖母擦干眼泪带着我父亲上路了,她去找一位在华东野战军里当旅长的哥哥,拿着旅长的信回来的时候,我祖父已经被押上了红草湖边的刑场。军管会的人看了旅长的信后,刀下留人,放了我祖父。据我二叔多年后对我说,旅长的信中有这样一段话:"慎之先生,一介平民;无党无派,为人谨慎;贫寒持家,教书为生;新政初始,人才匮乏;当留其性命以报效国家。"我祖父被放回来后,三天不吃不喝,一言不发。第二天傍晚我四岁的二叔听到祖父说了一句"士可杀,不可辱"的话,当天夜里我祖父在护城河边的一棵柳树上吊死了。

我二叔后来靠我祖母纺线卖钱和我父亲糊火柴盒挣钱读完了小学和初中,初中毕业后二叔许克己考上了市师范学校。风华正茂的二叔在师范学校是一个呼风唤雨、举足轻重的人物。有一个传说是这样的,二叔如果头天晚上感冒了,第二天就会成为全校师生的头条新闻,甚至成为一个事件。这并不夸张,因为二叔不仅各科成绩绝对优秀,而且普通话说得比电台播音员说得还要标准,他在校期间,参加过全省师范学校普通话比赛,以无可争议的绝对高分获得第一名。他在学校国庆联欢会上朗诵的贺敬之长诗《回延安》竟让许多同学感动得流下了眼泪,这流泪的同学中有一个女生

> 刀下留人,好惊险。

> 祖父是个刚烈之士。他的宁折不弯的性格可能会影响二叔和"我"。

> 二叔的传奇延续到了新时代。

生活不可告人 / 299

> 集体主义时代的第一人称代词。

> 美女爱英雄也是人之常情。

> 二叔的情商太低，或许是女主角的长相太耀眼。

> 子承父业。

> 看来一开始就道不同不相与爱了。

叫郑红英,她说:"你的声音像磁石一样吸引着我们每个同学的心。"她说的"我们"实际上就是"我",那是一个爱情非常含蓄的年代,郑红英如此表达已经是相当公开和大胆了。我二叔许克己留着一个三七开的小分头,他很谦虚地说:"你过奖了。"二叔是班上的学习委员,扎着羊角辫的郑红英学习成绩一般,但人长得生动活泼,一双明亮而清澈的眼睛流淌着万种风情,这是一双从进校第一天就让百分之九十五以上男同学想入非非的眼睛。我二叔许克己亦非圣贤,他在这双眼睛的左顾右盼中很难做到"非礼勿视"。而当郑红英用目光与我二叔许克己进行公开交流的时候,我二叔许克己却不敢正视现实了,他扭头望着远处的一棵法国梧桐树,树上枝叶繁茂,阳光铺天盖地。

毕业的时候,市电台要二叔去电台当播音员,但学校已决定二叔留校任教。那年月没电视,当电台播音员就像今天当倪萍、赵忠祥一样风光,学校征求我二叔意见,我二叔说:"一日为师,终身为父,我当老师。"已经留校任团委干事的郑红英也劝许克己去电台当播音员,许克己说:"学高为师,德高为范。我读师范,当求博学古今,厚德载物。家父慎之公毕生传道授业,子承父业,天经地义。"郑红英暗自神伤,满腔热情遭遇一盆冷水。

之所以我要写到郑红英这个女生,是因为郑红英对我二叔许克己的一生产生了重要影响。

3

许克己与郑红英同时留在师范学校,应该说,这为他们爱情的巩固与发展创造了最好的条件。许克己当老师,郑红英是校团委干事,他们一同去食堂吃饭,住在相邻的单身教师宿舍里,他们能彼此听到隔壁屋里老鼠走动的声音。郑红英就说过这样一句话:"你夜里睡觉打呼噜的声音就像美军飞机空袭一样。"许克己说:"这纯属无中生有。"没事的时候,郑红英经常到许克己的宿舍串门聊天,许克己对郑红英的美貌情有独钟,但他始终把握不好男女间爱情的火候,这就像一个很想吃河豚的人面对着活蹦乱跳的鱼又不知道如何下手。许克己坐在床边,郑红英坐在一把腿脚摇晃的木椅上,两人保持着严格在一米左右的距离,就如同两个神圣的基督徒回忆挪亚方舟时代的故事。屋内的光线很暧昧,但他们聊天的内容却越来越明亮,那是一个充满乌托邦理想的岁月,许克己自以为是地开导或者说是教训郑红英:"你的汉语拼音总是 N、L 不分,现在当老师了,应该把吕叔湘的《现代汉语》至少再啃五遍,不

女主人公已经陷入情网。不过,这样的听力还是有点夸张。

难道女主人公就是河豚吗?即美味又有毒!

教师的职业病,总是不分场合充当教育工作者。

然就会误人子弟。"郑红英不高兴了,她清澈的眼睛里顿时灰暗了起来,她说:"我是团委干部,我不是老师。"许克己反唇相讥:"难道你不打算当老师,甘心在团委混一辈子?"郑红英反击说:"你的政治觉悟太成问题了,在团委工作是非常神圣的,怎么能说是混呢?"聊天的内容非常生硬,两人只好看着屋顶的那盏昏黄的灯泡发愣,有一只蜘蛛正在屋角上勤勤恳恳地结网,极个别忘乎所以的蚊子栽进了网里。

> 教师和团干分属不同的职业,二叔总是自以为是,对时代语境缺乏敏感。

> 谁是那只忘乎所以的蚊子。

学校里所有的老师都以为许克己和郑红英正在恋爱,这是一对郎才女貌、天造地设的绝配。一位担心他们未婚先孕酿出大祸的老教师黄修儒很恐慌地当着两人的面说:"你们还是趁早把大事办了。"其实许克己跟郑红英连手都没拉过一下,他们谁也不愿先开口明确恋爱关系,但谁也不愿结束这似是而非的同学关系。许克己觉得郑红英留校当了团委干部后,他们之间的角色已经发生了变化,郑红英在团委经常向普通教师许克己布置参加文艺活动的朗读节目,那口气有意无意地就流露出了领导意志。而在学生时代,学习委员许克己是经常批评郑红英作业做得太马虎。郑红英那时候就会低下头,脸羞得通红,胆怯地说:"我下一次一定端正态度。"现在这种角色错位让许克己感觉相当糟糕,他时常感到自己不得不接受郑红英的命令而且还

> 社会角色分配是由权力结构决定的。

302 / 生活不可告人

像犯了错误一样。郑红英也许意识到了许克己这种心理失衡，她在食堂买一份肉的时候就将其中的一大半夹到许克己碗里，同事们就开玩笑说许克己真是有福气，许克己就对郑红英说："你要是吃不完，就不要买。"郑红英当着同事们的面一点也不敢生气，而且面对同事们的挑衅很有策略地说了一句："我要是能吃完一份，我就不买了。"这让同事们哑口无言。

> 有意味的分食。这样的表白很别致，当然也很大胆，有领导的气度。强加于人的意志。

留校三年后，郑红英已经当上了校团委书记，而许克己还是普通老师，他每天站在粉笔灰里教学生们如何字正腔圆与辨别前鼻音和后鼻音的差异。看到一些同学不得要领时，他会气得在课堂上脸色刷白："举一隅而不知三隅反，无可教也"。那些初中毕业考进师范的学生基本上听不懂他的意思，脸上很是迷惘。这时他又追问一句："知道什么叫'朽木不可雕也，粪土之墙不可圬'也？"学生们仍然迷惘，许克己无奈地摇摇头，重重地叹一口气。许克己中午在食堂吃饭时脸色就非常难看，饭也吃得极其勉强。这天中午，他将自己的菜全都给了班上成绩最好的学生陈可新吃，陈可新是许克己最赏识的学生，陈家中父母双亡，靠种地的爷爷奶奶送米来上学。许克己从工资中挤出几块钱给陈可新，陈可新坚决不要，许克己说："好，君子食无求饱，居无求安，就有道而正焉。"但他每学期私下里还是买了

> 愚拙得可爱。

> 仁慈之心可见一斑。也是分食。

> 仁者，爱人。师者之心。

许多笔和作业本悄悄地塞给陈可新，时常在食堂买饭时也会多买一份给陈可新。陈可新接过许老师的作业本的时候，眼泪在眼眶里打转。这些事除了他们师生两人知道外，任何人都不知道。郑红英在学雷锋运动征集先进事迹的时候，许克己对陈可新说："行善未及心善。只字不提，知道吗？"陈可新点了点头。

> 落拓的教师形象。一个学者，一个研究生。

此时的许克己已是风光不再，他的头上始终沾满了永远也掸不尽的粉笔灰，一件蓝得发白的中山装总是少一个纽扣，除了教书外，便是啃他的故纸堆，一本清乾隆年间刻印的《四书校注》已被他翻得遍体鳞伤，还有一些祖上留传下来的残缺不全的《汉书》《史记》《隋唐演义》全都藏在他枕头边的一个暗红色的木箱子里。许克己与这些古代的文字为伍，过着传统而古老的生活。当了老师后，他再也没兴致参加诗歌朗诵了。郑红英说："当年的余音绕梁、风流倜傥哪去了？"许克己说："现在应该让学生去参加，如今再去放浪形骸、甚嚣台上，有辱师道尊严。"

> 政治决定人的尊卑伦理。

团委书记郑红英觉得自己和许克己之间应该有一个比较明确的关系，许克己不主动开口是因为他的自尊和两人地位落差而造成的自卑，于是郑红英就觉得自己应该主动一些。她认定许克己是一个有才华的人，她愿意为明确关系付出自己能够承受的代价，但她不能付出女性全部的尊严,所以就在准备送给许克己的笔记本上写下这样的文字:"赠许克己同志:赤胆忠心干革命,全心全意为人民。共勉。你的同学:郑红英。"送笔记本是那个时代表达爱情的最根本的象征,相当于今天送玫瑰花,用意是十分明显的。郑红英在那本绿皮笔记本扉页中的题词虽说是豪言壮语,但仍然显现了掩耳盗铃的破绽。郑红英怀揣着笔记本敲开许克己宿舍门的时候,心怦怦乱跳,她知道怀里揣着的是未来的爱情和子孙绕膝的生活前景。同样有自尊的郑红英一进门就故作轻松地说:"克己,这是团委多出来的笔记本,送你一本。"许克己接过绿皮封面笔记本的时候看到了封面上毛主席和林彪接见红卫兵半身像的下方印着"师范学校团委工作笔记"的字样,许克己的脸当时就变了。他没让郑红英坐下,声色俱厉地说:"这是团委的工作笔记,你这个团委书记怎么能假公济私,随便送人呢?"说着就将笔记本甩到了郑红英的怀里,他甚至没有看到笔记本扉页上的题词。郑红英哭着跑开了。许克己对着郑红英的背影还说了一句:"岂有此理!"许克己坐在昏黄的灯光下,嘴里直喘粗气,他听到了屋外的风声呼呼作响,许多树叶在风中飘落。子夜时分,许克己忽然想起了笔记本之于男女间的特殊含义,他有些后悔了,郑红英的眼睛"惑阳城,迷下

> 用政治符号表达爱情,这也是一个时代的表达方式。

> 假公济私。

> 并不是所有人都能够理解女主人公的爱情表达方式的。

> 悔之晚矣!

生活不可告人 / 305

> 语言的错置，让爱情付诸东流。

蔡"地在这孤寂的夜里闪烁着。他出了门走到隔壁郑红英的门前，他在黑暗中伸出手准备敲门，风很冷，他伸出的手又缩了回来。第二天早晨在食堂吃完早饭回宿舍的路上，许克己对郑红英说："笔记本是公家的，你卖给我怎么样？"郑红英美丽而苍白的脸上一片冰冷，她说："公家的东西，我不卖。"

许克己从郑红英的话里彻底明确了笔记本的含义，郑红英的拒绝使他们进行了四年多含糊的爱情在这个有风的清晨随风而逝。许克己站在风中愣了好半天，他看到许多树叶正在他的眼前纷纷扬扬地零落成泥。从此，郑红英和许克己再也没有来往串门聊天，他们相安无事地在各自的岗位上过着与爱情毫不相干的生活。许克己潜心研究当地方言与普通话在声韵母上的校正规律，运用于教学，学生们的舌头都会打卷拐弯了，毕业时居然有六个学生被市县电台要去当播音员了，许克己的脸上就有了一种无比辉煌的成就感。

> 看来二叔也并非完全是不开窍的榆木疙瘩。

> 耿直不合于流俗，也不通于人情。

六个当电台播音员的学生中本来有他的得意门生陈可新，但许克己不仅不同意，而且要给陈可新处分。毕业考试的时候，成绩优秀的陈可新居然将试卷给后面的同学李保卫抄袭，当场被许克己抓了个现形，陈可新当时脸色一片死灰，他手中的笔也落到了地上。许克己从地上捡起那支他为陈可新买的"新农村"牌钢笔,狠狠地摔向水泥窗台,钢笔断成了两截。全班的同学都惊得张着嘴,不敢用鼻子吸气。事后,许克己在调查这起作弊案件时,了解到市粮食局局长的儿子李保卫花十块钱买通了陈可新,陈可新为了十块钱出卖了公平考试的原则和许克己对他的希望。陈可新泪流满面地跪在许克己面前:"许老师,我对不起你!"许克己怒吼道:"站起来!我不要你向我下跪,我要你对自己的良心下跪。贫贱不能移,而你见利忘义,羞耻!"学校对这件事采取了冷处理的方式,只是给了陈可新个暂缓分配的处分,暂缓时间是一年还是一个月没有说清楚。许克己到团委找郑红英,强烈要求开除陈可新的团籍,两人已经很长时间没有来往了,郑红英这时冷冷地说:"许老师,明确告诉你,我不同意开除陈可新团籍。"许克己问:"为什么?"郑红英说:"年轻人犯错误连上帝都会原谅的,这是列宁说的。你能说你没犯过错误?"许克己愣了一下,说:"我犯过什么错误?即使犯,性质也不一样。"郑红英说:"你的性质比陈可新要严重得多,陈可新破坏的是纪律,而你践踏的是心灵,心灵你懂吗?"许克己若有所思,但他不愿承认,郑红英当然也就不便挑明。这件事过后,许克己心灰意冷,因为他知道了李保卫的父亲是市粮食局局长,学校食堂许多平价粮和平价油都要靠他父亲批条子。两个作弊

> 许克己与其说是在坚持原则,不如说是在鞭策自己心爱的学生的人格。

> 郑红英公报私仇,借机暗示指责,公共政治话语中夹带着私人话语,有高度,且一语中的。爱情并未泯灭。

> 在官僚社会中，他的坚持原则却伤害了他偏爱的学生。

的学生在其他同学毕业一个星期后就分配了，损失最大的是陈可新，他没去成电台，而是分到了一所乡村小学当老师；李保卫留在市第二小学当老师。陈可新走的时候，没跟许克己打招呼，这使许克己很伤心，内心深处他是非常喜欢陈可新的，本来他还想跟他多提醒几句今后为人做事的话，但陈可新没来，他也就权当没这个学生了。

本来，许克己和郑红英的关系早就应该结束了，他们维持着一种最简单而普通的同学和同事的关系，平时井水不犯河水，偶尔冤家路窄，两人迎面相遇，郑红英就主动地问一句很礼貌的废话："吃过饭了？"许克己也就答一句："吃过了。"真正让许克己爱情死灰复燃的是，许克己母亲去世的时候，他请了假，独自一人回二百多里外的老家为母亲办丧事。第三天出殡，披麻戴孝的许克己悲痛欲绝地跪在母亲棺材前几次晕了过去。他是母亲一手拉扯大的，这种恩情使许克己还没来得及报答就提前结束了，许克己甚至想到了死。这时，郑红英突然出现在了许克己的面前，她拉起了泪流满面如行尸走肉般的许克己说："克己，你要节哀！生活还要继续。"许克己见到郑红英像是见到了一根救命稻草一样，说："我妈妈，没了。"说着就又瘫倒在漆黑的棺材前痛哭失声。郑红英再一次拉起许克己陪着他一

> 郑红英是以儿媳妇的身份参加葬礼的，而不是同学的身份，可见这个女人的勇气和策略。

308 / 生活不可告人

起抹眼泪,她的手和许克己的手紧紧地攥在一起,这几乎成了他们这一生中第一次握手也是最后一次握手。郑红英规规矩矩地按照当地的风俗穿上了孝衣并在棺材前磕了三个响头。许氏家族的人都把郑红英当成了许克己未来的媳妇,所以都对这个城里的漂亮姑娘感激有加。

许克己母亲的丧事重新拉近了两人的关系,他们又开始相互串门聊天了。许克己是一个"惜言如金"的人,但他还是在一个月光很好的晚上,坐在窗前的椅子上对郑红英说:"真的很感谢你参加了我母亲的葬礼。"郑红英说:"都是老同学,说这话就有些见外了。"许克己壮着胆子问了一句:"你能再送我一个笔记本吗?"郑红英长时间地沉默,许克己听到了自己腕上手表指针走动的声音,这声音像锯子一样将这个寂静的夜晚锯得四分五裂。过了很久,郑红英平静地说了一句:"我只有校团委的工作笔记本,你要吗?"这下该轮到许克己沉默了,他没说话,可郑红英显然对那种酝酿后的答案缺少应有的信心,所以她站起身来说,"我先回宿舍了,明天早上还要去市里开会。"郑红英走了,许克己坐在椅子上看到月光已经从窗台上移走了,他耳朵里灌满了蛙声,这使他回忆起护城河边的岁月里,在月光下蛙声里纺线的母亲,他的眼泪流了下来。

> 上帝视角的叙述,预支了二人爱情的蹉跎未来,并当场消解女主人公爱情攻势的意义。

> 爱情从哪儿中断的,就要从哪儿接续。

> 两颗心在微妙的接驳中,再次出现故障。

> 护城河边有太多不堪的记忆。

> 岁月催人老，但男不婚女不嫁，看来是较上劲了。

> 女人向前，与时俱进；男人向后，与其背道而驰，相反方向各自用力，永远走不到一起。

> 许克己正把自己锻炼为一件时间深处的古骨。

> 无用之用乃大用。

时间和岁月磨洗着人的容颜和事物的真相，七十年代到来的时候，许克己和郑红英都已经成为大龄青年了，他们的同学早就抱起了儿子并在天伦之乐中享受着生活应有的温馨和平静。而此时，二十八岁的许克己却像一页古书一样严谨而刻板地走在阳光和风中，头发干燥，面色凝重，字正腔圆的声音开始拖起了长长的尾音，那种磁性的光辉已经在春华秋实的更替中暗淡。许克己已经很多年没有上台朗诵过了，他觉得他正在走近他的父亲许慎之公，除了没有长长的胡须，他在捧读那本发黄的《四书校注》的时候，他觉得父亲慎之公已经复活了，因为他的思想和情感已经乘上了春秋战国时期的那辆周游列国的马车。而此时的郑红英却时来运转，飞黄腾达，旧的校领导班子在"反潮流"的声浪中全军覆没后，二十七岁的郑红英当上了校党委书记和校长。这时，所有的人都认为许克己和郑红英这两个人再也不是以前郎才女貌所能概括得了，他们就像《红灯记》里所说的"是两股道上跑的车，走的不是一条路"了。随着革命的深入，许克己越来越跟不上时代，政治学习心不在焉，大批判时消极怠工。在"兼学别样，也要学工学农学军"的时候，教师范生普通话正音的许克己就像一个空酒瓶摆在酒桌上一样基本上没有什么用处了，更何况大批判的时候，一律要用方言批判,因为那是一种朴素而真实的阶级情感的自然流露。

就在全校所有的人认为许克己和郑红英关系已经成为历史的时候,郑红英找到了许克己,她直截了当地说:"克己,毕竟这么多年了,如果你愿意的话,我明天就买一个笔记本送给你,当然不是公家的。"郑红英和许克己都知道,这么多年来,他们两人虽然从没明确过关系,但两人都拒绝了所有好心人的提亲,这使他们两人都感到奇怪,但谁也没有交流过这是为什么。许克己在亲戚朋友的巨大压力下,也想将自己交给一个女人和一个家庭,就当是完成一个人生的作业一样了结它。所以他在听了郑红英的话后,说:"如果你送我一个笔记本的话,我就送你一支钢笔。来而不往,非礼也。"郑红英说:"不过,你要答应我一个条件。"许克己说:"什么条件?"郑红英说:"你能不能把许克己这个名字改了?'克己复礼'被林彪写成了条幅挂在家里,而且这是奴隶主阶级的代表人物孔老二说的,林彪又用这句话借尸还魂。"许克己突然从椅子上弹起来:"你怎么能这样无礼?你居然说孔夫子他老人家是孔老二?"许克己的脸涨红了,他嘴唇哆嗦着,眼睛里流露出愤怒而痛苦的光芒,"我行不更名,坐不改姓。"郑红英刚刚在市里听了内部传达,所以她提前透露信息并且

> 关键性的道具再次出现,解开二人心结的机会又来了。

> 逆转,政治家的爱情总是包含丰富的含义。爱情与阴谋是孪生姐妹。

> 触及到了男主人公的信仰底线。

生活不可告人 / 311

很为难地说:"你怎么一点政治意识都没有?全国'批林批孔'的运动马上就要全面发动了,你还留着这么一个剥削阶级的名字,你叫我怎么面对这场声势浩大的政治运动?"许克己打开门,做出逐客的手势:"请你不要想让我改名,更不要亵渎孔夫子。"

> 原来是善意保护,实为难得。

"批林批孔"运动在全校铺开的时候,每个教师都要写批判文章,分教研组进行座谈讨论。许克己当着进驻学校的市工宣队的面拍案而起:"孔子说'自行束修''有教无类',连穷人的孩子都可以上学,完全是无产阶级的感情,怎么能骂人家是孔老二?林彪是什么东西?他怎么配跟孔夫子合穿一条裤子!真是是可忍,孰不可忍。"郑红英脸色当时就变灰了。许克己还说"学而优则仕"有什么错,难道要让那些考试不及格的人去当领导吗?

> 书呆子一套说辞,也是字正腔圆。他无意中揭示了当时政治的真相。

事后,市里准备将许克己定为现行反革命,也有说干脆逮捕法办算了,但不知何故,许克己只落了个清除出教师队伍的处分。郑红英说:"你还是留在校文印室刻钢板吧。"许克己对郑红英说:"我不刻钢板,我要打扫卫生。"

> 再次保护了他。

那一刻,郑红英看到许克己脸上的胡子像蒿草一样茂盛,青黄不接的脸如同一本古书的封面。

> 许克己正被埋向坟墓的深处。

4

郑红英并没有让许克己在校园里打扫厕所和办公室的卫生,她让许克己负责上下课打铃和课间放广播体操。许克己整天闷在值班室里啃"毒草",驻校"批林批孔"的工宣队长向郑红英举报许克己思想顽固在值班室看"四旧"的书,建议组织全校教师公开批判一次,郑红英说许克己已经不属于教师队伍,这件事等研究后再说吧。工宣队长将了一下头顶上寥寥无几的几根头发说:"师范学校是形左实右的重灾区,不让逮捕,不让打反革命,也不让批判,这不是路线问题是什么?"郑红英对这位文盲出身的工宣队队长说:"先把你们工宣队这个月的伙食费交齐了再说,路线问题的事我比你更清楚,师范学校的事你少管。"郑红英拿出造反派的脾气将手中的那本绿皮封面的笔记本掼在桌上,工宣队长愣住了。

郑红英准备找许克己谈一次,许克己却主动找到了郑红英的办公室,他们坐在领袖像和带有骂人性质的标语下面进行了这样的对话。郑红英说:"你的那些书再也不能看了。"许克己说:"是的,我不看了,我准备结婚了。请你给我开一个结婚证明。"郑红英问:"女方

> 郑红英此举实属难得,不管许克己是否是她的恋人或同学。

> 郑红英是很有政治手腕的。

> 令人想入非非。

> 公事公办。郑红英答应得如此干脆。

> 郑红英公报私仇，借批斗会发泄对许克己的不满。

> 一出活报剧！很有喜感。

是哪里的?"许克己说:"市煤球厂的女工,叫王大兰,工人家庭出身。"郑红英说:"结婚是你的权利,学校当然同意。"

许克己结婚的第二天,他从温暖的被窝里被叫起来参加了对他的批判会。校会议室里工宣队的成员和部分教师代表声色俱厉地从许克己的名字开始批判并一口咬定许克己是孔老二的徒子徒孙,是反动的奴隶主阶级的衣钵。郑红英脸色很严峻地主持了批判会,她在批判许克己抱残守缺、食古不化的同时希望许克己能够和奴隶主阶级划清界限,尽早地回到革命队伍中来。工宣队队长断喝一声:"许克己,你必须悬崖勒马! 顽抗到底,死路一条!"许克己新婚伊始,女人使他安静而满足,他很宽容地看着一张张扭曲的脸,表态的时候只说了一句话:"天下有道,以道殉身;天下无道,以身殉道。未闻以道殉乎人者也。"所有的人听得一头雾水,批判会开得虎头蛇尾,因为显然这样的批判不能触动许克己的灵魂。

郑红英在许克己结婚一年后嫁给了市革委会的一位比她大十二岁的副主任。许克己结婚无人参加,郑红英结婚不少人参加了,但没请许克己。这个时候,许克己和郑红英曾经有过一段的感情经历实际上已经没有人相信了,部分老教师在提起此事的时候,大多数新来的老师认为不可能。不相信此事的老师中就有刚调来的李保卫,李保卫是许克己的学生,他从市二小调师范后,居然也一本正经地上了讲台。郑红英结婚后搬到市委大院去了,她的那间平房三年后分给了许克己,因为许克己的第一个儿子已经出生了。

> 许克己不愿意看到的局面出现了,那个考试不及格的学生果然做了教师。

一九七六年,"四人帮"倒台的时候,郑红英校长曾找许克己谈过一次,她问许克己对重返讲台有什么想法,许克己说:"非礼之礼,非义之义,大人弗为。你可以在八十岁的时候继续开我的批判会,但我这辈子死也不会求你的。"郑红英说:"这话是你说的?"许克己说:"是的,君子一言,驷马难追。"

许克己是一九七八年初重新走上讲台的。郑红英校长通知他准备上课的时候,许克己不干了,他要组织上给他平反昭雪。郑校长说:"本来也没给你扣什么帽子,平什么反?"许克己说:"批判会都开过了,至少也要对批判会下一个结论。"郑红英说:"你只是暂时离开教师岗位,本来就没有任何文字处理意见。"许克己固执地说:"不管怎么说,我被你们打倒了,不给一个结论,我上讲台名不正言不顺。"郑红英脸色非常难看,她以严厉的目光盯住许克己:"许克己,你是不是要我给你写一份悔过书?告诉你吧,如果不开你批判会的话,你就被逮捕了,至少是现行反革命。你有什么委屈的?"

> 解密?抑或也是一种自我辩护。

> 把迫害解释为一种施恩,也是一种政治艺术。

生活不可告人 / 315

昨天的记忆依然通红崭新，但当你像抓住它的时候，又了无痕迹。

只有许克己有资格这样自我表扬。好心情。

许克己后来找过市教育局，也找过市委组织部，得到的答复是："你的事情根本不属于平反昭雪的范围，既没坐牢，也没有去五七干校，'文革'中讲几句错话，算不了什么。"许克己火了："我讲得一点都没错，你这是什么意思？"答复他的人见许克己想抬杠，就连连道歉说："你没错，是我说错了。"

许克己是扬眉吐气地走上讲台的。一九七八年三月的一个阳光明媚的早晨，许克己换了一件崭新的蓝涤卡中山装，王大兰还在他头上抹了点头油，于是头发顿时就一丝不苟了起来。王大兰说："平反了，要精神些。"许克己说："我没问题，平什么反？"许克己给第一届考试招来的师范生上普通话语音课，他第一节课只字不提语音，大谈"学而时习之""温故而知新"的问题，在强调如何举一反三、触类旁通时，还大力表扬孔夫子的得意门生颜回，"一箪食，一瓢饮，在陋巷，人不堪其忧，回也不改其乐。贤哉，回也"。许克己是因为拥护孔子而被贬到校值班室打铃和放广播体操的，所以他今天要利用讲台旗帜鲜明地证明只有自己才配跟孔夫子合穿一条裤子，而且穿得光荣，穿得伟大，林彪是不配的。只是学生们不知道许克己这些心理活动，他们只是觉得这个老师很有学问。

一九七八年秋天的时候，许克己家里那三间低矮的平房里来了一位不速之客。来人从头上摘下草帽，将一只活蹦乱跳的老母鸡放到煤炉旁。许克己激动地走过去紧紧地拉着晒得黝黑的来人的手，激动得眼泪都要流出来了："好，好，不愤不启，不悱不发，有出息！"这个提着一只老母鸡的来客是当年不辞而别的许克己的得意门生陈可新。陈可新因为让李保卫偷看试卷而没去成电台，分到乡村小学后，发愤苦读，终于在今年高考中考上了省城大学的中文系，他来向许克己辞行。他说："许老师，能有今天，全都亏了你。"这话既像感激，又像是讽刺。但许克己却高兴得合不拢嘴，连连说："哪里，哪里，朝闻道，夕死可矣。"

　　晚上，已经在师范学校当老师的李保卫请陈可新吃饭，李保卫过来叫许克己一起过去吃饭，许克己对李保卫那副纨绔子弟模样本来就抱有成见，而参加当年作弊的双方宴请，多少就有点否定历史的意味，许克己不想参加，但李保卫如今又成了同事，所以他很犹豫。这时王大兰一句话将李保卫堵死："老许胃不好，晚上要喝中药，不能喝酒也不能吃肉。"

　　李保卫走后，王大兰用手指戳着许克己的脑袋说："真是个书呆子，你要处分的两个学生，一个考上了大学，一个成了你的同事。让你去喝酒是存心出你的丑，这不是黄鼠狼给鸡拜年吗？"

> 好事接二连三啊！这位门生的到来，让他终于有了教而有所成的成就感。何等的自豪！

> 知夫莫若妻，果然贤内助。

> 未必如此，想必如此啊！

生活不可告人 / 317

很喜剧！

许克己被老婆的挑拨离间激怒了，他拎起屋角的那只老母鸡就要扔到屋外去。这时王大兰冲过来从许克己手里夺过鸡："黄鼠狼用鸡给人拜年，这鸡吃定了。"

不久，屋里就传来了鸡在挨刀时绝望的惨叫声。

5

站在新世纪的时间点上往回看，80年代的浪漫，放荡而柔软。

八十年代的天空是蓝的，阳光温暖而明亮，阳光下的人们开始穿西装打领带套喇叭裤留长头发戴宽边的太阳镜，飙车的小青年手里拎着双卡录音机招摇过市，大街上灌满了邓丽君和李谷一的歌声，人们在柔软而抒情的歌声中酝酿着压抑已久的欲望和野心，一个机会主义的时代正在向每个人走来。

许克己的师德始终如一，但房子已经在风吹雨打中颓圮了。

许克己依然住在两间光线阴暗的平房里，目睹着墙壁和家具在漫长的雨季里发霉，王大兰说："你不能找郑校长申请换一处大一点、亮一点的房子吗？"许克己缓慢地歪过头看了妻子一眼，说："斯是陋室，君子居之，何陋之有？"然后就继续批改作业，修正学生们在作业本上发音的错误，他认为发音的错误会使整个表达的意义被颠覆，正确的发音就是一种正确的思想。煤球厂工人王大兰见许克己整天沉迷于教学和批改作业,对家里的事无动于衷,就经常叹气,有时候实在忍无可忍了,就说一句:"嫁给书呆子,真倒霉!"

刚刚恢复正式招生不久,师范学校教语音课的老师奇缺,在一个方言很重的地方教语音难度极大,方言顽固得就像一个死不改悔的敌人,你进它退,你退它进,卷舌不卷舌音混淆在一起使许多学生仇恨自己的舌头为什么不会拐弯,一些学生抱怨爹妈,也有一些学生抱怨自己出生得不是地方。许克己一个人带六个班普通话语音,每天拎着一个砖头一样的"三洋"卡式录音机让学生们反复练,一个个过关。气急败坏的时候,他就会用文言文表达自己的恼羞成怒,学生们觉得许老师的文言文责骂很有诗意,所以也没多少人觉得痛苦。许克己常常在"无可教也"的恼怒中将自己也折腾得心力交瘁,但学生在省市普通话比赛中获奖,却又使他有一种自己重温旧梦的幸福。他想起当年自己在省里普通话比赛时获第一名的时候,中午在省政府招待所吃了一碗不花钱的红烧肉,这成了他一生中最重要的记忆。

就在他每天为师范学校学生普通话发音疲于奔命的时候,他却把自己的事忘了。

八十年代中期的时候,评职称开始了,而许克己还只是一个中专学历,他的学生李保卫都已经拿到了电

> 一个敬业的教师形象跃然纸上。但正是他的敬业,与他受到的礼遇很不相称。

> 学生被骂,却很有点喜感。

> 评职称来了。

生活不可告人 / 319

> 真才实学遭遇新时代的游戏规则，个人就要被牺牲了。

大大专文凭，一部分人还拿到了函授本科的文凭。曾有人提醒过许克己是否拿一个文凭，但每周二十四节课的许克己说："我现在连看报纸听广播的时间都没有，哪有时间拿学历呢？"然而，评职称正式开始的时候，师范学校陆续分来了不少恢复高考后大学毕业的本科生。短短几年的时间，许克己就成了全校学历最低的人。年轻人当上了讲师，而有十几年教龄的许克己却只能评为助教。许克己对"助教"一词非常反感，他觉得自己已经被评过三次全市的优秀教师了，怎么才是助理教师呢？他找到郑红英校长，郑红英在她那

> 校长办公室的装饰总是时代政治的晴雨表，它总是在变，知道就行，又何必说破呢！

间已经没有了领袖像和革命标语的办公室里接待了许克己，他们坐在世界地图和中国地图下方的两张单人沙发上说话，这很有点像当年在许克己宿舍里保持距离聊天的场景，只是他们再也不聊学生时代的事情，也不聊关于笔记本的往事了。许克己掸了掸袖子上的粉笔灰说："我不是来求你的，我只是问我一个正式教师，怎么突然间就成助理教师了？"郑红英用手指轻轻地敲着沙发的扶手，不经意地流露出那个年代领导干部应有的姿势和腔调，她再也不是那个当年见到许克己就红着脸、低着头的小女生了。她很平静地对许克己说：

> 校长还是很有政策水平的。

"我没有说你是来求我的。助教是一种职称，而不是用来界定正式教师和助理教师区别的。你的教学成就是

全市公认的,但我们学校大学生太多了,你暂时委屈一两年,我已经报你评特批的讲师了。不过,你最好还是参加一个大专函授的学习,我也在读省委党校的函授本科。"许克己说:"我教六个班的课,哪里有时间读函授大专?"

> 那个时代的学历热由此可见一斑。

许克己本来不想读大专,但妻子王大兰开始在伙食上让许克己体验不读大专的危害性。最初家里是一个星期吃一次肉,自从许克己评为助教后,王大兰开始两个星期买一次肉。许克己筋疲力尽地从课堂上回家后,就让王大兰加餐买点肉,王大兰将一盆大白菜炒豆腐和一碟腌咸菜端到桌上,气呼呼地说:"连个讲师都评不上,哪有钱吃肉?你看看两个孩子瘦得像小鸡一样,人家小孩喝牛奶,我们家孩子连鸡蛋都吃不上,凭什么我们娘儿几个跟着你受罪?"许克己当助教只有六十八块钱工资,而讲师是一百二十六块,相差近一半。他的学生李保卫由于拿到了大专函授文凭,又是本科在读,所以评上了讲师。这个被他要扫地出门不准毕业的学生居然扬眉吐气地站在讲台上大谈讲师的工资比科长要高。在煤球厂当工人的王大兰的工资只有三十四块钱,两人工资加起来还没有李保卫的多,许克己即使再有"君子趋于义,小人趋于利"的高尚情操,可面对两个拖着鼻涕、嗷嗷待哺的孩子,他的心理还是不平

> 文人的骨气斗不过日常的油盐酱醋茶。五柳先生也要为五斗米折腰的。

> 每个时代都有摆弄知识分子的独特方法。

生活不可告人 / 321

衡的。

在王大兰喋喋不休的唠叨声中,在工资反差巨大的刺激下,许克己决定攻读省城大学的中文系函授专科。许克己白天教书,晚上批改作业。函授课程常常是在后半夜才开始学习,节假日星期天对于许克己来说是没什么意义的,他就像一台高速运转的机器夜以继日地转动着。函授第二学期的时候,许克己因劳累过度一头晕倒在课堂上,送进医院后被诊断为急性肺结核。许克己躺在病床上看书做作业,医生说如果再这样过于疲劳,后果将十分严重,许克己就不敢再看书了。郑红英校长带着副校长、教导主任一行来到医院探望许克己。郑红英以领导的口吻很关心地说:"校领导班子对你的身体很关心,这次来,一是希望你安心养病,二是希望你病好后要注意休息。我们已经研究过了,决定下学期只让你带四个班。"许克己挣扎着从病床上坐起来,他声音荒凉而坚决:"这六个班我一定要带到毕业,别人中途插手我不放心。"郑红英送上学校买给许克己的慰问品,两包麦乳精、两包桂圆、五斤苹果,还送上了校工会的八十块钱慰问金。许克己非常不安地对领导们说:"耽误了教学,罪莫大焉;如此体恤,受之有愧。"他的额头上冒出了许多汗。领导们说了许多的温暖人心的关心话后,跟他告别了。

> 唠叨也是一种鞭策。

> 肺结核是一个时代的隐晦,它是有传染性的。

> 许克己的教师良知就那么被廉价地利用和剥削。

许克己两个星期后出院了,腿有些发软,但他还是站到了课堂上,还抽空将落下的课程全补上了。这时两门函授考试开始了,古代汉语许克己是不在话下的,可政治经济学还没来得及复习,住院期间正好是政治经济学集中上课辅导,他没赶上,其中大量有关剩余价值和扩大再生产的话题看得似是而非。市里参加这期中文函授的有二十多人,他在市文化宫听最后一节政治经济学辅导课时,同桌李天军将许克己拉到教室外的走廊里对他说:"没关系,正好这次轮到你请客,你请完客再送两条香烟、两瓶酒,争取让来辅导的老师把几个论述题透露给你。"许克己一脸糊涂地看着李天军,他像听外语广播一样一头雾水。李天军是市政府办公室的秘书,见多识广,他说:"老许,你装什么糊涂?本来这次就该轮到你了。我只是好心提醒你请完客再攻攻关,我可是一片好心。"许克己这时才若有所思,怪不得有好几次省城大学来辅导老师的时候,上完课,都让许克己一起去吃饭,但许克己都推辞了。李天军已将这二十多人排了一个请客表,学员轮流请,为的是考试的时候睁一只眼闭一只眼,让大家在考场上相互帮帮忙,集体过关。如果关系再硬一些,就争取让辅导老师透露一些分数高的关键性题目。许克己忽然想起来了,他前几次考试的时候只顾自己埋头做卷子,并不知

假如他能联系自身处境,就能很好理解了。

那个时代的函授之类的学历考试就是如此。

许克己的道德关卡来了!他当年就以作弊为由处分自己的学生的。

生活不可告人 / 323

> 考场的环境很诡秘，细思极恐。

> 孔孟之道的做人准则，遭遇了现代社会的潜规则，许克己坚持己见，固然可贵、可敬，其人生之尴尬，也必将可怜。

> 大义凛然吗？

道考场上出现了什么问题。一次考现代汉语时，他提前交了卷，只见省城大学来监考的老师眯着眼坐在椅子上打瞌睡，而下面考试的好几位同学正在交头接耳。最初许克己以为他们是准备交卷前相互打个招呼，现在他才知道是在作弊。许克己没想到这些为人父、为人师、为人领导的人居然还会作弊。走廊里昏黄的灯光照亮了许克己涨得通红的脸，他因过于激动而使语言很不连贯了，他指着李天军的鼻子说："为机变之巧者，无所用耻焉。岂有此理！荒谬！"李天军点燃一支烟，很恼火地说："我是一片好心，想帮你过关，你这个人真是狗咬吕洞宾，不识好人心。"许克己说："考不及格可以补考，有这么鼠窃狗偷过关的吗？"李天军说："你给不给老师私下攻关，那是你自己的事，但按规定这次该轮到你在饭店请老师吃饭了。"许克己说："我不请。"李天军说："别人已经请过了，你考的几门也都过了，不请你得向全班同学解释。"许克己仰起一颗傲慢的头颅说："我不解释，更不请客。"李天军说："只要你好意思面对全班同学，你就不请。"许克己将自己的政治经济学课本往地上一扔说："我不愿与你们这些不知羞耻的人为伍，这个函授班我也不上了。"

许克己扬长而去，李天军面对着许克己远去的背影，很同情地苦笑了起来。

许克己写了一封举报信告到了省城大学,说本市的函授点存在严重作弊问题,举报信的结尾还引用了这样一句话,"如若贵校'内省不疚,夫何忧何惧'"。这显然带有教训的口吻,所以校方并没有答复。他又给省教育厅写了举报信,教育厅成人教育处来了两个人,在市里调查了好几天,也找举报人许克己谈了话。那位鼻子很挺直的处长问许克己:"所有学员和来辅导的老师都说绝无此事,我们想问你的是,你是不是亲眼看见作弊了?你是不是也请辅导老师吃过饭了?"许克己反问道:"你是来调查情况的,还是来审讯我的?"处长说:"你要是这么不配合,我们就真的无法调查了。"

成教处上报教育厅的调查结论是:"查无实据,与事实不符。"许克己不仅举报没有得逞,而且还给外界留下了栽赃诬陷的把柄。市教育局张局长对郑红英说:"你去找那个许克己谈一谈,不要随便乱写信。"

郑红英没找许克己谈话,许克己从此再也没有上这个函授大专班了。他的学历依然是中专。

第二年,郑红英校长调任市教育局副局长,临调任前,许克己因"教学成就突出,三次获得过市优秀教师"而被特批为讲师职称。

郑红英对许克己说:"作为校长,我对你是负责任的。"

> 许克己想以一己之力硬撞一堵虚无的墙,那道墙毫发无损,他自己已经是遍体鳞伤了。

> 真心理解和庇护许克己的还是这位老同学兼旧情人。

生活不可告人 / 325

许克己说:"对教师不负责任的人是不能当校长的,更不能当局长。"

> 理想主义与现实主义的结合只能孕育出荒诞。

郑红英很宽容地笑了笑,她也许在笑自己当年对许克己的崇拜情结过于荒诞,也许在笑那本没送出去的笔记本终于使她从一桩不切实际的感情纠葛中胜利逃亡。

> 许克己似乎是堂吉诃德再世。

许克己读不懂郑红英的笑,他将在自己充满妄想的道路上一意孤行地继续走下去。

6

城市道路越来越宽阔,城市的楼房越来越高,城市的天空下弥漫着浓厚的工业烟尘和汽车尾气,天空不再湛蓝,满目浑浊的阳光,你可以感受到是个晴天,但就是看不清阳光究竟是从哪里铺向地面的。

> 时代在变化,但不变的是许克己。

这时已是九十年代的中期了。许克己五十岁了,一个知天命的年龄,他却不能把握住自己的命运。头发花白,一身洗得发白的中山装长年累月套在身上,呈现出与时代格格不入的形象。王大兰给他买了一件夹克衫,许克己坚决不穿,他给儿子穿,儿子说太土了。

> 九十年代中期的中山装大略相当与鲁迅笔下孔乙己那件破旧的长衫。

王大兰文化不高,但对"文革"语言比较熟悉,所以她就强烈谴责许克己是"逆历史潮流而动"的顽固分子。

许克己当讲师已经快十年了,与他同期评讲师的人都已经是副教授了,他却原地踏步。学校盖了六幢宿舍楼,许克己却只能住在三间平房里,因为宿舍楼实际上就是教授楼。许克己讲师眯着眼看着楼房拔地而起,他却面对着自己的三间破旧的平房嘴里自言自语着"何陋之有"。然而他的妻子王大兰不干了,她已经在二十多年的清贫中逐渐失去了耐心,平房里没有卫生间,春暖花开,公共厕所里却是臭气熏天蛆虫满地,一家人实际上是跟学生们共用一个厕所。夏天的时候,雷暴雨铺天盖地,年久失修的平房就像一个风烛残年的老人在风雨中垂死挣扎,屋里又漏雨了,家里的锅碗瓢盆一齐上阵接漏,最后连深筒胶靴也用上了。王大兰在风雨如注的夜里跟许克己大吵:"你这个窝囊废,嫁给你算我倒了八辈子霉。"王大兰跟许克己争吵的语言越来越刻薄,许克己面对着屋内破败的景象一言不发,他已经无法再用圣贤的语录来对抗这个凄凉的夜晚,他默默地坐在雨声中闷着头抽烟,烟雾在潮湿的空气中涣散着碎了,突然间啪的一声,电线短路了,屋内一片黑暗,烟雾也消失了,许克己看着黑暗中烟头上的火星忽明忽灭。他陷入了漫无边际的想象中,想象中的世界遥遥无期。

许克己的学生李保卫副教授在住上新楼后,又当

> 拔地而起的是一座反光镜,它照出的是平房的破陋和那里面住户破败的心,和被挤压得无处可藏的人。

> 妻子王大兰越来越没有文化涵养了。

> 物欲世界的圣贤和他的语录已经陷入了万劫不复之深渊了。

生活不可告人 / 327

> 有的文凭也会成为特定时代的文化符号。

上了语文教研室主任,他特地找许克己谈心。三十多岁的李保卫副教授十年前就拿到了党校本科文凭,而许克己大专刚上了两个学期就自动放弃了。李保卫对许克己很尊重,不管当初许克己如何以老师的身份严厉地清算自己,但如今毕竟老师很失意,所以他掏出一支红塔山香烟递给许克己,并为他点上火。李保卫说:"许老师,按你的资格早就该评上副教授了,但现在这世道就这样,一个人对抗一种制度是不可能的,只有顺应潮流。"李保卫的口气像是开导,更像是教训。许克己的脸色很难看,他反问一句:"你说我当如何顺应潮流?"李保卫说:"全校那么多人都通过了职称英语考试,只要你想过,你就能通过。"许克己脸上弥漫着浓厚的烟雾,紧锁的眉头在烟雾中凝固不动,他说:"读书的时候学的是俄语,没学过英语,怎能弄虚作假?"李保卫说:"如果实在不想考英语的话,你可以考日语。日语中有许多汉字,连蒙带猜,许多老教师不都过了吗?"许克己将烟头扔在地上,然后用脚轻轻地踩灭,他很怀疑地看着李保卫,说一句:"'所谓诚其意者,毋自欺也',当年在课堂上我跟你们讲过多少遍,你们都忘了。"说完他一个人默默地走了。李保卫发现许老师的步子越来越慢了,他真的老了。

> 被颠倒的不仅是谈话的主宾,而且是两种道德规则和游戏规则。许克己一个人对抗一种制度,他越来越力不从心了。

许克己没当上副教授,并不是有人跟他过不去,以

> 许克己仍坚持着。

328 / 生活不可告人

他的资历,本科文凭已经不重要了,他可以凭十年讲师的教龄直接参评副教授,只要通过职称外语考试,再发表两篇论文,副教授是比较容易评上的。问题在于许克己认为不懂外语的人居然都通过了外语考试,这既是欺骗自己,也是欺骗组织。王大兰说:"组织上从来没说过考过去的人是欺骗组织。"许克己说:"那只能说明是组织欺骗组织。为什么要如此劳民伤财地做这些事?"

> 许克己的反问,说明他已经隐约看破了真相。

已经升任市教育局局长的郑红英年初到师范学校视察工作的时候,听取了学校的工作汇报后,她找到了许克己。十多年来,他们基本上已经没有任何来往了,如今站在郑红英对面的许克己已经是一个十分合格的下级,脸上早已没有了青春年少时的潇洒,枯黄而僵硬的表情中隐约可见的是孤独和固执。郑红英局长说:"老许呀,以你的聪明才智,无论是考英语还是日语,我相信没有任何问题。至于两篇论文,你的教学笔记我看过,每篇都是论文,为什么不拿出去发表呢?副教授的事宜早不宜迟,即使你不想要,你的老婆孩子也是需要的,工资、房子都跟职称挂钩。"上午的阳光很刺眼,许克己揉了揉被阳光刺痛的眼睛,漫不经心地对郑红英说:"知之为知之,不知为不知,是知也。其身不正,何以正人?我是老师,不是江湖骗子。"郑红英局长的

> 教师与行政首长之间的上下级关系是在文化中养成的。

> 郑红英局长的关心之情溢于言表,也是设身处地的。

生活不可告人 / 329

秘书喊她去参观电教馆,郑红英于是给许克己丢下一句话:"有什么困难可以去找我,我不是说求我。"许克己站在初春清淡的阳光下,看到天空飞过一群鸽子,鸽哨声明亮而悠长。

许克己认为职称外语考试解决的不是外语的问题,所以不仅没有意义而且还有瞒天过海的欺骗性,不能容忍的是全国自上而下的人都接受了这一自欺欺人的表演,他在课堂上公然说这是"礼崩乐坏,世风日下"的真实写照。这时候的学生们已经没有了当年陈可新、李保卫他们对传统道义的敬畏感,他们在听许克己用文言文发牢骚的时候,居然都笑了起来。学生们笑的时候,许克己就异常痛苦,他说:"同学们,你们毕业以后都要当老师的,学高为师,德高为范。如若无知无畏,何以传道授业?"他在说到"传道授业"的时候加重了痛心疾首的语气,脸色铁青。学生们被许克己深刻的激愤震住了,课堂里顿时鸦雀无声,窗外的阳光通过木格窗子漏进来,部分学生的脸上被分割成明暗对比的色块。

许克己讲师穿着洗得发白的中山装走在世纪末的阳光下,花白的头发一丝不苟,在有风的日子里,他更像一根不堪一击的稻草一样摇晃在此起彼伏的风中。他以自己瘦弱的身躯和孤独的意志对抗着这个随心所欲、醉生梦死的世界,同事们把许克己看成一本线装的古书或一个出土半个世纪的古代的陶罐,他们在教师的岗位上为职称常常拼得你死我活,而当在自相残杀中将一个个对手消灭之后,他们又会滋生出同室操戈之后的恻隐之心。寒假的时候,教研室同事郭祥副教授请许克己到家里吃饭,许克己本不想去,王大兰说:"你在学校里一点人缘都没有,郭老师看得起你,不要给脸不赏脸。"许克己看不惯郭祥见到谁都是一脸讨好的笑容,他觉得郭祥的这种投机的笑容除了使他评上副教授外,确实有损师道尊严。因为函授大专毕业的郭祥是学校里公认的课教得最差的人,好多次学生起哄要换老师,但郭祥不仅通过了职称英语考试,还发表过五篇教学论文,超额完成了职称论文数量。郭祥对许克己是很佩服的,他常常说:"老许呀,你的古文功底,完全可以在大学里当中文教授。教汉语拼音太屈才了。"许克己嘴上说哪里哪里,但内心还是很受用的。这就是说许克己对郭祥虽有些看法,但没有强烈的敌意。所以郭祥第二次上门来请许克己的时候,他半推半就地去了。

郭祥家住在教授楼的四楼,宽敞明亮的客厅里放着大沙发,茶几上放了一盆鲜花,鲜花开在冬天的客厅里,自然是让许克己有些情绪明亮的感觉。郭祥给许

> 评职称的时候,人就变成了兽。但应该被谴责的不是兽,而是把人变成兽的丛林规则。

> 王大兰对待请客的态度发生戏剧性的变化。

> 有意思的态度。

> 与许克己的家形成鲜明的对比。

生活不可告人 / 331

> 如此笑容必有诡计。

> 郭副教授真乃哲学家。而许克己却是哲人。

> 两种道德准则再次较劲,看许克己还能坚持多久!

克己泡茶递烟,两人坐在沙发上聊天,郭祥的脸上堆满了笑容,他说:"老许呀,我们都为你鸣不平,凭什么不给你破格评副教授?我也找过市局职称办,他们说破格副教授必须年龄要在三十五岁以下,这不太教条了吗?"许克己说:"我的真实水平就是这样,如果要让我弄虚作假评职称,我可以一辈子不要副教授。"郭祥说:"老许你的为人,我是非常钦佩的,只是世道如此,只有个人适应社会,而没有社会适应个人的。"许克己说:"如若世间无道,则需个人以身殉道。"郭祥说:"工资和房子都是很现实的事,嫂子跟你受了这么多苦,你也得为老婆孩子着想呀。"许克己将烟蒂按灭在玻璃烟灰缸里,说:"低工资,没房子,毕竟还不算杀身成仁、舍生取义,无足挂齿呀!"

两人的谈话虽然平静,但平静中却在相互咬着牙扳着没有胜负的手腕,只是茶水越喝越淡。中午开饭的时候,郭祥家里来了一位戴眼镜的白面书生,郭祥向许克己介绍说,"这是省城《教学论坛》杂志社的王编辑。他是来组稿的,我想介绍你们认识一下。"王编辑主动跟许克己握手:"许老师,你好,早就听郭老师说你德高望重、学识渊博,特来向你约稿。"许克己看王编辑知书达礼、文质彬彬,主动上门求稿,许克己颇有寻寻觅觅终得知音的激动,他紧紧握着王编辑细腻而柔软的手说:"许某不才,承蒙厚爱,三生有幸。"王编辑说:"哪里哪里,许老师谦虚了。"

菜很丰富。红烧野兔、糖醋鲤鱼、清炖老母鸡汤,还上了四只云梦湖大闸蟹,郭祥撬开了一瓶剑南春酒。落座后,三人推杯换盏、酒酣耳热之际,说话就无所顾忌起来,今天许克己特别兴奋,他甚至有点忍不住赞扬起了王编辑:"王编辑,都说世无公道,且为蝇营狗苟所乐,有你和贵刊如此方正公平。来,我敬你一杯。"说着就一口将白酒倒进了嘴巴里。王编辑细腻的脸也喝得通红,他硬着舌头说:"许老师,你是名师,当然不能刻薄于你。别人交一千块钱版面费,我只收你八百。"许克己突然酒醒了,他张大嘴巴,一块鸡骨头僵在嘴里进退两难,无所适从。郭祥说:"还是老许有面子,我还交九百呢。"许克己吐出了嘴里没有啃净的鸡骨头,问:"你说什么?你要我交钱给你发表所谓的论文?"王编辑跟郭祥又碰了一杯,他歪过脑袋,说:"我收你八百,只是版面使用费,我自己的劳务费一分不要。"郭祥开导许克己说:"评职称逼着你要论文,现在发表的论文都是要交版面费的。杂志社稿子多得用麻袋装,许多人揣着钱都排不上队。老许,我是真的为你着想才请来王编辑的。"许克己扔下手中的筷子,从一堆鸡鸭骨头残骸中站起来说:"花钱买版面的论文我不发,我也

> 酒菜果然丰富,被特别招待一定是贵客。

> 原来不过交易而已。

> 讨价还价很有层次感。

生活不可告人 / 333

> 椅子何辜！只是岁月不堪回首。

> 椅子的意象包含着历史的变迁和个人的沧桑。

> 王大兰对廉耻的阐释让人耳目一新。

> 春推的叙述，总是喜欢打一闷棍再喂一颗蜜枣。熄灭之论不可当真。

没有用来做交易的论文。"许克己转身就走，身后留下了郭祥副教授充满酒气的声音："老许，你太不近情理了。"

不近情理的许克己回到家里，坐在一把当年郑红英坐过的木头椅子上闷头抽烟，椅子绑上了铁丝后依然摇摇晃晃。许克己在这张危险的椅子上脸色都憋紫了，王大兰知道情况后，给他的紫砂壶里倒满水送过去，责怪说："交钱就交钱，别人能交，为什么你不能交？评不上副教授，我们一辈子也别想住上楼房。"许克己咕咕噜噜喝了水，死死盯住王大兰："你知道什么叫不顾廉耻吗？"王大兰在地上狠狠跺了一脚："评不上副教授、住不上楼房、让老婆孩子跟着受罪，才是廉耻呢！"

许克己借着酒性，勃然大怒："你要是不想跟我过，你就离婚，跟一个给你楼房的人享福去吧！"说着就倒在床上一言不发了，王大兰看着死不悔改的许克己躺在床上就像一块坚硬的石头，她气得哭了起来。正在上初中的老二走过来安慰王大兰说："妈，别跟爸爸生气，将来我肯定会当上副教授的，到时候我让你住楼房。"许克己家的老大技校毕业后，由于忍受不了家里的阴暗和潮湿，一年前就搬到厂里的集体宿舍去住了。

从此，许克己对副教授和一套带卫生间楼房的幻想彻底熄灭了，当其他教师家里已经用上罐装煤气做饭的时候,许克己家依然烧蜂窝煤。煤炉经常熄火,许克己就将煤炉拎到屋外,然后点着碎木片,用一把破扇子煽风点火,许克己被浓烟呛得流出了眼泪,煤烟在风中涣散着破碎,王大兰看着许克己像一只虾一样弯着腰在炉子边咳嗽,她忍不住又落下泪来。

> 写出人情味。老妻王大兰的苦苦相逼也是迫不得已呀!

许克己跟王大兰之间话越来越少,夜深人静的时候,他们默默地坐在一台十七英寸的电视机前看电视上歌舞升平,许多人在霓虹灯闪烁的城市里享受着物质的欲望。王大兰睁大眼睛看着外面的世界灯红酒绿,心里就像打翻了一瓶酱油一样别扭,侧眼看身边的许克己,他已经睡着了。

> 繁华的世界,当它与己无关的时候,它就只能是假象。

王大兰听着屋外呼啸的风声,她叹了一口气,将被子轻轻地盖到了丈夫的身上。

7

两千年钟声敲完最后一响,一个世纪就过去了。

许克己更老了,头发基本上全白了,他的背在岁月压迫下已经驼了起来,但他的腰却依然保持直立的姿势并顽强地抗衡着背部的变形,这种腰与背的不和谐,最终导致了他的上身僵硬而顽固,他走在校园的黄昏里就像被人扔下的一个废旧塑料袋随风飘荡。高校扩

> 弯曲和直立正做着最后的搏斗。雕塑般的定格。

生活不可告人 / 335

招,招收初中毕业生的师范学校招生越来越困难,招进来的学生水平也越来越差,分配更是难上加难。师范学校在高校扩招的冲击下勉为其难地维持着度日如年的时光,老师们人心惶惶,他们心烦意乱、军心动摇,就像一九四九年初春的国民党军队一样正在为自己的出路而彻夜不眠。郑红英局长曾来师范学校做过一次报告,她对自己政治上最初发迹的学校充满了感情,她说:"市政府和市局对办好师范学校决心大、信心足,我们要加大投入,重振师范学校的辉煌。"这些空泛而抽象的口号并没有起到振奋人心的作用,全体教师表情冷漠地坐在下面,居然连象征性的掌声都没有响起来。招生困难,投入减少,学生分不出去,这些残酷的事实粉碎着教师们残存的信心。因为谁都知道,现在本科师范生都不好分。所以郑红英的讲话更像是乌江边上的项羽鼓励身边的残兵败将一定能够反攻刘邦获胜一样虚无缥缈。许克己讲师坐在下面很平静,他看着墙上的一幅标语发愣,标语上写着:教育一定要面向现代化。

> 这样的联想很别致!难道历史也要轮回吗?

> 大势已去,谎言失效。

以往每年招十二个班,现在只有四个班了,此时的许克己只教两个班语音课,他基本上不用备课了,那本自己编写的教学讲义中内容就像一加一等于二那样早已经烂熟于心。日子突然变得清闲了起来,他在无所

> 躁动总要归于平静,人的心也是如此。

事事的时候,就翻阅老庄的书,他迎着黄昏的残阳,耐心细致地琢磨"子非鱼,安知鱼之乐""子非我,安知我不知鱼之乐"的句子。暮霭在不知不觉中铺满了天空和屋顶,线装书中关于的鱼的文字变得模糊了。

师范学校评职称的事每年都在继续,他不再申请也没有人通知他申请,学校里再也没有人提起过许克己职称的事,关心的人和不关心的人都已经忘了许克己与副教授之间还有什么联系。许克己自己也忘了,他拿着讲师的工资过着简单而朴素的生活,王大兰也累了,她说:"你应该出家当和尚去。"许克己不搭腔,他的目光停留在屋外的一棵泡桐树上,树也老了,树皮已经开裂。这棵与许克己一同跨世纪的树在他的视线里渐渐地变成了一条鱼。

一个周末的黄昏,许克己正在屋里用铁丝捆绑那把摇晃的椅子,一辆黑色的奥迪轿车突然停在许克己家的平房前,车里走下一位头发涤亮、西装革履的中年人,他一进门就紧紧地握住许克己的手说:"许老师,这么多年没来看你,学生无礼了。"许克己放下手中的钳子,很恍惚地看着陌生人的脸。王大兰拉亮了屋里的灯,许克己这才认出了是自己当年的得意门生陈可新。陈可新让司机从包里掏出四条中华香烟,说:"许老师,我一直穷忙,没来看你,多有不敬,还望老师宽恕。"这

> 如此逍遥游。

> 象征的文字,光线的效果,也是人心内在光影黯淡。

> 也是一条干鱼,被生活的烈日晒干了的鱼。

> 鱼又活了。

么多年来,许克己家的平房里往来既无白丁也无鸿儒,他就像一个被人遗忘的一截铁丝扔在岁月的风雨中,已经锈迹斑斑。陈可新的造访让许克己情绪有些激动起来,他一边让座,一边拿起塑料水瓶倒了一瓷缸白开水给陈可新,连连说:"我不能收你的烟。"陈可新说:"许老师,要说你对我的关心和教诲,我是无法能够偿还得起的。你要是不收,我就无地自容了。"许克己不好推托,嘴里连连说:"你能来看我,我死也瞑目了。"陈可新说:"哪里哪里?许老师言重了。"许克己枯萎的眼睛里放射击劫后余生般的光芒,他说:"你来看我,意义不一样,事关以德报怨,还是以怨报德。"陈可新说:"许老师,如今到了这个年龄,我才知道老师当年对我的用心良苦。当我知道了什么叫诚信做人的时候,我就来了。"

> 陈可新的到来,是对许克己人格的肯定,也可能是拯救其于绝望中的一尊神。情节异峰突起。
>
> 真是死脑筋!

陈可新大学本科毕业后留在省政府办公厅当秘书,现在是省政府副秘书长,今天来本市视察工作,顺便看望许克己。看到许克己依然住在三间平房里,陈可新脸上流露出愧疚的神情:"许老师,你目前的生活还这样贫寒,令我们这些学生心里很不安。"许克己说:"生活还能过得去,能有你这份心就够了。"陈可新说:"我也听李保卫说了,你至今职称还没落实,论文的事我负责解决。"许克己说:"谢谢你的关心,职称的事我

> 这个学生有拯救老师的能力。

早就放弃了,有论文也没什么意义了。"陈可新说:"许老师,这样吧,你把你编写的讲义让我带走,我知道那都是高质量的论文。"许克己很坚决地说:"不可,不可,杂乱无章,言之无据,不足以冠为论文的名义。"见许克己如此固执,陈可新就没有再提。晚上,陈可新请许克己夫妇到市宾馆豪华的黄山厅吃饭,许克己并没有推辞,他在这种邀请中找到了一种几十年如一日固执己见的价值,他觉得这是对他一生为人做事的最大的肯定。他需要这种肯定,这种肯定就像海难中落水者眼前漂来的一块木板,也像是绝望中遥远的星火。一桌子山珍海味并没有吃出什么味道来,许克己觉得那些菜肴都是一个个铿锵的汉语拼音,其声母与韵母紧密配合,组成了一句两千多年前的句子,"一日克己复礼,天下归仁焉"。

这一晚,许克己喝多了,晚上回到家里,吐得天翻地覆。王大兰批评他说:"你有些得意忘形了。"许克己倒在床上呼呼大睡,第二天天亮后,他面对窗外有些陌生的阳光,他甚至怀疑昨天发生的事情究竟是不是真的。

一个月后,许克己突然收到了一封信,信是省教育出版社寄来的,信中说许克己的讲义已通过了选题论证,准备正式出版,书名改为《江淮方言与普通话正音

> 自谦演变成了自贱。

> 一种价值观的胜利,苦难得到了转换。

> 好事来得太突然,给人以不真实感。

生活不可告人 / 339

>之研究》。因为该书市场销量较小,所以希望许克己购买一千册图书,按六五折算,随信还寄来了一式两份的出版合同书。许克己没有激动,却有些糊涂,他并没有给教育出版社寄讲义,怎么突然收到了出版通知?他估计这与省政府的陈可新副秘书长有关,可那天自己并没有将讲义给陈可新呀。王大兰听说许克己要出书了,激动得浑身发抖,她不太明确一本书的意义究竟有多大,但她还是以最朴素的感情理解了出书是一件光荣的事情,也是对丈夫一生老老实实教书的报答。她将家里唯一一只正在下蛋的老母鸡捉起来准备杀掉慰劳许克己,她的眼睛里居然闪出了一些泪光:"老许呀,你真不容易,这下总算熬出头了。中午好好喝两盅。"许克己夺下王大兰手中的鸡,将鸡放了,他说:"情况还不太清楚呢,不可忘乎所以。"这时李保卫兴冲冲地来到了许家,他一进门就紧紧握着许克己的手说:"许老师,祝贺你的学术专著正式出版。陈可新真够意思。"

原来陈可新在许克己那里没有要到讲义,他就让李保卫给了他一本学校打印的讲义,回去后陈可新打电话给新闻出版局局长让教育出版社安排出版,局长当即就答应了,一切简单得就像安排看一场电影或安排吃一支冰淇淋一样。李保卫向许克己祝贺的时候,许克己脸上很迷惘,他不清楚既然正式出版,为什么还

出版社按规则行事,说明陈可新好事没有做到底。

学校都快要倒闭,评这职称又有何用!且让子弹飞一会儿,让许克己夫妇在梦中快乐一回。

有权,办事就这么简单。

要自己购买一千册书。李保卫说:"这是最优惠的条件了,你要是自己出版,买一个书号就值两万五,自费印刷还得一万多,你现在买一千册书,只要一万多块钱就够了。如果卖掉了,你还能赚几千块钱。"许克己说:"我卖给谁去?"李保卫说:"每届进校的新生人手一册,让各个班班主任帮一下忙,没任何问题。要不了两三年,就会全卖完。"许克己脸色变了:"强行卖书给学生,无异于削铁针头,夺泥燕口,巧取豪夺,为人不齿。"许克己觉得既已正式出版,还要花钱买书,这与花钱头版面、花钱买荣誉性质是一样的。

> 现实中学术著作出版的常见办法。

李保卫副教授好心没办成好事,面对着许克己青黄不接的脸,坐立不安,他很没趣地走了。许克己给省教育出版社写了一封回信,断然拒绝出书,信的结尾写道:"我本一介书生,不善交易,更无能买卖,千册图书于我则无异一堆废纸。现将出版合同寄回,请予以查收。"受到伤害的出版社从此再也没跟许克己联系过。

> 有关师德,这是陈可新没有想到的后续问题。
>
> 许克己的道德准则是一尘不染的。

又两个月后,许克己收到了《教院学报》和《师范教育研究》两本杂志,杂志中刊登了许克己的两篇论文,许克己一看,是他的讲义中摘选的文章。不仅没要版面费,甚至还给他寄来一百多块钱稿费。许克己看着印刷工整的文字,他觉得文字就像一个赌徒偷来的赌资,这让他心里有一种咽下苍蝇又吐不出来的恶心。

> 又一个惊喜来了吗?

生活不可告人 / 341

他知道这是陈可新操作的结果,想写信责问陈可新,陈可新的信却先来了,信中说:"书稿让几位教育专家看了看,都认为见解深刻,学术价值很高,所以就发表了。至于出版社出书一事,未征得许老师同意,又没做成,多有冒犯,心中惶惶。诸多不妥处,望老师海涵,乞谅!"许克己看着学生的信,苦笑了笑。

> 学生的乞罪信函多少挽回了一点面子。

论文虽然够了,但许克己不可能去考外语,因此两篇论文对于他就像一个根本嫁不出去的老妇人脸上涂了一层脂粉一样,不仅于容貌无补,反而有弄巧成拙的难堪。

> 这样的比喻好刻薄啊!

王大兰工作的市煤球厂终于倒闭了,一些下岗工人约王大兰一起去市政府闹事,许克己不答应,他说:"政府尚有恻隐之心,仁也。"许克己所说的恻隐之心是指政府每月发给王大兰两百一十块钱最低生活保障金。

> 君子固穷。

五十多岁的老讲师许克己正在和三间沾满了水锈绿苔的平房一起慢慢地成为这个时代的文物。

8

深秋的时候,许克己的视线中落满了树叶,他提前穿上了黑色的棉袄,每天上完课就回到家里扫门前的树叶,一股寒流在漆黑的夜里掠过这座城市。第二天早上,许克己看到门前的泡桐树只剩下了光秃秃的枝干,就如同是一个输得精光的赌徒。许克己坐在门前读一本现代人根本不读的书,因为书上没有奶油味道,也没有迪厅里的光线和鲜艳的口红。

> 许克己就是一个赌输了的赌徒。

日子如水一样向着尽头流去,稀稀落落的学生和老师在宽敞的校园里走动的时候,更反衬出校园劫后余生般的凄清,一只麻雀飞过的声音居然惊心动魄。今年学校只招到了三个班,五十五岁的许克己教一个班,另两个班由一位年轻教师带。

> 死亡的味道到处弥漫。

师范学校的情况是除了财政拨款外,生员少,收入低,教师没课上。市教育局郑红英局长让市局下了一个文件,要求对全市各县的民办教师进行轮流培训。培训的任务就落到了师范学校老师的头上,这既让大家有事干,也让大家增加一点收入。深入每个县后,吃住由县里统一安排,副教授上半天课补助五十块钱,讲师是三十块钱。下去一个星期,吃住省下了不说,还能挣上两三百块钱。

> 学校在挣扎,教师也在挣扎。

由教研室主任李保卫副教授带队,许克己讲师和另一位年轻讲师赵启发三人来到云阳县培训民办教师。抵达云阳县的当天晚上,分管教育的王副县长和教育局邱局长宴请师范学校的三位老师。晚宴在溢香

生活不可告人 / 343

阁酒楼举行。豪华包厢里,灯光温暖而抒情,王副县长和邱局长跟三位老师一一握手,王县长连连说:"市局对我县的民师培训工作很重视,还专门派了一名教授来,非常感谢你们。"李保卫说:"这是我们应该做的。"

> 官场的腐败应酬也向教育界蔓延。

这个贫困县招待客人还是很大方的,桌上堆满了美味佳肴,甚至还上了一道明令禁止的国家一级保护动物做的菜,青笋油焖穿山甲。许克己年龄最大,所以王县长和邱局长就第一个给许克己敬酒,还将穿山甲的肉夹到许克己的碟子里,李保卫也趁机抬高许克己的地位,向两位领导介绍说:"许老师当年是我的老师,他的学问是我们一辈子也赶不上的。"王县长突然放下酒杯握住许克己的手说:"我一看你就像满腹经纶、饱读诗书的大知识分子,真是令人钦佩。其实,我从小就想当教授,没想到走上了官场。许教授,我敬你一杯。"许克己愣了一下,但王县长已举起了杯子,就只好干了一杯。邱局长随后也站起来向许克己敬酒:"来,许教授,我也敬你一杯。"许克己突然不喝了,他脸上被酒烧得像火熏了一样,热烘烘的。他放下杯子指着李保卫说:"他是教授,我不是教授,我是讲师。"李保卫很含蓄也很谦虚地说:"是副教授,副教授。"全场顿时空气凝固了,王县长和邱局长面对这一场景面面相觑,感到很惊讶,只不过这惊讶在他们的表情中只停留了片刻,王

> 李保卫讲的到也是实话。这个学生对老师也还是不错的。

> 踩到许克己的敏感神经上了。

县长迅速端起酒杯说:"你们都是有学问的人,在我眼里都是教授。来,干杯!"接下来的喝酒过程中,王县长、邱局长虽然对许克己也很客气,但很显然他们的目光已经落在了李保卫的脸上,而且一再说:"李教授,这次培训全靠你们了,我们县民师素质亟待提高。"李保卫就把培训计划和安排详细地做了介绍,王县长和邱局长对李教授连声道谢。

> 官场就那么的势利。

赵启发发现了这样一个细节,王县长跟李教授碰了许多杯后,完全是很应付地笑着对许克己说:"来,我敬你一杯!"敬酒时没有称呼,或者说不好用称呼。赵启发三十多岁,他随遇而安地吃喝着酒肉,他发现许克己脸色通红。虽说君子"就有道而正焉",但如若不贤,谈何悟道传道?孔夫子最赞赏的还是三千弟子中的七十二贤人,一部《论语》都是与贤人对话,许克己应该是最清楚的。然而在这种场合,当然是副教授李保卫最有资格谈传道授业的。

> 道德沦丧,重名而已。名实分离的时代,若依然追求名不正言不顺,必使大儒受辱,而宵小之徒甚嚣尘上。

吃完后,三人下榻县城宾馆,在宾馆门口道别后,服务员将三位带到了三楼,打开两个房间,服务员让李保卫和赵启发进了一个双人间,将许克己领到了一个豪华的套间里。许克己问服务员:"为什么我一个人住套间?"服务员露出洁白的牙齿,微笑着说:"您是教授,县里安排教授住套间。"许克己声音很冷漠地反问服务

生活不可告人 / 345

> 服务员以貌取人。

员:"你怎么知道我是教授?"服务员笑着说:"我一看您就知道您是教授。"许克己没说话,他坐在宽大的床沿上一言不发,这次他没在服务员面前说自己不是教授。

服务员走后,许克己拎着自己的一个印有"为人民服务"字样的老式提包,然后敲开了李保卫和赵启发的房间门,他对李保卫说:"你去住套间!"李保卫说:"许老师,你这么客气干吗?你年纪大当然住套间。"许克己扔下手中的包,说:"那是县里为教授准备的。"李保卫说:"还是你去吧,许老师。"许克己拿出老师对学生说一不二的口气说:"名不正则言不顺,名不副实,君子不为。"李保卫在许克己师道尊严目光的逼迫下,乖乖地走了,他的嘴里还说着:"这怎么好意思?"许克己不搭腔,他从口袋里摸出一支烟,一言不发地坐在床沿上抽烟。赵启发泡了一杯茶端给许克己:"许老师,你喝点茶吧!"许克己依然不说话。

> 看上去似乎在揭李保卫的短处。

一个星期培训结束后,讲师许克己和赵启发各得二百一十块钱讲课津贴,李保卫副教授得三百五十块钱津贴。离开云阳县的时候,县里派一辆小车送三人回市里,王县长紧紧拉着李保卫的手说:"李教授,下次来云阳,不管是公事,还是私事,直接找我。"直到车子发动的时候,王县长才对许克己和赵启发应付性地说

> 许克己的自尊心再次受到了打击。

了一句客套话:"欢迎二位有机会再来云阳。"

一路上,许克己一直不说话,李保卫跟他搭话时,他也是嗯哈着一些简单的音节。年轻的赵启发说了一句:"这个他妈的王县长真浑,住房还搞三六九等。"许克己、李保卫都没搭腔,后半段路程,车里的气氛极其沉闷,只听到车轮碾过路面时均匀的声音。

> 等级的社会当然处处都是三六九等。

回到学校后不久,李保卫找到许克己眉飞色舞地说:"许老师,这下总算有希望了,职称评定条例做了修改,年满五十五岁的讲师,工龄满三十年,评副教授可以不考外语了。"许克己不动声色地看着一本新版的《白话四书》,他对书中的注解非常不满:"怎么能这样乱注呢?"李保卫给许克己点上香烟,说:"许老师,你的副教授职称不解决,我们做学生的心里不安呀。"李保卫从来不敢在许克己面前以领导的身份跟他说话,至今他还害怕许克己的目光。许克己说:"我知道了。"

> 许克己的自尊心已经成为小心保护的大老虎了。

后来这一消息得到了证实,不久文件正式下发了,但还有三个附加条件李保卫没提到,一是科研能力很强,二是讲师职称满十五年以上,三是两篇以上的学术论文。许克己全部符合条件,许克己甚至觉得这个文件似乎就是为他制定的。教研室的同事们纷纷向许克己祝贺的时候,许克己说:"懂外语就是懂外语,不懂不能装懂,毛主席也这样说过。修身莫过于修心,自欺欺

> 姜太公钓鱼的姿态。

生活不可告人 / 347

人当属心术不正。"

王大兰皱纹深刻的脸上终于露出了久违的笑容,她知道副教授不仅意味着涨工资,而且意味着有一套带卫生间的住房,从此不要在严寒酷暑中上公共厕所了,她就有了一种翻身解放的感觉。"终于熬到头了。"她每天都在重复着这句话。许克己已经填写了职称申请表,他没有太多的激动,他觉得这是为他平反,没评上副教授并不是因为水平差,而是不切实际的政策制造了冤案,他又是一个不愿向不合理政策妥协的人。

> 有一颗不妥协的心,难道社会会向你妥协吗?可能高兴得太早了。

后来,王大兰听说不考外语参评职称控制很严,论文质量非常重要,考核相当严格,名额还有一定的限制,市里许多符合这一条件的人都去找门路送礼了,还有送钱的。王大兰要许克己去给市局郑红英局长送礼,许克己很恼怒地说:"荒唐,凭什么我给她送礼?我说过一辈子都不会求她的。"王大兰哭了,她哭得很伤心,将自己这一辈子受的苦统统倒了出来,说到伤心处,竟痛哭失声,这使许克己觉得王大兰有点"文革"中痛说革命家史的味道,而一本辛酸家史的制造者许克己的罪过已是罄竹难书。许克己被自己妻子苍凉的哭声击穿了,他觉得自己确实欠妻儿太多了,一生一意孤行,却从来没考虑过妻子的感受,"己所不欲,勿施于人",而自己不想要的东西,实际上也不让妻子得到,这

> 回应前文郑红英的话。

> 任何事情都必须经过儒家的逻辑运算才能得到执行。

348 / 生活不可告人

是另一种非礼与不义。到这个年龄,他的理解有了一些变化,这种变化就是辩证法的思维逐步渗透到自己的意识中。福利分房今年是最后一次调整,如果评上了副教授他就可以赶上末班车,明年评上就完全按货币化分房了,补助的钱是远远买不到一套住房的。

> 但愿为时不晚。

许克己在妻子王大兰漫长的哭声中,答应跟妻子一起去郑红英局长家一趟,只是去问问情况,但坚决不送礼。王大兰答应了,她抹干眼泪说:"听不少人说郑局长年轻的时候跟你谈过恋爱,她不会一点面子也不给。"许克己说:"胡扯!"

> 王大兰真是什么招数都使出来了。

在一个月黑风高的晚上,穿着一件黑棉袄的许克己跟王大兰上路了,尽管许克己答应去郑红英家里问问情况,但问情况不就是想请她帮忙,不就是求她。许克己感到这件事无论如何解释,都是对自己多年前自己誓言的一种背叛,都是一种无法狡辩的"失节"。想到这里,他心里就有一种耻辱的念头升起来,黑暗掩盖起了他耻辱的表情,但他感到耻辱的性质牢牢地钉在内心。他害怕风声,害怕灯光,害怕每一个从面前走过的影子。他和妻子专门挑了一条黑暗的没有路灯的后街鬼鬼祟祟地走着,黑暗使他安全,他专门往黑暗的地方走,就像一个刚出道的小偷,这种心情无比糟糕。师范学校离郑红英现在的家相距并不远,只隔两条街。

> 虽然有黑暗掩护,但许克己的道德尊严还是被谋杀了。

生活不可告人 / 349

他觉得这段路极其漫长,不到一公里的路,似乎他走了一辈子。他不敢跟妻子王大兰说话,王大兰裹着一件又肥又大的旧军用大衣,尾随着许克己,一路也不说话。后来许克己又想,自己本来就是够条件的,根本不需要开后门打招呼,此次上门,完全是同学间的一次无关紧要的走动。这样一想,他心里又渐渐地平静了许多。

　　郑红英局长家住在一条僻静的巷子里的一幢带院子的独立小楼里,到了郑红英家门口时,许克己不愿敲门,王大兰说:"你一个大男人怕什么?"许克己还是不愿敲,王大兰只好自己啪啪地敲了起来。郑红英家的小保姆拉亮了院子里的灯,打开铁门,灯光照亮了许克己夫妇。这时许克己发现王大兰从棉大衣里掏出了一个印着彩色图案的方盒子,盒子里是什么,许克己一无所知。他心里一惊,糟了,王大兰背着自己买东西送礼来了。

　　这时,郑红英也出来了,一切都来不及了。郑红英一看是许克己,很是意外,说道:"是老许呀,你真是稀客。请进,请进!"

　　郑红英家一楼豪华的客厅里,灿烂的灯光照亮了许克己惊慌失措的脸,王大兰倒是很自然地坐到沙发上,将那个包装得很漂亮的纸盒子放到身边。许克己

旁注:
对比中有揶揄。

郑红英局长的住所一步一个台阶,而普通教师许克己的住房依然还是那个小平房。无声讽刺。

终于还是低头了。意外中可能还有着几分惊喜。

想看清盒子上写的是什么,但他看不清,老眼昏花了。郑红英招呼小保姆送上茶,然后又拿出中华烟让许克己抽,她说:"不要客气,喝茶,抽烟!"许克己有些拘谨地坐在沙发上,手也不知怎么放才好,他只得点上一支烟,慢慢地将情绪稳定下来。郑红英局长举重若轻、游刃有余地说:"你老许从来都不串门,是什么风把你吹来了?"许克己再也没有了当年的豪气与自负,他用烟雾掩饰着自己的心虚,声音里却充满了慌张:"郑局长,听说职称条例修改了,我也申报了,我想问一问以我的条件这一次能不能通过?"郑红英很有策略地说了一句:"以我看,不应该有什么问题。不过最后还是要职称评审委员会来定。"这句话说了等于没说,她的意思是她个人意见是肯定没问题的,但评委会意见不等于她个人意见。许克己听了郑红英这话,也不知再说些什么。王大兰喝了一口茶说:"郑局长,你是大领导,只要你同意,老许肯定能评上。"说着就将身边的纸盒子拿出来放到茶几上,她在用这个纸盒子交换许克己的职称,许克己脸色刷白,他裂地遁逃的意志油然而生,可郑红英家地上的大理石非常坚硬,一点裂缝也没有。郑红英说:"这个事不是我一个人说了算,我们还是要相信组织相信评委会。"她看了一眼茶几上包装精美的纸盒,对许克己说:"老许,你这是干什么嘛!带东西来

> 这样的客套,但也是暗语式的敲打。

> 当年的亲近已烟消云散。一句坦诚的话都没有。也许郑局长的同情怜悯还是有的,但都已陷在官腔里了,生冷而坚硬。

> 失败者无地自容的尴尬。

生活不可告人 / 351

王大兰送礼无师自通。

郑局长的不拒绝也是一种承诺。

除了妻子王大兰没有谁能驾驭许克己这头犟驴。

及时地宕开一笔，化解了叙述的尴尬，隽永、含蓄，又意味深长。

太见外了。"许克己正要为自己辩解，王大兰抢上来说："郑局长，这是最新出产的垂直气烫电熨斗，不要烫衣板，挂在衣服架子上就能烫了，售货员说很时髦，我就买了一个。"她说完了新式熨斗的功能后继续用很庸俗的方式说："老许的职称全靠你了。"

临走的时候，郑红英对许克己夫妇说："以后有空常来玩！"

许克己觉得自己是从郑红英家里逃出来的，王大兰将他一生的尊严全部出卖了。回到家里，许克己愤怒地指着王大兰的鼻子说："你、你让我无地自容。我要跟你离婚。"许克己已经愤怒得说不出话来了，他在气头上说的话当然是不可靠的。王大兰知道自己背着许克己买东西冒犯了他，但她知道如果想征得同意是根本不可能的，她只好先斩后奏了。现在她只好抓住许克己要离婚这句话不放，放声大哭起来："你现在当上副教授了，有新房子了，就要甩我了，我命好苦呀！"王大兰这么一哭，许克己反而没了主意，他气得坐在那把用铁丝绑着的椅子上拼命地抽烟。他觉得烟雾证明他还活着。

屋外风声四起，冷空气继续南下，这座城市溃不成军。

9

年底的时候,许克己顺利地评上了副教授,师范学校是中专,副教授是最高职称,没有正教授。许克己虽历经坎坷,但总算功德圆满了,正好最后一批福利分房也在年底截止,许克己终于住上了三室一厅的带卫生间的教授楼。

按说我二叔许克己的故事到这里就该结束了,然而天有不测风云,一桩极其意外的事情改变了故事的走向,也让我从千里之外的城市赶回来。因为我二叔出大事了,我堂弟小东哭得那般孤苦无助,所以我必须回来。

> 叙述者"我"重新上场,预示着故事正在收场。

事情经过是这样的,我二叔许克己评上副教授还没到一个月,新房子还没来得及装修,那天刚上完课后他就直接去了新房子,一个染着黄头发的时尚的年轻女孩到办公室找许克己,办公室全体教师都在,大家等待发元旦的一百块钱过节费,所以全体教师都看到了这个女孩,女孩叫耿耿,是郑红英局长的女儿,李保卫也认识她,就热情地招呼她到办公室坐,耿耿就坐在我二叔的办公桌边,李保卫问她来有什么事。耿耿说:"找许老师。"李保卫问:"找许老师干什么?"耿耿说:

> 但昔椎的故事是不会以大团圆结束的。他的叙述狠劲在于不把主人公整死是绝不罢休的。

> 意外泄露,一次道德事故。

懵懵懂懂的毛丫头,揭开了许克己最为耻辱的疮口。

"他送到我家的垂直气烫电熨斗,质量不好,把我的衣服都烫坏了,我找许老师要发票,找商场算账,最起码要新换一个。"耿耿很轻松地说着,嘴里嚼着口香糖。

办公室里所有的人都惊呆了,他们很怀疑地看着耿耿。

我二叔许克己来到办公室的时候,李保卫在办公室外面堵住了许克己,他很神秘地说:"许老师,你不要进去,郑局长女儿找你来要电熨斗发票,说质量有问题。"

我二叔伸头看了一眼办公室里整整齐齐地坐着人,顿时一阵眩晕,他发觉天空的太阳正在急速地旋转,大地和楼房翻转过来被倒扣在天上,他用手扶着窗台,没让自己倒下去。

意外的打击是致命的。

回到家以后,我二叔脸色苍白,他只说了一句话:"不可与言而与之言,失言。"这句话被我堂弟小东听到了。从此,我二叔就再也没说过一句话,这是我二叔留在这个世界的最后一句话。

无话可说。

我堂弟根本听不懂这句话,但他记住了这句话。

元旦过后,省教育厅下了一个文件,师范学校由于招生困难和不适应教育改革的步伐,经研究予以撤销,五十五岁以上的教师一律提前退休,其余教师合并到市职业技术学院,师范学校作为职业技术学院的一个分部。这就是说在我二叔评上副教授一个月后,师范学校消失了,他也就提前退休了。学校和他的使命都已经结束了。

我回到家乡后,堂弟小东在车站将我直接接到了市精神病院。堂弟哭丧着脸说:"我爸已经一个多月没有说话了,任何人跟他讲话他都不睬,也不知道为什么。"我问:"事前有什么先兆?"小东说:"没有。"

市精神病院高墙深锁,像一座监狱,那些精神崩溃的病人在医院里鬼哭狼嚎或放声歌唱,病房所有的窗户都被钢筋焊死了,我经过的病房里的病人都是狰狞的表情,我心情紧张地想象着二叔的模样,尖锐地体验着这人间地狱的场景。

> 精神病院叙述得极生动,热闹。

二叔被关在一个红砖砌成的院子里,说是住院,实际上就是囚禁,医生一会儿说二叔是患了严重的精神分裂症,一会儿又说是忧郁症。二叔面对医生的任何判决都一言不发,他机械而僵硬地跟着医生、跟着家人走进各种仪器怪叫的测试室,走进单独的病房。

> 顺带讽刺一下精神病医生。

一扇铁门缓缓打开了,我远远地看见二叔正坐在走廊里一张小木椅上晒太阳,他的手里握着一把紫砂壶,神情木然地看着天空,天空的夕阳泛着暗红色的光。

> 叙述视点在二叔与我之间来回飘荡。

二婶王大兰一见到我,就拉着我的手哭了起来:"你二叔,他……"

我二叔许克己穿着黑棉袄一动不动地坐着,也不

生活不可告人 / 355

睬我。我拉着二叔的棉袄袖子,说:"二叔,我回来看你来了。你还认识我吗?"

二叔不吱声,僵硬的眼神一动不动,他一点反应都没有,手里死死地抱住茶壶,他就像日本电影《追捕》里的恒禄进二那样,一天到晚地坐着。我使劲地拽他的袖子,大声地说:"二叔,是我呀!我的长篇小说很快就要出版了,我是来向你报喜的。"二叔茶壶里的水泼洒了几滴到棉袄上,他依然无动于衷,我又点燃一支香烟放到二叔的嘴上,二叔不吸,也不吐,香烟在他灰紫的嘴唇上自生自灭地燃烧着。看着一个饱读诗书的二叔,想象着我最崇拜的二叔已不食人间烟火,我忍不住流下泪来。

二婶和堂弟小东本来是希望我回来能唤醒他的回忆,因为我是许氏家族中让二叔最骄傲的一个后代,然而一个星期的接触最终让这一希望成为泡影。

市教育局郑红英局长和其他领导对我二叔的病情很关心,他们还给我二叔送了鲜花,郑红英局长对我二叔说:"老许,你要想得开一些,只要你恢复健康了,我们就可以让你到市教育局教研室工作,让你继续发挥余热。"市局对我二叔病情的结论是:因为师范撤销了,且又让五十五岁的许克己提前退休,这让对师范学校充满感情和对评上副教授后准备大显身手的许克己受

> 许克已彻底失语了。他把自己埋藏在自己的世界里,再也不愿与任何人交流。

> 所有的唤醒方式都已失效。

> 这结论很无厘头。

356 / 生活不可告人

到了刺激,所以精神上出了问题。郑红英说:"老许这个人就是认真,他可以没饭吃,但不能没书教。"

事实是,我二叔在师范学校没撤销前就失语了,只不过最初阶段人们没有在意而已。而我在一个星期的调查里得出的结论却与此完全不同,我认为,我二叔许克己是因为耿耿去要发票,致使给郑红英局长送电熨斗的事彻底败露,这意味着他一生所捍卫的原则顷刻间在光天化日之下土崩瓦解。

二叔许克己的失语不管是不是精神分裂的结果,但我坚决认定,二叔是以失语这种方式为一生为人做事原则的崩溃与覆灭进行忏悔,他为自己一次目的并不明确的背叛进行赎罪。

我之所以不愿说出这个结论,是因为我说出来医生会认为我很幼稚,别人也不会相信,更何况,生活本来就是不可告人。

我离开二叔后又回到了我漂泊的这座北方城市。一个月后,我接到了堂弟打来的电话,他告诉我二叔已经死了,死在一个北风呼啸的夜里。

这时书商找到了我,他要请我吃饭,他说愿意以每千字一百元出我的《月光下的单人床》,并希望今天就签合同,一个月内交稿,我说我不想出这本书了,他说价钱还可以再高一些。我说我不想出了,他问为什么,

转移话题。

这就是郑红英所说的"认真",不与世俗妥协,也不与自己妥协,坚持自己,直至毁灭。

在随波逐流与坚持道德理想之间,"我"选择了后者。

> 二叔许克己看来有了继承人了。道德理想主义虽饱受挫折，但依然生生不息。

我说不想出就是不想出，没有为什么。

说完这句话，我转身就走，将书商扔在背后冬天的风里。

回到出租屋里，我烧掉了《月光下的单人床》的手稿，卷起行李回家为我二叔奔丧。

逃亡的脚步

1

如果从面相上看,我表哥李中顺无论如何也不可能与八年逃亡联系起来,更不可能与一桩命案有关。表哥李中顺长得很像歌星蔡国庆,一脸男性的温柔,在一个女人越来越不温柔的年代里,男人的温柔就像刀子一样尖锐。

表哥李中顺见到人还有些腼腆,我想这与他的经历有关。表哥出生在山区的一个贫困的农民家庭,我舅舅在表哥八岁那一年死在一个春光明媚的季节,他在开山炸石时被石头砸死,临死前他只说了半句话:"瞎子瞎说!"后来,我知道了舅舅指的是表哥出生时,请了一个算命瞎子给表哥起名字,瞎子站在阳光下的黑暗中说:"中庸和顺,福禄双至,就叫中顺吧!"中顺八岁丧父,在山区一个老师经常念错别字的学校里读完中学,考不上大学基本上是顺理成章、水到渠成的。舅

> 很有杀伤力语言的串场。

> 喜剧性的死亡。

> 正常逻辑之外的叙述爆发出惊人的概括力和情感的力度。

母沿着舅舅的足迹跟男人们一起在山上开山炸石，然后用成吨的石头换回成斤的米或成两的油。中顺当兵那一年，舅母侥幸地只被砸断了一条腿，从此她躺在家里那张腿脚失灵的床上回忆舅舅和其他往事。中顺在武警部队养狗，他将狗驯养得比人还聪明，当兵六年中，在他手下毕业的一百四十多条狗不仅机智敏锐通人性，还讲义气。据说在中顺离开部队时，所有的狗都睁着忧伤的眼睛恋恋不舍地尾随着他凄惨地叫着，少数感情脆弱的狗还流下了泪水。中顺驯的狗多次在全国警犬比赛中获得金牌银牌，中顺也沾了狗光而立了两次三等功，一个温柔并且有些腼腆的养狗的人当军官是不太合适的，部队就让他转了志愿兵，这样他在离开部队回到地方时就属于军转安置的对象，于是他就被分配到了家乡所在的临溪市旅游公司工作。从此也就算跳出了农门，躺在床上的舅母每个月都能收到儿子寄来的两百块钱，她攥着钞票如同攥住了自己的后半生，阴暗潮湿的破屋里充满阳光。

> 亲情的光辉照亮了生命。

我是在八年前的一个黄昏最后一次见到表哥中顺的，他送一个旅游团到省城机场乘飞机，在所剩无几的时间里，他给我打了一个电话，我赶到机场匆匆与他见了一面，他的身材与蔡国庆差不多，肤色比蔡国庆略黑一点，因而也就少了一些奶油味，温和的表情给人一种踏实勤勉的安全感,这是许多女孩子想入非非的一种形象。我问他在临溪可找到女朋友了,他点了点头,我说:"你结婚一定要通知我去喝喜酒!"他迟疑了一下,说:"那当然!"

那时候,我在省城的一家小报当记者,距中顺所工作的临溪市有三百多公里,等到我三个月后去临溪采访旅游节时,表哥中顺已经从那座城市里消失了。

为了让故事的叙述流畅起来,我将对复杂的人物关系作省略性交代,对故事素材的来源不再作琐碎的复述。

中顺刚到临溪市旅游公司报到时,肚子上肉很多、脑袋上头发很少的公司党委书记兼总经理黄升看了看中顺的档案说:"旅游公司要是养狗就好了,可是公司连人都养不活了。"他用多肉的中指毫无必要地敲着桌子:"这样吧,公司勤杂工郭师傅得了肝炎,你先干着吧!"中顺站得笔直,他毫无怨言地接受了扫地、抹桌子、烧开水的工作。在这个人满为患的国有旅游公司里,中顺如同是香烟盒上印制的一句忠告"吸烟有害健康"一样可有可无,甚至是毫无必要。

临溪市的天雾山和梦云湖是闻名海内外的风景旅游区,每年国内外有近百万游客千里迢迢地来到此地。

如此温暖的男人,不仅给他人以安全感,也应该给自己以安全感。给后文的逃亡进行反激式铺垫。

现代主义的元叙事。

旅游公司经理的形象有点丑陋。

语言在比喻的名义下串场。张扬作者的才气。

逃亡的脚步 / 361

然而这座山区城市里国有旅游公司却怎么也干不过私营的旅游公司,中顺发现从旅游区回来的车子一开进公司的院子,司机和导游们就拥进公司会议室抽烟、打牌。这时候,中顺总是很麻利地给他们泡好茶,让他们一边打牌,一边愉快地打情骂俏。有时候,他们为付钱的事还要打架。打架的时候,中顺就去拉架,有一次,第六车组的驾驶员小赵跟九车组的小张打牌为了两块钱动起了手,小赵居然一拳打在了拉架的中顺的眼眶上,他的眼睛立即血肿起一大块。正在隔壁研究加强公司管理的黄总听到声音就过来追查谁打架了,中顺捂着眼睛不吱声,于是黄总当场决定扣中顺一个月奖金并警告说:"如果这不是最后一次的话,我就让你带着档案去人才交流中心报到!"黄总走后,小赵拉着中顺的手说:"以后你有什么用得着兄弟我的,我要是不够意思,就他妈的三陪小姐养的!"中顺默默地拎着水壶去传达室灌开水,煤炉的水又要开了。

中顺从小在农村长大,到部队一直跟狗打交道,属于没见过什么世面的。在城市灯红酒绿、醉生梦死的背景中,他与生俱来地缺少贪婪的欲望和掠夺的野心,他的生活理想简单到只是有口饭吃,每月能给乡下的母亲寄去两百块钱买药和买米,远离开山炸石的生活就是一种无比幸福的生活。父亲在山上丢了性命,母

> 国有旅游公司乌烟瘴气。

> 中顺的逆来顺受的性格得到初步验证。

> 如此毒誓只能说明其猪狗不如的人格。

> 中顺如此忍耐原来是有原因的。

362 / 生活不可告人

亲在山上丢了一条腿,这使他一生都恐惧石头。

公司四车组的导游叶慧琳找到正在传达室换蜂窝煤的中顺,她说:"扣你奖金,这不公平。你为什么不说出事情的真相?"中顺见到叶慧琳时有些紧张,他无中生有地搓着双手,心里乱七八糟地毫无主题地跳着。叶慧琳是公司里最漂亮的女孩,她似乎永远也晒不黑,脸上始终闪烁着清纯而妩媚的光辉,她从不跟那些男女打牌,更不同他们一起打情骂俏,她不是冷漠和孤傲,而是拒绝,这种拒绝包含着孤立无助中的自我保护。叶慧琳是旅游学校毕业分配到这个陌生的城市的,她与中顺一样,是这个城市的入侵者,他们必须小心谨慎地活着。中顺无法以成熟男人的眼光去理解和认识叶慧琳,但他凭直觉感到叶慧琳是一个神圣不可侵犯的女孩。叶慧琳在离开充满了呛人煤烟味的传达室时,中顺鼓足勇气说了一句话:"当时我的眼睛很疼,我来的时间不长,我叫不出打架人的名字。"

三个月后,黄总找到中顺谈了一次话,他居然让中顺在自己的那张深红色的老板桌对面坐下并且递给他一支香烟,中顺不敢不接香烟,他抽了两口后,猛烈地咳嗽起来,他看到黄总的脸在烟雾中四分五裂如同一个摔碎的盘子。黄总说:"公司的同志们对你评价很好,我也觉得你毕竟当过兵,守纪律、作风正,你是完全

> 叶慧琳的正直如她的美丽一样让人激动。

> 出污泥而不染的孤傲。

> 没有无缘无故的爱,共同的外来者出身说明了一切。

> 看来黄总对中顺的评价发生了变化。

逃亡的脚步 / 363

> 公司的工作安排让男主人公与女主人公产生了交集。

可以代表公司形象的。"黄总决定让中顺到四车组工作，四车组由五十多岁的老驾驶员老杨、导游叶慧琳、接站送站的中顺三人组成。那天早晨，中顺的心情如同当年在部队他训练的狗获全国冠军一样令人鼓舞，这样的心情已在记忆中发霉很久了。

四车组新组合一亮相，全公司其他车组就顿时头顶冒汗，中顺、叶慧琳、老杨三个人像一个合作多年的炉火纯青的小乐队，默契而流畅，似乎这是一百年前就已经设计好的三人组合。中顺可以让无政府主义的散客准时上四号车，可以让每一个旅游回来的游客准时离开临溪，中顺在每一个细节上都让游客感到天衣无缝。人在出门旅游的时候是很愿意保持儿童心态的，叶慧琳的导游更像一个循循善诱的幼儿园阿姨在讲述一个童话故事。不到半个月，四车组就收到了表扬信，一位带着猫来旅游的台湾妇女还专门送给公司一面锦旗，锦旗上印着"中华同胞、情同手足"的平庸的句子，叶慧琳在半路上停车给台湾妇女的那只饿得嗷嗷直叫的猫买了一条鱼，平息了猫叫后，台湾妇女就有了热泪盈眶的感动。黄总开会表扬四车组并让他们谈经验，驾驶员老杨说："工作做好了，主要是想多拿一些奖金，小孩上学的学费太贵了！"中顺点了点头，表示同意老杨的观点，黄总希望叶慧琳能讲几句思想境界很高的

> 这表扬来得很奇葩。用开玩笑的手法，彰显男主人公的善良。幽默而温暖。

话,叶慧琳望了中顺一眼说:"我也是这么想的。"

像中顺和叶慧琳这样二十多岁的年轻男女在朝夕相处和一起工作中,弄出点感情来是很正常的,弄不出感情来反而不正常,只是公司里大部分人认为中顺跟叶慧琳从相貌上看虽然般配,但中顺无权无钱无势,就像不合格的"三无"产品一样,有假冒伪劣的嫌疑。女人的漂亮是一种比毒品还要昂贵的附加值,而中顺除了是一个相貌堂堂的男人外,是没有什么附加值的。他们的交往一开始就被定性为不公平,许多小伙子磨牙霍霍,他们不甘失败的目光层出不穷。只有小赵捋起袖子很情绪化地对同事们说:"中顺这样仗义的哥们,娶两个叶慧琳也够格!"

两个外来者的爱情是这些城里的俗物无法理解的。

爱情在议论纷纷中传奇了起来。

中顺也不知道叶慧琳跟自己发生爱情的确切日期是哪一天,也说不出什么理由和原因。只是每天下班的时候,他们总是不自觉地一起走出公司的大院。叶慧琳问道:"你晚上吃什么?"中顺说:"我吃面条。"叶慧琳说:"我在学校时就一直是吃面条的。"于是他们就一起去街边的大排档吃一份面条。后来中顺回忆起他们的交往时,他曾一度认定他们的爱情就是从面条开始的,而以面条来为爱情命名,这又多少缺了一些浪漫,甚至有点不够严肃,不过爱情似乎也与严肃无关。中顺在这方面是比较迟钝的。

面条虽然是很平常的食物,但它的寓意却是常来常往。

逃亡的脚步 / 365

这样连续的比较，虽然饶舌，但恰当与不恰当的同场纳入，却很有张力。

历史记忆被现实的日本人激活，两相叠映，使价值的天枰在激烈的动荡之后，才做出最后的抉择。

真正让爱情明确或牢固起来应该有一个标志才行，这就像一座城市要有一个标志性雕塑或一个小偷必须有一种绝活为自己证明身份一样。在一个潮湿的雨季，叶慧琳带一个日本老年旅游团上山了，湿滑的山路上日本老人举步维艰，这让人一度想起当年陷入人民战争汪洋大海中的日本鬼子的相关姿势，叶慧琳是不能想的，她仍然用温婉而柔软的语言向日本鬼子们介绍在这里死得其所的美丽风景。一个身体显然不很健康的老人在从天亭峰下来时，风烛残年的形象让叶慧琳顿生恻隐之心，她将日本老人的一个形状古怪的包拿了过来，在扶着他下山时，老人一个趔趄，一只脚滑向了悬崖，顿时旅游团恐怖的惊叫声有些惨绝人寰，类似于日本鬼子投降的前夜。叶慧琳几乎是在同时用拎着包的另一只手去拉住老人的，日本老人的脚离开了悬崖，而那个形状古怪的包却滚进了悬崖下。包里装着老人的护照和第二天到上海的飞机票。

在火车站忙着订票的中顺回叶慧琳传呼时，他听到了叶慧琳在电话里的哭声，隐隐还能听到日本鬼子烦躁不安的叫声。中顺立即打了一辆出租车直奔三十公里外的天雾山，他是一口气爬到天亭峰半山腰的。这时，天雾山管理区的好几个保安穿戴整齐地对着山谷发表议论，他们带来了粗壮的绳子，但没有带来足够的勇气,他们说最好还是下山请山民下去取包。中顺有些蛮横地推开了保安,他很平静地对失魂落魄的叶慧琳说:"没关系,我来下去!"叶慧琳脸色苍白地说:"不行!"这时,中顺几乎很坚决地将绳子扣在一棵看上去不太牢靠的松树上,他在几个保安的掌声中探下悬崖,在大约四十米深的一处裂缝里拿出了日本鬼子的包。中顺上来后,鬼子跟他拥抱,中顺却忙着擦拭额头上的血。

> 在真真假假的掌声和拥抱中,英雄完成了赵云式的壮举。

当晚,中顺送走了日本老年旅游团后,已是晚上八点多钟了。叶慧琳目光很迷离地看着中顺,中顺身体有些僵硬,叶慧琳说:"我请你吃晚饭!"中顺说:"面条!"这顿面条之后,叶慧琳和中顺的爱情在公司里就像被法院终审判决过一样,生效了。

> 美人爱英雄,天经地义。

这个幸福的春天,中顺回忆起了许多年前死在山上的父亲,父亲是一座山。

> 中顺是一个男人。

2

春天的风掠过城市的楼顶和人们蠢蠢欲动的目光,中顺走在春天的裂缝里,面对险象环生的季节,他感到自己无法在公司同事们死不瞑目的心情中守卫住自己与叶慧琳的爱情。小赵有一次悄悄地对中顺说:

> 春天总是险恶的。

> 善良必须在邪恶之火冶炼后方显其本色。邪恶的反角出场了。

> 如此敏锐的感觉，是通灵的。危机既是未卜先知，也是叙述上警示。神奇！

> 恶人如此之恶，善良必将遭难，种种迹象预示都指向中顺。

"找老婆要找叶慧琳，找情人要找苏丽艳。"苏丽艳是二车组的导游，她带团时在车上说荤段子可以让世界上最无耻的人也能脸红。小赵本来是想讨好一下中顺有眼光，然而中顺却感到了某种嫉妒与无处不在的深刻危机，他像一个战斗力很差的士兵在守卫着一个一万人正在密集冲锋的阵地，他在夜深人静时听到了拉枪栓的声音和刺刀金属碰撞的声音，他在梦里遍体鳞伤，如注的鲜血染红了第二天早晨的太阳。

这一年秋天，在城外的庄稼和水果全面成熟的时候，中顺却是无法收获爱情的，他注定了要以惨重的代价为穷人的爱情捍卫尊严。让他付出代价的是黄飞沙，公司总经理黄升的儿子。

黄飞沙在秋天的时候从牢里出来了，他背着一身监狱的气息出现在公司大院里。这个据说在临溪黑社会号称老七的冷面杀手曾经一刀砍掉过对手一条胳膊，黄飞沙对公司里的员工们说他下刀又准又狠，非常麻利，从不拖泥带水，公司员工们在黄飞沙的自我炫耀中肌肉痉挛，目瞪口呆。黄总经理在公司大会上宣布说："黄飞沙是公司的临时工，大家对他要进行严格监督，不得搞特殊化，更不得违反公司的劳动纪律。"一小撮人在黄总大义灭亲的讲话后还盲目地鼓起了掌，其中就有中顺。

黄飞沙分到小赵所在六车组担任接站送站工作，他在上班的第一天将一位天津散客的火车票搞丢了，然后花高价补了一张，第二天的时候对小赵说："四车组的叶慧琳太他妈的漂亮了，我一定要把她搞到手！"第三天他因为没有按时将游客带到车上影响了发车时间，跟小赵先吵后打，小赵的鼻子被打得鲜血哗哗，如同自来水龙头失灵。第四天下班时，他找到叶慧琳："晚上我请你到卡斯特迪厅跳舞！"叶慧琳看着黄飞沙一脸飞砂走石的凶悍，她嗫嚅着声音说："谢谢你，我今天晚上要去医院看亲戚。改日吧！"黄飞沙笑了笑，并暴露出嘴里被香烟熏黑的牙齿，他很通情达理地说："那我陪你一起去吧！我叫老大开一部凌志车来，怎么样？"叶慧琳不敢正眼看他，她说："谢谢你，不用了！"黄飞沙也就不再勉强，他将自己的手指扳得咯咯直响，语气很轻松地说："改日就应该是你请我去跳舞了！"

叶慧琳晚上约中顺在烟雨湖公园见面，这种古老而传统的约会地点很大程度上是因为他们没钱去钢琴酒吧和舞厅。中顺无法看到黑暗中叶慧琳的真实表情，她声音低迷地对中顺说："我们结婚吧！"说着就靠到了中顺的怀里并明显呈现出死不改悔的依赖感，中顺将叶慧琳拥在怀里，他聆听着慧琳软弱的呼吸，然后看着秋天城市的天空，天空有一缕清寒的风在漫过城

黄飞沙以飞沙走石一般的速度在第四天就准确达到了叶慧林的面前。

流氓本色：威逼、利诱、恐吓。

寻找保护。

> 在爱情达成的一瞬间,男主人公的退缩将造成无可挽回的伤害。

市,中顺感受到了冬天的某种暗示,稀少的几颗星星挂在天幕上,似乎在证明这个夜晚的真实性。中顺说:"我现在没有房子,没有钱,我不能让你委屈。"慧琳说:"我们租房子。"中顺在黑暗中摇头,他摇头的姿势叶慧琳一无所知。

北方的风一阵紧似一阵地漫过河流、山冈以及地图上的城市,然后凶狠地抵达临溪,临溪的心脏就像被插进了一把锋利的刀子。城市里的树叶纷纷飘落,行人在风中缩紧脑袋来去匆匆、下落不明。黄飞沙在有风的早上对叶慧琳说:"今天晚上七点,我在卡斯特迪厅门口等你!"说着转身就走,叶慧琳看着黄飞沙蛮横的背影彻骨冰凉。

> 寒风如恶人一般正攫取人间的暖意,令人战栗。

晚上下班前,叶慧琳脸上流露出错综复杂的情绪,中顺说:"你是不是不舒服?"叶慧琳说:"我有些头晕。"中顺说:"我陪你去医院看看吧!"叶慧琳说:"可能是太累了,我回去早点休息就行了。"中顺要骑自行车送她回去,她说:"不用了!"说着自己匆忙地上了一辆开过来的公交车。叶慧琳跟她的一个女同学在东市区合租一间破旧的民房。

> 欲说还休定有隐情,可惜中顺无法体会。

中顺推着锈迹斑斑的自行车沿着城外一条荒废的煤矸石小路踽踽独行,在这条出没着小偷、强盗、抢劫犯的道路上,中顺有意无意地体验着危险和在劫难逃的暗示。暗无天日的路上没有人的声音，偶尔有点点灯火在路边的树丛中阴魂不散地亮着，他知道那是乞丐和拾荒者临时棚屋里的生命气息。

中顺担心叶慧琳发烧，这个城市在冬天来临之前，病毒性感冒铺天盖地地流行。他掉转自行车的龙头，骑向东市方向。

叶慧琳是怀着小偷一样的心情来到卡斯特迪厅的，她害怕黄飞沙毁灭性的目光，她也想借此机会告诉他，她很快就要跟中顺结婚了。她想让黄飞沙从今天晚上开始彻底放弃对她的痴心妄想。黄飞沙站在卡斯特门前灿烂的灯火中，手中还捧着一束鲜花，只是他残酷的表情与鲜花之间构成了一种节外生枝的别扭，有点类似于装着假牙的人在四处推销牙膏。

叶慧琳准时抵达卡斯特门前放纵而浪荡的灯火中，黄飞沙将一束鲜花递给叶慧琳，他很有成就感地挽起叶慧琳的胳膊："我知道你一定会来的。"叶慧琳无济于事地摆脱着黄飞沙胳膊的纠缠，她闻到了黄飞沙身上尖锐的烟草气息，这时她听到正前方一个沙哑的声音喊道："小姐，请抬起头来！"叶慧琳一抬头，只听一阵咔嚓声，闪光灯刺得叶慧琳睁不开眼睛。叶慧琳惊魂未定，黄飞沙冲着镁光灯吼道："你他妈的找死呀！"

> 危机四伏。

> 也许是鬼使神差。

> 漫画式的丑化。

> 为魔鬼所缠身，摆脱谈何容易。

逃亡的脚步 / 371

> 舞厅就是地狱，群魔乱舞。

舞厅里乱极了，好几百人如同世界末日来临前最后的狂欢或煤气中毒般地挣扎，灯光和音乐扫射着人们的身体和灵魂，一些吸食摇头丸的舞蹈者如同垂死者的梦游或劫后余生的幸福，沉沦与堕落的快感在扭曲的身体上由此及彼、自上而下。叶慧琳被黄飞沙搂进舞池，他紧紧贴着叶慧琳柔软的胸脯，只重复着一句话："为了爱你，我可以为你去死！"叶慧琳说："我和中顺马上就要结婚了。"

> 流氓的威吓一旦生效，善良的姑娘就会不断让步，因为它知道人的软肋在哪里。

走出舞厅的时候已是晚上十点多钟了，叶慧琳有一种越狱成功的感觉，她在灯火阑珊的舞厅门口，再次明确地对黄飞沙说："我和中顺马上就要结婚了，你不要这样！"黄飞沙摆出一副别无选择的姿势："我可以为你去死！"叶慧琳说不，黄飞沙面对着走投无路的叶慧琳说："如果你不想让我死，那就嫁给我。"黄飞沙最后说，"我没有办不到的事，我为了下独眼龙一条胳膊，判过五年刑。如果为了爱情，我完全可以卸掉中顺的脑袋。"

> 非常不详的预感和联想。

中顺八点多钟赶到叶慧琳租住的民房时，同屋的小倩说叶慧琳没有回来。中顺就来到了巷口的一个公用电话亭打叶慧琳的传呼，连续打了十二次，叶慧琳没有回。中顺站在深秋的夜风中，联想起晚报上的一些杀人放火骇人听闻的恐怖新闻，他的心在抽搐痉挛，持续不断的灾难性的想象在粉碎着他残存的意志。他架上自行车,坐在无人的风口,他在等叶慧琳。

叶慧琳在舞厅里没有听到传呼的声音,她看到号码是巷口公用电话时,她以为是小倩找她,于是就打了一辆出租车回来了,叶慧琳看到中顺坐在巷口的风中像一个孤儿,心里一阵酸楚。中顺迎上来,问:"头还晕不晕?"叶慧琳做贼心虚地说:"没什么。我遇到了一个同学,她约我去吃饭了,饭店里很吵,没听到你的传呼。真的对不起你!"中顺说:"没什么。我主要是担心你路上出事。这年头挺乱的。"

中顺推着自行车刚走了不到几米,叶慧琳就喊了一声:"中顺,你等等!"

中顺在苍白的路灯下掉过头,走回来,问:"有什么事吗?"

叶慧琳望着有些疲惫的中顺,欲言又止:"没、没什么!天冷了,你多穿一点衣服。"

没过几天,公司决定将中顺调到六车组,黄飞沙调到叶慧琳所在的四车组。黄升总经理对中顺说:"六车组的问题很多,我想派你这样的骨干去加强一下力量。"黄总还说中顺已经作为全市"旅游行业十佳"上报了,中顺听了黄总的信任和表扬,有些不好意思,他

> 人物正处在压力下,不恰当的举措将导致误会的发生。叙事延宕以误会的解释能量的彻底消耗为下限。

> 解释也被顾虑所延宕。

> 反角的权谋正加紧实施的步伐,而正角却依然懵然不知。

逃亡的脚步 / 373

插科打诨式的自我加冕和拆解，隐喻两种权力的相互借用和同构。

比较谦虚地说："我所做的工作离党的要求还相距很远。"一到六车组，小赵就刺刀见红地对中顺说，"这是别有用心的安排，黄飞沙说他现在的工作重心就是要把叶慧琳搞到手，你恐怕还蒙在鼓里吧？"中顺心里一惊，脸上故作镇静地说："叶慧琳不是那种人。"小赵说："这我相信，我只是提醒哥们多长一个心眼，黄飞沙是在号子里锻炼过的人，他跟黄总要钱时是先把刀子插在桌上，然后再开口。"

在冬天正式来临的日子里，叶慧琳在烟雨湖公园冰冷的石凳上苦苦哀求中顺："你带我走吧，我们离开这个地方！"中顺说："如果黄飞沙再缠着你，我们就结婚。"慧琳说："只要我们在这个地方，黄飞沙就不会放过我们，这个人心狠手辣。"中顺说："我有一个当兵的战友在广州，他倒是要我去广州发展。"叶慧琳有一种死里逃生的激动，她搂住中顺的脖子说："那我们就去广州吧！"中顺在西北风呼啸的黑暗中顽强地保持着镇静："我想找黄飞沙谈一次，你放心，没事的！"中顺说，他不想离开这里，主要是这里的工作是国有正式工，比外出打工稳定，再说他也不能抛下含辛茹苦一辈子的母亲。

迟疑不决，瞻前顾后，危机进一步逼近。

那一天，中顺跟黄飞沙在公司走廊里狭路相逢。中顺说："黄飞沙，我想找你谈一谈。"黄飞沙非常自信地说:"是时候了,我正要找你呢!"他们两人约定晚上下班后在郊区杨店酒楼见面。黄飞沙说:"这是我们男人之间的事,不要让女人知道。"中顺说:"那当然。"

> 绅士般的约定,压力回调,抑或暴风雨前的宁静。

他们两人在杨店酒楼的三楼坐定后,点了满满一桌菜,要了三瓶白酒,他们一开始甚至还有点文明礼貌,黄飞沙递给中顺一支烟并先给他点上火,中顺说:"今天我来埋单!"黄飞沙说:"这个酒店是我的小弟兄开的,免单!"

黄飞沙落座后开门见山:"老实说,我可没什么兴趣跟你谈判,我们今天打一个赌,谁要是敢为叶慧琳去死,谁就从这楼上跳下去,谁跳下去叶慧琳就是谁的。"

> 这个情书出乎意外。

中顺没吱声,他觉得跟亡命之徒较真是愚蠢的。

三楼窗外的天空漆黑一片,冬天的风不遗余力地刮过窗外的天空和枯树并发出枯燥的哗哗声。一瓶酒下肚后,中顺说:"我们元旦就准备结婚了。"

黄飞沙将一块鸡肉塞进牙齿缝里,他将骨头吐在桌上:"如果叶慧琳同意跟你结婚,我立马走人!"

> 各自亮出底牌。

中顺觉得黄飞沙虽坐过牢,但人还是很讲义气的,对这样的人是不应该有什么偏见的,于是他就说:"那当然,结婚是叶慧琳提出来的。"

黄飞沙将满满一杯白酒倒进喉咙里,然后将筷子狠狠地砸在桌上:"你有钱结婚吗?你有房子结婚吗?

逃亡的脚步 / 375

你能给她买得起小车吗？"

中顺愣了一下，说："叶慧琳不要这些东西，她愿意跟我租房子结婚。"

"笑话，叶慧琳跟我已经去红枫花园看过我们的新房了，三房两厅，一百三十平方米。你能买得起吗？我给她买的两万多块的雅马哈 120 摩托车明天她就骑着上班了，我说你这乡下土包子怎么也不撒泡尿照照自己的影子呢？"

中顺也将筷子掼到了桌上："撒谎不打草稿，还张口骂人，你算什么男人！"

黄飞沙忽然出奇地冷静了下来，他给中顺倒满了一杯酒："我们不要吵了，我想还是告诉你一些事实吧，慧琳跟我下舞厅上酒吧你当然是不会知道的，她说我的接吻技术让她很兴奋。我这个人做人比较讲规矩，今天我是要正式通知你，下个星期我跟叶慧琳就要上床了，从今天起，你要是再碰她，就不要怪我下手不温柔。"

中顺感到血直冲脑门，一种撕裂的耻辱深入骨髓，他拍案而起："你胡说八道，叶慧琳不是那样的人！"

黄飞沙从怀里掏出几张照片，然后手悬在半空："我希望你看到这些照片后不要过分激动，你这样一个绅士应该有良好的教养。"好像这是外国电影中的一句

挫败后的失控。

舞厅门前场景的回旋，阴谋的延续，流氓的杀手锏。一次离间。

浅薄的流氓从来没有自己的话语。

台词。

黄飞沙将照片扔给中顺,然后嘴里吹着口哨,一副功成名就的表情。

中顺看到了照片上卡斯特舞厅门前黄飞沙挽着叶慧琳的胳膊走向镜头,叶慧琳的手里居然还捧着一束鲜花。另一张照片上,黄飞沙紧紧搂着叶慧琳跳舞,他们贴得很紧,其中有一张侧面照,脸和嘴模糊不清地叠在一起。中顺睁着血红的眼睛,面对着证据确凿的背叛。刹那间,他如同在万劫不复的绝望中敲响了地狱的门,一种毁灭的结论彻底埋葬了中顺对于一桩婚姻和一次爱情的希望,失败的痛苦和愤怒在烟雾和酒气中膨胀。黄飞沙说这些照片就留给你做个纪念吧。

> "误会"终于发酵,被遮掩的情节得到全景展现。

看着中顺,黄飞沙如同在欣赏一个热锅上注定要死的蚂蚁,他轻松地对蚂蚁说:"叶慧琳为什么爱我?因为我愿意为她去死,你能做到吗?"

中顺像一个痴呆的植物人,木木地望着黄飞沙,他不说话,他没想到叶慧琳竟然背着他跟黄飞沙勾搭,此刻他想号啕大哭,但他不能在敌人面前哭泣,这是他最后的尊严了。

> 蚂蚁可怜、渺小,随时可能被踩死,反方取得了绝对优势,忘乎所以势在必然。

> 坚持!意志的考验。

黄飞沙手里抓着一只鸭头,他用尖锐的牙齿咬碎鸭头,然后看着绝望的中顺:"如果你今天从这三楼跳下去,我就把叶慧琳让给你,我说话算数,你敢吗?"

> 再次耍弄阴谋。

> 忍耐，不是屈从，是理智的苏醒。

中顺不吱声，他看到黄飞沙点燃了一支烟，他的脸在烟雾中破碎了，这时中顺觉得他这脸应该碎掉才合理。他抓起身边的酒瓶想狠狠地砸上去，但他忍住了。

中顺向黄飞沙要了一支烟，然后倒了满满两茶杯酒，他说："我认输了，这杯酒算我们了结恩怨的酒。"黄飞沙端起茶杯两人叮当一碰，一饮而尽，中顺又倒了满满两茶杯，又干了，这时中顺看到黄飞沙的舌头开始发硬，说话颠三倒四了。第三瓶酒打开的时候，黄飞沙不干了，中顺不知道自己为什么有那么大酒量，他挑衅性地说："你黄飞沙为了爱情连死都不怕，还怕喝酒吗？"

> 冷静地反攻，就如同驯服一头兽。

黄飞沙摔碎茶杯，指着中顺的鼻子："我他妈的宁愿跳楼也不喝酒！"

中顺说："有种的你就跳，你只有跳楼才能证明你'为了爱情去死'不是一句屁话。"

> 反方的妙计反为己方所利用。

黄飞沙摇摇晃晃地走向窗子，他爬上窗子说了一句："跳就跳！"他讲这话就像讲"今天天气很好"一样轻松，中顺看到他真的要跳了，就惊出了一身冷汗，酒全醒了，他正在考虑是否要去拉他一下时，黄飞沙像一个优秀跳水运动员一样纵身跳了下去，很快，中顺听到了类似于一麻袋粮食重重落地的声音。

> 一场预想中的血腥决斗，演变成了一场枝节横生的跳楼游戏。武侠式的意义被瓦解。

中顺如丧家之犬一样跌跌撞撞跑下楼，他借着窗子里漏出来的一些黯淡的灯光看到了黄飞沙趴在地上一动不动,他跑过去一摸黄飞沙的鼻子,没摸到呼吸,却摸到了一脸滚烫的血,黄飞沙死了。

中顺撒腿就跑,他拦了一辆出租车直奔火车站,出租车司机看着脸色恐怖、一手鲜血的中顺,连车钱也不敢要。一辆南下的火车刚刚进站。中顺在车站厕所洗干净了血,迅速爬上了火车。

这时已是夜里十一点二十分,城市的居民们已经在这个冬天的夜里沉沉地睡去了,他们在梦里过着幸福的生活。

中顺的逃亡生涯从此开始。

> 更大的误会叙事。

> 独自逃亡,带着误会和说不清的血案。

> 血案过程的完整叙述,许春樵与现代主义划清了界限。

3

火车轮箍与铁轨硬碰硬的声音尖锐而狰狞。硬座车厢里的乘客基本上都是穷人,他们在后半夜的时候忍无可忍、因地制宜地睡了,他们睡觉的姿势丰富多彩,有趴着的,有歪着的,有头靠在同伴肩上的,还有少数人打鼾流着口水的,中顺比较细致地注视着车厢里难民逃难一样的情景,眼睛彻底地睁着,他看到乘警过半个小时就要来车厢巡查一次,他看着乘警腰里的警棍,想象着揣在口袋里的手铐,脑袋里反复产生出束手就擒的幻灭感。

> 被追捕的心理。

> 行凶者角色的自我定位。

> 中顺已经陷入被迫害的迷狂。

> 普遍的怀疑，不信任，外在环境的善意反而使其更加的不安全。

黄飞沙的死此刻在他惊魂不定的头脑中如同一篇糟糕的中学生作文，呈现出混乱不堪的主题，有挣脱欺负和侮辱的激动，有捍卫尊严的义无反顾，有爱情破产的伤感，更多的是杀人越货的恐惧。

火车向着南方亚热带前进。天亮后，窗外的树叶越来越稠密，到中午时分，车窗外已是阳光灿烂、满目绿色，南方没有冬天。坐在中顺旁边的一个戴眼镜的年轻人这时将一瓶矿泉水和两个面包递给中顺，并说道："你已经快一天没吃东西了。"中顺看着年轻人的眼镜，镜片上闪烁着杀人的白光，他的心脏有了短暂的休克。戴眼镜的年轻人又说了一句："吃吧，再愚蠢的人也不会在火车上投毒的！"坐在中顺对面的一个牙齿很少的老者也搭腔说："小伙子，世上好人肯定比坏人多，吃吧！"中顺下意识地看了看自己的右手，手上已没有一丝血迹，于是他说了声"谢谢"，一瓶水和两个面包风卷残云般地卷进了肚子里，吃完后，他才觉得自己饿了。戴眼镜的年轻人说："没有什么过不去的火焰山，关键是要挺住。"中顺觉得年轻人似乎已经识破了自己，一种被戳穿的恐惧再次包围了自己，他不再说话。

他想下车后是不是去找当兵的战友呢，也许他已经被警方控制住了，他看过不少相关的案例，许多逃亡的人最后就是被自己的亲朋好友出卖给警方的。他无法为自己辩护,黄飞沙夺走了自己的恋人,他就用酒将黄飞沙灌醉,然后诱杀情敌。中顺想自己也喝醉了,而且跳楼是黄飞沙自愿跳的,可警方完全可以说是中顺在情敌酒醉的情况下,将黄飞沙推下楼去的。现场只有他们两个人,黄飞沙已死,没有证人证明黄飞沙是自己跳下去的,而且从逻辑上推理,中顺甚至不是临时诱杀情敌,更像是策划已久的蓄意谋杀。

> 目击证人的缺席,使自杀被推理为谋杀。动机决定逻辑。

中顺想象着临溪市警方已经全部出动,通缉令贴到了叶慧琳每天出没的巷口,《临溪晚报》的记者们兴奋地在第四版写道:"目前缉拿凶手的工作全面展开。"背着他跟黄飞沙约会的叶慧琳正义愤填膺地向警方提供中顺可能逃亡的线索,他瘫痪在床的母亲被警方逼着交出凶手。想到母亲,中顺的眼睛模糊了,窗外的景物虚幻成绿色的光斑,母亲是他唯一牵挂的亲人了。

> 铺天盖地的追捕在中顺的想象中展开。

火车到达广州时已是第三天早晨,中顺听到列车紧急制动的声音就像一头被捅了一刀临死前的牦牛,粗重地喘息了几声,不动了。下车的人都成了亡命之徒,拥挤着你推我搡,脸憋得通红。中顺赤手空拳下车后看站台上如灰烬一样的人群,不知自己何去何从,正在犹豫之际,迎面走来一位警察,手指着中顺,喊道:"你站住!"中顺的第一反应是"这下完了",他没想到警方这么快就将自己抓住了,正要准备往相反方向逃

> 在杀人逃犯的眼中,满世界都是杀戮的现场。

逃亡的脚步 / 381

跑,一回头,另一个警察已经堵住了他的去路。中顺就有一种认命了的绝望感,那位喊他站住的警察说:"你是九车厢的吗?"中顺迷惘地点点头。警察说:"你的行李呢?九车厢的一个旅行包是不是你丢下的?包里有什么东西,你跟我们来认领一下吧!"中顺不想去认领,但又不知道该怎么办,正在这时,同座的那位戴眼镜的年轻人走了过来,他对警察说:"包不是我们的,我们俩是一起出差的,包在我这里。"说着就指了指自己身上的包。年轻人对中顺说:"老总来电话叫我们直接回厂里发货,快走吧!"中顺附和着说"好",年轻人将中顺迅速拉走了。两位警察有些发愣,他们还没做出恰当的反应,两个人就已经淹没在人流中了。

> 惊弓之鸟!

> 危险如此轻易地被化解,似乎好人自有天佑。

> 戴眼镜年轻人出现得蹊跷。

出了火车站,戴眼镜的年轻人说:"你是来广州打工的?"中顺:"说是的。"年轻人说:"现在广州的工作也不好找,你打算到哪里去呢?"中顺说:"我的一个老乡已经帮我联系好了。谢谢你了!"说着转身就走。

戴眼镜的年轻人叫住中顺说:"你不要再瞒我了。"中顺停住脚步,一脸的破绽百出。年轻人说:"你跟我走吧!"

> 叙事巧合,是戏剧常用的手法。

戴眼镜的年轻人叫鲁竟成,是广州郊外一家电子器材厂业务员,两年前南下打工的。中顺迟疑了一下,他说他叫李顺中,原来在北方老家是一个民办小学教师,学校撤并后,他就失业了。

鲁竟成将民办小学教师李顺中推荐给了隔壁一家民营的广达电子器材厂。

> 小学教师都是善良的。

4

中顺逃亡的时候身上只有两百三十多块钱,工作证和身份证都留在了临溪市的那间单人房里了。鲁竟成当天下午就给李顺中办好了身份证,中顺感激地问:"兄弟,你为什么这样帮我?"竟成将身份证塞到他手里:"我也是一个打工仔,同是天涯沦落人。"竟成将中顺带到广达电子器材厂老板孟广达面前的时候说:"孟老板,你要是信得过我,你就应该信得过李顺中,他是我老乡,当过老师,知识分子。"四十多岁的孟广达挺着与他身材很不协调的肚子,一双锐利的小眼睛在中顺的全身上下仔细推敲,在看了中顺的身份证后非常爽快地说:"你这副好身板,给我们厂当保卫吧!"

> 疑问得到解释。原来竟是同病相怜,难道小学教师也是杀人逃犯吗?

广达电子器材厂位于广州通往佛山高速公路旁一个叫石门的小镇上,这个镇上有二十多家这样的私营工厂,主要是组装收音机、计算器、石英钟、电子台历等产品,他们的工厂都是自家建的厂房,工人是来自全国各地的打工的青年男女。中顺的任务实际上是监工,

> 顺理成章的身份掩饰。

逃亡的脚步 / 383

> 被侦察者变成了侦察者，也是造化弄人。

> 中顺表现了非凡的侦察艺术。

> 如此有人情味的保安，可是不多见。

除了清点登记货物入库外，还有一项工作就是防止工人将收音机、计算器带出厂房。孟广达还算得上是一位懂得尊重人权的老板，他从来不搜身，但他要求中顺必须抓到两个典型，罚款后再开除，杀一儆百。中顺中学时学过《包身工》的课文，他很痛恨文中的那位凶悍的工头，因此他总是有意无意地回避自己的角色，他在工人下夜班的时候，漫不经心地站在车间门口，还主动地给女工们打招呼："辛苦了！"他的表情不像监工，更像一个保姆。于是一个月后的一个夜晚，下夜班的工人小郭拉上了工作服，肚子里像怀孕一样鼓鼓地混在人群中往车间门外挤去，他欲盖弥彰的表情让中顺一眼就看出了破绽。在经过车间门口时，中顺态度温和地说："小郭，请你跟我来一趟！"小郭突然跪下来："顺哥，饶了我吧！"中顺拉起小郭对围过来的职工说："你们都回宿舍吧，我跟小郭到车间去再检查一下电源。"说着就拉起小郭钻进了车间，许多工人有些莫名其妙地看着这一切。工人们都走后，中顺对小郭说："把东西都放下，对任何人也不要说，我什么也没看到。"小郭哆嗦着从怀里掏出了两只小收音机、四只计算器、三个电子台历："我爸爸得了癌症，家里欠三万多块，可我工资每月只有六百块钱。"中顺从口袋里摸出五十块钱塞给他："就剩这些了，我也没办法。"

又一个月后，驾驶员小陈开车跟中顺一起去广州火车站发货，车开到半路，小陈将一个塑料袋塞给中顺："顺哥，这是两万块钱。"中顺问："你给我钱干什么？"小陈说："这一车货价值十万块钱，出库的时候，保管员老胡忘了开出库单，我把货发到老家去，你不要告诉老板，谁也不会知道的。"中顺说："万一查出来，老板会追到你老家去的。"小陈说："我身份证是假的，他查不到的。"中顺说："这不行，老板在我走投无路的时候收留了我。"小陈又塞给他一万块钱："顺哥，明天我就辞职，你也可以另谋出路。我只能给你这么多了。"中顺说："你给我开回去补出库单，这事就当没发生过。如果你实在要这样做的话，我也就只好跟你过不去了。"这是他逃亡两个多月来第一次表现出强悍和坚决的意志。

> 知恩图报，尽职尽责。

> 中顺是个正直的人。

第三个月的一个黄昏，老板孟广达对中顺说："晚上我带你到市里去潇洒潇洒，这一段工作没日没夜的太辛苦了。"

晚上，孟老板自己开着他的本田跑车直奔市区的碧浪红唇娱乐中心，娱乐中心外面停满了外国品牌的豪华轿车，衣冠楚楚的男人和涂脂抹粉的女人们心怀鬼胎地出没于灯火辉煌的娱乐中心，穿着红色制服的服务生对每位客人麻木不仁地重复着"欢迎光临"的

> 欲望泛滥的现代图景。又一次诱惑。

逃亡的脚步 / 385

> 欲望的被唤醒，无措的紧张。

话，虚假的热情在寻欢作乐的背景下层出不穷。

猩红的灯光和猩红的嘴唇让中顺窒息，他的额头上渗出涔涔虚汗。

孟广达和中顺在二楼餐厅就餐，花蟹、鲍鱼、基围虾、扇贝等海鲜陆续端上来，中顺看到那些死不瞑目的海鲜被就想象起了黄飞沙最后造型，他不敢动筷子，孟老板一个劲地劝中顺多吃一点，中顺说他从没吃过海鲜，他只吃了一些清炒荷兰豆和尖笋烩芦蒿。三杯嘉

> 只吃蔬菜的，大多是圣人。

士伯下肚，孟老板将一只花蟹的大钳子夹到中顺碟子里，他说："顺中，你以后不要叫我老总了，你叫我大哥。"中顺很糊涂地望着孟老板，就像一个不懂外语的人面对一本外语词典。孟老板说："小郭偷拿电器你没对我说，我差点就解雇你了。可你制止了小陈想偷运十万块钱货没对我说，这就是一种仁义，而现在世上最缺的就是仁义。"中顺警觉了起来："老总，你怎么知道的？"孟广达说："叫我大哥，罚你一杯！"中顺就改口说："大哥，我自罚一杯。"说着一饮而尽。孟广达喝多了，

> 如此的信任，原来是经历过重重的考验。

他很不流畅地说："你别管我怎么知道的，大哥不可能一开始就对任何人放心。"他自作主张地自己喝了一杯，"以后你就可以当我半个家了，你要学会开车、出差跑业务、唱歌喝酒跳舞，我们跟全国各地的经销商往来很多，你完全可以代表我。"

中顺隐约感到了小郭偷电器的蹊跷,他为什么一次偷那么多,这不是故意出卖自己吗?小陈十万块钱货的出库单没开,这个疏忽漏洞太明显了。他似乎弄懂了这次吃饭的含义,但他又不愿弄得十分明白。他只希望不要惹事,不要出事。这几个月来,他见到工商、市容管理的人都浑身肌肉吃紧,所有大盖帽都是一种威胁。逃亡的日子心如地狱。

> 如此解释中顺处理偷窃的方式,更合情理。

吃完饭,在二楼洗完桑拿,他们来到四楼的包厢,包厢里铺满了红色的地毯,电视画面上毫无意义地播放着卡拉OK影碟,暧昧光线里呈现出一种胡作非为的主题。孟广达在一排鲜红嘴唇中挑选草莓似的选了两个全身闪耀着情欲与浪荡姿态的小姐。孟广达将一位比较丰满的小姐推到中顺的怀里:"这一位很骚,我到隔壁去了!"中顺说:"老板,不,大哥,我不敢!"孟广达急不可待地搂着另一位小姐走了,他丢下的声音是:"听大哥的话,放心玩吧!"

> 又是一次考验吗?

技术熟练的小姐看着初出茅庐的中顺,犹如一只猫面对一只在劫难逃的老鼠,她吐了吐鲜红而柔软的舌头,缓缓地向中顺贴过来,中顺看到小姐的浪荡的笑容就想到了叶慧琳与黄飞沙舞厅里抱头乱啃的镜头,他忧伤地回忆着叶慧琳的画面,男人的欲望土崩瓦解。这几个月来,他生活在一个纯粹的没有性别的世界里,

> 强烈的道德感,使命意识,以及心理压力都在瓦解着主人公的男人性。

逃亡的脚步 / 387

梦中没有出现过任何女人的器官,他知道自己出了问题。小姐的手开始在他的身上探索,他缩在沙发上,无济于事地推让了几下,然后就感受到了塑料梳子在经过他的胸脯和大腿。这种塑料的感觉让他烦躁和绝望,突然他从沙发上反弹起来将小姐推翻在红地毯上,小姐睁着不可思议的眼睛说:"你是不是有病呀?"中顺说:"是的,我有病,你走吧!"

> 虚假的肉体和虚假的情欲。

晚上回来的路上,心满意足的孟老板在车上对中顺说:"你是一个正人君子,大哥回去给你介绍一个对象。"

> 正人君子!中顺的人生鉴定结论。

城市的灯火渐渐远去,女人的气味在中顺的感觉中如同眼前黑暗的夜幕。

5

逃亡的岁月暗无天日。中顺像一只蝙蝠,他害怕白天和阳光下人们走动的姿势,只有当夜幕降临后,眼前消失了一切人和事物,他才会有一种受伤的老鼠躲进洞里后的一份宁静和安全。这时候,他仍然不敢看电视,电视上的凶杀案以及法庭开庭的恐怖气氛让他心惊肉跳,他一直站在缺席被告的位置上,在逃脱了法律的审判后每天接受自己灵魂的质问。深夜的窗外布

> 中顺所受到的信任还不足以清除他的惊惶的心理。

满了警察和便衣的影子,镣铐的声音彻夜不绝。有时候,隔壁厂里的鲁竟成晚上过来陪他聊天。竟成说:"我的直觉是你是一个好人,但好人并不代表就是没有过错的人。"中顺说:"我不太懂你的意思。"竟成说:"我从没打听过你的过去。你的过去从我们认识那一刻起对我来说已经全部作废了。"中顺说:"我一直在想,有了过错的人就不再是好人了。"竟成说:"那要看有多大过错,如果你滥杀无辜,当然算不得好人;如果你是为民除害,那就是一种正义的罪行。"中顺不敢跟竟成再讨论下去了,他感觉到竟成太敏锐了,但他想如果他被竟成出卖了,他将无怨无悔,竟成对他有恩。

竟是洞穿一切的神奇侦探吗?掩盖和探究形成了叙事中两种相互博弈的力,相推相挽中推进。

时间漂洗着从前的影子,一些画面越来越淡,直至虚无,而他摸到黄飞沙一脸鲜血的细节让他一生刻骨铭心。他时常不敢看自己的右手,右手上的血迹一直没有风干,他在厂里更多地使用左手,左手扶方向盘,左手拎东西,左手付钱,吃饭也改成了左手。刚来厂里时,职工们在食堂里看中顺别扭地用左手拿筷子就说顺哥的右手怎么了,他一阵心慌意乱后说我的右手腕受伤了。房间里的床放在左边,而右边是迎着阳光的。一次孟老板说:"你为什么不把床放到有阳光的地方?"中顺说:"南方的冬天不冷。"

一种很独特的回避心理。

中顺每年给母亲寄去三千块钱,不留姓名不留地

母亲这条线是危险的悬念。

逃亡的脚步 / 389

煞费苦心。

如此的反省，竟将黄飞沙定位为一个无辜者，这只能加深他的罪恶感。

正义的复仇才是罪恶感最好的解药。

址，就像做好事的雷锋一样。她想母亲收到钱一定会知道是中顺寄的，母亲不会告诉警方儿子在哪里的。中顺寄钱一年换一个地方，第一年在番禺，第二年在广州，第三年在佛山，第四年让竟成带到了广西柳州寄给母亲，他不怕竟成告发自己。而母亲是死是活，他不知道，他想趁一个夜深人静的晚上跑回老家看母亲，可他家还在大山深处六十多里的地方，不通汽车，一旦走漏风声，插翅难飞，这么多年逃亡的努力就白费了。对于生活在贫穷中的人来说，真正的孝顺是能养活老人，如果养不活老人，孝心是没有意义的，《常回家看看》是贵族们的矫情而已，穷人只要常给家里寄钱就行了。

逃亡不到一年后，他就开始以另一种方式来反省这桩命案，其实他完全没有必要刺激黄飞沙去跳楼，也没有必要看着黄飞沙跳楼而见死不救。即使自己不跟叶慧琳结婚，也完全可以跟另一个女人结婚，更何况叶慧琳已经在情感上背叛了自己。实在走投无路的话，自己一个人堂堂正正地出来打工，也不必像现在这样过着鼠窃狗偷、朝不保夕的生活。一切都是假设，时光不能倒流。

他害怕鞭炮声，鞭炮声就是执行死刑的枪声。可在这个小镇上，无论是红白喜丧或盖屋开店都要放鞭炮，他感到自己已经被执行了一千多次死刑了，他活在

390 / 生活不可告人

无休无止的枪声中,脸色刷白,后来他强迫自己把鞭炮声想象成开山炸石的声音,开山炸石虽然使自己家破人亡,但那已是遥远年代里的记忆,中顺活在时间的裂缝里,活在自欺欺人的模拟化场景中。

> 逃无可逃,死亡已是家族的宿命。

逃亡的第五个年头,中顺在大哥孟广达强制下谈了一次短命的恋爱,女孩是另一个工厂的湖南打工妹小玲。小玲一见到相貌堂堂的中顺就有些情不自禁了,她用自己打工的钱给中顺买香烟、买西服。可中顺却应付上级检查一样地应付着麻木的爱情。孟广达特意给中顺放了一个星期假让他们去厦门玩,可他们半路上就回来了。回来后小玲就跑到孟广达那里大哭起来,孟广达问:"是不是我兄弟欺侮你了?"其实孟广达正是希望中顺跟小玲在旅游途中把一些不该做的事提前办了,这样中顺就会恢复男人的信心,并开始过上正常的男欢女爱的日子。可小玲摇摇头说:"不是。晚上在房间里他不睡觉,一直坐到天亮,天亮后,他倒头就睡,车也误了。"

> 闹剧的隐情在于切断与外界联系的逃亡心理。

孟广达把中顺叫过来,当着小玲的面,破口大骂中顺:"你他妈的不谈可以,但你要懂得尊重人权。"中顺说:"大哥,这与人权没有关系。"孟广达拍着桌子说:"你把人家小玲撇在一边自己睡觉,就是不尊重人权,亏你还当过小学老师呢!"中顺低着头对泪眼婆娑的小

> 孟老板的批评很好玩。与那个禽兽不如的段子有异曲同工之妙。

不合常情的对异性的拒绝,必然引起怀疑。

孟老板成为中顺人生之谜的探究者。危险也随之而来。

被欺骗导致了他对异性的拒绝。过去的记忆在适当的时机复活了。

玲说:"小玲,我对不起你,我也配不上你!"小玲掩面而泣,转身就跑。孟广达将中顺按到沙发上坐下来:"你说,这些年来,大哥对你薄不薄?"中顺说:"不薄。"孟广达说:"既然你家里也没牵没挂了,为什么不愿在这里成家?为什么不想跟大哥一起把厂子做大?"中顺说:"大哥,你对我恩重如山,我只是觉得自己年龄还小,应该多干几年再考虑个人的事。"孟广达说:"你都二十八岁了,我有你这么大,除了你嫂子,我都有六个相好的了。我说你是不是有什么毛病呀?哪天大哥带你去医院查一查。"中顺说:"大哥,我真的没毛病,用不着查。"

中顺无法跟孟广达说起自己的真实感受,他跟小玲在一起时,只觉得小玲是一个美丽的卡通动画片,牵着小玲的手像牵着一截生硬的自来水管,小玲主动靠过来的时候,小玲说:"顺哥,我冷。"他就像开车时在避让一个撞车诈钱的老太太一样地躲开了。他记得那一年叶慧琳在烟雨湖公园的时候也说过这样的话,他将叶慧琳紧紧搂在怀里,可叶慧琳却又对黄飞沙说了同样的话,这种感觉糟透了。他自己也想恢复一下自己男人的本性,也为了报答孟广达的知遇之恩,然而这种努力最终一败涂地。

中顺总算也让孟广达骄傲自豪了一回,不过不是在中顺的爱情方面,中顺的爱情方面越来越不可救药了。

　　这是一个热得狗吐舌头的夏天的中午,阳光扫射着高速公路,路面上泛起刺刀一样白晃晃的光焰,中顺独自开车到广州火车站发货,快进广州城时,他看到珠江边上围满了人,两个孩子被卷进深水里正在徒劳无望地挣扎着,刚刚下过几场暴雨,江水浑浊,水流湍急。许多人站在阳光下抒情与议论相结合地分析着灾难性的后果,少数人用手机拨打110。中顺停下车冲过去,一头扎进江中,他将一个已经支持不住且正在下沉的男孩拖到了岸边。等他去救第二个男孩时,第二个男孩像抓住救命稻草一样地拽住了中顺的胳膊,中顺和孩子一起沉入江水中。他喝了几口水后,头有些发晕,一种同归于尽的感觉异常明确。他觉得这样死了,连名带姓都不能落实清楚,只能算是冤魂野鬼,他想如果孟广达要是知道自己的真实姓名,他就愿意就此牺牲,这样也许会在死后赦免他的罪行。于是他攥住小男孩的胳膊,一个鲤鱼打挺,钻出水面,他在脑袋一片空白中,将孩子拖到了岸上。岸上的人热烈鼓掌,他一屁股坐到地上,看着天上的太阳变本加厉地向人们的头顶泼火。

　　这时,110警车呼啸着冲了过来,体力不支的中顺从地上反弹起来,撒腿就跑,有人在后面喊道:"先生,

针对一群看热闹的人的反讽。

就是面临死亡,依然为逃亡而困扰。

漂亮的表演。

逃亡的脚步 / 393

> 错位的目标和动机；一场戏剧式的表演秀。做好事不留名的颠覆式解读。

留下你的姓名！"中顺却迎着毒辣的阳光向高速公路上自己的货车冲去，警察看到孩子已经救上来了，就朝中顺追过来："同志，请站住！"中顺像小偷一样翻过高速公路的隔离栏，爬进车里紧急发动，小货车风驰电掣像一颗子弹一样消失在人们的视线尽头。

围观的群众和警察们站在阳光下一筹莫展。几个视力比较好的围观群众记住了小货车的车牌号。

发完货回来后，中顺倒头就睡。傍晚时分，广达电子器材厂沸腾了，市公安局、电视台、电台、报社都来了，他们找到了孟广达，说了事情的经过，孟广达还没听完就激动得浑身发抖，他简直接受不了这意外荣誉的打击，连连给警察和记者们散发香烟。

孟广达冲到楼上将睡梦中的中顺拖起来："兄弟，你可成了大英雄了，怎么回来又不对大哥说一声？警察和记者们都来了。"一听警察，中顺吓醒了，他说："警察、记者找我干什么？"孟广达说："你成了见义勇为的英雄了！"中顺不愿下楼跟警察、记者见面。

> 掩藏与曝光，激烈地角力，曝光势在必然，全然不顾掩藏者的苦衷。中顺的危机心理达到了顶峰，又无万全之对策，成为一个可怜虫。

没过几分钟，等不及的警察和记者们已经上楼了，中顺浑身筛糠，心跳加剧，血压上升，他听到了自己的血管里风声鹤唳。

警察让摄像机暂时不要拍摄，他们说要先做了笔录后才能采访。一位很瘦的警察问："你叫什么名字？"

中顺说:"我叫李顺中。"警察问:"今天中午十二点三十分左右,你在珠江救上了两个男孩是不是?"中顺睁着一双迷惘的眼睛,很委屈地说:"我没有呀!"这时一个身体较胖的警察说:"你不要谦虚了,车牌号都已经记下来了!"中顺说:"你们是不是记错了?"警察说,"我们在确认后要给你上报嘉奖。"这时,孟广达插上话来说:"他是从外地来我厂里打工的,这个同志从来做好事不留名,每天起来打扫厂里卫生,年年厂里的先进工作者。"挤了一屋子的记者一片喧哗声,他们没想到中顺是个打工仔。

中顺正想申明自己每天没起来打扫厂里卫生厂里也没评过先进时,摄像机、照相机已经不听指挥地拍开了,孟广达因为激动过度还被中顺房里的椅子绊了一个趔趄。中顺觉得这下完了,他有了一种听天由命的无奈感,如果警方要看他身份证的话,他就只有死路一条了。

他不得不承认自己见义勇为的壮举,可警方并没有核对英雄的身份证。

记者一再问他为什么要冒着生命危险去救两个素不相识的孩子,中顺低着头说:"我的水性还可以。"记者问:"你当时是怎么想的?"中顺说:"没怎么想。"记者问了许多问题,中顺只回答这两句。孟广达说:"你

审讯场面的戏仿。矢口否认,进一步的逼问,证人证言,意外的加码,先生把正剧变成了悲剧,再把悲剧变成了解颐的闹剧。

警方的疏漏,是一根救命稻草。

逃亡的脚步 / 395

们的阵势有点吓人,李顺中同志是乡下来的,人老实,不会说话。"记者们于是要求厂长说一说李顺中同志的平时表现以及相关事迹。

中顺说他头晕,记者于是就不忍心再打搅英雄,孟广达说到楼下我的办公室里去说吧。于是记者们就下楼了,下楼后孟广达请求记者拍一拍他们厂子的大门和车间,然后还非常豪迈地说:"我们厂虽然是个体企业,但我们坚持抓政治学习,坚持抓'三讲'教育,我们厂还会涌现出许多李顺中这样的英雄人物。"

> 孟广达的张扬和政治荣誉感成功地转移了视线。

第二天,各家媒体都以头条刊出了《打工仔见义勇为 两男孩死里逃生》《打工仔救人不留姓名》《英雄的启示》等通讯报道。电视台新闻效果比较差,一是房间光线不好,二是中顺更多的是侧身面对镜头,因此电视报道中的画面有些含糊。相关报道中宣扬了孟广达提供的一些中顺的光辉事迹,其内容除了救人是真的外,大都半真半假、似是而非。孟广达因为厂里出了个中顺而在石门镇上扬眉吐气,走路的时候有比较明显的优越感。他对记者说过这样一句话:"我们个体企业经济上姓资本主义,思想上永远是社会主义。"他说完这句话的时候,一种崇高的感觉在他的脸上鲜明突出、主题明确。

> 稍带讽刺了一下新闻媒体。

> 又一次成功地逃脱,化险为夷。

新闻媒体报道的第二天晚上,孟广达要请中顺到镇上新开的桑拿中心洗澡,他说新来了几个四川妹子,中顺说:"大哥,我实在太累了。"孟广达说:"让小姐给你按一按就不累了,不能当上英雄了就不能让小姐碰了,这是摆架子。人家胡长清是副省长,还让小姐碰呢!难道你比副省长驾子还要大?"中顺只好跟孟广达去了桑拿中心。用小姐奖励见义勇为虽说有点不合理,但孟广达想借此机会给中顺启蒙启蒙。然而桑拿中心的小姐见中顺一副太监神情,全心全意为客人服务的精神遭到了毁灭性的打击。中顺说:"你们走吧!我需要休息。"

> 幽默的混搭,不达目的誓不罢休的跨界绑架。

回来的时候,孟广达恨铁不成钢地说:"你要是再不想谈对象的话,我们兄弟俩缘分就算尽了。"这一次孟广达真的很生气了。

> 仿词和恶搞式的夸张。

年底的时候,李顺中同志被评为市"十佳外来打工青年"和"见义勇为优秀分子",在两次颁奖仪式的前一天,李顺中同志无一例外地生病住院了,孟广达以英雄单位领导的名义代中顺领奖,他在接受采访时,大谈精神文明建设方面的事情,谈的过程中病句错别字出现很多,逻辑基本上也比较混乱。记者在使用时,斩头去尾只用了一两句,这一两句让孟广达度过了一个幸福的元旦。

> 孟广达真是个好老板!他总是及时出场,拯救落水中的中顺。

中顺拿到了孟广达带回来的六千块奖金,孟广达

逃亡的脚步 / 397

> 孟老板的幸福感与中顺的即将暴露的危机感形成了强烈的对比。

要另外奖励给中顺四千块钱。中顺说:"大哥,没有你收留我,我哪里能拿到六千块奖金呢?你的钱我不能要。"孟广达拍了拍中顺的肩:"兄弟,你大哥脸上有光了!"

在孟广达幸福的年头岁尾,中顺度日如年。他时刻聆听着屋外的风吹草动,第一次电视报道后,他等于是被电视公开通缉,年底让他去电视镜头前领奖等于是让他去领取手铐和监狱的钥匙。于是他就在颁奖仪式前一天,咬着牙吃下泻药,然后上吐下泻,住进镇医院吊针。孟广达本来就想抛头露面,更乐意风光之后使他在镇里知名度一夜之间就超过镇长,代中顺领奖很是振奋。

> 补叙,即一种合理的解释和连接。

这一年过年的时候,中顺在石门镇已经是第七个春节了。

春节过后很长一段时间,并没有听到警车的声音,中顺觉得自己又躲过了一劫。

> 缓解一下紧张,把握住叙述的节奏。

然而,他已经快三十岁了,当侥幸和苟且偷生成为活着的主题的时候,中顺心里一片凄凉。黄飞沙已死去好多年了,叶慧琳可能早已跟别人结婚了,而他还在过着魂不守舍的日子,就像一场噩梦。

在心情灰暗的除夕夜,他在孟广达家吃完年夜饭后,独自一人回到了厂区宿舍,倒在床上,中顺如同漂浮在漆黑无边的大海上,他仔细聆听着四周密集的鞭炮声,再次感受着枪声的包围,他在枪声的包围下进入梦中,梦中的世界悬挂着镣铐和金色的葵花。

> 梦都是有象征意味的,梦中的意象指向潜意识的恐惧的情节。

6

春节过后没几天,竟成探亲回来了。他每年回来后都要请中顺去他那里吃饭并且分一些年货给中顺,晚上他们两人来到镇上小酒馆喝酒,竟成在喝了半瓶白酒后说:"你应该回去过年。"中顺说自己家里已没有一个亲人,竟成别有用心地看了他一眼:"我的意思是你过年时应该出去走动走动,年前你是不应该接受媒体宣传的。"中顺说我也不想宣传,可我大哥却看得很重,中顺突然问了竟成一句:"你是不是觉得我是一个见不得人的一个人?"竟成放下酒杯,好半天没说话,然后他将一粒花生米放进嘴里,用牙齿咬得粉碎,接着就轻描淡写地说了一句:"我从来没说过这句话。"

> 洞若观火,却有意掩饰,竟成到底是个什么人?

中顺感到竟成的眼镜片背后流露出的是一千多年前孙大圣的目光。

> 孙大圣火眼金睛。一个神秘的警醒。

春节后,工厂已经改名为"广达电子有限公司",规模扩大了,产品也上了档次。孟广达买了一条二手的电风扇生产线后,野心与日俱增,他要招兵买马,并扬言没有中专以上的学历不许上生产线,没有大专以上的学历不得从事营销和文秘工作,广告在报纸上登出后,一批内地的大中专毕业生就卷着铺盖陆续来到厂里。孟广达在成立公司后找到中顺:"兄弟,公司现在业务范围大了,你来当公司副总经理。"他几乎用任命的口气向中顺宣布。中顺说:"大哥,我没有学历,当民办教师的时候只有高中学历。"孟广达将手中的烟头扔到地上说:"我连初中都没毕业,怕什么!当领导不要高学历,当领导只要会用高学历的人就行了,我马上给你手下招一些大学生来。"

> 隐伏再次失败,孟老板再次将他推向前台,推向大庭广众。

中顺说如果你要是逼着我抛头露面的话就是赶我走,他答应自己负责公司的办公室和后勤工作,但不挂任何头衔,孟广达拗不过他就答应送给他一套住房。

这天早上,中顺走进总经理办公室,他看到孟广达腿跷到深红色的老板桌上接电话,孟广达对着话筒说:"好的,上午十一点整,我派公司的李顺中去接你!"放下电话,中顺问:"大哥,报纸招聘广告还做不做了?"孟广达说不用了:"一个文秘专业的大专毕业生要来公司工作,你开车去环市东路长途汽车站接一下。是个女的,长春人,叫江慧琳,手里拿一份当天的《羊城晚报》。"

> 这世界上竟有如此多同名同姓的人。悬疑?

这种接头的方式很像那部老式电影中的地下党接

头。中顺开着孟广达新买的宝马车在汽车站的东侧的一个巨型的女人丝袜广告牌下发现了穿着一身天蓝色羊绒套裙的女孩。女孩背着旅行包,手里拿着一份报纸在东张西望,中顺停下车,看到这个短发的北方姑娘全身上下洋溢着旺盛的青春和不知疲倦的活力。中顺走过去问:"小姐,你是不是叫江慧琳?"女孩将手里的《羊城晚报》递过来,说:"如果你是广达公司的,我就是江慧琳。"

> 好感油然而生。这个"女特务"难道对中顺有天生的魔力。

中顺说:"你辛苦了,请跟我上车吧!"

正要发动汽车,一个警察走了过来,中顺脸色刷白,警察敬了一个不太规范的礼,说:"违章停车,请出示你的行车证和驾驶证!"

警察反复地推敲着驾驶证上的相片和中顺的相貌,中顺头上冒汗了。

> 警察的适时到来,也许是不祥的预警,这个江慧琳不简单。

江慧琳从车上跳下来对警察说:"警官先生,能不能快一点?我是从外地来打工的,两天没吃饭了。"

警察说:"罚款五十!"

中顺交了款后一踩油门,疾驰而去。

江慧琳说,她来广州两个多月了,一直没找到工作,"在城市找不到工作,难道到农村还找不到吗?反正我是不能回去了。"她说在家乡的一个快要倒闭的国有工厂里,每月只能拿到两百多块钱工资还要接受一

> 自我介绍,打消了中顺的戒备心理。

个愚蠢的人事科科长每天发号施令。

中顺用余光看到副驾驶位子上的江慧琳与叶慧琳最大的区别就是江慧琳纯粹而透明,而记忆中的叶慧琳却多了一份含蓄和内秀。不知为什么,江慧琳的出现让中顺有一种死灰复燃的感觉。"慧琳"这一不同时空里的符号居然唤醒了中顺泯灭了七年的关于女性和女人的意识,他第一次用一种温和的心情重新回忆着叶慧琳,他原谅了叶慧琳对他的背叛,三十岁的中顺终于想通了,面对黄飞沙死心塌地的表白和巨大的物质承诺,叶慧琳的意志是很容易被摧毁的,更何况她是一个弱小的女子。

中顺不再感到眼前活蹦乱跳的江慧琳的胳膊是一截生硬的自来水管,他突然冒出一句话来:"你怎么也叫慧琳?"江慧琳歪过一颗好奇的脑袋:"如果你的太太也叫慧琳并且她是一位未来皇后的话,我愿意改名字。"

中顺说:"实在对不起,我只是随便问问。"

江慧琳看着开车的中顺行动有些拘谨,衣服和表情都很朴素,她问:"在我想象中,你们这些开豪华轿车的人应该是风流倜傥的,你的头发却杂乱无章。"

中顺无法掩饰其尴尬的形象,他就坦白地说:"我跟你一样,也是一个打工的,只是我比你多来几年。"

> 男人与女人一样具有神秘的第六感。

> 宽恕为他们的爱情扫平了道路。

> 别有深意的对话,彼此在暧昧和模糊的语境中试探和确认。

车窗外,南方的天空下到处是永不凋零的绿色,人们的欲望和田里的庄稼一样四季生长,从不停歇。

孟广达看到江慧琳走下车后,连声说好,他看着江慧琳生动活泼的举止,心里的第一个反应就是,这个女孩能够拯救中顺。他握着江慧琳的手说:"中午我为你接风洗尘。"江慧琳说:"请孟总多多关照!"孟广达指着中顺说:"还是请小李多多关照吧!你归他指挥。负责文档和人事管理。"江慧琳就向中顺伸过手去,中顺没有拒绝,他感到她的手温暖而柔软。许多年前,叫慧琳的感觉在他的手上复活了。

孟广达将江慧琳的房间安排在中顺的隔壁。公司六层办公楼重新装修后,四楼改建了几个套房,中顺住三室一厅,江慧琳跟财务部会计钱丽红合住一个两室一厅的房子,钱丽红家在镇上,她几乎很少住在这里。这样四楼就只剩下他们两个孤男寡女,孟广达坚信他们之间肯定会出事,只要出事了,他就放心了。他声音悲凉地对中顺说:"你娶不上女人,大哥我死不瞑目呀!"

江慧琳跟中顺在一起工作如行云流水一样顺畅,起草公司管理规定、部门岗位责任制、发传真、打印通知、做广告文案、建立员工工资档案。江慧琳从零开始,让公司跳出了多年来草台班子格局,走向真正的规

> 孟老板也是个神人。

> 身体记忆是神秘的。

> 孟老板与江慧琳似乎是同谋。

> 配合默契,心有灵犀。

> 孟老板为穿透中顺的心理障碍下了最后通牒。

范化。孟广达将中顺拉到背地里悄悄地说:"江慧琳要才有才,要色有色,都快两个多月了,你还不动手,要等到什么时候?"中顺说:"大哥,我已过惯了一个人的日子。"孟广达来了性子,他给中顺下最后通牒:"你要是今年年底还不给我找个女人的话,我就把公司关了,咱们各奔东西,一生也不见面。"

> 女方的欣赏和主动的调情。

江慧琳跟中顺工作一点也没有压力,中顺总是以商量的口气对江慧琳说话,而且总是很客气地对她说:"辛苦了!孟总对你的文案很满意。"江慧琳狡黠地问:"你不满意吗?"中顺就有些被动了,他很不流畅地说:"我当然满意。"看着中顺狼狈不堪的样子,江慧琳心里就有些得意。她感到这是一个忠于职守并且相当有安全感的男人,怪不得孟总如此信任他。

> 感动何来!只有妻子对丈夫的忠诚才会感动。

晚上在食堂吃完饭后各自回到自己的住处,中顺从来没有到江慧琳的房间来串门,也不邀请江慧琳到自己的屋里聊天。一开始,江慧琳认为中顺这是对自己老家的妻子的一种情感上的忠诚,这种设想让江慧琳感动。终于有一天晚上,江慧琳敲开了中顺的房门,她说:"我不想下楼去食堂打水了,能不能借一杯开水?"中顺就拿起水瓶给江慧琳倒开水。江慧琳又说:"也不请我坐一坐?"中顺说:"你请坐吧!"说着就用鸡毛掸子无中生有地掸着客厅里并不脏的棕色真皮沙发。江慧琳坐下来后,就顺手用遥控器打开了电视,电视上正在播放一部美国大片,越战中的美国上尉罗杰斯被一枚炮弹炸伤了,他躺在越南的丛林里凄厉地惨叫着,脸上的鲜血源源不断,罗杰斯张着嘴,血开始向嘴里倒灌。江慧琳全神贯注,中顺却脸色惨白,额头上直冒冷汗,他突然一步冲上去关掉了电视,江慧琳愣住了:"这么好的片子不看,你在下我的逐客令?"中顺一时慌了神,结结巴巴地说:"我绝没有这个意思。"在短暂的情绪调整后,中顺说:"我觉得看电视没意思,我们还是聊天好。"江慧琳笑了:"确实,血腥的画面没什么意思。你太太怎么还没过来?"中顺说:"我没有太太。"江慧琳有些怀疑地问:"像你这样事业有成的男士怎么会没有太太呢?该不会想另觅新欢吧?"中顺苦笑了笑说:"像我们这样的打工仔,谁还会看得上我?"江慧琳说:"你现在已经是剥削阶级了,要不就是挑花眼了。"她摇了摇头,表现出一种不可思议的态度来。中顺说:"我是乡下的一个孤儿,上无片瓦,下无立锥之地,你要是到我老家去看看那穷山恶水,你就会觉得这个世界只要有一个光棍,那就应该是我。"江慧琳说:"看不出来,你还很会说话。"江慧琳喜欢把中顺称为领导干部,因为她的工作都是由中顺安排而中顺又没有职务,江慧琳就有意涮他一把。

> 凶杀的记忆被唤醒。

> 以妻子的身份考察和审视,以及追问。

> 部分真实的透露,信任正在建立。

逃亡的脚步 / 405

异性语言的抚慰。

闹别扭，是两性情爱交往中的常见情节。当然也是女人撒娇的一种方式。

女性的话语是有魔力的。

聊天结束的时候,越战中的那个美国中尉肯定在电视中早就死了,所以中顺情绪也就平静了下来,他发觉与江慧琳聊天使他绷紧了七年的神经开始松懈。

但中顺从不到江慧琳的房间里聊天,于是江慧琳抗议说:"这不公平!"中顺说:"下一次吧!"可下一次中顺还是没去。

江慧琳开始不睬中顺,她觉得中顺太大男子主义了,这是对她的一种不尊重甚至是蔑视。聊天中断了,但他们在工作中却像一对配合多年的夫妻一样默契,这让江慧琳在夜晚的时候经常聆听和想象着隔壁屋里的种种细节,但隔壁屋里寂静如止水。中顺将自己封闭在夜晚的房间里已经七年了。当他意识到夜晚需要另一种声音的时候,他觉得自己正在超越时间的折磨和历史的血腥,在超越完成的那一刻就是他新生活开始的第一天。然而即使他精神上获得了自救,但那桩血案仍然悬挂在法律的账本上,随时等着他去埋单。

聊天中断一个星期后,他开始意识到与江慧琳聊天如吸毒一样缠绕着他的神经。夜深人静的时候,江慧琳成了中顺的毒品。他想拒绝毒品,但毒瘾时时袭来。于是他敲开了江慧琳的门,江慧琳开门的时候就多此一举地整理着自己的袖子,她缺乏必要的掩饰,削苹果的动作也有些夸张,而中顺却很满足于这种主动的自作多情,他说:"我一直没过来聊天,是怕打扰你,也怕别人说闲话。"江慧琳说:"你们领导干部顾虑就是比我们人民群众多。如果你要是实在觉得跟我聊天会影响你当上党和国家领导人的话,还是应该克制一下自己的。"江慧琳的尖刻并没让中顺感到难受,他反而觉得这是吸食加注射的双重毒瘾的满足。江慧琳只有一间卧室,柔和的灯光下,她斜靠在床上,中顺看到了她蠢蠢欲动的青春在薄如蝉翼的内衣下面忍无可忍,丰满的胸脯在寂寞内衣里孤苦伶仃。这种感觉产生的时候,中顺的脸上就开始闪烁出七年前的光辉。那时候,叶慧琳抒情的身体让他无比冲动。

> 语含讽刺,其实是抱怨和不满足。

聊天的内容杂乱无章。聊天并不是为了记住什么话,而是为了让那些不需要记住的话说了就忘。但这个晚上,江慧琳记住了中顺这句话:"活着比死要困难得多,因此我考虑困难比较多。"江慧琳说了一句:"你们领导干部说话总是喜欢哲理性的。"

> 身体的视觉感受,来自于观者的心理悸动。爆发的诱惑。

夏天来临的时候,人们的衣服穿得越来越少,女孩子们更大胆而放肆地将自己的身体曲线和关键部位暴露在男人们贪婪的目光中,她们穿着形同虚设的衣衫将夏季里的男人们折腾得无比烦躁。中顺产生这样感觉的时候,江慧琳的形象尖锐如刀。

> 诱惑的压强在增加,以及临界点突破的逼近。

孟广达在一个夏天的傍晚开车带着中顺和江慧琳

孟老板的"任务"就是要测试一下水温。

真相瞬息在孟老板面前暴露无遗。

中顺照顾女人还是有一套的。

去广州办事。路上,孟广达通过后视镜看到坐在车后排的中顺跟江慧琳正襟危坐,明确表现出一副男女授受不亲的样子。孟广达发话了:"江慧琳呀,我想交给你一个任务。"江慧琳说:"只要是我能做到的,我就一定完成。"孟广达说:"当然能完成。如果你要是不愿完成的话,我就把你给解雇了!"江慧琳说:"你不要绕弯子了,说吧!"孟广达突然将车停下来:"我们小李无论人品还是相貌都是公认的,但为了忙于工作,至今连对象都没有。所以你必须负责给我们小李介绍一个对象。"江慧琳感到了孟广达的弦外之音,她的脸一下子红了起来,她看到旁边的中顺也手足无措地坐立不安,两人目光短兵相接了一下,迅速崩溃。江慧琳装糊涂地说:"我不知道小李需要什么样的对象。"孟广达说:"这个问题你们回去后认真探讨一下,并且把讨论结果向我汇报。"说着他发动车子,加大油门,勇往直前。

爱情就像一堆炸药,如果没有一个导火索点燃的话,就不会爆炸。

中顺跟江慧琳的爱情导火索是这一年秋天江慧琳患阑尾炎住院开刀,孟广达将陪护的任务交给了中顺。在广州医院的半个月里,中顺每天熬好鱼汤送到江慧琳的床前,江慧琳说:"我自己来吧!"中顺不吱声,然后扶起她一勺一勺地喂,每天下午买来新鲜的荔枝剥好后喂到她的嘴里,生性活跃的江慧琳很不好意思,可中顺却动作自然、天衣无缝。隔壁床上的病友也是一位女的,她的丈夫正在跟一位小姘姘居,除了来看过一次扔下一捆钱后再也没露过面,这位被爱情开除了的女性脸上脂粉很重,她嫉妒地对江慧琳说:"还是你先生好,这样的男人忠实可靠。"她还说了钱是王八蛋的话。江慧琳和中顺听了这话后,两人都不同程度地尴尬起来,他们谁也没有当面否认这虚构的夫妻关系。这时,正要给江慧琳盖被子的中顺突然被江慧琳抓住了手,江慧琳目光逼近中顺的眼睛,中顺看到了江慧琳的眼中柔情似水并感受到了她手心里的暗示,他们用眼睛交流着内心的声音,江慧琳紧紧攥住中顺的手如同攥住了他的良心和他们未来儿孙绕膝的幸福生活。

> 邻床女人的遭遇,反衬和定格了他们的爱情和夫妻名份。

医院是一个人们不愿意去的地方,但医院又是一个极其容易产生爱情的地方,许多爱情就是从医院里的感动开始的,那些飘满了药味的爱情牢不可破,这使许多幻想爱情的人一生都非常怀念医院。

> 深情的交流,精神似乎比肉体更重要。

这一年秋天最后的一些日子里,江慧琳在自己房间暗红色的灯光下对中顺终于说出了三个滚烫的字眼:"我爱你!"中顺没有说话,他将江慧琳紧紧地搂在怀里,如同搂住了七年前的叶慧琳。

> 如此的爱情哲理实在很好笑。

中顺听到了七年前秋天的风声,那个夜色如水的

> 江慧琳是叶慧琳的替代者吗?

逃亡的脚步 / 409

> 中顺重返正常人的生活。

晚上在他的记忆中死而复生。

7

> 孟老板的比喻总是非常奇妙！用钱锺书的话来说就是"绝对真理"。

孟广达看到中顺跟江慧琳成双入对地出现在公司全体员工们的面前,他就有了一种辉煌的成就感,他对中顺说:"一个男人没有女人陪着睡觉就像一辆自行车没有链条参加比赛一样,肯定要失败。"中顺似懂非懂地点点头,孟广达说:"这就好,你定个日子,大哥把你的喜事给办了。"

然而他们柏拉图式的爱情遥遥无期地持续着,江慧琳由最初对中顺矜持的感动而逐渐演变成一种煎熬和痛苦。每次中顺只是将她拥在怀里而没有进一步亲热,江慧琳急促的喘息声暗示着等待侵犯的强烈渴望。可中顺却只轻轻地在她额头吻了一下,说:"你早点休息吧!"

> 中顺的道德洁癖再次冒出了不可理喻的傻气。

在一个结婚前可以面不改色心不跳地把孩子提前生下来的年头,"提前"不只是一个速度的概念,它是这个不计后果的时代里人们一切行为的整体比喻和象征。中顺深刻地感受到了自己在这个"提前"的时代里如同一个扔在水沟里的报废的螺丝钉,锈迹斑斑,他想同以前的自我彻底决战,他要用刀尖对准自己的历史。

逃亡第八年的夏天,台风在一个暗无天日的夜里如期而至。狂风和暴雨很轻松地蹂躏着楼房、树木和人定胜天的痴心妄想,风雨经过的地方到处都是四分五裂的窗子、广告牌和不堪一击的堤坝。这个从太平洋上卷过来的台风有一个美丽的名字叫"贝妮娜"。贝妮娜在这个夜里让江慧琳万分恐惧。一个炸雷撕碎了窗外的天空,江慧琳一声尖锐的惊叫使隔壁的中顺再也坐不住了,他敲了门进来了,江慧琳死死地抱住中顺倒在床上,像抱住一根救命稻草,更像蛇一样缠绕着洪水中的最后一棵树。穿着背心短裤的中顺第一次感受到半裸的江慧琳给他制造的肉体的压力以及沉睡了多年的欲望和冲动。江慧琳抱着中顺:"我怕,我怕!"中顺说:"别怕,我在这儿呢!"

蛇是欲望的象征。同时也暗喻着与女性有关的阴谋。

风雨渐渐平静,中顺和江慧琳却同时被燃烧起来,他们从彼此的呼吸中感到了一种合而为一的必然,中顺迅速剥光了江慧琳身上几个布条,他在黑暗中看到鱼一样的江慧琳正呈现出一种死心塌地的渴望,他顺水推舟地扑向洁白的鱼。

就在中顺以男人的方式进入江慧琳的时候,突然他像触电一样地被击倒了,全身抽搐着滚翻在汗湿的床上,他的眼前飘浮着血流如注的歪曲的面孔,黄飞沙的牙齿缝里紫色的血流过八年的日历,叶慧琳穿着八

出示和背叛的记忆残忍地中断了爱欲的进程。

血的意象。

人的精神状态也如是。

心结只有得到疏解，人才能回到正常状态。

年前的那件橘红色的裙子站在他的床头，她在寻找黄飞沙。

江慧琳在黑暗中哭了，她哭出了声，一个活泼而生动的女孩此刻如风中零落的一片树叶，孤单而绝望。中顺搂着江慧琳说："对不起，江慧琳！我太紧张了。"江慧琳只是哭，她哑口无言。

屋外的风雨已经停了，整个世界如同一条受伤的狗躺在一片泥泞中默不作声。

此后，他们一如既往地平静地过着相互重复的日子。敏感的江慧琳终于忍不住在一个天气晴朗的晚上，她坐在那张失败的床边问中顺道："你从来都不说你过去，如果你觉得我还值得信赖的话，你应该真诚待我。"

中顺说："实在对不起，我希望你能容许我保留一点个人隐私。"

江慧琳将一瓶冻果汁递给中顺，平静地说："这我能做到，但如果你的隐私使我们无法共同生活的话，我是不会拖累你的。"

中顺说："我想，也许我们结婚后，我会好起来的。"

江慧琳说："那我们就结婚吧！"

中顺说他跟大哥商量一下，日期可以定在国庆节。

412 ／生活不可告人

竟成打电话叫中顺到他那里去喝酒,中顺说要带江慧琳一起去,竟成说不用了。于是,晚上下班后,他就提了一瓶泸州老窖一个人来到了竟成的房间。竟成的房间乱七八糟地呈现出劫后余生的废墟般的荒凉,两个人在昏黄的灯光下坐定,很快就将一瓶酒喝光了。

竟成说:"明天我就要离开这里了,所以今天是跟你道个别。"

中顺说:"为什么离开?离开后到哪里去打工?"

竟成有些伤感地说:"我在这里干得太久了,想换个地方,至于去哪里,我也不知道。我们都是无家可归的人。"

中顺给竟成倒满了酒,安慰他说:"如果你到了新的地方混好了,我也跟你一起去。没有你当年的帮助,我是不会有今天的。"

竟成跟中顺碰了一杯说:"我就是有点放心不下你。因为,也许只有我是最能理解你的。"

多喝了几杯后,竟成说话也越来越公开了,他说:"如果我对你的判断不错的话,我劝你一句,孟老板就是对你再好,你也不能在此地久留。跟你说实话吧,这些年我也挣了一些钱,我是要去云南一个深山老林里跟一个少数民族姑娘成婚,我已厌倦了这种生活,我想安静地过日子。"

竟成又出现了,未知凶吉。

暗示自己的逃犯身份。

对于逃犯来说,竟成的话确实是忠告。

> 警察的错误抓捕，却让中顺经历了一次真实的被抓捕体验。

中顺说："那你为什么不回老家结婚呢？"

竟成说："人家女孩子不答应。"

烟抽完了，竟成下楼买烟去了，中顺看到屋里只打了两个旅行包，一种凄凉的感觉异常尖锐。这时三个穿便衣的人迅速闪了进来，中顺还没反应过来，两个身材魁梧的男人就将他夹在了中间，一个中年男人向他亮出了工作证："我们是公安局的。"

中顺脸色发灰，酒变成了汗水，到这里来喝酒只有江慧琳知道，难道是江慧琳出卖了自己？警察问："你叫什么名字？身份证！"

中顺说："李顺中，身份证没带。"

警察看了看手中通缉令上的相片，然后抬起头说："你的名字和身份证都是假的，也没什么可看的。知道我们找你干什么的吗？"

中顺说："我不知道。"

警察又仔细地看了看相片说："你要是能跑出我们的手掌心，我们不就没饭吃了吗？老实说，你的真实姓名、真实工作单位！"

> 陌生的体验。

中顺感到自己已经绝无逃脱的希望了，这种人不人鬼不鬼的逃亡的日子已经过够了，这时他反而有了一种如释重负的感觉："我不叫李顺中，真名叫李中顺，临溪市旅游公司的职工……"警察火了："你死到临头了,还不老实交代!"

正在这时,竟成手里攥着一包香烟进来了,他一看到屋里站着几个陌生人,拔腿就跑,三个便衣狼一样地直扑过去,他们在楼梯口按住了鲁竟成。

中顺站在一片狼藉的杯盘边,心怦怦跳个不停,他没想到警方是来抓竟成的。竟成戴着手铐在三个大汉的押解下来到屋里,他额头上撞出了血,血在灯光下源源不断地流到脸上和嘴里,他对警察说:"这两个包要带上,回去后我要交给我的父母。"警察拎起两个包押着竟成走了,竟成看着魂飞魄散的中顺说:"十年前我氽死了背着我跟别的男人睡觉的女朋友,当年太年轻了,要是现在我的女人跟别人睡了,我绝不会动刀子。兄弟,人要学会忍耐。"

中顺没说话,他呆呆地看着竟成被塞进车里走了。这个晚上很安静,楼上短暂的骚动并没有惊动几个人,直到第二天,老板对外宣布说竟成跳槽走了。

在江慧琳等待国庆节结婚的日子里,中顺跟她在床上又失败了,江慧琳以妻子的心情安慰他说:"不要紧,结婚以后就会正常了。"看着躺在床上的中顺脸如死灰,头上虚汗淋漓,江慧琳除了安慰没有更恰当的语言了。

> 中顺与竟成的经历如此相似。暗示了中顺曾经有杀死叶慧琳的心。

> 肉体的复活,要先疏通精神的郁结。

逃亡的脚步 / 415

爱情的感化，开启了灵魂和肉体的自我拯救之旅。

中顺从床上坐起来，他点燃了一支烟，然后要水喝。江慧琳给他倒了一杯水，中顺一口气喝完。他像一个彻底放下武器的败将，向江慧琳坦白，他说："我不能害你，我的良心逼着我必须向你坦白。"

江慧琳说："不管你有过什么样的过去，我都会嫁给你。"

中顺说："我是一个有命案在身的逃犯。"

江慧琳像走在大街上被人平白无故地捅了一刀一样，晴天霹雳，她哭了："你胡说，你撒谎！"

中顺平静地将自己的身世和八年前的经历完全彻底地告诉了江慧琳，这是八年来他第一次在别人面前面说起自己的血腥的过去。说完后一种灵魂出窍的轻松感让他如风中羽毛般地体味着阳光和天空的自由。

放下精神包袱的感觉真的很美好。

他说："在我说完这一切后，我就向大哥辞职，我不会牵连大哥；如果你要是向警方告发我，我也会无怨无悔地戴上手铐。这么长时间，我不是存心想欺骗你，而是我没有勇气向你坦白，请你原谅！"

江慧琳停止了哭泣，她搂着中顺说："答应我，回去投案自首。我等你！"

中顺推开江慧琳的手，说道："不，我已经逃亡了这么多年，如果回去投案自首，我就前功尽弃了。"

江慧琳说："如果你不了结这一案件，你会一辈子不得安宁的。"

中顺说:"我要是被判了死刑或无期,这一辈子等于已经结束了。没有人知道我在哪里。"

江慧琳说:"我学过法律,如果你说的情况属实的话,你就不是故意杀人,就不会判重刑,而且你当时也是酒喝多了,在黄飞沙提出打赌的前提下没有中止他的跳楼行为。你只是行为过失致人死亡,如果主动投案的话,至多三四年刑期,我今年才二十四岁,我会等你。"

> 江慧琳是个犯罪心理学家,她轻易地解除了中顺的武装。

中顺说:"谢谢你的好意,我不会牵累你,我明天就向大哥辞职。"

屋内的气氛冻结凝固了,江慧琳看到中顺像一尊固执的雕塑,他在烟雾中粉碎着自己,江慧琳心里乱极了,她说:"你要是信不过我,我可以跟你回临溪先拿结婚证,然后陪你一起去自首。"

> 以爱情的名义保证。

中顺不说话,他在考虑如何向大哥辞职,是不是要向大哥讲明真相。

第二天,中顺找到孟广达的时候,孟广达说:"你不用讲了,我都已经知道了,我连夜找了律师商量,律师说你顶多三四年徒刑。我同意江慧琳的方案,她是一个识大体明大义的女子,这是兄弟你的福分。"

> 江慧琳却先了一步。

逃亡的脚步 / 417

中顺扑通跪倒在孟广达的面前:"大哥,这么多年来,我对不起你!"

孟广达拉起中顺,说:"我这个人不看你的过去,我只看现在,人活在世上,谁还没有个犯浑的时候?再说你也是被逼无奈才那样做的。"

中顺又一次跪下来哭着说:"大哥,你就放我一条生路吧!我下辈子当牛当马报答你。"

> 中顺思虑又荡回去。

孟广达火了,大声吼道:"你他妈的还是男人吗?起来,吃饭去!"

中顺被孟广达的狂躁的声音震住了,他不由自主地爬了起来。

中午,孟广达开车带着中顺和江慧琳来到镇上万福酒楼的一个豪华包厢里吃饭。喝了些清淡的啤酒后,孟广达说:"我可以向你们两个人保证,明天我就到镇上买一套复式公寓送给你们作为结婚的礼物,房产证用你们两人的姓名。从牢里回来后,我给你留着位子,有我饭吃,就有你一口饭吃。"

> 孟老板真是豪气的男人。

江慧琳感激地望着孟广达:"孟总,我敬你一杯酒。"

孟广达将一杯啤酒很利索地倒进喉咙里,他说:"顺中,不,中顺,我们男人本来就是在刀尖上行走的,没有什么了不起的!"

中顺平静下来说："时间已经过去八年了，人证物证都没有了，我无法证明不是故意杀人。"

江慧琳说："案子到现在没破，公安局肯定还留着当时的尸检报告。如果是你故意推下去的，就一定留有搏斗和挣扎的痕迹。因为窗子离地面毕竟还有一米多高，不存在突然下手，必须有一个过程，这个过程将证明你是否故意。"

> 江慧琳不但懂得多，了解得也多。

中顺没想到江慧琳懂得比自己要多得多，他确实感觉到自己如果不以自己的铁窗生涯为自己赎罪的话，他就一辈子也做不了一个真正的男人，一个不具备男人身份的人是不应该跟江慧琳结婚的。鼠窃狗偷的日子如同在精神炼狱里每天接受千刀万剐，抗日战争八年也结束了，他想他也该结束了，于是他站起来举起一大杯酒敬孟广达和江慧琳："大哥、慧琳，你们待我恩重如山。"说完，中顺泪流满面，江慧琳也哭了。孟广达说："都不要哭了，相信天无绝人之路。"

> 爱情就是一次洗礼。

临去投案前的一个星期三的下午，江慧琳关上办公室的门，打临溪114查到了临溪旅游公司的电话号码，她用有些僵硬的手指按响了电话键，接电话的是一个声音很温柔的女孩："您好，我们是临溪旅游公司。"江慧琳问："你们公司有一个叫黄飞沙的人吗？"对方说："是的，不过这个人已经在几年前死了。"江慧琳心

> 先做好律师的前期工作。

发生在公司里的凶杀案居然都不知道。

将善良进行到底!

刑期也是悬念。

一沉,问:"听说他是被人害死的,凶手抓到了吗?"对方说:"我是刚来的,我不太清楚。"江慧琳放下电话,她想应该给中顺请最好的律师。

回临溪前一天晚上,中顺对江慧琳说:"我还是这句话,如果你要是跟我先拿结婚证的话,我就不投案。"

江慧琳说:"你不拿结婚证,就不怕我会变心吗?"

中顺说:"如果我要是判了重刑,我就不能害你。"

江慧琳说:"那你说判几年可以拿结婚证?"

中顺说:"先投案再说。"

江慧琳同意了。

8

重拾记忆,为了偿还一笔债。

八年过去了,旅游胜地已经被建成了飞机场。孟广达买好了两张机票并开车将中顺、江慧琳送到广州白云机场,孟广达将一套两百多平方米复式公寓的房产证交到中顺手里,他跟中顺紧紧地拥抱在一起,一句话也没说。

飞机降落临溪机场后,中顺跟江慧琳上了一辆出租车,这使中顺想起了八年前逃亡之夜坐的那辆出租车,车身也是红色的。司机问去哪里,中顺说找一家好一点的宾馆。临溪的高楼大厦像树一样拔地而起,八年前的城市已经面目全非。中顺如丧家之犬重回家园一样有了短暂的激动,他坚信母亲还活着,这两年他每年给母亲改寄五千块钱。车到华润宾馆后,中顺给了司机五十块钱,司机要找回二十块,中顺说不用了,司机就说谢谢。中顺是为了偿还八年前逃亡时未付的一笔车费。

住进1264房间后,中顺跟江慧琳商量下午一道去市公安局投案。吃午饭前,中顺说:"我给小赵打一个电话试试,请他带我去自首,你就不要去了。"

> 小赵是个关键人物。

中顺试着给小赵家里打了一个电话,居然通了,小赵一听是中顺,激动得在电话里跳了起来:"你到哪里去了?住华润宾馆肯定是衣锦还乡了,还记得兄弟我小赵,真够哥们,我马上就到你那里去。"还没等中顺再答话,小赵就把电话放下了。

> 又一次设疑。

中顺感到小赵也许要带着公安一起来,于是他就将一个存折交给江慧琳,说道:"这里总共是十一万元,你替我先保存着,在我刑期没满之前,每年给我母亲五千块钱,拜托你了。"离别之前,中顺的眼睛里流露出稠密的忧伤。江慧琳说:"吃了饭再说吧!"中顺说:"警察马上就要到了。"他将手上的一块COMPAS手表退下来送给江慧琳:"给你做个纪念,我留着也没用了,监狱里的时间是由狱警安排的。"中顺的语调像交代临终遗嘱

> 诀别!中顺对自己的犯罪深信不疑。

一样,江慧琳忍不住地泪水汹涌而下。

小赵敲门进来的时候,一把抱住中顺并将他按倒在床上:"这么多年,你跑到哪里去了?我没想到今生还能见到你。"

中顺没有任何反抗的意思,他在等待着警察的手铐。可小赵松开中顺后,脸上激动得光芒万丈,他手舞足蹈地看着中顺:"没变,你没变,我可是一脸沧桑。"

中顺的目光看着门外,门外没有警察的影子。中顺说:"你一个人来的?"

小赵说:"你没让我通知其他人。"他指着江慧琳说:"这位看来就是我嫂子了,这么漂亮!"江慧琳礼貌地笑了笑,算是对小赵赞美的回应。

小赵说:"你老兄也太不够意思了,走的时候连招呼也不打一声,黄飞沙那种人还值得跟他赌气吗?"

中顺说:"黄飞沙?"

小赵说:"他是罪有应得,死了好几年了。"

中顺说:"我是回来自首的!"

小赵说:"你开什么玩笑?黄飞沙是老天让他死的,与你有什么关系?"

中顺脸上就像当年逃亡时一样神情紧张而恐惧起来:"怎么回事?快说!"

小赵眉飞色舞地说起了八年前那个夜晚。

> 逮捕场面的戏份。小赵正在为凶杀案证伪。

黄飞沙那天晚上并没有死,他准确地从窗口跳到了楼下的海绵垫子上,他是带着跳楼的策划来找中顺谈判的,他料定中顺不敢跳,所以自己就让酒店老板也就是他的小弟兄事先准备好了海绵垫子,一切都像是一个优秀导演精心安排的拍摄现场。跳楼不仅是为了强迫中顺放弃叶慧琳,也是想以此来感化叶慧琳,证明他为了叶慧琳可以去死。黄飞沙由于喝多了酒,跳楼时脸在地上擦出了血。中顺惊慌失措地下楼摸了摸黄飞沙的鼻子,黄飞沙屏住呼吸装死,中顺心里发紧,也就迅速地误认为黄飞沙已死。黄飞沙在中顺逃走后忐爬起来跟他的小弟兄们一起一人撬了一瓶啤酒喝了个底朝天,然后才打出租车到医院"住院",他的小弟兄打传呼给叶慧琳说黄飞沙为她跳楼摔伤了,叶慧琳并没有去,她给中顺打传呼,可中顺已经不见了。

事后,黄飞沙在公司里宣布说,中顺因为跟他打赌跳楼输了,感到无脸见人,就离开了临溪到外地打工了。

叶慧琳不愿去医院看望黄飞沙,她在到处找中顺,可中顺杳无音信。黄飞沙的小弟兄们找到叶慧琳说:"七哥为了你跳楼摔伤了,你不去服侍,我们就废了你。"叶慧琳只好去医院看望黄飞沙,黄飞沙说:"我可以为你跳楼,可中顺不干,他无颜见你,他可耻地逃跑了。"叶慧琳哭得很伤心,她不得不跟黄飞沙谈起了强

原来是一场戏,可怜的中顺经受了长久的逃亡之苦和心理煎熬。

逃亡的意义被消解。

叙述者为完整故事,补叙中顺逃亡之后的故事。

逃亡的脚步 / 423

迫性的爱情。不久，黄飞沙就买了一大套房子准备跟叶慧琳结婚，就在结婚前不久，他由于过度兴奋，酒后高速驾驶着摩托车，一头撞进了一辆大货车的后面，血肉模糊，当场身亡。坐在车后的叶慧琳被摔断了腿，在医院里住了三个月。

中顺听着听着，泪水就哗哗地流了下来，江慧琳帮他擦着泪水，说："这毕竟是喜事，不要太难过了。"

八年了，中顺生活在一个虚构的血案中，灵魂和肉体每天都在接受着折磨，他在一个精心策划的骗局中亡命天涯。

中顺抹干眼泪问："叶慧琳现在在哪里？"

小赵说："叶慧琳从医院出来后就离开了临溪，她在临走前对我说，如果中顺还活着的话，可能在广州，他有一个战友在那里。她要去广州找他。"

小赵说叶慧琳对他说过中顺很可能被黄飞沙的黑社会暗杀了，她向警方报了案，一个月后警方说查无实据，然后她才离开临溪去南方找中顺。从此就再也没有联系过，也不知道她在哪里，转眼已经过去七年了。

……

中顺站起来走到窗前，他看到窗外的天空没有一丝风，几朵白云像盛开的棉花一样飘浮在蔚蓝的天幕上，和平的人们正在阳光下走动，他们在窗外的马路上

回应了中顺接江慧琳时的暗示。

叶慧琳去了南方的广州，进一步指向江慧琳。但两个慧琳是否是同一个人已经没有解释的必要了。

并不知道我表哥李中顺的故事。

我表哥李中顺的故事在临溪市以外的我的稿纸上复活。

> 表哥李中顺的故事只有在叙述中才能复活。叙述建构了存在。

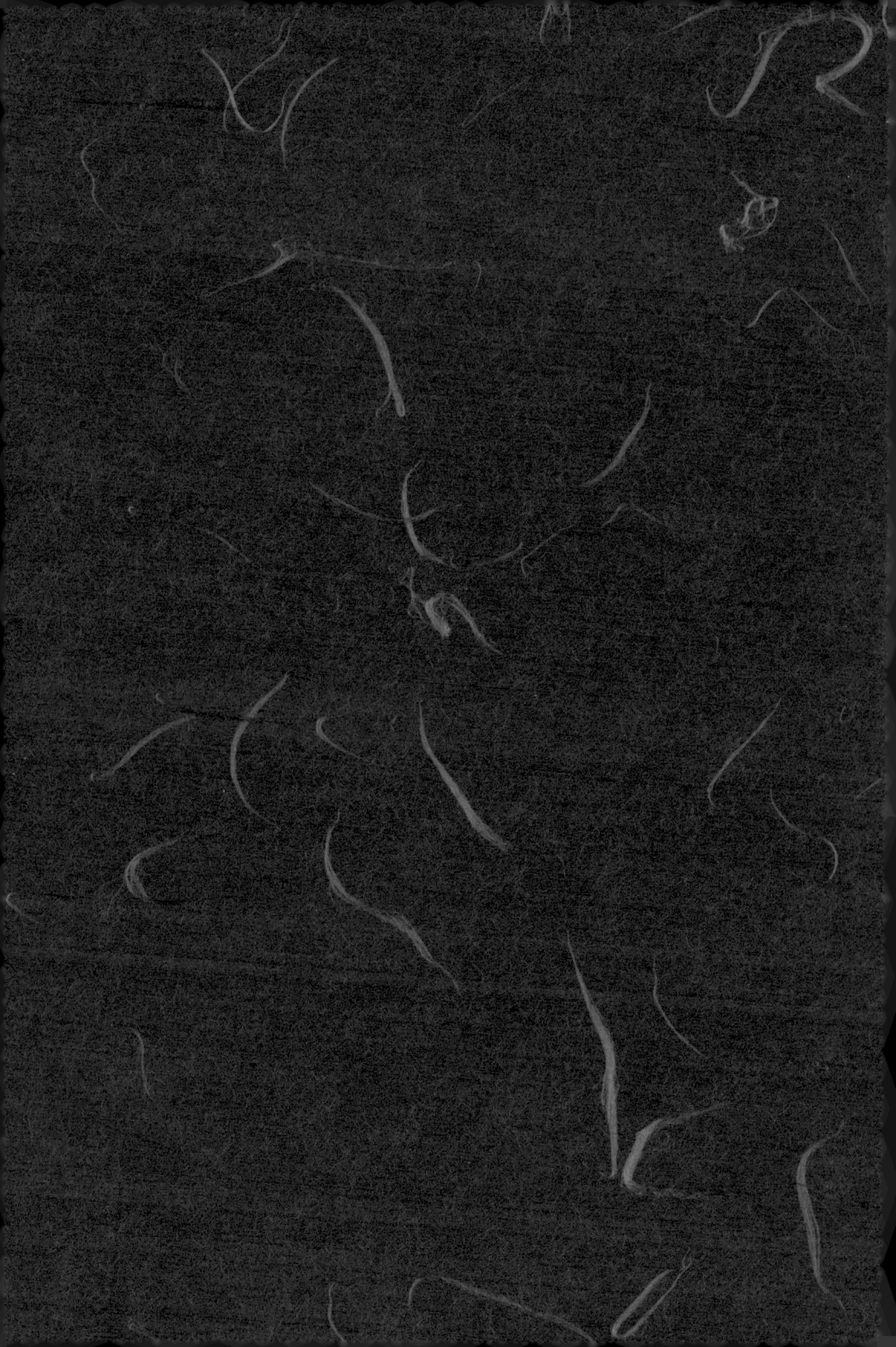